JN306224

二見文庫

激情

キャサリン・コールター&J・T・エリソン／水川　玲＝訳

ニコラス・ドラモンドとマイク・ケインのための理想的な書き手を見つけるにあたって、優れた助言をくれたクライブ・カッスラーに感謝します。すばらしい経験よ、クライブ。それにね、わたしは本当に幸運に恵まれている。あなたがどうか長く豊かな人生を送ることができますように。

中国関連のあれこれを手伝ってくれた〝義兄弟〟のアレックス・デ・アンジェリスに感謝します。アレックス、あなたの知識の豊富さには驚かされたわ。あなたは信じられないほど親切で寛大な人。でも忘れないで、クロスワード系のゲームは絶対負けないわよ。

わたしのたしかなよりどころ――カレン・エバンス、いつもそばにいて、ふさわしい言葉を見つけられるよう手を差し伸べ、わたしがテクノロジー音痴だと知りながら決してそんなふうには扱わないでいてくれてありがとう。

そして最後に、わたしたちより前にわたしたちが自由でいつづけられるために戦ってくれた、すべての勇気ある男性と女性に感謝します。

――キャサリン・コールター

人生はわたしを驚かしてやむことがない。登場人物や物語を紡ぎだすには、何時間も仕事部屋にこもって孤独な努力を続けるしかないと、ずっと思いこんでいた。まるで目が見えないモグラが暗闇から出られさえすれば万事うまくいくのだと信じるように、見込みのない希望にすがって練りあげていくものだと。

そんなとき、キャサリンがわたしの人生に現れ、ふたりの作家がひとつのプロジェクトに取り組んだときの燃えさかるパワーに気づかされた。ふたつのアプローチ、ふたつのひらめき、ふたつの頭脳！　これは壮観でさえある。本書は、頭脳はひとつよりふたつあったほうがいいという紛れもない見本だ。

指針と助言、数えきれない笑いをくれた、大西洋を股にかけるバイオレンスを愛するキャサリンに感謝します。あなた（とマイクとニコラス）と仕事をすることができて、わたしの夢は現実になったわ。

いとしいカレン、わたしたちの冷静と集中を保ってくれてありがとう。

アントン、ビリヤード台のそばで熱く語ってくれてありがとう。

クリス・ぺぺ、鋭い解説とひっきりなしの議論をありがとう。

スコット・ミラー、そもそもわたしにここに足を踏み入れさせてくれてありがとう。

『略奪』を気に入って、それを知らせてくれたすべての人にありがとう。

ジェフ・アボット、ローラ・ベネディクト、ペイジ・クラッチャー、アリエル・ローホン、必要なときにはいつもわたしの話に耳を傾け、ヨガをし、食事を用意してくれてありがとう。

そして、いつものように、愛する夫ランディ、この本をよくするために必要なのはマルガリータと子猫だって気づいてくれてありがとう。愛しているわ、うさちゃん。

——J・T・エリソン

おお、船長！　わたしの船長！　われらの恐ろしい旅は終わった。
船は幾多の嵐を乗りきり、念願の宝も手にできた。
港は近く、鐘の音が聞こえ、人々はこぞって歓声をあげ、
目は頑丈な竜骨と、不屈で勇敢な船体を追う。
だが、おお、心は！　心は！　心は！
おお、赤いしずくが滴り落ちる。
甲板にわたしの船長が横たわり、
すでに冷たく息絶えている。

ウォルト・ホイットマン『おお、船長！　わたしの船長！』

激 情

登場人物紹介

ニコラス(ニック)・ドラモンド	FBI特別捜査官。英国貴族
マイケラ(マイク)・ケイン	FBI特別捜査官
ジョナサン・ピアース	古書店経営者。 レオポルド・ロートシルトの孫
ソフィー・ピアース	ジョナサンの娘
アダム・ピアース	ソフィーの弟。天才ハッカー
マンフレート・ハフロック	科学者
ヴォルフガング・ハフロック	マンフレートの父親。 〈オーダー〉のメンバー
アルフィー・スタンフォード	英国の財務大臣
オリバー・レイランド	イングランド銀行頭取
エドワード・ウェストン	MI5のナンバー2
アレックス・グロスマン	レストラン経営者
ウィリアム・ピアース	〈オーダー〉の初代リーダー。 チェンバーズ子爵
ヨーゼフ・ロートシルト	〈オーダー〉のメンバー
レオポルド・ロートシルト	ヨーゼフの息子。ウィリアムの養子
ディロン・サビッチ	FBI特別捜査官
レーシー・シャーロック	FBI特別捜査官。サビッチの妻
ハリー・ドラモンド	ニックの父親
ナイジェル	ニックの執事

プロローグ

コッツウォルズ、ロウワー・スローター
イングランド
一九一七年九月

アンゾニアは死んだ。そして彼女とともに、我が身をなげうってでも血生臭い戦争を終わらせようと挑んだ勇敢な男たちも命を落とした。残された妻子は嘆き悲しみ、心を痛めた。苦しまずにすんだのだろうか？　氷のように冷たい水がどっと流れこみ、すぐに終わったのだろうか？　あまりにも突然の一瞬の出来事で、終わりが訪れたことにさえ気づかないままに？　どうかそうでありますようにと祈るばかりだ。アンゾニアが遺したのは、レオのコートのポケットに突っこまれていた一通の手紙だけだった。封筒には彼女の手で名前が記されていた。ヨーゼフ。なかには慌てて書きなぐられた言葉が並ぶ。アンゾニアが何をし、なぜそうしたのか。ヨーゼフとレオをどれだけ愛しているか。神のお導きにより、またすぐ会えるだろう、とも。〝気をつけて、どうか無事でいて。そうすればすべてうまくいくわ〟そしてただ、〝アンゾニア〟と署名されていた。

ヨーゼフは痛みをこらえきれずに目を閉じた。果てしなく続く深い痛みにはとても耐えきれそうにない。だが、耐えなければならない。母親を亡くしたレオが頼れるのは、父親だけになったのだから。しっかりしなければ。妻の姿が見えた。最後の夜に夫と息子を見つめていた、勇ましく無鉄砲なアンゾニア。今思えば、あのほほえみは悲しみをたたえ、死ぬ運命にあることを受け入れているかのようだった。そんな追想を、ヨーゼフは頭から締めだした。ヨーゼフ・ロートシルトは妻の死を永遠に嘆き悲しむことになる。しかし、まだそのときではなかった。正面の窓から、長く暗い道とその向こうの漆黒の闇に包まれた森をじっと見た。もうすぐここに、ピアースが〈ハイエスト・オーダー〉のメンバー五人とともにやってくる。ウィリアム・ピアース、チェンバーズ子爵。秘密結社〈ハイエスト・オーダー〉の最高位に君臨するピアースが友となり、協力者となったのはつい先日のことだ。だがヨーゼフはこの関係が、ふたりが息を引きとるまで続くことを確信していた。激戦の地ベルダン（第一次世界大戦で死者七十万人を出したフランス北東部の都市）であの夜、ドイツ人とイングランド人とのあいだに芽生えた奇妙な友情。ウィリアムはいずれ首相になるのだろうか、とヨーゼフは考えた。きっとなるに違いない。ウィリアムは若くして権力と富をその手につかんでいる。そして何物にも代えがたい優れた知力、明晰な頭脳、さらには誠実さまで備えていた。

ヨーゼフは暗闇に目を凝らした。彼らはどこだ？

〈ハイエスト・オーダー〉の六人が来たら、計画の成功を知らせるつもりだった。組織の正式名称〈ハイエスト・オーダー〉には神の命を受けたかのような気高い響きがあるとヨーゼフは常々思っていたが、メンバーは近頃では単に〈オーダー〉と呼ぶようになっていた。そのメンバー六人に、今夜ここで勝利を告げる。ドイツ皇帝から金塊のみならず、マリーの鍵と秘密が綴られたノートも奪ったことを。皇帝に与えた致命的打撃と、マリーに乾杯するのだ。偉大なるマリー。手にした者が世界を支配することになる絶大な威力を持つ兵器を開発した科学者に。

だが、勝利の喜びに水を差す知らせもある。皇帝の私有財産である数百万マルク相当の金塊と、マリーの鍵やノートは、ドイツとイングランドの双方から失われてしまった。水中にあれだけ深く沈んだUボート（ドイツの潜水艦）を発見できるとは、とうてい思えない。金塊を奪うだけでも皇帝の戦争には打撃になっただろうが、マリーの恐ろしい兵器を手に入れられれば、すべてを終わらせられたのだ。ところが金塊も兵器も永遠に、誰も手に入れられなくなった。だがもしかしたら遠い未来に、Uボートと皇帝の金塊、マリーの鍵とノートを誰かが見つける日が来るかもしれない。そのときには、はるか昔にこの世を去った者の狂気に驚嘆するだろうか？　祖先の欲深さに、敵を倒そうとする執念に、罪のない人々を殺戮する残忍さにあきれるだろうか？　マリーの兵器を目の前にして、誰にもどこの国にも、それを悪用させてはならないと考えることができるだろうか？

ヨーゼフは窓にかかった薄手のカーテンを引いて、外の漆黒の闇に目を据えた。月は出ておらず、わずかな星がコテージの向こうの野原を覆う霧の上でかすかに光っているだけだ。男たちは車をどこかに隠して、ひとりずつ建物に入ってくるだろう。〈オーダー〉は常に用心深かったが、戦時中は過剰なまでに慎重だった。すぐ、もうすぐだ。

ヨーゼフは部屋の隅に置かれた脚車付きの寝台に目をやり、さまざまな試練で疲れきり、いまだショック状態にあるレオを見た。息子はようやくぐっすりと眠っていた。両脚を胸に引き寄せて、寝台の端からはみでた細い腕の先で小さく白い手が開いている。恐れといとしさが同時にこみあげ、ヨーゼフは一瞬息が詰まった。息子が死んでいたとしたら、悪いのはすべて自分だ。だが、息子は生きている。死の亡霊が小さな肩に取りついて離れなかったが、ベルリンからスコットランドへの地獄の旅を生き抜いた。ヨーゼフは、スコットランドからウィリアム・ピアースのコテージへ向かう旅の道中に言って聞かせたことを、レオが理解してくれているよう祈った。父と男たちは、レオと子どもたちのために戦ったのだということを。この血生臭い無意味な戦争を終わらせるために。アンゾニアの名を口にするたび、涙の味がした。そして話し終えたときには、頬がぬれていた。レオは小さな手を父の手のなかにすべりこませてそっと言った。「ぼくたちが出発する前にお母さんが言ってた。お父さんは英雄なのよって。なぜだか今ならわかるよ。これからどうなるの、お父さん？」

ヨーゼフはためらった。答えられなかった。

再び窓の外を見る。ひとつの影が野原を横切った。さらにまたひとつ。夜の生霊たちと、そのまわりににじむ暗闇。彼らは申しあわせて、それぞれ異なる方向から数分の間隔を開けてやってくる。黒い服を身につけ、武器を携えた六人の男。三人は四五五口径のウェブリー・マーク標準仕様を持ち、ふたりはホルスターにモーゼルC96を押しこんでいる。彼らはあらゆる事態に備えていた。勝利の知らせを聞くために訪れる、ここコッツウォルズ奥地の小さなコテージは充分に安全なはずだとしても。

ひとり目の男が動きを止め、ヨタカの鳴き真似をして歯のあいだから大きく息を吐いて口笛を吹いた。ヨーゼフが口笛を返すと、男はまた前進を始めた。一連の呼びかけと返答が男の背後で交わされた。

最初のノックが聞こえた。小さく四回、大きく二回。合図だ。

ヨーゼフは最後にレオを見て、ひとつだけともしてあったろうそくの火をつまんで消した。そして、ドアを開け、男たちを次々に迎え入れた。一同のただひとつの願いはドイツ皇帝ヴィルヘルム二世（ドイツ帝国最後の皇帝。在位一八八八－一九一八）の戦争を終わらせることだった。

男たちは五人しか現れなかった。ウィリアム・ピアースはどこだ？　遅れたことなど一度もないのに。ヨーゼフは全員にコーヒーを淹れ、待ちきれずに言った。「ドイツ軍のUボートは沈んだ。皇帝は金塊と、マリーの鍵とノートをすべて失った。だが、失ったのはわれわれも同じだ」

しんと静まり返るなか、イングランド銀行総裁のウォレス・ベントン＝ハートがさばさばとした調子で言った。「それでは引き分けだな」

「そうだ」ヨーゼフは言った。

「何か聞こえる。きっとウィリアムだ」グレーソン・ランクフォードがドアに向かった。

ヨーゼフは言った。「ノックを待て」

「われわれがここにいることは誰も知らない。ヨーゼフ、神経質になりすぎだ」

「たしかに」ヨーゼフは応じた。「だがそれだからこそ、わたしは今もこうして生きていられる。ノックを待つんだ」

全員がかたずをのんでドアを見つめた。足音、そしてノックの音。軽く二回。棒切れか銃床で叩いたような乾いた音が響いた。

正しい合図ではない。

敵に見つかったことをヨーゼフは悟った。レオ。

両腕にレオを抱き、クローゼットに運ぶ。レオが目を開けた。ぼんやりしていた目の焦点が父親の顔に合った。「いいかい、お父さんが迎えに来るまで、ここにいなければいけないよ。音を立ててはだめだ。わかるね?」

レオは恐怖というものを知っていた。そして、父親の顔にそれを見た。「ぼくたち危ないの、お父さん?」

「そうだ、敵に見つかった。静かにしていなさい、レオ。お父さんが言ったことを覚えているね。何かあったら、お父さんが話したことは誰にも言っちゃいけない。誰も信用するな。いいかい、何が聞こえても、静かにしていなさい」ヨーゼフが息子にキスをして体に毛布を巻きつけ、クローゼットの扉を閉めたとき、銃弾が窓ガラスを粉々に砕いた。そしてドアが乱暴に開けられた。

一日目

1

連邦捜査局（ＦＢＩ）ニューヨーク支局
連邦合同庁舎（フェデラル・プラザ）
午前七時二十五分

どうしてこんなことになったんだ？

ニコラス・ドラモンドは、指示されたとおりきちんと午前七時にＦＢＩニューヨーク支局に出勤した。人事課での二十分は、まるで小学生になった気分だった。はい、ここに立って。次はあそこへ行って。写真を撮るからにっこりしてね。これがＩＤカードよ、なくさないで。厳しい規則と制服、果てしない訓練が課されるＦＢＩアカデミーよりたちが悪い。どちらかといえば、ヘンドン・ポリス・カレッジでハーミッシュ・ペンダリーとそのチームから受けた訓練に近い。

ロンドン警視庁からニューヨークのＦＢＩへ移るための一連の手続きは、当初予想したほど胸躍るものではなかった。ワシントンＤＣのＦＢＩ本部で犯人逮捕班を率いるディロン・サビッチから、ＦＢＩを新たな活躍の場にしてはどうかと誘われ、ニコラスがその提案を受け入れたのは数カ月前だった。そして五月末の今、二週間前にクワンティコのFBIアカデミーを卒業して正式にFBI捜査官となり、食物連鎖の実質的な底辺に組みこまれたところだ。

またしても。

これで二度目だ。一度目は外務省を離れてロンドン警視庁で働きはじめたとき。あの最初の日々を生き延びたのだから、今回も生き延びられるだろう。

それに今度は、朝の五時から演習を課す鬼のハーミッシュ・ペンダリーがいないのだから楽なものだ。ザッカリーはまるでタイプが違う。だから元気を出せ。

本来なら、まずは中西部のごく小さな支局に勤務するはずだったことは、ニコラスも知っていた。だがディロン・サビッチが約束どおりニューヨーク支局へ配属してくれて、ニコラスが以前から面識があり信頼する主任捜査官マイロ・ザッカリー直属の部下として、マイケラ・ケイン捜査官をパートナーに働けることになったのだ。

業務用の武器が支給されると、ようやく準備が終わった気分になった。腰に当たるグロック（セミオートマチックの銃）の、慣れ親しんだずっしりとした重みに安堵する。

ラミネート加工したてのIDカードと拳銃を手にしたニコラスは二十三階まで連れていかれ、パーティションで仕切られた区画が並ぶ迷路を通り抜けて、狭いスペースへと案内された。マジックテープがよく貼りつきそうな感じに毛羽立った織物製のブルーの壁。デスク代わりのブラウンの木目調の板は合成樹脂製だ。コンピュータが一台、ハードディスクが数台、〝未処理〟と〝処理済み〟のラベルがついたトレイがふたつ、それから椅子があった。

両腕を伸ばせば左右の壁に楽に届きそうだ。軽い閉所恐怖症を起こしかねないほど狭い。モニターと棚はもっと大きいものが必要に思えるが、じきに慣れるだろう。いったんコンピュータに向かえば、狭苦しいことはたいした問題ではない。

ニコラスはブリーフケースを椅子の脇の床に落とし、小さな黒の非常持ち出しバッグをいちばん下の引き出しにしまうと、椅子に腰かけた。ぶつからないように両脚を引きあげて、椅子をくるっと一回転させる。たしかに狭いが、充分だろう。いずれにせよ、長時間ここに座って過ごすつもりはない。誘われたときの取り決めの一部で、折に触れて臨時でサビッチに協力し、ワシントンDCで起きた事件の科学捜査も手伝うことになっていた。サビッチ、シャーロック、マイク・ケインとはすでに一緒に仕事をしたことがあり、勝手もわかっている。

低いかすれ声が耳元で言った。「少し殺風景だと思わない？　女王陛下の写真でも正面に飾ったら？」

噂をすればなんとやら。

「女王陛下なら新居の壁で、にこやかにぼくのベッドを見おろしているよ」ニコラスが振り向いて見あげると、マイク・ケイン捜査官がにっこりしていた。トレードマークの黒のジーンズにバイクブーツを履き、ブロンドの髪をポニーテールにしている。首にかけた紐にＩＤカードをぶらさげて、黒縁の読書用眼鏡をブラウスのポケットに突っこんでいる。

「どうしてこの香りに気づかなかったのかな」ニコラスは近づいてかがみ、香りを吸いこんだ。「ああ、これこれ、このかぐわしいジャスミンの香り。母と同じだ。やあ、マイク、久しぶりだね」

「ええ、本当に、卒業式以来たっぷり二週間ぶり。じゃあ、すっかり新居に落ち着いたのね？　どこなの、新しいすまいは？」

マイクには言いたくなかった。恥ずかしすぎて誰にも言いたくない。実のところ、ニューヨークのどこに住むかについては、祖父と盛大に言い争いをして負けたのだ。ニコラスは肩をすくめ、通り過ぎていく数人の捜査官をマイクの肩越しに見やった。「すっかり落ち着いたよ。悪くない部屋のまずまずのベッドにね。新居はあっちのほうだ……」そう言って、東の方角へあいまいに手を振った。

マイクが顔を向けると、ニコラスはすかさず言った。「四カ月経って、体調はだいぶよさそうじゃないか。それで、いつになったらここから出られるんだい？」

「もう事件にかかわりたくてうずうずしてるわけ、ドラモンド捜査官？　ここに来てまだ十五分よ。コーヒーの場所も教えてないし、同僚に紹介もしてないのに。これからはニックと呼べばいい？　それともニコラス？」

「転がる石に苔はなんとかって言うだろう。ニコラスでいいよ」

マイクが腕時計を見た。「ツイてるわね。ちょうど殺人事件があったのよ」

ニコラスはアドレナリンがほとばしるのを感じた。「殺人？　テロとの関連は？」

「ないと思う。二分前に聞いたばかりなの。要約説明を受けに行きましょう」

マイロ・ザッカリーが廊下で加わった。オーダーメイドのグレーのスーツ、白いシャツに紫と黒のストライプのネクタイを合わせたいでたちは、ペンダリーなど足元にも及ばないくらいしゃれているとニコラスは思った。洗練された服装、きちんとカットされた髪。ぴかぴかに磨きあげられたウイングチップの靴に至るまで、いかにも成功をおさめた連邦捜査官だ。ザッカリーは意欲があり頭が切れ、絶妙な手綱さばきで部下の捜査官に頭を使わせる人物であることを、ニコラスは知っていた。

新しい上司の手を握る。

「また会えてうれしいよ、ドラモンド。ブリーフィングはわたしがする。一緒に来てくれ」

負けず劣らずアドレナリンが出ているらしいマイクが興奮を抑えきれずににんまりとするのを見て、ニコラスは数カ月前のパリの夜を思いだした。マイクはソファに寄りかかって、銃で撃たれた腕から血を流しながら、殴られた顔でほほえんでいた。マイクがこうして無事に、悪漢を叩きのめせるまでに快復したことを、ニコラスは神に感謝した。

彼はほほえみ返し、身振りでマイクに先を譲った。

「なんて紳士的なの。さすがはＦＢＩ初の英国人捜査官。癖になりそうだわ」

「英国人は相変わらず堅苦しいだろう？　でも、変わらないことがあるのもいいものだよ」

「さあ、ふたりとも」ザッカリーは自分のオフィスを通り過ぎ、ブルーのカーペットが敷かれた上層部の廊下を進むと、そのままドアを抜けてエレベーターへと案内した。下行きのボタンを押しながら言う。「ウォール・ストリート二六番地に向かってくれ。刺殺だ。現場が連邦政府の所有地内だった関係で、ニューヨーク市警から電話が入った。ＦＢＩの管轄の事件だ。ドラモンドにはなるべく早く地元の関係者と顔合わせしておいてほしいから、ちょうどいいと思ってね。赴任の朝に事件が起こるなんて、ふたりとも運がいいじゃないか。現場へ行って、何があったのか調べてきてくれ」

エレベーターのドアが開き、ザッカリーが手を振ってふたりをなかへ促した。「ドラモンド、きみにはサイバー犯罪やコンピュータ・テロの分野での活躍を期待してるが、車で道の右側を走ることや、まずは地道に靴を泥だらけにすることも覚えてもらう必要があるからな」ザッカリーはほほえんでニコラスの肩を叩いた。「われわれの仲間になってくれてうれしいよ、ドラモンド。ようこそＦＢＩへ。幸運を祈る」そして背を向けてから、肩越しに振り返って言った。「ああ、そうだ。マイク、お目付役を頼んだぞ」

2

マイクの黒いフォード・クラウンビクトリアが駐車場でふたりを待っていた。マイクはニコラスに向かって車のキーをジャラジャラいわせてから、それを引っこめた。「わたしが運転したほうがいいわね。練習は必要だけど、ウォール・ストリートは結構な修羅場だから」

「みんなの期待を裏切るようで悪いが、ぼくだってニューヨークの通りの走り方くらい心得ている。こう見えて、アメリカ人の血も流れているんでね」

マイクは笑って運転席に座った。駐車場を出たところで言う。「次回はお願いするわ。街じゅうの通りを知りつくしておいてほしいから。今日のところはわたしに任せて。ところで、アカデミーではサビッチが設定した高いハードルをクリアできた？シャーロックの期待も？」

「微力ながら全力を尽くさせていただいたよ、ケイン捜査官」ニコラスの目の前で車線変更したタクシーが三センチの距離まで接近したが、マイクはまばたきひとつしなかった。

「この二週間、ニューヨークで何をしてたの？」

ニコラスはクラウンビクトリアの前を縫うように横断していく歩行者から目をそらせなかった。「まあ、あれこれ新居の片付けをしていたってところかな」家具を買いに出かけて死んだほうがましだという思いをし、そのいまいましい家具類をどこに置くかでナイジェルとひともんちゃくあり、盛りつけが華々しいだけで料理自体は貧相な人気フレンチレストランで元妻と夕食をとるはめになったのは別として。ひと言で言えば、さっぱり脳みそを使わない二週間だった——けれども、そんなことは言わずにおいた。

マイクがスピードをあげて黄信号を突っ切った。「早く来てくれないかなと思ってたの。ねえ、新居の話を聞かせてよ」

それは一生無理な相談だ。「話すほどのことはないんだ、本当に。単に住む場所というだけでね」祖父は、アメリカへ移り住むことを決断した孫への寛大なる支持を表明せずにはいられず、褐色砂岩（鉄を含む砂岩で、建築石材として用いられる）を正面に貼った見るからに高級な住宅をニコラスのために奮発した。ニコラスがどれだけ必死に抗議しても、男爵である祖父は、そして祖父に加担した両親も、チェルシー地区の片隅で名もないアパートメントを借りたいという孫のささやかな願いを頑として聞き入れようとはしなかった。

その結果、ニコラスは東六十九丁目にある富の象徴のようなタウンハウスで、ご満悦の執事のナイジェルとふたりで暮らすことになった。五階建て、五つのベッドルーム。ああ、そうだとも、こんな贅沢（ぜいたく）が知れたら、ニューヨーク支局の捜査官たちにすんなり苦もなく溶けこめること請け合いだ。

マイクはゆっくりと角を曲がり、歩行者でいっぱいの通りに乗り入れた。「どんなところか見てみたいわ。今度お邪魔させて。ビールでも飲みましょうよ」

それも一生無理な相談だ。ニコラスは言った。「現場はどこかな？」

「ウォール・ストリートからちょっと入ったところ。あそこよ」

マイクは人込みを縫って通りを横切り、フェデラル・ホールのそばのパイン・ストリートへ入っていった。ＮＹＰＤと書かれた黄色い木挽き台形のバリケードと、石造りのビルに反射する青と白の回転灯が三つ、ニコラスの目に入った。

ふたりはバリケードのところでニューヨーク市警の警官にＩＤカードを見せた。署名をして現場に入ると、細い脇道へと案内された。すでにほどよくあたたかくなり、いい天気になりそうだとニコラスは思った。数えきれないほどの犯罪現場を土砂降りの雨のなかで捜査したロンドンと比べたら、この天候は断然好ましかった。

「ここで何が？」ニコラスは、テープの内側に立っていたニューヨーク市警の若い警官に声をかけた。〝Ｆ・ウィルソン〟と書かれたバッジをつけたその警官は、かろうじて投票権が得られる年齢にしか見えず、ましてや警官になれる年齢には見えなかった。実際には五歳と違わないとわかっていても一気に年を取った気分になっていたニコラスに、ベテラン警官のような返答が返ってきた。「刺殺です」ウィルソンは続けた。「それにしてもツイてますよね。

ちょうどそちらの管轄だなんて。あと二メートルずれてたら市警の事件だったのに。あの人はどうしてもあそこで死んで、そちらの事件にしたかったんだなあ。今日が初日だって聞きましたよ。ようこそニューヨークへ」

「ありがとう」

ウィルソンがにやりとした。「個別に話を聞いて、事件発生時にそばに居合わせた人だけを一カ所に集めておきました。ほぼ全員が容疑者は白人、ブラウンの髪、中背、ジーンズと白のパーカーを着ていたと言ってます」

ニコラスは、通りの角で現場を呆然と見つめている集団に目をやった。携帯電話で録画している者もいれば、明らかにひどいショックを受けた様子で黙って立ちつくしている者もいる。「ずいぶん細かい描写だな」

「そうですよね。信じられないくらいですよ、まったく。容疑者の性別でさえ、目撃者の大半の意見が一致するのは珍しいくらいなのに。ツイてるって言いましたよね――彼らの証言から、ふたりの男が口論してもみあいになったあと、ひとりが背を向け、もうひとりが背後から刺して走って逃げたことがわかってます」

マイクが言った。「全員をここに足止めしておいて、ウィルソン巡査。あとで話を聞きたいから。先に死体を見てくるけど、すぐに戻るわ」

ウィルソンはマイクに敬礼し、テープから離れてふたりをなかに入れた。

ニコラスは死んだ男性のほうへと時間をかけて歩いた。マイクもまた周囲をじっと観察していた。FBI鑑識班のルイーザ・バリー捜査官が、パチンと音を立ててニトリル手袋をはめ、鑑識に取りかかろうとしていた。ニコラスは彼女にほほえみかけてから、完全に息絶えている男性の脇にしゃがんだ。四十代後半から五十代前半。ブラウンの目は空をうつろに見つめ、後退しはじめた生え際を隠すように白髪まじりの髪がわずかに横になでつけられている。スーツは乱れ、しわくちゃだ。歩道に横たわる体の角度と、両腕が投げだされている様子から、被害者は両膝をついてから仰向(あおむ)けに倒れて息絶えたのだろう。体の下には黒くどろりとした血の海ができていた。それは子どもが指で描いた絵のように乱れ、渦を巻いて歩道を横切っている。何を言い争っていたんだ？ なぜ相手は背中を刺したんだ？

「何かおもしろいことでも見つかった？」血の海を観察しながらマイクが尋ねた。

「見つからないのがおもしろいと思ってね」ニコラスは答えた。「凶器がない。男は被害者を刺し、引き抜いたナイフを持って逃走した。目撃者のなかに、犯人が実際そうする場面を見た人がいるかな？」

マイクが言った。「被害者は財布を所持してる。そうよね、ルイーザ？」マイクが見あげると、ルイーザが男性の所持品一式を掲げた。

「ここにあるわ」

ニコラスは尋ねた。「この人の名前は？」かつては生きて息をしていた男性を死体と呼ぶのは大嫌いだ。それよりふさわしい呼び名があるのだから。

「ジョナサン・チャールズ・ピアース。住所はアッパー・イースト・サイド。現金とクレジットカードが財布に入ってる。スマートフォンはブラックベリー。ほかの所持品は古いすてきな腕時計と鍵がひとそろい。スマートフォンはパスワードがかかってるから、道具がないとアクセスできないけど」

ニコラスは言った。「ひょっとして、UFEDを現場に持ってきていないかな?」

「それって、ユニバーサル・フォレンジック抽出デバイスの英国版?」ルイーザはにんまりした。「ええ、たまたまバンにデータを抽出できるデバイスをのせてるわ。ちょっと待って」

「よかった」ニコラスは言った。「このあたりに監視カメラは?」

ルイーザが答えた。「この地点を直接撮ってるカメラはないけど、パイン・ストリートとウィリアム・ストリートの交差点に交通カメラがあるわ。ビル自体も角に監視カメラがついてる。どちらかに何か映ってるかもね」

「それはいい、ルイーザ、ありがとう」

「ところでニコラス、仲間になってくれてうれしいわ。ようこそニューヨークへ」

「ありがとう、よろしく」

ルイーザはモバイル指揮班のほうへ向かった。

マイクが言った。「持ってきてくれててよかったわ。UFEDがあれば、一瞬でパスワードを破ってデータにアクセスできる。ニコラス、ピアースは物盗(ものと)りの被害に遭ったわけじゃなさそうね」

「ああ、違う。犯人と被害者は争っていた。だが、何をめぐってだ？」

「なんにせよ、それを手に入れられなかった殺人者が十数人の目撃者の前で、ピアースを背後から刺したのよ」

3

鋭い口笛にニコラスが顔をあげると、左右によける人々のあいだを、長身でずんぐりとした年配の男性が足音も荒く近づいてきていた。ひとつの現場から次の現場へと、迷いなく一直線に突き進む誘導ミサイルのようだ。

「検死官よ。よかった、あの人がいちばんの腕利きなの」マイクが言った。「きっと気に入るわ」

ふたりのところに到着すると、検死官は片手を差しだした。握手を求められたのかと思ったニコラスの眼前に、ニトリル手袋が突きつけられた。

「きちんと防護もせずに、おれの死体に近づいてもらっては困る。さっさとつけろ」

マイクはすでにはめていた手袋の上に、受けとった手袋を重ねた。検死官への反論はいっさいしなかった。「おはようございます、ドクター・ジャノビッチ。これで二重に防護されました。わたしの新しいパートナーをご紹介します。ニコラス・ドラモンド捜査官です。ココ・イ・ヌールのダイヤモンドの事件を一緒に解決しました。今日がニコラスの初出勤の日なんです」

ジャノビッチはニコラスの手を握った。そして即座に手袋を外し、新品を両手につけた。

「おれの記憶が正しければ、あの一件で亡くなった女性の知り合いだったそうだな。気の毒なことだ。つらかっただろう」

ニコラスの胸がチクリと痛んだ。「お気遣いありがとうございます。つらい事件でした。イレイン・ヨーク警部補はロンドン警視庁でぼくの後輩だった女性です。ぼくは今日からこアメリカで、FBIの一員になりました」

「ようこそ、よく来たな。なぜ外国人を雇うのか知らんが、物事のありようを長い目で見れば、国籍は関係ないということだろうな。握手をしたんだ、手袋を替えなさい」

マイクが言った。「外国人といってもロサンゼルス生まれなんですよ。ミツィー・マンダースのホームコメディ・ドラマ『ア・フィッシュ・アウト・オブ・ウォーター』を覚えてらっしゃいます？　ミツィーはボー・ホーズリーの妹で、ニコラスのお母さんなんです」

ジャノビッチは目をしばたたき、口を大きく広げて満面の笑みを浮かべた。「本当かね。あの番組は好きで見てたよ。コメディの間合いを心得た、美しい女優だったな。ニューヨークのOCMEにファンがいると、お母さんに伝えてもらえるかね？」ニコラスを親しげに見つめてほほえむ。「外国人向けに解説をつけ加えると、OCMEというのは検死局のことだ」

「伝えます。ありがとうございます」ニコラスがすっかり愉快な気分になったとき、ジャノビッチはすでにピアースの遺体を調べ、仕事モードに入っていた。ニコラスはしゃがみこみ、医師の言葉に耳を傾けた。

「刺し傷は右の腎臓に達してる。背後からすばやく強く刺されたようだ。かなりの惨状だな。この気の毒な男は三分から四分で失血死しただろう。これだけ深く切りつけるには、最低でも刃渡り十五センチほどのナイフが必要だ。シャツはたいして切れてない。錐のような短剣のたぐいといったところか」

「誰が殺したんでしょう？」ニコラスは言った。

ドクター・ジャノビッチは声がしたほうに目をやり、自分の顔の高さにニコラスの顔があるのに驚いた。めったに見せない笑顔を見せる。「それを突きとめるのはきみたちの仕事だろう」

ニコラスは立ちあがった。両膝が音を立て、彼は低くうめいた。ルイーザが大急ぎで戻ってきた。ピアースのスマートフォンを差しだす。「問題なくアクセスできたわ。ピアースはここ最近、メッセージを何通か受けとってたみたい。今朝はここで、〝E・P〟というイニシャルの誰かと会うことになってた」

ニコラスは言った。「ピアースとE・Pの短いやりとりがある。読みあげるよ。〝伝えたいことがある。フェデラル・ホールのパイン・ストリート側入口で会おう〟というE・Pからのメッセージに対するピアースの返事だ。〝今日の午前中はダウンタウンへは行けない。店で会わないか？〝するとＥ・Ｐが〝緊急の事態なんだ〟と伝え、ピアースは〝いいほうの緊急事態だとありがたいがな。では、これから向かう〟と返している」

十五分後の八時十五分に発信メッセージがあった。ほんの三十分前だ。

〝着いた。どこにいる？〟

マイクとニコラスは、気ぜわしげに歩くピアースの姿を思い描くことができた。Ｅ・Ｐが言う緊急の事態とはいったいなんなのか？　待てないほど重要な知らせとは？　気を取られ、不安にとらわれて、約束の場所へ急ぐピアース。

いいほうの緊急事態？　どういう意味だ？　Ｅ・Ｐというのは誰だ？

「どうやら」マイクが言った。「Ｅ・Ｐは現れなかった。このメッセージはピアースをここにおびきだして殺すための策略だったと思う？」

「あるいはＥ・Ｐは現れたが、いいほうの緊急事態ではなかったのかもしれない。ふたりは口論になり、Ｅ・Ｐが相手を殺した。いずれにせよ、ピアースはおそらく殺人者を知っていたんだろう」

ジャノビッチが遺体を検死局に搬送する準備を始めた。ニコラスはジョナサン・ピアースの脇に両膝をつき、静かに言った。「誰がこんなことをしたのか、われわれが突きとめます。必ず」

マイクが言った。「ここ最近、ギャング関連のトラブルが多いのよ。白昼堂々と人を殺すのは、一味に仲間入りするための儀式のようなものだわ」

「どんな可能性も否定できない。だが、ニューヨークのギャングがウォール・ストリートに集まって、犠牲者にメッセージを送るとは考えにくいな」

「そうね、一般的には。株式仲買人のギャングとなれば話は別だけど」

ニコラスはにんまりした。「わかるよ。ロンドンにはそんなのがわんさといる」

「あら、ここにもよ」

「そろそろ」ニコラスは言った。「ドクター・ジャノビッチの邪魔をするのをやめて、目撃者の話を聞きに行こう」

ふたりは身を寄せあっている目撃者たちのところへ行った。通りの向こう側では野次馬が、呆然と眺めたり、指さしたり、携帯電話で動画を撮ったり、ありとあらゆる友人に電話をかけたりしていた。現在の世界中の犯罪現場で、歩道上の血に至るまですっかり録画されない現場はただのひとつもないだろうとニコラスは思った。

目撃者の多くは明らかに動揺していた。警察に話をするためにその場に残らなくてはならず、仕事に遅れることを不満に思っている者も何人かいた。だがほとんどは、自分が目にしたことを進んで話そうとしていた。

マイクが先陣を切った。「わたしはケイン捜査官、こちらはドラモンド捜査官、ＦＢＩです。皆さんが見たことを、ありのまま話していただけますか？」興奮した声がいっせいにわき起こり、マイクが両手をあげた。「おひとりずつお願いします。サー？」

グループのなかで最年長の、グレーのウールのスーツを着たビジネスマンだ。「通りを渡っていたら、男性ふたりが言い争う声が聞こえました。そちらを向くと、年上のほうの男性が倒れるのが見えました」ごくりと唾をのむ。「死んだ男性です」

ニコラスは問いかけた。「死んだ男性は、刺した男よりどのくらい年上でしたか？」

「二十歳ほどでしょうか。あの男、犯人は、二十五から三十歳くらいに見えました。それ以上ではありません」

マイクはリング綴じの小さな手帳にメモを取った。「ふたりが何を言い争っているか、聞こえましたか？」

「いいえ、はっきりとは。ただ、何か物をめぐって争っていました。何かはわかりませんが」

「電話よ」頭からつま先まで白いカシミアに身を包み、小さなチワワを抱いた年配の女性が言った。「男はあの人のスマートフォンが欲しかったのよ。年上の男性を刺したあと、スマートフォンをつかんでそれを使ったんだから。一瞬ばかなことを思ったわ――911番にかけているのかしらって。誰かを刺しておいて、警察に電話する人なんているわけがないのに。だけどまわりにいた人が大声をあげたら、スマートフォンを落として慌てて逃げていったわ」

女性は見るからに泣いていたらしく、目が赤く血走っていた。「あの男がわたしをまっすぐ見据えたときの様子は一生忘れられないわ。逃げだす前に……」言葉を切り、身を震わせる。マイクが顔をあげると、女性は眉をひそめ、指さして叫んだ。「あの男よ！　戻ってきたんだわ。ほらあそこ——通りの向こう、人込みのなかに立っている！」周囲の人々がよく見ようと右往左往するなかで、チワワが猛烈に吠(ほ)えだした。

4

ニコラスがはじかれたように振り返ると、こちらをまっすぐ見つめている男と目が合った。男は躊躇しなかった。群衆をかき分けて人々を押しのけ、人込みから抜けだすなり猛然と駆けだした。角を曲がって姿を消す。

騒ぎに気づいたニューヨーク市警の警官のひとりが、一瞬ためらってから男を追った。ニコラスはマイクに呼びかけた。「おい、行くぞ、やつを追おう」

平日の始業時間を迎えた通りは人で埋めつくされていた。ニコラスは長距離ランナーばりの快足で歩道を駆け、警官を追い抜いた。半ブロック先に、人々の背に見え隠れする容疑者の姿があった。男はオリンピックのスプリンター顔負けのスピードで逃げていたが、鍛え抜かれた体のニコラスも負けないくらい速かった。

目の前で女性が倒れ、ニコラスは追い抜きざまに引っ張って立たせた。彼は男に向かって叫んだ。「止まれ、FBIだ。今すぐ走るのをやめるんだ!」

男はもちろん聞く耳を持たず、南に向かって走り続けた。どこまで逃げられると思っているんだ？　マンハッタンの南の端にあるバッテリー・パークか？　やつがスタテン島フェリーに飛び乗るつもりなら、追いつける。あの人込みではスピードが落ちるからだ。だが地下鉄(チューブ)――じゃなかった、地下鉄(サブウェイ)に乗られたら、逃げられてしまう。

マイク、マイクはどこだ？　肩越しに振り返ると、二メートルほど後方でなめらかな動きでストライドを伸ばしていた。スマートフォンが鳴ったが、ニコラスは無視した。男が角を曲がると、マイクが叫んだ。「右に曲がって、次も右。ブロードウェイに向かう通りなの。エクスチェンジ・プレイスよ。先まわりして。わたしはまっすぐ行く。挟み撃ちしましょう」

ニコラスは、盛大にクラクションを鳴らすタクシーに危うくぶつかりそうになった。運転手の罵声が聞こえたが、スピードは落とさなかった。ブロードウェイに飛びだすと、すぐ前にミスター・オリンピックがいた。十メートル、五メートル――男の汗のにおいがする――よし、捕まえた。片手を伸ばして肩をつかむと、振り向いた男の手に何かが握られていた。それがこちらに向けられて――。

次の瞬間、ニコラスは地面に倒れ、全身を貫く痛みに体をよじっていた。筋肉が引きつり、全身のあちこちが痙攣(けいれん)を起こしている。ニコラスは歯を食いしばり、もうだめだと覚悟した。息もできなかった――だが、痛みは消えた。

あえぎながら、頭を振ってはっきりさせる。そっと転がって、両手と両膝をついた。

ミスター・オリンピックは、はるかかなたに逃げていた。一メートルほど先の地面に小さな長方形の黒い箱が見えた。テーザー銃だ。いまいましいことに、まんまとスタンガンで一撃をお見舞いされたのだ。

気づけばマイクがそばにしゃがみ、ニコラスの全身に両手を這わせていた。「どこを撃たれたの、どこよ？」

「どこも。本当だよ、大丈夫だ」

「じゃあ、なんだったの？　男はどこ？」

ニコラスはテーザー銃を指さした。

マイクは信じられなかった。小さな黒いテーザー銃を目にした今も、心臓が早鐘を打ち、血液と恐怖を全身に送りこんでいた。「倒れるのが見えて、てっきり撃たれたんだと思ったわ。地面をのたうちまわってたから。でも、銃声は聞こえなかった。よかったわ、ただのテーザー銃で」

「おっしゃるとおり、ただのテーザー銃さ」ニコラスは脇腹から、テーザー銃で撃ちこまれた電極を引き抜いた。少なくとも、頭を働かせて切り返すくらいはできるようになっていた。

「歩ける？　それとも担いでほしい？」

その情景を想像して噴きだしそうになったが、ニコラスの口のなかはからからに乾いていた。ゆっくりと立ちあがる。

マイクがジャケットのポケットに入れていた無線機から、ベン・ヒューストン捜査官の割れた声が聞こえた。

「応援に来た。容疑者の現在地を確認。トリニティ・プレイスを北上中だ。マイク、ニコラス、きみたちの位置からは平行線上。われわれが囲いこむ。レクター・ストリートで横切って、男を止めてくれ」

ニコラスは両肩をまわした。「なんなんだ？　ミスター・オリンピックは次の展開に興味津々で、ここを去りたくないのか？」

「さあね、行くわよ」マイクがニコラスの腕を引き寄せて再びきいた。「歩ける？」

「歩けるとも。くそったれめ（ブラッディ・ヘル）」ニコラスはテーザー銃の威力の名残を振り払い、アドレナリンが全身を駆けめぐるのを感じた。頭のなかにその地域の地図を広げる。ありがたいことに、脳は使える状態に戻っていた。レクター・ストリートで先まわりすれば取り押さえることができるだろう。ベンが男を追いこんでくれれば楽勝だ。大勢で四方からターゲットを包囲できる。

ニコラスはマイクのあとを追った。走る速度は落ちていたが、動けば動くほど全身のパーツが機能を取り戻していくのがわかった。一ブロックを過ぎ、二ブロック目。三方から追いこむにつれて、無線機の声が大きくなる。

角を曲がってトリニティ・プレイスに出ると、男が見えた。何がなんでも捕まえてやる。

ニコラスは限界まで力を振り絞り、行く手をふさぐ人々をかき分けた。叫び声も悲鳴も罵声も耳に入らなかった。ミスター・オリンピックは人の波を縫って走りながら振り返ると、幽霊でも見たような顔になった。背後からマイクが叫ぶ。「南よ、南に向かわせて」ちらりと目をやると、マイクがぐんぐん近づいてきていた。いやはや頼もしい。ニコラスは左にまわるよう合図を送り、ミスター・オリンピックをマイクの腕のなかへ追いこんだ。マイクが男を殴り倒してくれることを願いながら。

成功だ。マイクは男を側面から攻撃した。叫び声やわめき声、車やタクシーのクラクションを浴びながら。ニコラスは最後の力を出しつくし、自分の体を投げだして男に激しくタックルした。

ふたりはもつれあい、互いをこぶしで何度も殴りながら地面を横転した。駆けつけたニューヨーク市警のパトカーのバンパーが目の前に迫り、ミスター・オリンピックを縁石に押しつける。パトカーは急ブレーキをかけ、ニコラスの脚からわずか三センチのところで停止した。

5

ニコラスは少しのあいだ横たわったまま、轢(ひ)かれなかったことを信じられずにいた。ゆっくりと上半身を起こし、天に向かって感謝の祈りを捧げた。だが、通りでぺしゃんこにならなかった喜びに浸っている暇はなかった。ミスター・オリンピックの脚をつかみ、体に馬乗りになる。今度は絶対に逃がさない。

愚かな男は体をひねって殴りかかろうとしたが、顎を横から肘打ちされて、ふらふらになった。完璧だ。ニコラスは飛び起き、男も立たせた。テーザー銃で撃たれて死を覚悟したことを思いだし、停めてあったアウディに男を顔面から激しく叩きつけた。

マイクが男の両腕を背中にまわして抑えこみ、ニコラスがボディチェックをした。見つかったのはヘッケラー&コッホMK23が一挺(ちょう)、携帯電話が一台、刃渡りの長い短剣が二本。うち一本にはピアースの血がついたままだった。

ニコラスは男の頭を乱暴に後ろへ引いた。「よく聞け、われわれは連邦捜査官だ。いったい全体(ブラッディ・ヘル)なんの真似だ？　なぜミスター・ピアースを殺した？」

冷笑、そして沈黙。

マイクが割って入る。「連邦捜査官をテーザー銃で攻撃したでしょう。ばかね、そんなことをしたら、もう誰も一緒に遊んでくれないわよ。今すぐ名前を言いなさい。ミスター・ピアースを殺した理由もよ。あの人と何を言い争ってたの？」

ミスター・オリンピックは歯をむきだしてにやりと笑うつもりだったのだろうが、そうはならなかった。

マイクが言った。「財布はなし、身分証明書もなし。でもシステムで照会すれば、一時間以内に身元が割れる。今のうちに白状したほうが身のためよ」

「さあ、ばかな真似はよせ。名前は？」

男は口を開いたが、言葉はひとつも出てこなかった。目に恐怖の色が浮かび、それが鋭く冷たいパニックに変わり——男は白目をむいた。体を硬直させ、口から白い泡を吹いて、ニコラスの上に崩れ落ちた。

マイクが大声で無線機に向かって叫んだ。「救急隊を呼んで、急いで」ニコラスはずり落ちる男を歩道に寝かせた。マイクが脈を取り、心肺蘇生に取りかかったが、ニコラスが引き戻した。

「やらせて。死なせるわけにはいかないわ」

「手遅れだ」ニコラスは言った。男の顔はすでに青くなり、黒い瞳がぼんやりとふたりを見つめ返していた。何度か筋肉をひくつかせたのを最後に、男は動かなくなった。

居合わせた見物人がぐるりとまわりを取り囲んだ。死を目の当たりにして色めきたち、震えあがっている。ニコラスを轢きそうになったニューヨーク市警の巡査が慌てて駆け寄ってきた。歩道に横たわる男を見る。「何があったんですか？　はねてはいないはずですが。この男はどうしたんです？」

「はねられたわけじゃない、そうじゃないんだ」ニコラスは答え、マイクに言った。「男を頼む」立ちあがって、IDカードを高く掲げてFBI捜査官であることを群衆に告げた。続いて後ろにさがるよう命じ、ここが犯罪現場であることと、すべては終わり、ほかに見るものはないことを説明した。

マイクが巡査に言った。「どういうことかわからないわ。この男を追っていて――ウォール・ストリートで男性を殺した犯人なんだけど、いきなり倒れたの。なぜかしら。死なせまいとしたんだけど」

ベン・ヒューストン捜査官が男の脇にクラウンビクトリアを停め、飛びだしてきた。死んだ男をひと目見て言った。「どうしたんだ？　男に何をした？」

ニコラスは群衆が再び近づいてきていることを意識しながら、ベンに答えた。「何も。ようやく捕まえたと思ったら、体をこわばらせて口から泡を吹いた。いずれにしろ、ミスター・オリンピックが自分でしたことだ」

「ミスター・オリンピック？　つまり、男が歯のなかに青酸カリを仕込んでいたとでもいうのか？」

「おそらく。青酸カリとは限らないが、口のなかに即効性の毒物を入れていたんだろう」ニコラスは男の青い顔を見て眉をひそめた。「だが、なぜ自殺する？　いったいどういうことだ？」

その質問に答えはなかった。マイクがベンに言った。「この男の身元を大至急割りだして。ニコラスの言うとおり、これは普通じゃないわ。何か厄介なことが起きてる可能性がある」

ニコラスは言った。「どうしてさっさと逃げなかったんだろう」ミスター・オリンピックを見おろす。「なぜだ？」

6

ドイツ、ベルリン
午後四時

任務は台なしだった。メルツは事態をじっと見守りながら、神経を張りつめさせる以外にどうすることもできずにいた。この巨大な部屋にいる全員がひとり残らず、自分より激しくこの失敗に怯(おび)えている。それはひとえに、全員がメルツを死ぬほど恐れているからだった。それももっともな話だ。この仕事に喜びを覚える、非情な殺人者なのだから。窓のない広い部屋の後方に静かにたたずみ、じっと、いつでもじっと見ているメルツに、あえて目を向けようとする者はひとりもいない。ここで働く者たちが〝神経中枢〟と呼ぶ、ブルーとグリーンの二十個の壁掛け式モニターに、全員の視線が注がれていた。十五人のアナリストがそれぞれコンピュータを操作していた。各スパイの心拍、呼吸、視覚、聴覚を監視する責任を負っている者たちだ。アナリストたちはスパイが見たものすべてを見て、スパイが言ったことすべてを聞き、スパイの周囲の者たちが言ったことすべてを聞く。メルツは驚くばかりだった。これは他人の精神への侵略行為だというのに、アナリストたちは皆、生きた人間の体内に遠隔操作で侵入することに慣れきっていた。

上級アナリストのベルンシュタインがミスター・Xを担当していた。ミスター・Xが飛行機を降りた瞬間から任務は始動し、ベルンシュタインは以来ずっと、彼が見聞きしたことすべてを目にし、聞いてきた。

そしてともに地獄に堕ちる。メルツはボスのことを考えて、戦慄した。

まず、ミスター・Xは〈オーダー〉のメッセンジャーを殺した。次に、その後の展開を見届けようと現場にとどまったために、あのおかしな女性とキャンキャン吠える子犬に姿を見とがめられた。全員が見ている前で追跡劇が始まり、黒髪の大柄なFBI捜査官がミスター・Xを倒し、引っ張りあげて立たせ、手錠をかけた。しんと静まり返った部屋で、全員が一心に見つめ、耳を傾けていた。そのときふいに警報音が鳴り響き、部屋は一瞬で大騒ぎになった。

ベルンシュタインが声を張りあげた。「どうしたんだ？　ミスター・Xが倒れました。視覚低下、見えなくなりました」

「心機能が失われました！」

「聴覚低下、聴覚低下」

「ゲルパックを使った模様！　逮捕されると考えたに違いありません」

パニックが静かにひとりまたひとりと伝わり、部屋じゅうにさざ波のように広がって、全員の視線が今やミスター・Xひとりに注がれていた。一瞬ののち、心電図モニターが低いビープ音を立てたあと、波形は平坦になった。ミスター・Xのモニターはスイッチがパチンと切れたかのように、突然真っ黒になった。

恐怖に震えあがる静寂。メルツは静かに言った。大声をあげる必要はなかった。「ミスター・ベルンシュタイン、ミスター・Xを失ったわけだから、衛星に切り替えてもらえないか」

ベルンシュタインの声は震え、本人の意志に反して失敗と恐怖の味が胸にこみあげた。

「イエス、サー。切り替えます。つながります、三、二、一」

モニターに新たなシーンが映しだされた。衛星カメラが俯瞰でとらえたニューヨーク。混沌とした通りに望遠レンズが向けられ、急速に一点に絞りこんでいく。画面が切り替わり、現場に焦点が合った。

「死体に覆いかぶさる人たちがいて、ミスター・Xをとらえることができません」

メルツは言った。「角度を変えろ」

「はい、試みています。衛星を動かすのに、三十秒かかります」

「遅すぎる」

ほかのアナリストが完全に固まって息を殺す横で、ベルンシュタインが頭がどうかしたかのようにキーボードを叩く。満足のいく映像を見せようと、現場の上空数百キロに浮かぶ地球周回軌道衛星をほんの少し動かした。

ベルンシュタインは記録的な速さで再調整に成功した。十五秒フラット。両手の汗を白衣でぬぐい、最速でカメラの視野を探る。先ほどとはわずかに角度が違う映像が現れ、ミスター・Xの死体の上にかがみこむふたりのFBI捜査官の顔がメインのモニターに大写しになった。男性のFBI捜査官が立ちあがって離れていき、増える一方の群衆を後ろに押し戻した。カメラは細部まで鮮明に映しだしており、男性捜査官の顎に浮きでている青痣(あおあざ)さえ見えた。ブロンドの女性捜査官が立ちあがり、明らかに完全に死んでいるミスター・Xの手当てをする医療班を見ながらついた深いため息の音も聞こえた。

「やつはなぜゲルパックを作動させた?」メルツはきいた。

ベルンシュタインが答えた。「本人が作動させたのかどうかわかりません。ミスター・Xを倒した捜査官が顎を肘打ちした際に、作動する位置にピンポイントで命中したのかもしれません」

「見せてみろ」

映像が巻き戻され、半分のスピードでスロー再生された。赤いレーザー光線のポインターを使って、捜査官の肘がミスター・Xの顎の裏に触れるところをベルンシュタインが示した。

「百万分の一の確率です、サー。外からの殴打で毒物が放出されるのは想定外でした。あるいはミスター・Xが必要かどうか迷いながら、口のなかで動かしていたのかもしれません。

捕まえられたくなかったのでしょう。われわれを守るために自分の命を犠牲にしたのです」

そんなわけがない、とメルツは思った。「ミスター・Xを殴ったＦＢＩ捜査官を見せてくれ。何者だ？」

「現場の捜査官たちからは、ニコラス・ドラモンドと呼ばれています」

メルツはいつもどおりに落ち着き払った恐ろしい声で言った。「おい、ばかか、何をぐずぐずしている？　データを出せ。今すぐ一番モニターに。あいつは誰だ？　ドラモンド捜査官について、手に入るだけ情報が欲しい。何者で、どこから来て、朝食には何を食べるのか。全員で取りかかれ」

緊迫した静けさのなか、五分が過ぎた。聞こえてくるのは、キーボードがカタカタいう音だけだった。ようやくベルンシュタインが立ちあがり、薄くなった髪に片手を走らせながらメルツのほうへ歩を進めた。「サー？」

「なんだ？」

「ターゲットについてです。最後の言葉ですが」

「〝鍵は錠だ（ザ・キー・イズ・ザ・ロック）〟だったな」

「いえ、正確には違います。何度か再生してみたところ、実際には〝鍵は錠にある（ザ・キー・イズ・イン・ザ・ロック）〟と言っていたようです」

「錠にある？　錠だではなく？」

「そうです、サー。オーディオファイルをお手元のモニターに送っておきました。ご自身でお聞きになりたいだろうと思いまして」

「ああ、聞いてみよう。持ち場に戻れ、ベルンシュタイン。急げ。ドラモンドについて何かわからんのか？」

映像を再生していたアナリストが言った。「ニコラス・ドラモンドは第八代ベシー男爵の孫で、現在はFBI捜査官。ロンドン警視庁の職を辞したあと、先月ニューヨークへ引っ越しました。元英国外務省勤務、父親のハロルド・マイクロフト・ドラモンドは現在、英国内務省の相談役に名を連ねています」

「父親のファイルも入手しろ」

「承知しました。ただ今、内務省のファイルにアクセスしています」

別のアナリストが続いた。「ドラモンドは一度結婚し、離婚しています。高度な訓練を受けた武器の使い手で、プロ級のハッカーでもあります」ここで息をのむ。「主にアフガニスタンでしばらくスパイをしていましたが、申しあげたとおりハッカーの腕はプロ級――実際のところ凄腕で、それで外務省に引き抜かれました。二〇一〇年にイランの核施設のシステムダウンに使われたスタックスネットに似たコンピュータ・ウイルス、〈マッカイ〉の基本コード作成の責任者でした」

メルツはアナリストの声が畏敬の響きを帯びるのを聞き逃さなかった。「その仕事はイスラエル諜報特務庁（モサド）がしたものと思っていたが」

「どうやらモサドがドラモンドを叩き台に使ったようです、サー。オリジナルのプログラムを書き、イスラエルに与えたのはドラモンドです。イスラエルはドラモンドが作ったマッカイの変数を取り入れて、スタックスネットを作りました。ドラモンドは直後に離職したため、リストアップされなかったのでしょう。ロンドン警視庁の殺人課警部になりました。ロンドン警視庁から入手したドラモンドの個人ファイルには、おびただしい功績が列挙されています。検挙率は最高レベルですが、上司に対して反抗的であるとの評価も見受けられます」

別のアナリストが声をあげた。「数カ月前にダイヤモンドのコ・イ・ヌールを取り戻したのもドラモンドです。女性捜査官のマイケラ・ケインとともにいかさまを演じました。あの石を奪回したことは、多くの人々の記憶に残るでしょう」

メルツがほほえみ、若いアナリストは身震いした。「いかさまを演じた――そうだったな。もっと探せ。そのあいだに、われわれが置かれた状況をミスター・ハフロックに報告してこよう。ピアースとミスター・Xの両方が死んだというニュースは、あまり喜んでもらえそうにないがな。ベルンシュタイン、アメリカ人たちが見つける前に、ミスター・Xが体内に監視装置を搭載していた証拠をきれいに消し去る方法を見つけたまえ」

メルツもベルンシュタインもそれが不可能であり、ミスター・Xの体内埋め込み物（インプラント）は十中八九、検死で発見されるだろうと承知していた。現在ふたりの唯一の望みは、検死が本日中に行われないこと、もしくは徹底的に行われないことだったが、そのどちらも可能性はごくわずかだった。ＦＢＩはナノテクノロジーのインプラントを手にするだろう。そしてハフロックは彼ら全員の首に手をかける。

メルツは部屋を出ながら、ミスター・Ｘが頭がどうかしたかのように走り、捕まって打ちのめされる映像を見た。あと一歩というところでミスター・Ｘを失ったことで、影響が――悪い影響が出るのは避けられない。だが幸い、まだミスター・Ｚが稼働している。

これはメルツの作戦行動だった。責任は自分にある。しかたがない。メルツはしぶしぶ手をあげてハフロックの部屋のドアをノックし、返事を待たずになかへ入った。

7

ドクター・マンフレート・ハフロックは巨大な厚板ガラスの窓からベルリン、クロイツベルクの春の午後を見つめていた。人々が行き交う歩道はごった返し、赤いパラソルを並べるカフェの外には自転車が何列も停められている。車も人も多いが、トチノキが並び、ツタが建物を這いのぼるさまは美しく、街の中心部にありながら緑にあふれていた。

ハフロックはここドイツの某地区に住み、社会的意識の高いドイツ人と無能な移民たち、ヒップホップカルチャーとゲイ文化に囲まれた本名を明かさない生活を楽しんでいた。彼がここに暮らしているとは誰も思わないだろう。四十七歳にしてドイツで、おそらくヨーロッパ全土でも指折りの富豪になった。想像しうるだけのありとあらゆる成功を手にしてきた。ハフロックは満足げに笑みをたたえ、所有するナノバイオ・テクノロジーの多国籍企業と、周囲から寄せられる尊敬に思いを馳(は)せた。だが実を言えば、恐怖に打ち震える敵を見るほど楽しいことはなかった。眼下に見えるカフェのテーブル越しに、若い男女が体を乗りだしてキスを交わした。パリのようだ。住もうと思えばパリにだって簡単に住める。しかし、富と権力を持つ者たちの集まるあの街に移り住みたいか？　正直言って、あの手の人種はまったく退屈で、おべっか使いとごますりばかりだ。まあそれでも、ときおり靴をなめさせてやるのは快感ではある。

けれども、それはときどきでいい。ハフロックはこの某地区を大いに気に入っていた。ここが性に合っていた。その暗い街角では、たとえどれだけ無謀で不品行であろうと、金さえ出せば望みどおりの行為にふけることができた。このあたりの路上では、最も秘密めいた行為を好む、金払いのいい男で通っていた。だが、理由はそれだけではない。ほかにもいくつかある。誰もわたしの正体を知らない。近所に住むこのわたしが何者で、どんなことができるのか、誰も知らない。望めばどんなことが可能か知っていたら、昼も夜も、誰もそんなふうにうかうかと過ごしてはいられないはずだ。

ハフロックが振り向くと、エリーゼが陰から姿を現した。ハフロック好みの黒髪がゆったり腰まで垂れている。ぴったりと体を包む黒のキャットスーツは彼が自ら選んだものだ。吸いつくように肌に密着し、裸を見るよりいっそう欲情をそそられる。ああそれに、ほっそりとした足に似合うあの十センチのピンヒール。完璧だ。エリーゼをこの世界に引き入れた三年前、美しい首にこの手でつけたダイヤモンドと黒玉（くろだま）のチョーカーも。

ハフロックは窓のほうを手で示した。「皮肉なものだと思わないか？　自分たちの命のはかなさも知らず、右往左往している。やつらの命などほんの一瞬で――」彼は指を鳴らした。

「わけなく奪い去れるというのに。わたしが望めば、泣き叫ばせることもできる。跡形もなく殺すことも」

エリーゼは教えこまれたとおりに低く、深みのある声で言った。「ええ、マンフレート、本当に皮肉ね」

彼女は隣に立ってほほえみかけながらハフロックの手を取ると、てのひらを優しく愛撫した。徐々に力をこめ、さらに強く押し続ける。目に狂気を宿らせたハフロックは思わず声をあげた。

エリーゼはほほえんだまま手を離した。痛みが消えるとハフロックは言った。

「ありがとう、エリーゼ。よかったよ。わたしが教えたとおりだ。だが、今はほかのことを考えなければ。計画が進行中だ。一杯飲もう。乾杯だ」

エリーゼは部屋の角にしつらえられた贅沢なクルミ材のバーカウンターに歩み寄ると、シングルモルトの〈ラガブーリン〉をツーフィンガー用意し、完璧な立方体をしたふたつのアイスキューブの入ったグラスに注いだ。ハフロックは戻ってくる女をじっと観察した。ヒールの音を響かせて、何度も練習した動きどおりに頭を振る。髪が肩にこぼれかかるさまに、激しい喜びを感じた。やわらかくつややかで、豊かな髪。ハフロックは欲望と飢えを覚えた。あまりに強い、むきだしの渇望だった。

エリーゼの手からグラスを受けとるときに、指が軽く触れあった。ハフロックは酒を床にぶちまけ、両手を彼女の全身に這わせたい衝動を、意志の力を総動員して押しとどめた。ぴっちりと張りつめたキャットスーツの下に隠された、やわらかさと強さを感じたい。男の目にたぎる欲望を見たエリーゼが、腰をくねらせて誘ってきた。こんなにすぐ？　またあなたのものにしたいの？　ハフロックは首を横に振り、ベルリンの活気あふれる通りを見ながらスコッチをすすった。それでいて、わずか一時間前に女につけられた痣（あざ）のことを考えて、全身をこわばらせた。

　だが快楽にふけるときと、集中すべきときとがある。そうして再び首を振り、暗がりにあるドアを指さした。エリーゼはためらうことなく、無言のままかすかな笑みを口元に浮かべて、暗がりへ溶けるように消えた。

　ハフロックは心から女が欲しかったが、今はそのときではなかった。それに、いつでもまた呼びだせばいいだけの話だ。そう自分を慰めてもうひと口スコッチをすすり、気を静めた。

　ついに彼の時代が来た。父が仕切るあいだそばに控え、待っていたあの長い年月は終わった。彼の時代になったのだ。

　しかしハフロックは眉をひそめた。あまりにも多くの作戦が同時進行していた。失敗する危険が大きすぎた。それに認めざるをえないが、このところ注意力が散漫になっていた。快楽にふけりすぎ、エリーゼの有能な手にかかって一度に数時間もわれを忘れる始末だった。集中しなければならない。大事なときなのだ。静かな集中が頭を研ぎ澄ます——その価値ある教訓を父から教えられたのは皮肉だった。ほらまた父の声が聞こえて——ふいの物音に凍りついた。わかっていた。何かがおかしいと。ひどくまずい事態が起きたに違いない。ハフロックが振り向いた次の瞬間、メルツが音もなく部屋に入ってきて後ろ手にドアを閉めた。いつものとおり無表情で、何を考えているのかは見当もつかない。人間の顔というよりデスマスクだ。そしてこれまたいつものように、ピンと引きつった皮膚を長く醜い傷跡がふたつに分断している。メルツは死をも恐れぬ強硬で残忍な男だが、ハフロックの言いなりだった。所有物と言ってもいい。自分の補佐を務めるのにこれ以上の男はいないと、ハフロックは信じていた。

長年の経験から、メルツの氷のようなブルーの目が細められるのは、何かひどい不都合が起きたしるしだとハフロックは学んでいた。強い怒りをふつふつとたぎらせ、今にも誰かを打ちのめして殺しかねない様子のメルツが口にしたのは、これだけだった。「ミスター・Xがダウンしました、サー」

「説明しろ」ハフロックは完璧に抑制の利いた声で命じた。

「ゲルパックが作動しました。われわれが知る限り、事故でした」

「事故」ハフロックが繰り返した。メルツは自分でもいやになるほど、深くずきずきと恐怖が脈打つのを自覚した。「ミスター・Xがピアースから荷物を回収する際に、ゲルパックがたまたま作動したということかな？」

「いいえ、事故が起きたときには、ミスター・Xは取り押さえられていました」

ハフロックは目を閉じて体の向きを変え、再び窓を向いた。「それで試作品は？」

メルツははっきりと落ち着いた声を保った。「アメリカのFBIが試作品を手にした可能性があります。彼らが試作品を研究する前に、なんとか阻止し、奪い返す努力をしていますが、可能性はわずかです」実際はそんな可能性はまったくなく、ふたりともそれを承知していた。

「わかった。早すぎる死を迎える前に、ミスター・Xは〈メッセンジャー〉のシステムに侵入できたのかね？」

メルツは自分の恐怖心を呪った。ハフロックのお気に入りのスペインの短剣が自分の喉をすべる場面が頭をよぎる。「はい。ですが、死ぬ前にピアースのデータをアップロードすることはできませんでした」

ハフロックは激怒し、全員を殺してやりたい衝動に駆られた。ミスター・Xの任務は、ジョナサン・ピアースのコンピュータに接続し、ハフロックが遠隔アクセスできるようにすることだった。その任務が完了しなければ、失われた潜水艦の位置を示す座標を手に入れることはできない。時間は底を尽きかけていた。

ハフロックの声はひどく静かになった。「ミスター・Xはまず、わたしの命令にそむいてピアースを殺し、続いて自分も死んだと？　彼にとってはおそらくよかったのだろうが、おまえにとってはそうではない。ミスター・Zが今も本来の機能を果たしていて幸運だったな。おまえがなんとかしろ、メルツ。計画を変更させる余裕はない。背後にわれわれがいることを〈オーダー〉に悟られてはならない。FBIに発見される前に、ピアースのコンピュータから情報を回収する方法を見つけだすんだ」

「了解しました。ファイルへのアクセスには別のルートがあります。人的資源がかかわってきますが」

ハフロックは片手を振った。「かまわん、必要とあれば」

「承知しました。それと、死ぬ間際にピアースが言った言葉について、不正確だったことがわかりました。実際には〝鍵は錠にある〟と言っていました。〝鍵は錠だ〟ではなく。何か思い当たる節はおありでしょうか？」

ハフロックはスコッチをすすった。「考えておく。ピアースは謎かけが好きだった。きっとこれもまた別のゲームに違いない」

「もうひとつ問題がありそうです」

ハフロックが補佐官の視線をとらえた。メルツは痛烈な皮肉を言われることを覚悟してたじろいだ。「ほかにもあるというのか、メルツ？　わたしは充分な給料を払っているつもりだが？　それとも道具に不足があるとでも？　あらゆる任務のなかでも最も単純なものを、ノーミスで実行する能力もないのかね？」

「いいえ、サー、あります。問題というのは、ピアース殺害の一件を担当し、ミスター・Xが死亡した原因を作ったFBI捜査官についてです。名前をニコラス・ドラモンドといいます」

ハフロックはゆっくりとスコッチのグラスをデスクに置いた。「そいつが何者か、おまえは知らないとでもいうのか？」

「いいえ。かつては外務省に所属し、その後——」

「愚か者めが。やつの経歴などどうでもいい。ヨーロッパじゅうでフォックスを追いまわし、三日間でコ・イ・ヌールを取り戻したのがドラモンドだ。あいつはサリーム・ラナイハンを打ちのめした。ラナイハンはとんでもなくタフな男だった。それが今やパリの精神病院に収容され、正気を取り戻すことはないだろうと言われている。それにドラモンドの父親は英国政府に情報源を持っている。わかっているのかね、メルツ。ドラモンドは政府の上層部の人間だぞ」ハフロックがデスクにこぶしを叩きつけたので、クリスタルのグラスの縁を越えてスコッチが飛び散った。「やつらは侮っていい相手じゃない、メルツ。機会さえあれば、われわれは壊滅させられかねないのだ。ドラモンド一家にわれわれの計画を邪魔立てさせるわけにはいかない」

「ドラモンドを始末することをお望みでしたら、手配いたします。難しくはないはずです」

ハフロックは気を静め、目を細めてメルツを見た。「おまえはわかっていない。ニコラス・ドラモンドには、ミスター・Ｘやミスター・Ｚでは歯が立たないのだ。やつは危険で予測がつかない。わたし自ら手をくだしたいくらいだ。太刀打ちできるのは実際わたしだけだろうが、今はどんな疑いも招きたくない。〈オーダー〉がわたしを受け入れるかどうかの瀬戸際だからな。だめだ、ドラモンドは当面のあいだ放っておけ。だが、目を離すな、メルツ。すべての動きを見張り、やつの目をわれわれからそらしておくんだ。それでも近づいてきたら、そのときはおまえが配備しろ。わかったか？」

「配備ですか？　超小型核兵器（ＭＮＷ）を配備するという意味でしょうか？　ですがＭＮＷはまだ試験場を離れておりません。追跡可能かどうかも判明していません。どんな放射性降下物が降るのかも未知数です。われわれの予測よりひどい可能性もあります。わからないのは――」

ハフロックは軽く頭を振るだけで充分だった。そのかすかな動きで、メルツは即座に口をつぐんだ。「おまえの意見を尋ねたつもりはなかったんだがな、メルツ。それに、その段階は越えてしまった。ピアースの息子が潜水艦を見つけた今、ほかのやつらが見つける前にすばやく動かなければならん。ピアースのコンピュータから座標が得られ次第、鍵の回収に向かう。

よく聞け、メルツ。ＭＮＷをドラモンドに使わなければならないのなら、使うまでだ。いったんわれわれが鍵と兵器を手に入れ、それをＭＮＷに応用できれば、そんなことはどうでもよくなる。われわれは無敵になるのだからな。〈オーダー〉がわれわれを止めるためにできることはひとつもないだろう。父がわたしに話したことを知っているかね？　皇帝の私有財産である金塊も、鍵とともに潜水艦に積まれているはずだというのだ。怪しいものだが、もし本当なら、金塊はうれしいボーナスになる。さあ、配備の可能性に備えて、すべてのMNWを集めたまえ」

メルツはゆっくりうなずいた。たとえ疑問を持っていたとしても、顔には出さなかった。

「仰せのとおりに、サー。ほかにも何かございますか？」

「ああ、ある。エリーゼをよこしてくれ」

「彼女でしたら自分の部屋に戻っていると思いますが」

「それがどうした、メルツ？」

メルツは言った。「すぐにこちらに来させます」彼はきびすを返すと、部屋を出ていった。

ハフロックはドアが閉まるのを待ってから、こぼれたスコッチを慎重に拭きとり、自分でもう一杯作って椅子に戻った。

ドラモンド。そして、その父親。

いやだめだ、MNWをドラモンドに使うことはできない。小さな核爆弾を食らってやつが瞬時に蒸発する場面を想像するだけで、たとえ胸の奥深くに喜びがふつふつとわきあがるとしても。だめだ、それを許可するわけにはいかない。今はまだ。あの技術からわたしにたどり着く可能性がある。やつらは侮れない。疑問を抱けば執拗に追いかけ、共鳴し増幅しながらどこまでも食らいついてくる。今までに張りめぐらせた繊細なクモの巣が、ほころびてしまうかもしれない。鍵を見つける前に。皇帝の金塊を手にする寸前で。

8

ウォール・ストリート近辺
午前十時

マイクには、ニコラスが自分と同じように神経を張りつめ、腹を立てているのがわかった。鑑識班がミスター・オリンピックの死体を検死官のバンに積みこむのを見守りながら、マイクはニコラスの腕に触れた。「毎回やりきれないわね。無駄に終わることも、理由がわからないことも」バンのドアが音を立てて閉められた。「これで容疑者は死んでしまって何も言えない。でも、ピアースの件はわたしたちが解決する。被害者のために善悪を明らかにする。そうよね、ニコラス。ねえ、大丈夫？」

ニコラスは深い吐息をついた。「ああ、わかっている。大丈夫だ」

マイクは、右手に建つトリニティ教会のガラス窓に反射した太陽にふいに目を射られ、まぶしさに手をかざした。通りを少しくだったところにあるズコッティ・パークに野次馬が集まり、彼らを見ていた。

「よかった」マイクはニコラスの腕をぽんぽんと叩いてにんまりした。「だって、何も初日からスーパーマンの登場を期待してたわけじゃないのよ。なのに、まさにしょっぱなから目にも留まらぬ速さで飛びまわってくれたわよね」

「速いといえば、きみがあの近道を知らなかったらミスター・オリンピックは逃げきっていたな。それにしても奇妙だ、マイク、何もかもが。ミスター・オリンピックは現場をうろついていたくせに、捕まったとたんに恐れをなして歯から青酸カリを引っ張りだしたということか？」

「あるいは別の何かをね。あなたの言うとおりよ。マントはずっとつけておいてね、いい？」

「そういえば、スーパーマンはパイロットの免許を取っていたのかい？　それともいきなり飛んだのか？」

「いきなりよ、絶対」マイクはふくれあがる群衆に再びちらりと目をやった。「戻りましょう。録画が見つかって、犯行時の様子が見られるかもしれない」

「そうしよう。ピアースがどんなふうに殺されたのか見てみないと」ニコラスは言葉を切り、マイクをじっと見つめた。「それはそうと、きみならミス・オリンピックになれていたかもしれないぞ」

マイクはニコラスを見ずに平然と言った。「なろうとしたわよ。でも、力が足りなかった」

ニコラスはブロンドの髪をポニーテールに結った若いマイクが、思いつめた顔で集中して、長く強い両脚で地面を蹴る場面を頭に思い描いた。「長距離？　それとも、短距離？」

「長距離よ」

ニコラスはうなずいた。一瞬動きを止め、眉をひそめる。「変だな。誰かに見られている気がする。だが、いったい誰に？　まあいい。さあ、戻ろう」

フェデラル・ホールまでは、歩いて戻ってもわずか数分だった。ウィルソン巡査がテープのそばに立ち、現場から人々を締めだしていた。

「事故があって容疑者が死んだと聞きました」ウィルソンが言った。「何があったんです？」

ニコラスは言った。「われわれを愉快な追跡劇へと誘い、ぼくにテーザー銃をお見舞いしてくれた容疑者が、二度目に捕まえられたときになぜか死んだんだ」

「容疑者を殺す必要があったとか？」

「いや、そういう話じゃない。本人が何かを摂取したんだ、おそらく。次回はウィルソン、きみが追いかけるといい」

「だめですよ。もうあまり若くないんで」ウィルソンはうれしそうににやりとした。「ひどく疲れたみたいですね、ドラモンド捜査官。ぼくに何かできることはありますか？　医者を呼びましょうか？」

「大丈夫だ」ニコラスは言った。「われわれに必要なのは殺人が記録された映像だ。もしきみたちが持っていたらだが」

「それが持ってたんですよ。あそこの捜査官、ルイーザでしたっけ？　彼女がダウンロードしましたよ」

ルイーザはノートパソコンを両膝にのせてバランスを取りながら、トラックの荷台の縁に腰かけていた。ボブに切りそろえたブロンドの髪が春の風にそよいでいる。ルイーザが顔をあげた。「あら、戻ったのね。よかった」ニコラスとマイクをまじまじと見た。「まあ、ふたりともまるで戦場にでもいたみたい。いったい何があったの？」

「たいしたことじゃないわ、本当に。でも、容疑者が死んだの」マイクは言った。「あの映像を見たいのよ、ルイーザ、今すぐに」

「任せて。ツイてたわ。もうすぐ終わる。解像度をあげてるの。目撃者の証言どおり、ふたりは実際しばらく言い争っていた。容疑者がピアースを殺す前に」

ルイーザはノートパソコンの向きを変え、再生させた。

映像は粒子が粗く、高い位置から撮られていて、交通カメラの録画だとマイクはすぐにわかった。それでも慌てた様子のピアースが映りこんできたとき、通りの角をうろついていたミスター・オリンピックを確認できるほどには鮮明だった。ピアースは走ってきたらしい。前かがみになって息を整え、膝をさすり、腕時計を確かめて周囲を見まわす。会う予定の人物がいないことを見てとると、スマートフォンで短いメッセージを発信した。

なんてありふれた行動なのだろう、とマイクは思った。もうじき死ぬことになるとは夢にも考えていなかったはずだ。人が死ぬ映像は飽きるほど見てきたが、ひとりの人の一生が暴力的に断ちきられるのを目にするたびに、悲しみと憤りを覚えた。

ミスター・オリンピックがピアースに歩み寄り、何か言った。ピアースはびくりと反応した。ふたりは話し、しだいにヒートアップしていった。ミスター・オリンピックがウィンドブレーカーの内側から、するりとナイフを取りだした。注意深く、慣れた手つきだった。地上にいる誰にも見えなかっただろう。だが交通カメラの角度からは、ふたりのあいだで光を放つナイフが見えていた。明らかに腹を立てた様子のピアースが背を向けると、ナイフがその背中に沈んだ。ピアースの表情が困惑から驚きに変わるのが見えた。そしてピアースが倒れ、ミスター・オリンピックはその場にたたずんでいた。

ルイーザが言った。「ひどいわよね。じゃあ、次はこれを聞いて。ピアースが刺される前の映像から音声を抽出できたの」

かすかな声に、耳を澄まさなければならなかった。

ピアースが言った。〝彼は来ない。頭が切れるからな。彼にはわかる。きみのことも〟

〝来るさ。あんたとおれが一緒にいれば、すべて順調だと思うだろう。来るまで待つんだ。それからちょっとおしゃべりする〟

〝じゃあ、きみがメッセージを送ってよこしたんだな？〟

ミスター・オリンピックが携帯電話を持ちあげ、手のなかで揺らす。〝テクノロジーの力だよ。待ってるあいだに、ゆうべあいつから言われたことを聞かせてもらおうか。あんたたちふたりのあいだで四十分間も続いた通話のことだ。そのあと何本か、ひどく興味深い電話もかけてたよな。楽しいニュースはあっという間に伝わる、だろ？　あいつは見つけた——そうだな？〟

〝わたしが許さない。彼には手を出すな〟ピアースはぐいと体を引いたが、ミスター・オリンピックは敏捷だった。聞きとれないことを何か言ったあと、突如ナイフが取りだされた。刃渡り十五センチの鋼鉄の刃は、その数秒後にはピアースの背中を深く刺し貫いた。

膝からくずおれたピアースを、容疑者が揺する。

〝言え。全部言え。言わなければおまえの家族も仲間もみんな殺してやる〟

ピアースは息絶えかけていた。カメラに向けた顔のうつろな目がショックを物語っている。

〝言わなければ皆殺しだ！〟

〝鍵——〟

〝鍵がどうした？〟

〝鍵は——錠にある〟ピアースの頭が男の胸にだらりと垂れた。

〝なんだって？　そりゃあいったいどういう意味だ？〟男が体を揺すったが、ピアースは事切れていた。明らかに激高しているミスター・オリンピックはピアースを歩道に押しやり、ピアースのスマートフォンを引きだして数字を打ちこんだ。だが叫び声がしたので慌てて周囲を見まわし、ふたりの大柄な男性が近づいてきたのを見てとると、はじかれたように立ちあがった。ピアースにつまずいてスマートフォンを取り落とし、走り去った。

　モニターには遺体に走り寄ったり、911番に通報したりする人々が映しだされた。ルイーザがコンピュータの向きを戻した。「今のところはこれだけ。もっと解像度をあげられるかどうか、これから試してみるわ。容疑者はすでに死んだって言ったわよね。ピアースを殺した報いだわ、そうでしょう?」

　ニコラスは言った。「ピアースの死に際の言葉——〝鍵は錠にある〟というのはどういう意味だ？　ルイーザ、再生してもらえないかな、頼む」

ルイーザが再生した。ニコラスは音声を聞き、録画を見て、終わると誰にともなくうなずいた。「この男の身元が知りたいんだ、ルイーザ。できるだけ早く。この映像を顔認識プログラムのデータベースにアップロードしてくれ。逃げようと振り向いたところが、いい静止画になる。パラメーターに入れて、国際刑事警察機構（インターポール）経由でヨーロッパのデータベースでも検索してくれ。それから、ドイツからニューヨークへの到着便も全部だ」

　マイクが言った。「ドイツ?」

「二度目の再生でやっと聞きとれたよ。ピアースを刺す直前に、男はこう言っている。〝ダイネ・フロイデ・ムーゲ・ファーゲーン・ウント・ユーベル・ムーゲ・ディッヒ・エアアイレン〟」

ドイツ語だったのだ。マイクは言った。「聞きとれなかったわけよね。そっくりそのまま繰り返してくれて助かるわ。おかげですっかり疑問が晴れた」

「皮肉かい？　すまない、ドイツ語は少しばかり話せる。男が言ったことを聞いて理解できる程度にはね。一種ののしり言葉だ。ざっと訳すと、〝喜びが消え去り、悪がともにあらんことを〟」

「すてきな言いぐさね」

「英語に訳すとそれほど劇的には聞こえないが、ドイツ語では強烈なんだ。この場面では、自分につきまとう悪霊から逃れるための言葉だったととらえたいね。つきまとっていたのはわれわれだが」

「効果がなくて残念だったわね」マイクが言った。「でも、ニコラス、ミスター・オリンピックの英語はアメリカ人のものに聞こえるわ。流暢で、砕けていて」

ニコラスはうなずいた。「だが、賭けてもいい、ドイツ語が第一言語だ。経験から言っても、悪態をつくときには自然と母国語を使うものだ」

「なるほどね」マイクが言った。「ルイーザ、全部の録画をサーバーにアップロードしておいてもらいたいの。オフィスに戻ったときにいつでもまた見られるように。それから、午前中いっぱいの現場の映像を全部加えるのも忘れないで。今は見逃してるちょっとしたことが、ほかにも映ってるかもしれない。ふたりは誰かを待ってた。ピアースが命に替えてまで守ろうとした誰かを」

「にもかかわらず、家族を殺すと脅されて言った。〝鍵は錠にある〟ミスター・オリンピックに嘘を言ったのか？　それとも本当のことを？　それに、もうひとつ疑問がある。ミスター・オリンピックはなぜ現場をうろついていた？　そのあとも、E・Pが現れると思っていたのか？」

「実際、現れたのかもしれない」マイクが言った。「このE・Pは明らかにピアースに近い人物よ。わかってるのはそれだけ。この場にそぐわない人がいないかどうか、注意して見てみて、ルイーザ」

「スーツを着ていないとか、ぶらぶらしているとか」ニコラスが言った。「ピアースの家族についてもできるだけ早く調べてほしい。ミスター・オリンピックのあの脅し、あれは聞き捨てならない。何かわかったら電話してくれ」

「了解」ルイーザはほほえんで、モバイル指揮班の捜査官たちのなかに消えた。半ブロック先では、検死官がピアースの遺体を輸送用の黒い袋に入れていた。

ニコラスはゆっくり言った。「ピアース殺害は計画にはなかったことだろう。少なくともピアースは、ミスター・オリンピックが目的のものを手に入れるまでは、殺されるとは思っていなかった。誰なのかわからないが、E・Pが見つけたものについての情報を男は欲しがり、ピアースはそれを与えるつもりはなかった」

マイクは首を横に振った。「携帯電話の番号をたどりましょう。ピアースのスマートフォンを取り落としたのは、それこそ計画になかったはずだもの。人々が向かってきたときに、慌てて落としてくれて助かったわ」

「そうだな。これは明らかに罠だった。ピアースは結婚指輪をつけていないが、家族がいることはわかった。もっと情報が必要だ。自宅に行こう」

マイクがうなずく。「気が進まないけど、行かなければならないわね。できれば、あれがいったいどういう意味なのか知ってる人がいるといいんだけど。ピアースの言った〝鍵は錠にある〟という言葉の意味を。一度でいいから物事が単純にいってくれるといいのにと思わない？」

「それじゃあ、ちっともおもしろくない。そうだろう？」

9

ジョナサン・ピアースのアパートメント
東五十七丁目一一七番地
午前十時三十分

ドアマンはピアースが殺害されたことにひどく動揺し、捜索令状なしにふたりをなかに入れることについて、形ばかりの抗議をする以上のことはしなかった。一九二〇年代に作られたすてきなエレベーターにふたりを乗せて二十三階へあがり、ピアースのアパートメントの鍵を開けた。

マイクとニコラスはいきなり、部屋の三面を覆う窓に目を奪われた。眼下に広がるマンハッタンと青く澄んだ空、ガラス越しにあたたかい日差しが差しこんでいる。

マイクが口笛を吹いた。「絶景ね」

ニコラスが同調し、指さした。「ジョージ・ワシントン・ブリッジが見える」

マイクはうなずいて、奥行きがあって幅の狭いリビングルームを調べはじめた。「荒らされた形跡はなさそう——不自然なものも何もないわね。引っかきまわす前に、指紋を採取してもらったほうがいいと思うけど、まあ、ちょっと見るだけならいいでしょう」マイクはニコラスに手袋を投げた。

ニコラスは手袋をつけて片方の眉をあげ、手洗い消毒をすませたばかりの外科医のように両手をあげて甲を見せた。「患者はどこだ？」

「ばかね」

部屋は広く、モダンな家具と伝統的な家具がほどよく調和し、中間色でまとめられた調度品と、美しい絵画と彫刻が飾られていた。「ルネサンス的教養人の聖地だな」ニコラスが言った。

「それに、独り身にしてはとてもきれいね」マイクが言った。「女性の影はどこにもない。洗面所には歯ブラシが一本だけ、それからひげ剃りとブラシ。五部屋あったベッドルームを、広いマスター・ベッドルームひとつに改装してある。ベッドルームには作りつけのキャビネットが入った巨大なウォークイン・クローゼットがついていて、さらに図書室、仕事部屋、それから大きなシアタールームまであるわ」

ニコラスは図書室に足を踏み入れた。窓ガラスに薄く色がつけられているために、アパートメントのほかの部分より暗く、鍵のかかったガラスの後ろにいくつもの棚が並んでいる。ニコラスが見たところ、書物は非常に古いものからヘミングウェイの初版本と思われるものまで幅広い。キャビネットを開けて美しい革表紙に触れたくて、うずうずした。そこにある書物は特別なものであるばかりでなく、非常に高価なものでもあった。

ニコラスはマイクに声をかけた。「ピアースの職業は？」

マイクは図書室に首を突っこみ、少しのあいだ見まわした。「稀覯本の事業でも手がけてたのかしらね。これを見て。デスクにレターヘッド付きの便箋がある」

なるほど、ルネサンス的教養人らしい。「会社名は？」

「レターヘッドによれば、〈アリストンズ〉よ。二番街の、五十五丁目と五十六丁目のあいだ。アリストンズっていう名前はどこから取ったのかしら？」

ニコラスは言った。「あらゆる合理的思考を生みだした人物からだよ。アリストンはプラトンの父親だ。考えてみればうってつけの名前だな。事業は成功していたに違いない。ここにある本を全部見たかい？　どれも非常に古くて、きわめて珍しい。しかも大変な価値がある」

マイクは部屋を見まわした。「おそらくそれで、マスターベッドルームのクローゼットのなかにいくつも鍵がかかってることの説明がつくわね。ちなみに、クローゼットだけでわたしのアパートメント全体より広いんだけど」

「いずれにしても厳重すぎるな。ちょっと見てみよう。デスクのなかに鍵はあったかい？」

「いいものがあるわ」マイクはポケットに手を入れて、ルイーザから現場で手渡されたキーチェーンを取りだした。「ベッドルームのクローゼットに、鍵までかけて何をしまいこんでるのか、行って見てみましょう」マイクは最初に錠前を、そのあと鍵を調べ、リングについていた小さなシルバーの鍵を選んだ。案の定、鍵は穴に入り、錠前がカチッと音を立てて開いた。

「ここにも本がある」ニコラスは言った。「古くてとても高価な本だ。ふたつ目の鍵のかかったキャビネットに何が入っているのか調べてみよう」

マイクは少しのあいだ錠前を調べ、さらに小さい鍵を見つけた。このゴールドの鍵も完璧に穴にはまった。

本の並ぶ棚が三つあった。ニコラスは、今にも粉々に崩れてしまいそうに見える高級な羊皮紙の小型本の背表紙にそっと触れた。「光にさらしてはいけないたぐいの本に違いない。もとどおり鍵をかけよう。鑑識班にわれわれに代わってすべての目録を作成してもらうんだ――時間がかかってもいいから、もれがないようにね。名作の価値を低く算定する責任者にはなりたくない」

マイクはキャビネットを閉めようとしたが、蝶番が動かなかった。少しのあいだいじってから言った。「これが閉まらないの。無理やり閉めたくないわ」

「ちょっと見せてくれ」ニコラスが片手を扉の縁に沿って走らせた。扉を自分のほうに引いても、蝶番は動かなかった。「おかしいな。しばらく開けたことがなかったのかもしれない。もう一度やってみよう」今度は押してみると、蝶番がいきなり音を立てて扉もろとも外れた。

そこには小さな隙間があった。マイクが扉を開けたときに蝶番を開きすぎなければ、見ることのなかった場所だ。

「この後ろに何かあるぞ、マイク」

「何?」

「さっぱりわからない。写真を撮っておいて、あとで考えよう」マイクがスマートフォンで写真を撮ったあと、ニコラスはその暗い隙間に指を突っこみ、小さな透明のビニール袋を引っ張りだした。手袋をはめた手でひっくり返す。「よくあるありふれたSDカードみたいだな。なんの変哲もない。デジタルカメラに入っていて、写真をアップロードするときにコンピュータに差しこむやつだ。二百五十六ギガバイト——かなりの容量だな。そこらへんのノートパソコンにも負けないくらいだ」

「この小さなカードに! いやはや信じられないな」

「マイク、ピアースの仕事部屋にあるコンピュータのところに行こう。デスクにiMacがのっていた」

「あなたったら絶対何かに行き当たるんだから」

ニコラスはマイクに向かってSDカードをひらひらさせた。「全部きみのおかげだ。ピアースが何を隠していたのか見てみよう」

もちろんそれほど単純なわけではなかった。ピアースの電話と同様、iMacにもパスワードが設定されていた。ニコラスはデスクの前に置かれた高価な最高級の椅子、アーロンチェアに腰かけて——ピアースの事業は明らかに実入りがよかったらしい——スロットにUSBメモリを挿入した。コンピュータが起動し、システムプロンプトが現れる。パスワードを破るために自ら設計したプログラムを立ちあげ、数分後には画面に求めていたものが出た。それを付箋にメモして、USBメモリを取り外した。システムにプログラムの痕跡はいっさい残らない。エレガントで、役に立つ。

マイクは注意深くニコラスを見ていた。「あなたがこの手の犯罪科学捜査を合法的にこなす能力を持っていてくれて、本当にうれしいわ、ドラモンド捜査官。わたしの血圧を正常範囲に保ってね」

ニコラスはほほえみ、入手したばかりのパスワードを打ちこんだ。マシンが音を立てて動きだし、きれいなデスクトップに、マイクと同じくらいの年の黒髪をした若い女性が正面を向いている写真を映しだした。女性はほほえみ、カメラを見つめる目は輝いていた。「マイク、見てくれ。ピアースの娘さんの写真を見つけたぞ」

マイクがニコラスの肩の上から身を乗りだした。「お父さんの面影があるわね。わたし、本当に嫌いなのよね、これが。ルイーザからもうすぐ、この女性の名前や情報を知らせる電話があるはずよ。そうしたら連絡を取らないと。ベッドルームで見た写真には、八歳くらいの男の子と十四、五歳くらいの女の子を母親が真ん中で抱き寄せてる姿が写ってたわ」ため息をつく。「写真をフレームから出してみたけど、裏には何も書かれてなかった。でも、ここに女性が住んでないのはわかるわ。だから離婚したか、奥さんに先立たれたかのどちらかね」

「じゃあ、家族というと息子と娘か」ああ、この娘はたしかに父親に似ているとニコラスは思い、マイクと同様この役まわりを呪った。彼女の人生を変える役を果たさなければいけないとは。ニコラスは作業を続けた。「オーケー、できた。じゃあ、ピアースがクローゼットにどんな秘密を隠していたのか見てみようじゃないか」

ニコラスはSDカードをスロットに挿入し、それを開いた。またしても、暗号化されたパスワードの画面が現れた。再びプログラムを走らせると、コンピュータの画面が突然、大量の画像とファイルで埋めつくされた。

マイクはかがんで画面に顔を近づけた。「あらあら、これはいったいなんなの？」

「さあな。だけど、山ほどあるぞ」

10

ダウニング・ストリート一一番地
財務大臣官邸
午後四時

控えめな音で電話が鳴ったが、アルフィー・スタンフォードはそれを無視して目の前の画面に注意を傾けていた。少し前に自動的に点滅して電源が入り、データが表示された。デスクトップを流れるページを見て、戦慄が走る。画像、数百年前のものも含まれる手紙、Eメール。誰かがメッセンジャーの個人ファイルにアクセスしたのだ。メッセンジャーが危険にさらされた——それはつまり〈オーダー〉自体も危険にさらされていることを意味する。長いあいだの情報、研究、そして秘密が不適切な目に触れた。外部の者の目に。

いったい誰がSDカードを見つけて、ジョナサンのファイルにアクセスできたというのか？〈オーダー〉のメンバー全員が、ジョナサンの死はニューヨークの路上強盗によるものだと信じていた。だが、そうではなかったのだ。彼のファイルにアクセスしたのも殺人者だと、スタンフォードは直感した。こうなった以上、次に何が起きるかは予想もつかない。

心臓が激しく打つ。これは壮大なスケールの悪夢だ。頭に刻みつけられているはずだが、まさにこうした状況において従うべき掟がある。その掟に従ってすべての適切な措置が正しい順番で取られ、できるだけ速やかに警告が行き渡るようほかの者に警告しなければならない。自分ももはや若くはない。間違いなく確実に、その掟にしたかった。

スタンフォードは大慌てで執務室を横切り、反対側の壁にかかった小さなセザンヌの絵の前に立った。少年時代からお気に入りの絵だった。絵を動かすと、大臣就任時に壁に埋めこんだ金庫が現れた。英国政府のほかの詮索好きな人々の目が届かない、安全な書類の隠し場所だ。スタンフォード自身以外に金庫の存在を知る唯一の人物は金庫を取りつけた男だが、彼もまた組織の一員なので、情報がもれることを心配する必要はなかった。

指がダイヤルをまわし損ね、スタンフォードは小声で悪態をついた。神経がまいっていた。恐怖が高熱のように容赦なく、悪意に満ちてふくれあがるのを感じた。

ようやくロックが外れ、金庫が開いた。なかに手を入れて、金庫の天井にテープで留められた包みに触れた。暗号化された指示書のついた小さなファイルだ。暗号は解読キーがなければ解けないし、解読キーは〈オーダー〉のメンバーしか知らない。

隠し場所から包みを取りだし、右手で金庫を閉めて振り向いた。

針が刺さる痛みはほとんど感じなかった。だがひと呼吸置いて全身に衝撃が走り、続いて激しい苦痛に襲われた。胸が焼けつくように痛み、両膝をついてくずおれる。普通に息をすることさえできなかった。包みがカーペットに落ちると、片手が伸びてきてそれをつかむのが見えた。大声をあげたかったが、できなかった。足音が聞こえた。走り去る音がしだいに小さくなっていく。ファイルが奪われたことはわかっていたが、まともに考えられなくなっているようだった。強盗に襲われたのか？　自分の執務室で？　いや、そんなはずはない。今思うに、あの手はズボンの尻ポケットに伸びて財布を取った。そうではなかったか？

毒が血管をめぐり、分厚いオービュッソン織りの手織りのカーペットの上で、スタンフォードは発作を起こして倒れた。まるで血液そのものが燃えているかのようだ。

突如意識がはっきりし、何が起きているのかを悟った。スタンフォードがリーダーで、ピアースはメッセンジャー。〈オーダー〉が攻撃にさらされているのだ。だが、誰にも見とがめられずに財務大臣官邸の内部に誰が忍びこめるというのだ？

掟。ああなんということだ、掟が。

スタンフォードは転がって、床から体を起こそうとした。電話に手を伸ばし、何が起きたのか仲間に警告しようとした。しかし両手はやわらかく厚いカーペットの上を弱々しくさまよっただけで、体重を支えることはできなかった。

気が遠くなり、鼓動はゆっくりになりながらも頭のなかで大きく鳴り響き、まるで巨大な体内時計がカウントダウンを始めたかのようだった。

5。男性の叫び声が聞こえ、誰かの手に強く引っ張られて、スタンフォードは仰向けになった。痛みはあまりに激しく、まるで稲妻に繰り返し打たれているかのようだった。死ぬときは痛くないと聞いていたが、あれは嘘だ。胸は焼け焦げ、喉が詰まって息ができない。部屋がまわりはじめた。

4。好感の持てる補佐官のウェザビーが両膝をつき、スタンフォードの胸を強く両手で押していた。ウェザビーはショックで顔面蒼白だ。

「大臣。なんてことだ。心臓発作を起こされたんですね。助けを呼んできます」

スタンフォードにはそのとき、自分の殺害を命じた人物がわかった。メッセンジャーのコンピュータへの侵入を命じたのと同一人物だ。スタンフォードになり代わりたい男。スタンフォードが持つものすべてが欲しく、〈オーダー〉の秘密を知りたがっていて、〈オーダー〉そのものを我が物にしたい男だ。スタンフォードは補佐官に敵の名前を言い残そうとした。ふたつの音節をなんとか口にする――ハフ、ロック――しかし、出てきた言葉は〝ンガム〟に近かった。

3。ウェザビーが戻ってきて、叫んでいる。「医者はどこだ？　大臣が心臓発作を起こした！」

2。

彼らにはわたしが必要だ。〈オーダー〉にはわたしが必要なのだ。死ぬことはできない、今はまだ。あとほんの少しというこのときに。スタンフォードは言葉を絞りだそうとしながら、聞きとってもらえることを祈った。

1。

だが、言葉は出なかった。スタンフォードはしくじった、すべてに。

奇妙なことに、母の顔が見えた。よく頑張ったねと言ってくれているのかい？　そうよ。平安が胸を満たした。そしてそのあと、真っ暗になった。

11

ベルリン
午後五時

ハフロックはアルフィー・スタンフォードが死ぬのを見た。平静を保っていたかったが、身をよじってもがく様子はいかにも苦しそうで、愚かな年寄りがあまりにも無力で、思わず興奮せずにはいられなかった。自分自身でもほんの少しだけ、致死量には及ばないわずかな量を試してみたいという考えにそそられた。だが、だめだ。いい考えだとは言えない。心停止を起こすのに必要な投与量はごく少量だ。手元が狂えば、ただの快楽のために自分自身を殺すはめになる。録画を巻き戻し、もう一度見た。

父もこんなふうだったのだろうか。自宅のジムの中央で床に倒れ、周囲に集まった人に見守られながら死んでいったのだろうか。老いた父が土の下に眠って一カ月足らず。息子としての役割は果たした。墓地で黒衣を着た陰気な人々の相手をし、偽りの涙を浮かべながら思った。わたしの旅を始めるための道がついに開けた。自分は本当に父に死んでほしかったのだろうか。そのことは考えたくない。父の死は必要だった。それだけだ。

それに引き換え、母のほうは——海に投げこまれる直前に目に浮かんだあの実にすばらしい恐怖の色は、大切に記憶にとどめていとおしみ、今でも暇なときに取りだしてはじっくり堪能することがあった。お気に入りの絵画、ゴヤの《巨人》のように。ハフロックはその暗く残忍なパワーに耽溺した。こぶしを突きあげる巨人、人間が恐れて崇拝する巨人は自分自身だった。

ハフロックは腕にある傷のひとつを、あつらえのブルーのオックスフォード生地の上から指でなぞった。母の声が耳元で鳴り響く。何かに失敗しそうになると、すぐにこの白昼の悪夢に引き戻されてしまう。母の厳格な、いつも同じ長ったらしい説教は、死んだあとでさえ、ベルトで打たれた跡より深く脳裏に刻まれていた。

だめな子だね。このチビったら、ちっとも賢くないんだから。人の上に立つことなんてできやしない。めそめそしないの。そんなんじゃ、またお仕置きだよ。

ハフロックはスコッチをあおり、もう一杯注いで、空に向かってグラスを掲げた。「チビだって、母さん？　だが、母さんの命を奪うだけの強さはあった。地獄で朽ち果ててくれていることを心から願うよ」

この役立たず。

また聞こえた？　幽霊になってまで、母さんはわたしをばかにしているのか？　ハフロックはグラスを部屋の向こうに思いきり投げつけ、大理石の床に当たって粉々に砕けたガラスを見つめた。これですっとした。自分を抑えられる。

こめかみに白いものが目立つようになった黒髪をなでつけると、袖口を引っ張り、襟を正した。少なくともミスター・Zはスタンフォードを消すことに成功した。ロンドンは大騒ぎになるだろう。今日の分の少なくとも一部は計画どおりに運んだ。

だが、ミスター・Xは失敗した。そんなことがあっていいはずはなかった。完璧な計画を練り、ここまではずっと申し分なかった。あの愚か者がインプラントを頭に入れたまま死ぬまでは。チップは検死で発見され、それがなんの装置かをアメリカ人が明らかにするのは時間の問題だ。そして、やつらはやってくる。こちらの手持ちのカードを見せてしまった。計画より早く動かなければならなくなった。

メッセンジャーの息子が必要だった。アダム・ピアースが今すぐ必要だ。

ハフロックは椅子に座り、ミスター・Xが短いニューヨーク滞在のあいだに見たすべての映像をアップロードした。木に埋めこまれたフラットなダイナミックキーボードのキーをいくつか叩き、小さな金属製のニューロキャップを頭にかぶり、肌にぴったりつくようにパチンと音を立ててキャップの縁をきつく装着した。神経経路がリンクするのを待った。

十秒後、ハフロックはミスター・Xの最後の二十四時間の録画を見ていた。ミスター・Xの目を通して世界を見て、ミスター・Xが聞いた音を聞いた。そのすべてはハフロックのサーバーにアップロードされていた。

ハフロックはふた組の脳波を合流させる方法に取り組んでいた。スパイの思考にじかにリンクして、次に何をすべきか離れた場所から指図できるように。携帯電話で指示を出すのに近いが、それを頭のなかで行うのだ。その技術はまだ完成していない。ひとつ重大な障害があり、解決のめどは立っていなかった。頭のなかに第二の声——ハフロックの声——を聞いた被験者は皆、取り返しがつかないほど常軌を逸してしまうのだ。

それでハフロックは不本意ながら、見て聞くだけにとどめていた。いずれ超小型核兵器(MNW)をさらに強化して配備すれば、なんであれ望みのターゲットに向けて発射できる。または誰であれ選んだ敵に向けて。そう考えて満足した。何に撃たれたのかをターゲットが知ることはない。ハフロックに必要なのは失われた潜水艦の座標と鍵だけであり、そのために必要なのがアダム・ピアースだった。

録画を早送りした。ジョン・F・ケネディ国際空港到着、フェリーターミナルへの移動、ミスター・Xが誰にも見られずメッセンジャーの部屋に忍びこんだ瞬間へ。ミスター・Xは徹底的に捜索を行い、すべてのキャビネット、クローゼット、仕事部屋のモディリアーニの絵の裏にある壁に埋めこまれた隠し金庫まで開けた。細心の注意を払い、そこにいたことに誰も気づかないように。いくつもの鍵を開けたが、ＳＤカードは見つからなかった。ハフロックはミスター・ＸがＵＳＢメモリをピアースのデスク上のｉＭａｃに挿入し、暗号をたちどころに解読し、すべてのファイルをダウンロードする場面を見た。そのＵＳＢメモリを手に入れられなかったことが悔やまれた。しかも今、それがＦＢＩの手中にあるとは。だがまあ、それはどちらでもいい。手紙のたぐいと稀覯本の販売記録以上のものが入っているとは思えなかった。たいした損失ではない。ハフロックはミスター・Ｘの映像に浸り、あのろくでもないドラモンドに倒された最後のシーンまで行き着いた。ドラモンドの肘が顎を打ってゲルパックを破裂させ、ミスター・Ｘを殺すところを見た。たまたまだ。だが、そんな事態もありうるとわかったのは収穫だった。よりよい解決策、よりよい位置を見つけなければならない。敵の手にかかったスパイを偶然で死なせるわけにはいかない。歯のなかに仕込んだほうがいいかもしれない。臼歯に守られていれば、ゲルパックが破れる可能性は低い。だが、舌なら――。

　ハフロックはニューロキャップを持ちあげ、頭から外した。

　ミスター・Ｘはとんだ期待外れだった。ＳＤカードを見つけられず、ピアースの息子アダムも手に入れられなかった。そのくせ自身に埋めこまれた優秀なチップを皿にのせて、アメリカのＦＢＩにおめおめと差しだすとは。

キーを押すと画面が消えた。立ちあがり、光が急速に消えようとしている窓辺へと歩み寄った。ハフロックは夜が好きだった。すべてを覆う暗闇がもたらす可能性が、劣った獣が何も知らず、何も見ずに、人生をさまようのを見るのが好きだった。ハフロックには確信があり、それ以外に必要なものはなかった。もうじき、わたしは完璧な兵器を手に入れる。わたしの名を知らない者はいなくなる。

ひれ伏す者たちの目に、わたしはどう映るのだろう？　この世の天才、比類なき発明家、ほんの一滴で数百万の命をコントロールする男？　もうすぐだ。わたしは人の上に立つよ、母さん。わたしはだめな子ではなく、賢い子だ。それにいとしい母よ、あなたはすでに死んでいる。

12

国連プラザ
午前十一時

ソフィー・ピアースは、今朝彼女がした仕事に対するシー＝ティエン大使の感謝の気持ちと、今夜の夕食の誘いを受けるしるしにうなずいた。大使は現代的な男性なので、両手を杯状にして深くお辞儀する、中国の正式な別れの挨拶はしなかった。ソフィーは握手を交わして言った。「失礼します（ツァイチエン）」彼女は背中を向けた大使が代表団とともに歩み去るまで待ち、それから深く息をついて力を抜いた。通訳としての務めは、午後は必要ないはずだった。昼食をとり、そのあとで父のところにちょっと立ち寄って、大使に約束したマーク・トウェインの稀覯な初版本を受けとるつもりだ。父が私物の蔵書のなかから、その本を出してくれている。父はすばらしくて、まるでマジシャンが帽子からウサギを取りだすように、人々が望むものをいつでも正確に見つけることができた。そしてこの一冊の宝によって得る八千ドルで、父はまたたくさんの帽子を手に入れるのだ。

ソフィーはその本が初版第一刷ではないことを知っていた——もしそうであれば、大使は少なくとも三万ドルを費やすことになっていたはずだ。二刷で満足しているところが好ましく、大使に尊敬の念を覚えた。シー＝ティエンは、ここ五年のあいだソフィーが国連で一緒に仕事をしてきたほかの人たちのように派手ではなかった。親切で繊細で、なお都合のいいことに本の代金をアリストンズのプライベートバンクの口座へすでに振りこんでくれていた。

ソフィーはセキュリティの先の階段を急いでおりながら、首からさげたIDカードを外してポケットに突っこんだ。大理石の階段にヒールの音を響かせて通りに出ると、レキシントン・アベニューへ向かい、そこから五十七丁目を目指した。実に気持ちのいい日で、人も物もすべてが晴れ晴れとしているように思われた。ここ数年続いた夏の酷暑も、まだニューヨークをすっかりのみこんではいなかった。

ソフィーは革製品のブティックのウィンドウに映る自分をちらりと見た。黒髪は頭の上でバレリーナのように小さなシニョンにまとめられ、長い脚が力強くすばやく動いている。冬のあいだに精を出したヨガとランニングとキックボクシングのおかげで、今はすこぶる調子がいい。うぬぼれているわけではないが、国連の狭いガラス張りのブースのなかにあれだけ長時間座り、聞いては話すことばかりを際限なく繰り返しているにしてはきれいだった。体が引きしまり、体重が落ち、そのついでにろくでなしの夫も切り捨てた。

今は幸せで、週末にはできる限り父を手伝っていた。人生は上々だ。ふさわしい男性がいずれは見つかるだろう。

父が住むアパートメントに着いたときも、息ひとつ切らしていなかった。ソフィーはここ〈ザ・ガレリア〉で、マンハッタンの息をのむ景色を見ながら最高の待遇を受けて育った。だが学校を卒業したときには、独り暮らしをすると言い張った。実家を出なければ、古くかび臭い本の山に埋もれて窒息してしまうと思ったからだ。父は喜ばなかったが、引きとめはしなかった。信託財産は潤沢で、友人の多くとは違い、ソフィーは独り立ちすることができた。

そうはいっても家から遠く離れたわけではなく、十ブロックほど先のタートルベイ地区に落ち着いた。父には週一回は必ず顔を見せるようにしていた。たいていは、この頃では住んでいるも同然になっている店で父をつかまえた。罪悪感がチクリと胸を刺した。母が亡くなり、弟が進学のために西部へ引っ越して以来、ずっとふたりでやってきたのだ。それがここ最近はひどく忙しく、いつものペースで父に会えていなかった。

でもそんな日々もおしまいにするわ、とソフィーは自分に誓った。今となっては週一回では足りない。ろくでなしの夫との離婚は裏切りと喪失、自分を本当に愛してくれる人のそばにいることの大切さに関する手痛い教訓になった。

ドアマンのギリスがドアを開けてくれたが、頭をさげるだけで何も言わない――珍しい、普段はおしゃべり好きなのに。何かおかしいと気がついたのは、黒い目に涙をいっぱいにためたウンベルトが大急ぎで駆け寄ってきたときだった。

「ミス・ソフィー、お気の毒です。本当に残念です。お父さまのことはなんと言えばいいか……」

ソフィーは動きを止めた。「何があったの？　事故？　父が倒れたの？　ウンベルト、父は大丈夫？」

ウンベルトは首を横に振った。「本当にお気の毒です。お父さまは亡くなられました、ミス・ソフィー。ＦＢＩ捜査官が階上にいます。電話がかかってきませんでしたか？　すみません、わたしにも詳しいことはわからなくて」

ソフィーはエレベーターへ走った。「嘘よ。そんなの、嘘だわ」無意識に繰り返しながら、ほかには何も耳に入らなくなった。

エレベーターのドアが開き、乗りこんでボタンを一度、二度と叩いた。途中で止まらなければきっかり二十二秒で二十三階――父がいつも言っていた、ここが自分たちの本当の家だというしるし――に着くことをソフィーは知っていた。二十三は家族のラッキーナンバーだった。二十二秒のあいだ、彼女は息を殺し、身動きもせずに立ちつくして数えた。

長い廊下を玄関へと急いだ。鍵はかかっていなかった。なかに飛びこむと、腰に銃を携帯した男性と女性が大きなはめ殺し窓の前で話していた。ふたりは銃に手をやりながら振り向いた。

「父に何があったの？」自分が金切り声をあげているのがわかった。ヒステリックになっていたソフィーは深呼吸をして、今度は少し落ち着いた声で言った。「父に何があったのか教えてください」

男性が先に口を開いた。英国人だ。アメリカ人ではない。「ニコラス・ドラモンド、FBIの捜査官です。こちらはマイケラ・ケイン捜査官。ミスター・ピアースのお嬢さんですね？」

ソフィーは体の震えを止められず、椅子の背をつかんだ。「はい、わたし――わたしがソフィー・ピアースです。父はどこに？　何があったんです？」鼓動に合わせて全身に嘘、嘘、嘘、嘘、嘘のリズムが鳴り響いたが、心の底では彼女にもわかっていた。

「大変お気の毒ですが、あなたのお父さんは今朝、ウォール・ストリートで殺されました」ニコラスはゆっくりと静かに話した。「親族の方を探していたところです。お悔やみ申しあげます。どうぞこちらにおかけください」

ソフィーは両手を振って、その言葉を否定しようとした。「いいえ、いいんです。何かの間違いです。だって、おかしいわ。父にはウォール・ストリートへ行く用事などありません。店にいたはずです。どうして殺されなければならないの？　何があったんです？　教えて」

自分の声がまたヒステリックになっているのがわかったが、どうしようもなかった。

「さあ」ニコラスがソフィーの腕を取った。ワインレッドの大きな革張りのソファに座らせ、彼女の正面で膝立ちになった。ソフィーはニコラスが体格のいい若い男性であることにおぼろげに気づいた。黒い目に哀れみの色が浮かぶのを見て、この瞬間は自分の脳裏に永遠に刻みこまれるのだろうと思った。

ニコラスの声は低く落ち着いたままだった。「あなたのお父さんはE・Pという名の何者かが送った偽のメッセージでウォール・ストリートにおびきだされた、とわれわれは考えています。お父さんが行ってみると、E・Pはその場におらず、別の男が待っていました。ふたりは口論になり、男がお父さんを刺しました。お気の毒です」

ソフィーは考えることも動くこともできなかった。だが捜査官の話を聞いて、現実なのだと理解した。恐ろしい現実だと。

「E・Pが何者か、心当たりがおありですか?」

目に一瞬何かがきらめいたが、ソフィーは何も言わなかった。

部屋がぐるぐるとまわりだし、目の前で膝をついている男性に手を握られた。視界がぼやけ、それから何も見えなくなった。

13

ニコラスはソフィー・ピアースの脈に手を当てた。まだ速いが、リズムは一定だった。ショックだったのだ。それはわかる。愛する人の死を突然、有無を言わさず突きつけられるのは、誰にとってもひどいショックだ。すべてを遮断したくもなる。

マイクがニコラスの肘のあたりに水の入ったグラスを差しだした。「気がついたら水を飲ませましょう。たいした役には立たないだろうけど、何もないよりましだわ」

ニコラスはグラスをサイドテーブルに置いて立ちあがった。「E・Pが誰か、彼女は知っていると思う。落ち着いたら、聞きだしてみてくれ。ぼくは鑑識の到着予定時刻を確かめてくる。すぐ戻るよ」

「ニコラス、あなたの前に誰かがハードディスクドライブにアクセスしたことを伝えるのを忘れないで。ここにやってきたミスター・オリンピックの仕業だとは思うけど」

「同感だ。だが、やつはSDカードを見つけられなかった。賭けてもいいが、あのSDカードはピアースのコンピュータの核心部分にアクセスする鍵だった。見つけた全部のファイルの出所を突きとめて、何がわかるか試してみよう」ニコラスが再びソフィー・ピアースを見ると、彼女はうめき声をあげ、両目をしばたたいていた。

ニコラスが荒々しい声で言った。「すべてを整理する時間が必要だな。こんな事件は初めてだ」

「聞いて、ニコラス。全部ひとりでやらなくてもいいのよ。みんなもいるんだから。あなたとわたしとザッカリーとルイーザとベン、それにグレイ・ウォートンにも捜査に加わってもらえるよう頼んでおいたわ。グレイの優秀さは知ってるわよね。あなたは大きなチームの一員なの。もうひとりで世界を背負って立たなくてもいいのよ」

ソフィー・ピアースが目を開いた。「父のコンピュータのことを話しているのが聞こえました。何が入っていたんですか？」

マイクは水を手渡し、ソフィーがそれを飲んでグラスをテーブルに戻すのを見守った。

「お願い、教えて。何を見つけたのか言ってください。まったく納得がいかないんです」

マイクが言った。「ショックを受けられたこととお察しします、ミズ・ピアース。ゆっくり、一歩ずつ進みましょう。まず、あなたが店とおっしゃったのは、お父さんの書店アリストンズのことですか？」

「そうです」ソフィーの顔色はいくらか戻りつつあったが、まだ青白かった。マイクが手を貸してソフィーの体を起こし、自分とニコラスをもう一度紹介しながら、通路に立ってスマートフォンで話しているニコラスを手で示した。「父は古物商で、業界でも指折りの蒐集家です。〈アリストンズ〉は稀覯本で知られています。父は世界中にネットワークを持っているんです」

「大変成功されていたんですね」

「ええ、そうです。父には生まれながらにしてこの分野の才能があったんです。ケイン捜査官、わかりません。誰に命を狙われるんです？　父には敵なんてひとりもいませんでした。みんなに好かれていましたから」

ニコラスがリビングルームに戻ってきた。「あらかじめ計画された殺人とは考えていません、ミズ・ピアース。ですが、敵の姿がよく見えることもあれば見えないこともあるというのはよくおわかりですよね。あなたのお父さんは深遠な分野で傑出した事業家でしたから、ライバルは必ずいたはずです。お父さんに負かされて、腹を立てた人もいるでしょう。わたしの祖父がちょっとした蒐集家なんです。オークションがどれだけ熾烈になりうるかは知っています」

ソフィーがうなずく。「それじゃあ、理解していらっしゃいますよね。ひどく狭い世界なんです。たしかにライバルはいました。でも、敵ですって？　いいえ、父に敵はいません。ありえません」まっすぐに姿勢を正した。「じゃあ、どんなふうに殺されたのか教えてください。男が父を刺したとおっしゃいましたよね？」

ニコラスはその質問には答えなかった。「E・Pとは誰なのか、教えてください」

彼が観察していると、淡い色の目に知っているしるしの光が一瞬きらめき、またすぐに消えた。ソフィーはふたりと目を合わさず、ひと言も言葉を発さず、ただ首を横に振った。

マイクが言った。「お父さんは通りで口論の末に相手の男に刺されました。死に際に、お父さんは自分を刺した男に言いました。〝鍵は錠にある〟と。なんのことかわかりますか？」

「なんですって？」

「〝鍵は錠にある〟です」

「いいえ、わかりません」今度は目に光は宿らなかった。その意味を知っていることを示す徴候は何も見られなかった。

「強盗だったという可能性は？」

ニコラスが言った。「いいえ、ミズ・ピアース――」

「ソフィーと呼んでください」

「ソフィー、いいえ、強盗の仕業ではありません。発見されたとき、お父さんはスマートフォンと財布を所持していて、何も盗られた形跡はありませんでした」

ぴしゃりと鞭を打つように、ソフィーは再びふたりに顔を向けた。「父のコンピュータに何かを見つけたって言いましたよね。なんだったんですか？」

14

これは興味深い。ニコラスは仕事部屋を身振りで示した。「お見せしましょう。あなたのお父さんがかかわっていたかもしれないことがなんだと思うか、わたしに教えてください」

ニコラスは図書室へと続く廊下を進み、ソフィーがあとに続いた。彼女はドアのところで一瞬ためらった。たしかに左右の側柱に視線を走らせていた。なぜそんなことを？

「大丈夫ですか？」ニコラスは尋ねた。

ソフィーがうなずいた。

「お仕事は何をされているんですか、ソフィー？」

「国連で通訳をしています。アジアの政策と経済が専門です」ソフィーはそう言いながら、父の仕事部屋に足を踏み入れた。周囲を見まわして唾をのみこみ、腕組みをして意を決したように言った。「見せてください」

ニコラスは思った。さあ、気をつけろ。手の内を全部さらす理由はない。なぜだか知らないが、彼女はわれわれに正直に話してくれていない。ニコラスはかがみこんでふたつほどキーを叩き、衛星の設計図を表示した。

「これが何かわかりますか？」

「衛星みたいですね」

「正解。問題は、これがただの衛星ではないことです。これは高度な技術を要するＬＥＯ静止偵察衛星で、軍が使うような代物です。国家安全保障局（NSA）が北半球で、望めばどんな会話も聞くことができるのはこれのおかげだということは言うまでもありません」

「ええと、英語でお願いできますか、ドラモンド捜査官？」

「ＬＥＯというのはＬｏｗ Ｅａｒｔｈ Ｏｒｂｉｔ（低軌道）のことです。ほとんどの偵察衛星はその軌道に位置しています」ニコラスは数回クリックした。その画像は別の衛星のもので、最初のものに似ているが、いくつか異なる点があった。

「特にこの衛星はまだ発射されておらず、開発段階にあります。開発は極秘扱いで、軍事機密のプロジェクトであり、航空宇宙産業界の大企業が所有する極秘のサーバー上にある情報です。自分たちの超機密扱いの偵察衛星計画がマンハッタンの古物商のコンピュータのなかにあったことを知ったら、彼らはかなり気分を害するでしょう」

ニコラスは相手を威嚇するように背筋を伸ばし、きわめて静かに言った。その声には明らかに高圧的な響きがあった。「このＳＤカードの極秘資料でお父さんが何をなさっていたか、お話しいただけませんか？」

ソフィー・ピアースが初めてほほえんだ。かすかにではあるものの、たしかに笑顔を見せた。「あなたが考えていらっしゃるようなことではありませんわ、ドラモンド捜査官。父は犯罪者ではありません。軍の歴史の専門家なだけです。おそらく友人から、本来は共有すべきでないものをもらったのでしょう。父は口が堅いことで知られていましたから。人々が送ってくるあらゆるもので本が一冊書けるくらいです」

「好ましくない人物の目に触れれば、アメリカ合衆国を攻撃するのに使われる可能性がある極秘資料を、友人がお父さんに送ってきたというわけですか?」

ソフィーは笑みを消し、目を細めた。「そうよ。何をおっしゃりたいの?」

「これらの計画にアクセスできる市民は無数の法を犯している、と言っているんです。それにこの計画をEメールで送ってきた人物——あなたのおっしゃる友人は、Eメールを世界中の四十ものサーバーでたらいまわしにし、事実上追跡できないようにして、送信元を隠したんですよ」

ニコラスは口をつぐみ、手を伸ばしてマウスをクリックしてモニターの画像を閉じた。今はこれで充分だ——衛星の画像はニコラスが見たものとは無関係だったが、彼女がそれを知る必要はない。

「父は絶対に、この国を傷つけるようなことをするような人ではありません」

マイクはドアのところで話を聞いていた。ニコラスに頭上からのしかかるように立たれても、ソフィーは微動だにしなかった。腹を立て、ニコラスとのにらみあいも辞さないとばかりに身構えている。マイクは、ソフィーが見かけ以上に手ごわいという強烈な印象を受けた。フォックスのようだ。あとほんの少しでしてやられそうになったかつての相手。ソフィーはあの怪盗と同じ雰囲気をまとっている――やわな見かけと鋼の中身。彼女はこれまで話した以上のことを知っている。もっとずっと多くを。どうすれば本当のことを話してもらえるだろう?

マイクは仕事部屋に入った。「失礼。ニコラス、ちょっと話せる?」

ニコラスがちらりと見てうなずいた。マイクはソフィーに言った。「この近くにご家族はいらっしゃいますか? 誰か一緒にいてもらえるような人が?」

ソフィーは首を横に振った。「わたしたちだけです」声がかすれていた。彼女が父の死を現実としてようやく受けとめつつあるのが、ふたりにはわかった。

「〝わたしたち〟というと?」ニコラスがきいた。

「わたしと……弟のことです」

「弟さんの名前は?」

「アダム」声が震えた。「ねえ、父はどこですか? その、父の……遺体は?」

マイクは言った。「死体安置所です。これから検死が行われます。お父さんが亡くなった状況を百パーセント明確に特定する必要があるので」

ソフィーが喉をごくりと鳴らす。「誰かが父の背中にナイフを突き刺したというだけでは充分でないんですか？」

マイクはソフィーの肩に触れた。「ごめんなさい。本当にお気の毒です。電話をかけて、こちらに来てもらえる人は本当にいらっしゃいませんか？　弟さん、アダムは？」

ソフィーが言った。「いいえ、アダムはここにはいません。忘れていた――午後に会議があるんだったわ。断りの電話を入れないと。事情を説明します」

「わかりました。どうぞ、少し外に出ていますから」マイクはそう言って、ソフィーがポケットから携帯電話を取りだすのを見ながら廊下に出て、後ろ手にドアを閉めた。

「ひとりにして安全だと思うかい？」

マイクは言った。「心配ないわ。現場はここよ。彼女が何か変なことをしないかどうか、みんなが見てるわ。わたしたちがここにいるんだから、コンピュータに飛びついて全部消去したりできっこない」

「できたとしてもかまわないけれどね」ニコラスが言った。「ハードディスクをコピーして、SDカードからファイルをダウンロードしておいた」USBメモリを持ちあげる。「それにハードディスクをぼくの自作プログラムで暗号化したから、もう誰もファイルをいじることはできない」

マイクはにんまりした。「さすがはわたしがパートナーにと望んだ人ね。ソフィーとの話を一部聞かせてもらったわ。このことに彼女も一枚嚙んでると思う？」

「マイク、彼女は国連で働いている。通訳だ」

マイクはうなずいた。「ええ、国際的なコネがあるってことよね。彼女から目を離さないようにしましょう」

「彼女はE・Pが誰かも知っている。だが父親が言っていた〝鍵は錠にある〟の意味はわからないようだ。話していないことで、ほかに何を知っているんだろう？　さっぱりわからないのは、思いつくすべてをなぜわれわれに話そうとしないのかだ。父親が殺されたっていうのに。ピアースがよからぬことを企んでいたとは言いきれないが、SDカードにあったものは……とんでもない代物だぞ、マイク。政府機密であり、大金の絡む機密だ。ピアースの財政状況を分析する必要がある。ついでにソフィーのも」

「それに、彼女と弟のアダムを保護する必要もあるわね。ミスター・オリンピックがピアースを脅していたから。ザッカリーから電話で、何者かが今朝アリストンズのまわりをうろついてたと報告があったわ。店が開くのを待ってるみたいだったたって。店に行って調べる必要もありそうね」

「ピアースは店に別のコンピュータを持っているに違いない。そこに何があるか、ぜひ拝見したいね。ソフィーを一緒に連れていったほうがいいな。もしほかに何もなければ、彼女の安全のためにも。もしかしたら泣き崩れて、今回の件について何か知っていることを洗いざらい話してくれないとも限らないし」

15

古美術品と稀覯本の店アリストンズ
二番街と東五十七丁目の角
正午

三人はアリストンズへ歩いた。ピアースのアパートメントからはわずか数分、マンハッタンのビジネスマンにとって理想的な通勤だ。ピアースの生活の大部分は、店と自宅のある数ブロック四方でなりたっていたのだろうと、マイクは推察した。ブティックと最高級宝飾品店のあいだに挟まれて、アリストンズはひときわ古くて立派なビルに入っていた。高くて幅の狭いビルで、長い年月を経てれんがが色あせている。窓は暗く、〝閉店中〟という手書きのプレートが内側にさげられている。

東五十七丁目は人通りが多く、昼食や仕事、人生のあれこれに急ぐ人たちが行き交っていた。マイクは片手をソフィーの背中に添え、もう片方の手を腕に置いた。店に特別な関心を払っている人物が周囲にいないかどうか、一同は注意深く観察した。場違いな人物はひとりも見当たらなかった。

マイクはスマートフォンで、店の周囲をうろついていた男を特定した顔認識プログラムの担当者と話した。「ほかには?」

ニコラスがちらりと目をやると、マイクは首を横に振り、電話を切った。「若い男としか言えないそうよ。もういなくなったようだとも言ってた。また男が現れたら、すぐに電話してくれるって。なかに入って大丈夫よ」

ソフィーが鍵を開け、ドアをゆっくりと開いて警報装置を切った。ここがアリストンズか、とニコラスは思った。ほっとするにおいだ。嗅ぎ慣れたにおい——心は瞬時にイングランドにある生家、オールド・ファロー・ホールに戻っていた。稀覯本が並ぶ祖父の広い図書室、古い羊皮紙のにおい、暖炉のぬくもり。

アリストンズは書籍蒐集家の夢のような店だった。床から天井までを埋める書棚、ガラス扉がついた棚もあり、その多くは鍵がかかっている。何段にも連なる棚はすべて、ジャンルによって明確に分類され、さらに出版された世紀によって整理されていた。

入ってすぐのところに小さなレジカウンターのスペースがあり、奥へ進む途中にそれより広い座れるスペースがあった。使い古された大きな椅子二脚は、ブラウンの革製で縁に鋲(びょう)飾りがついていた。ガチョウの首のように湾曲した読書灯が、それぞれの椅子に覆いかぶさっている。それ以外の空間は、どこもかしこも本で埋めつくされていた。

ニコラスは、ソフィーがドアを入ったところで立ちつくしているのに気づいた。喉を震わせている。ここに来るのは、さぞつらいことに違いない。ニコラスには自分の父親が死んだ、しかも何者かに殺されたと聞かされることなど想像もできなかった。ソフィーが気丈さを取り戻し、知っていることをすべて話してくれるよう祈った。

ソフィーが気を取り直した様子で胸を張り、明かりをつけた。声には悲痛な響きがあった。「父はこの店で一日のほとんどを過ごしていました。ここが父の世界でした。子どもの頃、少しでも時間が空くと、父はいつもわたしをここに連れてきて、本の埃（ほこり）を払って整頓したり、電話に出たりしていました。大人になってからは、わたしが注文をさばくようになりました。顧客は世界中にいて、特に軍事関係の書物が人気です」

マイクがすぐそばの棚に並ぶ本の背表紙に指を走らせた。「実際どんなふうに商売になるんです？　通りがかりにふらっと入ってきて稀覯本を買っていく人がいるんですか？」

「皆さんが想像する以上には。でも、売り上げの大半はオンラインです。インターネットはこの業界に起きた、最良で最悪の変化でした。昔はすべての取り引きが手紙で行われました。そのあとは電話になったけど、それでもまだ人間味があった。ところが人を介さずにインターネットで本を買える時代になると、なんといったらいいか、父にとっては楽しみが半減してしまったんです。父は人と知りあうのが好きでした。オークションが生きがいみたいなものでしたから」

「オークション？」マイクがきいた。「サザビーズやクリスティーズが開く、家具や美術品のオークションみたいな?」

「ええ、似ています。父はこの場所の賃料一年分を稀覯本一冊の売り上げで支払うことができました」

ニコラスはピアースのアパートメントでガラス越しに見た本のことを思いだした。「お父さんは最も貴重な稀覯本を自宅に保管していましたか?」

「はい、いくらかは。でも家に置いていた大部分は、父が心から好きな――好きだった本です」

ソフィーは表情を失い、ついてくるよう身振りで示して、ふたりを店の奥へと案内した。ドアの鍵を開けると、そこにはデスクと帳簿の置かれた小さなオフィスがあり、真新しい二十七インチのiMacがデスクにのっていた。ソフィーはまっすぐ部屋の奥に進み、長方形をした鋼鉄製ロックに並ぶボタンをいくつか押した。圧縮空気が抜けるシューッという音とともに扉が開くと、その後ろに螺旋(らせん)階段が現れた。

「この階段は、父がきわめて高価な本をしまう――しまっていた――地階に通じています」

ソフィーは声を詰まらせたが、すぐに冷静さを取り戻し、扉の内側のスイッチを入れた。壁にたったひとつ取りつけられた小さな電灯がともり、地階は炎のように赤いやわらかな光で包まれた。三人は狭い階段をおりて、店の奥行きには及ばないが、四十平方メートルほどはありそうな空間へ入っていった。すべての書棚が強化ガラスの背後にあった。

マイクがささやいた。「バチカン宮殿の大広間にいるみたい」

ニコラスは胸が軽く締めつけられる気がした。「低酸素環境ですか?」

ソフィーが驚いた顔を向ける。「そのとおりです。温度と湿度も制御されています。気温十八度、湿度は四十五パーセント。この環境に保たなければ、本が粉々に砕けてしまうからです。水道管を全部移動しなければなりませんでした。防火材も本と紙に安全な特別配合の化学物質です」

ソフィーはひとつのケースに歩み寄り、厚く縁取られた金泊のレタリングが施された本を指さした。「これが父のお気に入りでした。長年にわたってかなりたくさんの買い取り希望がありましたが、父は売りませんでした」

それは特に目立つ本ではなかった。だが背表紙を読むだけで、ニコラスの全身に震えが走った。「ウィリアム・ブレイクの『ユリゼンの書』? 数百万ドルの値打ちがあるに違いない」

ソフィーがほほえんだ。「この世に八冊しか存在しません。そのうち一冊は一九九九年のオークションに出品されて、二百五十万ドルで落札されました」

ニコラスが言った。「ぼくだって手放しはしなかったでしょうね。ブレイクは大好きなんです」

今にもブレイクの詩の一節を暗唱しそうなニコラスを横目に、マイクがすかさず口を挟んだ。「信じられないほど貴重な本があるんですね。この店にはほかにも本か書類か、何か秘密の保存記録のようなもので、買い取り希望があっても売却を拒んでいたものがありますか？　このブレイクの本みたいに」

ソフィーの返答には一瞬のためらいもなかった。「いいえ、わたしの知る限りではありません」

「誰かがどうしても欲しくて、それを手に入れるためにお父さんを殺しかねないものは？」

ソフィーは首を横に振った。「聞いてください。古美術品の世界にもたしかにそれなりの苛烈さはありますけど、父を殺すほどのいさかいはありません。父はすばらしい人でしたし、多くの人から尊敬されていました」

肝心なのはそこではない。金はいつだって殺しの大きな動機になる。たとえそれが正しいことではなくても。マイクは言った。「極秘の衛星システムの情報をお父さんに送ってきた男は誰ですか？」

ソフィーの頬をひと粒の涙が伝った。黙って指ですばやくぬぐい去る。「さっきもお話ししたとおり、わたしにはなんの話かわかりません。父は本に夢中でした。それだけです。父のコンピュータのあの衛星の情報は、きっと父を崇拝する誰かが父を喜ばせようと送ってきたんでしょう」

ニコラスはスマートフォンに保存してあったミスター・オリンピックの写真を見せた。

「この男に会ったことは？」

ソフィーは写真を見据えた。男が死んでいるのは明らかだった。薄目を開け、顔は青黒くなっている。「死んでいますよね？」

「そうです」ニコラスは言った。「見覚えは？」

ソフィーはゆっくりと首を横に振り、こみあげてきたものをのみこんだ。「いいえ。一度も会ったことはありません」ニコラスが次の写真を出そうとするのを見て、彼女はとっさにあとずさり、両手をあげた。「父の写真もあるなんて言わないでください。見たくありません。そんな父なんて見たくない」最後は怒鳴り声だった。ニコラスは片手をソフィーの腕に置いて落ち着かせた。

動揺から立ち直ったソフィーが深呼吸をした。「その死んだ男が父を殺したんですか？」

「ええ」

「その男も死んだのね。神さま、ありがとうございます」

マイクはソフィーの腕に軽く触れ、低い静かな声で言った。「もう一度、質問します。お父さんはなぜ死に際に、殺人者に〝鍵は錠にある〟と言ったんですか？　どういう意味です、ソフィー？」

すっかり自制心を取り戻したらしいソフィーは首を横に振った。「見当もつきません」

マイクは言った。「ソフィー、そろそろ本当のことを言ってくれてもいい頃だと思わない？　お父さんを殺したのは無差別の路上強盗じゃないことは、あなたもわかってるでしょう？　知ってることをすべて話してもらわないと」

「知っていることは全部お話ししました。気分が悪いんです。続きはまたにしてもらえませんか？　家に帰りたいんです」

そのとき、頭上でドンと音がして、全員が凍りついた。

16

ニコラスは人差し指を唇に当てた。「ソフィー、店に入ったあと、鍵をかけましたか？」

ソフィーがうなずいた。まっすぐ上を見つめている。

重い足音が硬材の床を踏みしめ、店の奥へと移動してきた。

ニコラスとマイクがソフィーの前に出て、グロックを構えた。マイクがささやく。「何かあれば電話をくれることになってたのに。おかしいわね」

ソフィーはすっかり震えあがり、奇妙に赤い光のなかでさえ青白く見えた。「ここには携帯電話の電波は届きません」

ニコラスはマイクを見ながら頭で階段を指し示し、ゆっくりのぼりはじめた。

マイクがソフィーにささやく。「ここにいて」そしてニコラスに続いた。

階段の上まで来ると、ニコラスはスマートフォンの画面に映る反射を利用して、オフィスに何者かが侵入していないか確認した。部屋には誰もおらず、ドアは閉じたままだ。ふたりは階段からそっと一階に出た。

ニコラスはグロックを自分の脚に押しつけた。これ以上のサプライズはごめんだった。今朝の大失敗でたくさんだ。

ドアの前まで来ると、ニコラスが声に出さずに〝スリー、ツー、ワン〟とカウントし、ふたりは同時に書店スペースに躍りでた。ニコラスの銃が上で、マイクの銃が下。まるで長年組んでいるパートナーのように、完璧に息が合っている。

そこには誰もいなかった。

ふたりは無言のまま、ゆっくりと書棚の列を進みながら店の入口へ歩を進めた。拳銃を構え、書棚をひとつ越すたびに誰もいないことを確認する。ニコラスは表のドアを見た。閉まっているものの、手書きの〝営業中／閉店中〟のプレートがねじれていた。

書棚はあと三つ、ふたつ、ひとつ。ニコラスが最後の書棚の向こうに踏みだすと、若い男がいた。まだほんの子どもだ。おそらく二十代前半かもっと若いと思われ、髪はブラウンがかったブロンド。入口近くのレジカウンターで椅子に座り、片手をレジスターに突っこんでいる。

ニコラスが言った。「FBIだ。そこでやめて両手を見せろ」

若者は自分に向けられた拳銃を見て凍りついた。ゆっくりと両手をあげ、無表情に固まった顔でニコラスをじっと見る。右手には二十ドル紙幣を一枚つかんだままだ。

「動くな。名前は？」

若者はただ首を横に振った。マイクが背後にまわると、彼は椅子を蹴ってカウンターを跳び越し、ドアに向かった。

賢明な行動とは言えなかった。待ち構えていたニコラスが体当たりを食らわせ、腹に確実なパンチをお見舞いした。若者はその場で動きを止めた。目を大きく見開き、怯えている。うまく息ができないようだ。マイクが若者を床にねじふせ、背中の中央を両膝で抑えこむようにして尻のポケットを探った。財布はそこにはなかった。

ようやく若者は息を深くついた。明らかにパニックに陥り、びくびくしている。彼は逃げようと両脚をばたつかせたが、マイクが手錠をかけ、引っ張って立たせた。

マイクが揺さぶる。「名前は？　言わないと、そこのスーパーマンをけしかけて襲わせるわよ。悪いことは言わないわ、あの人を相手にするのはやめておいたほうがいい」

ソフィーが割りこんだ。「あなた、ここで何をしているの？」

ニコラスは若者の顔を見た。どこかで見たことのある顔だが、思いだせなかった。「この男が誰か、教えてください、ソフィー」

ソフィーが言った。「ええ、もちろん。この人は……ええと……ケビン・ブラウン。家族ぐるみの友人です。以前この店で働いていたんです。数カ月前に辞めましたけど」

マイクが少し力を抜いた。「じゃあ、家族ぐるみの友人が盗みを働こうとしてたのね」

ケビンが首を横に振る。「違う、そうじゃない。ミスター・ピアース宛のメモを置いていこうと思っただけだ。先週、電話で言われたんだ。パートタイムで働いてもいいって、週末だけ」

ソフィーはケビンをじっと見た。「本当に？　学校に通っているんだとばかり思っていたわ」

ケビンがうなずく。「そうだよ。だけど、いろいろうまくいかなくて。それでミスター・ピアースに連絡したら、戻ってこいって言ってくれた。ねえ、もう行ってもいいだろ？言ったじゃないか、ミスター・ピアースにメモを残すために立ち寄っただけだよ。友達との昼食に遅れる。本当にもう行かないと」

「そういうわけにはいかないわ」マイクが言い、レジスターの後ろの椅子にケビンを押しやって座らせた。「大事なことから片付けましょう、ミスター・ブラウン。財布はどこ？」

「バックパックのなかだよ。グランドセントラル駅のロッカーに預けてある」

「あらそう、それはとんでもなく筋が通ってるわね。どうやって店に入ったの？　鍵がかかってたはずよ」

「まだ店の鍵を持ってるんだ」

「じゃあ、なぜレジを開けたの？」マイクがたたみかける。「それに、どうして逃げようとしたのよ？」

ケビンが顎をあげた。手首にきつい手錠をかけられたまま、マイクに向かって不敵な笑みを浮かべる。「ちょっと二十ドル札を両替しようと思って。ミスター・ピアースは気にしないってわかってたから。そうしたら突然、ＦＢＩにふたりがかりで顔に銃を突きつけられた。どうすりゃよかったっていうんだよ？」

ソフィーがあきれた顔で言った。「あのね、ケビン、たぶんただ言われたとおりにすればよかったのよ」

ケビンが肩をすくめた。「おれはぺこぺこするタイプじゃないんだ、ソフィー」

「ばかね。わたしの店から出ていって」

「ねえ、ミスター・ピアースに仕事に戻りたいって伝えたかっただけなんだ。おれ、その、学校でいろいろ思ったとおりにいかなくて、それで戻ってきたんだ。ついでに札を小銭に替えようと思って」

ソフィーが息を深く吸いこんだ。「聞いて、ケビン、父は死んだの。今朝、殺されたのよ」

ケビンの顔に赤みが差した。ソフィーのほうへかがみこみ、抱きしめたそうなそぶりを見せる。ソフィーが一歩あとずさり、かすかに首を横に振った。ケビンは動きを止め、ソフィーを見つめた。今にも爆発しかねない爆弾でも見るような様子で。

「冗談じゃないんだな？　何があったんだ？」

「こんな恐ろしい冗談を言うわけがないじゃない。何があったのかはまだわからないの。そうでなきゃ、どうしてこの人たちがここにいると思う？」ソフィーはニコラスとマイクを指し、マイクに言った。「その人の手錠を外してもらえませんか？　悪いことをしていたわけじゃないわ。彼の言うとおり、父は気にしなかったでしょう」

　マイクのスマートフォンが鳴った。マイクはケビンの手錠を外してほしいという願いを無視して電話に出た。ニコラスは会話に耳をそばだてた。マイクが体をこわばらせる。「チャンネル2？　了解」電話を切り、ポケットに入れていた無線機を取りだした。無線のチャンネルを合わせてニコラスに渡す。「店の周囲をうろついてるのを目撃された男がこっちに向かってるそうよ。一ブロック先まで来てる」

　ソフィーが言った。「誰が来るんです？」

　マイクは手早くケビンの手錠を外し、ソフィーのほうへ軽く押した。「ふたりとも、奥のオフィスへ行って。今すぐ。ドアには鍵をかけるのよ」

17

アリストンズ
午後〇時二十分

ソフィーには急がなければならないことがわかっていた。オフィスのドアを勢いよく閉めて鍵をかけ、螺旋階段へ走る。無事に地下におりたところで、若者と向きあった。

また少し、少なくとも五センチは背丈が伸びていた。もう見あげなければならないほどだ。

ふいに姿を現したことに無性に腹が立ち、それでいていとおしくて、ソフィーは目の前の若者を抱きしめたいのか、ぶちたいのか、わからなくなっていた。

「カリフォルニアにいたはずでしょう。カリフォルニア工科大学が気に入らなかったの？ あそこの秀才たちに正体を気づかれたとか？ 本当のことを言いなさい。どうしてここにいるの？」

「おれが戻ってきた理由くらいわかるだろう、姉さん。大変な問題が起きたんだ。〈オーダー〉の誰かがおれたちを裏切ってる」

ソフィーは若者の肩にこぶしを打ちつけた。「またあの壮大な探索？ アダム、あなたとお父さんはいつになったらあきらめるつもり？」声が詰まった。「ああ、いやだ、お父さんは死んだのよ」

アダム・ピアースは伸びすぎた髪に手をやった。「知ってる。残念だよ、姉さん。でも、これはすごく大事なことなんだ。父さんの人生で最も重要なことだった。やつらが父さんを殺したからには、おれが引き継がないと。姉さん、聞いてくれ。おれは見つけたんだよ、あの潜水艦を。ゆうべ電話で伝えたとき、父さんは〈オーダー〉のメンバーに知らせるって言ってた。そうしたら今日、父さんが死んだ。〈オーダー〉に裏切り者がいるか、それより最悪なことが起きてるか、そのどっちかだ」

「本当に？　あの潜水艦を本当に見つけたの？　こんなに時間が経ってから？　百年近く前の話よ。本物のビクトリア号なのね？」

アダムはうなずいた。「今度は間違いないって九十九パーセント確信がある。なのに、なんで父さんが……」声がうわずる。彼はただそこに立ちつくしていた。力なく姉を見つめる目から涙が頬を伝って落ちた。

ソフィーは弟を引き寄せてきつく抱きしめ、一緒になって泣きながら心の痛みが押し寄せるに任せた。

第一次世界大戦時に失われたUボート。人生を懸けた探索は本当にこれで終わったのだろうか。ソフィーは言った。「お父さんの命を懸けるかいがあった？」

アダムは姉の頭の横で首を横に振った。「ない。ありっこないさ」

ソフィーは弟を抱きしめたまま言った。「あのFBI捜査官たちにきかれたわ。E・Pが誰のことか知っているかって。何も教えなかったけど」ゆっくり体を離し、あどけなさの残る弟の顔を両手で挟んだ。「よくやったわね、アダム。見つけることができるとしたら、あなたしかいないと思っていた。姉として誇らしいわ。お父さんも喜んでいたでしょう?」

「ああ、たしかに。でも、父さんのことだからな。〝まあ、そろそろ見つかる頃だと思っていた〟とか言ってたよ」父はいずれ息子が潜水艦を見つけると確信していた。アダムが八歳にして才能を開花させ、銀行の当座預金口座システムをハッキングしたときから。あのときは誰もが驚いて、笑いながら小さな天才の肩を叩いた。以来、一度もハッキングがばれたことはない。アダムはじきにコンピュータ・ネットワークにより深く入りこみ、ファイアウォールなどのセキュリティ対策を回避できるようになった。十五歳のとき、父がアダムに与えた任務が、ビクトリア号を捜すことだった。

父が話す姿を思い浮かべながら、ソフィーはほほえもうとしたが、できなかった。「FBI捜査官が、お父さんのコンピュータに衛星の極秘情報が入っていたと言っていたわ。お父さんがどうやって手に入れたか、あなたならわかるわよね?」

アダムは乾きかけた涙を拭き、手を振った。「それは関係ない」

「アダム、関係なくはないわ。FBIは躍起になって、誰がお父さんにその情報を送ったの、か調べている。あの人たちはあきらめないわ。わたしにしつこくきいてくるに決まっている。それに、アダム・ピアースに会いたがっているの。わたしたちの子どもの頃の写真も見ている。ほら、お父さんのベッドルームにある写真よ」

「おれの見方は違う。心配いらない、おれはケビン・ブラウンだ——機転が利くよな、姉さんも。おれたちを守るために、何百もの防御を重ねておいたから大丈夫だ」アダムは姉の両肩をつかんで自分のほうを向かせ、目をまっすぐのぞきこんだ。「先週、潜水艦がある場所を絞りこんだ。昨日の夜、スコットランド上空を飛んでた民間衛星を操作して、見てみたんだ。父さんもおれもずっと、ビクトリア号はどこか水中深くに引っかかってると考えてた。突きだした岩礁か地層の下にね。去年になって初めて、衛星の技術が水面下の地層の下まで透視できるレベルに達した。つまり、水の下にある地面の、その下まで見ることができるようになったんだ。そこで見つけた。潜水艦はスコットランド北部の巨大な岩棚の下にすっぽりはまってた。さっきも言ったように、ゆうべ父さんに話して、今日会うことになってたんだ。そのときに画像を見せようと思ってた。電話では言えなかった。危険すぎるからね」

「どうしてゆうべのうちに見せなかったの？」

「まだカリフォルニアにいたんだ。ロサンゼルスを夜発つ便に飛び乗って、できるだけ早くここに来た。今朝メッセージを受けとって、ジョン・F・ケネディ国際空港からまっすぐ父さんに会いに行った」

ソフィーは床に座って考え、話のつじつまを合わせようとした。「お父さんが殺されたのは、あなたが潜水艦を見つけたからだと言っているわけ？　でも、それが〈オーダー〉の望みだったんじゃないの？　見つかったと聞いて喜びはしても、お父さんを殺そうとはしないでしょう。この件に関して、一致団結しているはずだもの」

アダムの細い顔に苦悩が刻まれた。「そのとおり。だから、父さんのスマートフォンが必要なんだ。昨日の夜、誰に電話をかけたのかがわかれば、少しは犯人を絞りこめる。でも、それだけじゃないんだ、姉さん。父さんが今朝、メッセージを送ってきたって言っただろう。ウォール・ストリートで会いたいというメッセージだった。だからおれは何かおかしいと思いながらも行ったんだ。でも、おれが着いたとき、父さんはすでに死んでた。だから――階上で姉さんから聞く前に知ってたんだ」涙で喉を詰まらせる。「知ってたんだよ」

「なぜウォール・ストリートなの？」ソフィーは言った。「どうしてあそこで？　筋が通らないわ」

「父さんの縄張りから離れてるからさ。父さんを殺した男が父さんのスマートフォンからおれに、そしておれのスマートフォンから父さんにメッセージを送ったんだと思う。おれたちを一度におびきだすために」

「じゃあ、殺人者はあなたたちふたりを追っていたのね」

アダムがうなずいて唇を噛んだ。「ああ、たぶん。おれは何が起きたのかわかった瞬間、あの場所を離れてこっちに向かった。用心に用心を重ねてね。タクシーを一度乗り換えて、電車に乗って、誰にもつけられてないことを確認した」

「つけられてはいなかったはずよ。少なくともお父さんを殺した男には。FBIが逮捕したの。男は死んだわ」

アダムの声は険しかった。「よかった。あのろくでなしが死んでくれてうれしいよ」

ソフィーは質問した。「でも、どうして男があなたとお父さんにメッセージを送れるわけ？　スマートフォンを盗まれたの？」

「いや、盗まれちゃいない。違う電話番号になりすますことは可能だからね。姉さんも知ってるだろう？　難しくはない。誰かが父さんの家に侵入してスマートフォンを手に入れれば、それくらい簡単にできただろう」アダムは手を伸ばして姉の手を握った。「氷みたいに冷たいじゃないか」

「大丈夫よ。なんでもない」

「おれには強がるなよ、姉さん。頼むから、二度と意地を張らないでくれ」

「わかったわ」ソフィーは行きつ戻りつしながら、部屋の中央に置かれたガラスの陳列ケースのまわりを歩きだした。「いったいどういうことなのか考えているの。あのふたりのFBI捜査官の態度はおかしいわ。何か知っているのに、わたしには隠しているみたいなの。それに、わたしを信じていない。しかたがないわよね。わたしは嘘をつくのが下手だから。でも、わかるでしょう。本当のことを言うわけにはいかなかった。危険すぎるもの。それに世界中の警官全員があなたを追っているから……」ソフィーは言葉を切り、やがてつけ加えた。「お父さんを殺した男の写真を見せられたわ」

「知ってる顔だったのか？」

「いいえ」

「姉さんもよくわかってるだろうけど、FBIが隠してることはたくさんある。父さんのSDカードを見つけたんなら、すべてを解明するのにさほど時間はかからないだろう。まだその時間が取れてないだけだ。あのふたりが戻ってくる前にここを抜けだして、父さんのファイルに遠隔操作でアクセスして消去できないか試してみないと。Eメールアカウントにはアクセスしてみたよ。何も不審な点はなかったし、送信メッセージもなかった」

「Eメールを送ったあとに削除したってことは？」

「その可能性はあるけど、Eメールのサーバーに侵入して見てみないとわからないな。そんな時間はなさそうだ。姉さん、父さんのスマートフォンを手に入れてくれ。誰に電話したにせよ、メッセージを送ったにせよ、そいつが父さんを殺したんだ」アダムの声がかすれた。自分を守ってくれる姉の前で、彼はいつしか小さな少年に戻っていた。「父さんが死んだなんて信じられない」

ソフィーは再び弟を抱き寄せた。この子が、大人になりきれていない十九歳のこの子が、事態を収拾できるのだろうか。正直に言って、わからなかった。「アダム、〈オーダー〉がお父さんを殺してあなたの命も狙っているとしたら危険だわ。怪我をしてほしくない」

「でも、ただ手をこまねいて、向こうの出方をうかがってるわけにいかないんだ。わかるだろ?」

「ええ、わかるわ。誰がこんなことをしてるのか突きとめないと。FBIからお父さんのスマートフォンを手に入れられないか、やってみる。それが無理でも、最後に電話した相手が誰か聞きだしてみせるわ。あなたは姿を消しなさい」

アダムの顔は赤い光のなかでも青白かった。「考えてみると、なんでおれを殺したいのか理解できないな。潜水艦の場所を教えてやれるのはおれだけなのに。欲しいのは潜水艦だろ? まあ、場所さえわかれば、おれは用なしになるわけだけど」

そうなれば、弟は殺されるに違いない。ソフィーは口に出さなかった。その必要はない。アダムまで失うことはできない。絶対に失いたくなかった。

「潜水艦の場所を教えて。正確に」

「いや、何がどうなってるのかわかるまではだめだ。姉さんは昨日まで知らなかったし、今日だって知らない。そのほうが安全だ」

ソフィーには弟が一歩も引かないことがわかっていた。弟のほうがずっと頑固なのだ。

「いいわ。あなたをここから逃がさなきゃ。裏口から路地に出なさい。何かわかったら連絡するから、あなたもそうして。でも、ここに戻ってきてはだめよ。家にも行っちゃだめ。聞いている？　気をつけてね」

アダムが少し考えてからうなずいた。「しばらくビレッジのアリーのところにいるよ。それなら連絡がつくだろう」背を向けて行こうとする弟の腕をソフィーはつかんだ。

「ちょっと待って、まだあるの。お父さんが死ぬ前に言った言葉なんだけど、わたしには意味不明なのよ。あなたならわかるかもしれない。〝鍵は錠にある(ザ・キー・イズ・イン・ザ・ロック)〟って、どういう意味かわかる？」

「ああ、もちろんわかる。だけど――」

FBI捜査官の声が聞こえ、ソフィーは弟をさえぎった。「いやだ、戻ってくるわ。行きなさい、早く」

ソフィーは非常口を開け、手を振って追いたてた。弟は立ちどまり、振り向いてにやりとした。「〝鍵は錠にある〟――わからないだろうな、姉さんには」

「アダム、財布はどこなの？　まじめな話」

「靴のなかさ」

アダムは路地に出て階段を駆けあがり、騒がしいニューヨークの街に出ていった。

18

ニコラスとマイクは、ソフィーとケビン・ブラウンがオフィスのなかへ消えるのを待った。ふたりの安全を確認すると、マイクは無線機をつかんで右へ移動し、表から姿が見えないよう手近な書棚の後ろに隠れた。ニコラスは左手のいちばん手前の書棚の陰に姿を隠して、男がドアから入ってくるのを待った。マイクは無線機のスイッチをひねって外の会話が聞こえるようにし、ドアに近づいてくる男には聞こえない程度にボリュームを落とした。

ニコラスは一心に監視チームの声に耳を澄ました。監視チームが突然黙りこんだ。ニコラスがマイクにうなずきかけると、彼女は無線機にささやいた。「男は？　何をしてるの？」

ベン・ヒューストン捜査官の声がした。「二軒手前で立ちどまってる。遠巻きに包囲してるから、逃げられない。通りを見てる。おそらくわれわれを捜してるんだろう。そこにいてくれ。やつが何をする気か見てみよう。オーケー、動きだした、ドアに向かってる。スキンヘッド、身長百八十センチ、ジーンズとウィンドブレーカー。手足の長い、若い男だ。筋肉隆々、かなり手ごわそうだな」

ニコラスはマイクに言った。「入ってこさせて、やつの正体と狙いを見てみたい気がするんだが」

マイクがしゃがんだまま歩いてきた。「危険すぎるわ。いきなり銃を連射するかもしれない」

無線機からベンの声が流れる。「いいかみんな、やつは本気だ。ゆっくり近づいてる。周囲を見まわしてもいないし、尾行者を捜してもいない。オーケー、ドアの前まで行った。なかからも見えるはずだ。左手に何か持ってる。金属のようだ。武器かもしれない――」

ニコラスがマイクの手から無線機を引っつかんだ。「捕まえろ、今だ」

ニコラスとマイクは男からよく見える場所に飛びだして拳銃を構え、監視チームが容疑者を取り囲むのを見た。髪は剃られ、黒いヤギひげを生やしている。ガラスのドアのなかをのぞき、ニコラスの銃が自分に向けられているのを見ると、男は両腕を空中にあげた。

「撃つな、撃たないでくれ！」

ベンが男の背後から大声で言う。「FBI、FBIだ。両手を頭に置いて膝をつけ。さあ、今すぐ！」

男は躊躇せずに膝立ちになった。ベンが男の両腕を背中にまわして手錠をかけると同時に、マイクが店のドアを開けた。

マイクは両手を腰に当て、男の前に立った。「FBIよ。名前は？」

男は困惑している様子だった。「うわっ、ちょっと待ってくれ！　ＦＢＩ？　いったいなんです？　こりゃあどうなってんだ？」

マイクがグロックを腰のホルスターにすべりこませた。ニコラスは笑みをこぼしかけた。マイクはグロックを持っていてもいなくても、同じだけタフに見えた。

ニコラスは進みでた。「名前を言え」

「アレックス・グロスマンです。ジョナサンと昼食をとりながら話をする予定があって。注文してた本が届いたんです。ゆうべ電話をもらったんで。携帯電話がポケットに入ってます。調べてください」

「ほかには？　針のたぐいや武器は入っていないのか？」

「そんなばかな。鍵と財布と携帯電話だけですよ。ぼくをなんだと思ってるんです？　テロリストか何かだと？」

マイクが言った。「それは笑えないわね。全然笑えない」

「すみません、すみません。ちょっと気が動転してるんですよ、ね？　手をさげてもいいですか？」

ニコラスがすばやくボディチェックをして、グロスマンの鍵と財布と携帯電話を押収した。

「今朝はどこにいたんですか、ミスター・グロスマン？」

「寝てました。〈ブレット・パブ〉を経営してます。グリル＆バーです。ゆうべは貸し切りのイベントがあって、予定よりずいぶん遅くまで客がいました。家に帰ったのは午前三時をまわった頃でした。少し眠って、それからジョナサンに会うためにここへ来たんです。お願いですから、なんの騒ぎか教えてください」

ニコラスはマイクにうなずいて、小さな携帯電話をすばやく見せた。「ピアースが昨日の夜、午後八時半に電話をかけている」

マイクがうなずいた。「ミスター・ピアースが言ったことを正確に教えてください、ミスター・グロスマン」

「本が届いたと。それだけです。注文の品が届くと、いつも電話をくれました。少ししゃべって、電話を切った。ジョナサンの店が繁盛してるのは、その心のこもったひと手間があるからです。いったいなんなんです？」

「ミスター・ピアースは今朝、殺されました」マイクが言い、手錠を外すようベンにうなずきかけた。

「ジョナサンが死んだ？」グロスマンがショックでうつろな声になった。「でも、どうして？　なぜです？　だって、そんなのは筋が通りません」彼はすっかり打ちひしがれ、内にこもってしまった。友人の死を重く受けとめているのだとマイクは思った。グロスマンが低い声でささやいた。「どうか安らかに眠ってくれ。ジョナサンはすばらしい男でした。教えてください、いったい誰がそんなことを？」

マイクはその質問を無視してカウンターにもたれ、腕組みした。「ミスター・ピアースのことをどの程度ご存じでしたか、ミスター・グロスマン」

「よく知ってました。こんなことはありえません。気分が悪くなってきた。ちょっと座ってもいいですか?」

ニコラスは奥のドアが開く音を聞いた。ソフィーが顔をのぞかせていた。顔は青白く、怯えた様子だ。ニコラスは出てくるよう手招きした。「この男性は本を受けとりに来たと言っています。この人を知っていますか?」

ソフィーは大きく息を吐いた。「ええ、はい、知っています。とてもいいお客さまです。アレックス、ミスター・グロスマン、こんにちは」

グロスマンはソフィーの青白い顔を見て、彼女を抱き寄せた。「かわいそうに、お嬢さん。気の毒に。ぼくに何かできることは?」

ソフィーは涙をこらえた。「何もないわ、今のところは。注文されていた本が入荷したの?」

「そうだ。お父さんがゆうべ電話をくれた」グロスマンはレジスターのほうに目をやった。「あれだ、あそこにある——ティファニーブルーの表紙。オーデンの『詩集』だ。前扉にディック・グロスマンの署名がある」

マイクはソフィーが眉をひそめるのを見た。グロスマンがゆうべ父親と話したと聞いて動揺しているのだろう。ソフィーが言った。「ドラモンド捜査官、いいですか？　もう支払いもすんでいるので」

「残念だが、また後日にしてください」

ソフィーはグロスマンをちらりと見てから、ニコラスに視線を戻した。背筋を伸ばして立ち、自制を効かせている。「捜査官、お願いします。店は当分のあいだ閉めなければなりません。わたしがすべてをすっかり把握するまでは。ミスター・グロスマンの本を奪う理由はどこにもありません。お支払いもしていただいています。お願いです、父だって自分のせいでお客さまに迷惑をかけたくないはずです」ソフィーの強く落ち着いた主張に、ニコラスが折れた。

「いいでしょう。ただしこの先も予定が山積みだから、手早くすませてください」

ソフィーはその小さな本を何層もの紙と撚り糸で包み、きれいに梱包した。まるでそれがガラスでできた壊れ物であるかのように。ニコラスは急げと言いたい衝動と闘わなければならなかった。やはりソフィーは何か知っている。それに、わざとゆっくり包んでいる。自分を落ち着かせ、自制心を取り戻すためだろうか。気のせいかもしれないが、グロスマンの電話の話を聞いて動揺していた。もしそうなら、なぜだ？　ニコラスはアレックス・グロスマンをじっくり観察した。ソフィーが本を包んでいるあいだに、グロスマンは自身の情報をマイクに告げた。近所に店を構えているなら、見つけだすのは難しくないだろう。

ソフィーがようやく包装し終えた本を、グロスマンが受けとった。彼は片手をソフィーの肩に置いた。「本当にお気の毒に、ソフィー。何か必要なものがあれば、いつでも電話してくれ。しばらくは料理する気にもならないだろう。店に寄ってくれればごちそうする。それくらいはさせてほしい」

「ありがとう、ミスター・グロスマン。わたし……ありがとう」

ソフィーは背中を向けた。グロスマンは少しのあいだ彼女を見ていたが、やがて捜査官たちにうなずいてドアの外に出た。背後でベルがチリンと鳴った。

マイクがきいた。「参考までに、あの本はいくらだったの？」

ソフィーは前夜に父親がレジスターに押しこんでいた小さな売上票を見た。「四千八百ドルです」

ニコラスは店の奥に行き、オフィスのドアを開けて階下に向かって叫んだ。「ミスター・ブラウン、もうあがってきていいぞ」

返事はなかった。ソフィーはレジスターのところで何事か忙しくしていた。ニコラスは声をかけた。「ソフィー、ミスター・ブラウンはどこです？」

ソフィーが小首をかしげた。「ああ、もう行きました。昼食の約束があるからって、そう言っていましたよね。裏口から出してあげました」

ニコラスは大股で通路を戻り、怒りをあらわにした。「勝手なことをしてもらっては困る。

まだ話は終わっていなかったんですよ」

ソフィーが顎をあげた。「ケビンは危険な存在ではないし、父の死ともいっさい関係ありません。まだ子どもなんです。いい子だけど、きちんとした行動を取れるほどには大人になりきれていない。わかるでしょう?」

マイクが言った。「お父さんの死となんの関係もないとは言いきれないわ、ソフィー。変よ、殺された当日に急に店に現れるなんて。あの男の情報を全部教えて。見つけだして、調べなければならないわ」

「わたしにはわかりません。おそらく父のコンピュータには情報が入っているでしょうけど、ファイルは全部パスワードで保護されています」ソフィーは時計に目をやった。「父に会いたいわ。父は今どこにいるんです?」

マイクが言った。「お父さんと対面できるよう手はずを整えるわ。会うのはたぶん明日になると思うけど」

「行かなくちゃ。葬儀の手配をして――父の友人を全部は知らないわ。あまりにも多すぎて――父を埋葬できるのはいつになります?」

「おそらくあと数日は無理ね。申し訳ないけど、ソフィー、まだ正確な日付を言ってあげられないわ」

ソフィーが再び泣きだした。マイクが大きく息を吸いこんだ。ニコラスは名刺の裏に自分のスマートフォンの電話番号を走り書きしてソフィーに渡し、何か思いだしたことがあったら電話をかけるよう言って、彼女を解放した。

ニコラスは疑わしそうに目を細めた。「白々しい嘘だ。ああもちろん、父親を失った悲しみは本物だろうが、ケビン・ブラウン――あいつをみすみす行かせただと？　それに、なぜE・Pの正体も知らないふりをする？」

マイクが首を横に振った。「わからないわ。なぜすべてを話そうとしないのかしら。どうして父親が殺されたのか、わたしたちに突きとめてほしくないわけ？」

ニコラスは言った。「それになぜアレックス・グロスマンがゆうべ父親と話したと聞いてうろたえる？」

「あなたにもそう見えたのね？」

19

レキシントン・アベニューと東五十三丁目の角

アレックス・グロスマンは全速力で駆けだしたかったが、できなかった。ＦＢＩに見られているかもしれない。我慢して一定のペースを保ち、四ブロック歩いてアパートメントへ、安全に電話ができる唯一の場所まで帰ってきた。電話をかけなければ。今すぐ。ジョナサンの命以外にも危険にさらされているものがある。何があっても芝居は続けなければならない。

グロスマンは深呼吸をした。ジョナサン・ピアース。われらがメッセンジャーが――死んだ。その事実にまだ頭がついていかなかった。最悪の事態だ。〈オーダー〉。その鎖の輪はどれひとつとして壊れるはずはなかったのに、最も重要な輪――メッセンジャー――が死んだ。死んだだけではなく、殺された。ソフィーは気丈に振る舞っていたが、アダムは……。ああ神よ、アダムがこのことを知ったらなんと言うだろう。彼がどこにいるのかは誰も知らない。

ふたりはこれからどうするのだろう？

神の思し召しで、あらかじめ示しあわせておいたとおりに、ＳＤカードが仕込まれた本を手にできた。それもソフィーが機転を利かし、ＦＢＩの鼻先をかすめて本を渡してくれたおかげだ。ピアースのみならずファイルまでも失っていたら――。

いいや、そのことを考えるのはよそう。SDカードは手に入った。電話だ。ウェストンなら、どうすべきか知っている。

グロスマンのアパートメントはブレット・パブから二ブロック離れた、ミッドタウンにあるにもかかわらず階段しかない建物の五階にあった。階段は苦にならなかった。いい運動になる。部屋に駆けこむと玄関のドアに鍵をかけ、キッチンにある金庫に直行した。キャビネットのなか、インゲン豆の缶詰が三つ並んだ後ろにうまく隠してある。

本をなかに入れかけたが、何かが引っかかった。少しのあいだ本を持ち、じっと目を落とす。ゆっくりと撚り糸をほどき、何層もの紙の包みを開けた。

本を開いた。ページのなかをくり抜いた空洞は、小さなマイクロSDカードをおさめるのにぴったりの大きさだ。

だが、そこは空だった。

グロスマンはパニックに襲われた。落ち着け。よく考えるんだ。可能性はふたつしかない――ジョナサン・ピアースが最終的にSDカードを本に入れなかった。もしくは誰かが自分より前に店に行き、それを盗んだ。

同じ内容のSDカードはふたつしか存在しない――バックアップを取るのは〈オーダー〉の標準的な手順だ。ひとつは本のなかにあるはずで、もうひとつは財務大臣官邸のアルフィー・スタンフォードの金庫のなかにある。

グロスマンは金庫のなかに手を入れて、暗号化された衛星電話を取りだした。両手が震えている。アドレナリンが出ているのだ。落ち着け。いいか、すべきことが山ほどある。記憶している番号に電話をかけると、最初の呼び出し音で相手が出た。

グロスマンが思わず口走った言葉に、アメリカ英語のアクセントはなかった。彼は歯切れのいい自然なイギリス英語で言った。「ピアースが死にました」

エドワード・ウェストンが静かに言った。「ああ、知っている。本を取り戻したか?」

「はい。ですが、なかにSDカードはありません。FBI捜査官がジョナサンの店にいました」

「それも知っている。ピアースのSDカードのありかに心当たりは?」

「わかりません、サー。ソフィーも店にいました。動揺しているようでした」

「ああ、そうだろうな。無理もない。皆、同じだ。アダム・ピアースもいたか?」

「見かけませんでした。直接連絡を取る方法も知りません」

ウェストンが指でデスクをコツコツ叩く音が聞こえてきた。神経質になったときの昔からの癖だ。「そうか」

「わたしは何をすればいいんでしょうか?」

「すぐにロンドン行きの飛行機に乗ってほしい」

グロスマンは驚いた。「持ち場を離れてもかまわないんですか？　身元がばれてしまいます。ＳＤカードを見つける必要はありませんか？　ＦＢＩ捜査官のドラモンドが店にいました。もうひとりの捜査官とともに、ジョナサンの殺人事件を捜査してます。ドラモンドがジョナサンの部屋でカードを見つけたのかもしれません。待ち伏せすれば、おそらく――」

「それはだめだ。いいんだ、もういい。覚悟して聞いてくれ、アレックス。ほかにもあるんだ」ウェストンが息を深くつくのが聞こえた。「アルフィー・スタンフォードが二時間前に財務大臣官邸の執務室で死んで、金庫の中身が盗まれた」

「ばかな」アレックスは呆然とした。信じられない。スタンフォードはリーダーだ。〈オーダー〉を三十年以上にわたって率いてきた人物だった。スタンフォードとピアースを同じ日に失うことなど考えられない。「殺されたんです、きっと。そうに違いありません。われわれは攻撃にさらされています」

「そのとおりだよ、アレックス。だが検死がすむまで、はっきりしたことはわからない。ロンドン警視庁（スコットランド・ヤード）が捜査を指揮している。国家保安局も乗りだしてきた。われわれはあらゆる角度から今回のことを検討している。すぐにロンドンに来てほしい理由がこれでわかっただろう。ＳＤカードのことは忘れろ。取り戻せる見込みはない。急げ、アレックス、今夜だ」

　ピアースが死んだ。スタンフォードも死んだ。そして……。「ヴォルフガング・ハフロックが死んだのもひと月以上前ではありません。発作だったとは聞いてますが、〈オーダー〉

のメンバーが三人もこれだけ短期間に亡くなるというのは――」

「アレックス、まさしくそのとおりだ。まったくきみの言うとおり。〈オーダー〉は確実に攻撃にさらされている。スタンフォードの金庫から盗まれた情報はわれわれ全員を破滅に陥れる可能性がある。〈オーダー〉の緊急会議を招集するので、きみにもこちらへ来てほしい」

「ええ、もちろんです。わたしの身元はばれるでしょうが、こうなった以上それはどうでもよさそうです」

「よし。いくつか話しておきたいことがある、アレックス。きみは信頼できる男だし、どのみちいずれは知ることになるからな。ピアースは昨日の夜、アルフィー・スタンフォードと直接連絡を取っていたことがわかった。きみがゆうべわたしに伝言してくれたジョナサンからのメッセージだが、あれはたしかにいいニュースだった――実際、あれ以上のニュースはない。アダムがついに潜水艦の場所を突きとめた。まだ正確な座標はわからないが、じきに明らかになるだろう。潜水艦が見つかれば、マリーの鍵とノートを回収する。そうなれば兵器も見つけることができる。それに、言い伝えが本当なら、皇帝の金塊も」

「イングランドのスパイが皇帝の私有財産を盗むことができたと、本当にお考えですか?」

「おそらく無理だろうが、それもじきにわかる。誰にも邪魔をさせるわけにはいかない。こうなっては、もう誰を信じていいのかよくわからない。だから用心してくれ」

「ブレット・パブは――」

「そのためのパートナーだ。彼に電話をかけて、母親が病気になったので――きみはどこの出身ということになっていたかな？――故郷へ帰らなければならないと言うんだ」

「シカゴです。リンカーン・パークの動物園から数ブロックのところです」グロスマンは半ば自動的に言った。頭に叩きこんだその情報はあまりに深く根づき、今では寝ぼけていても、喉にナイフを突きつけられても、空で暗唱できた。

「そうだった。シカゴに戻らなければならないとすぐに伝えなさい。あとのことはわれわれが面倒を見る。飛行機をテターボロ空港で待たせておく。それからアレックス、ドラモンドがもうひとつのSDカードを持っているだろうという件だが、きみの言うとおりだと思う。ドラモンドはかつて外務省に所属していたし、ロンドン警視庁にもしばらく在籍していた。FBIに入局するため、アメリカへ引っ越す前の話だ。ピアースのコンピュータに今朝、何者かが侵入した形跡があった。このドラモンドという人物がファイルのコピーを作成したかもしれない。もしそうなら、ジョナサンの部屋の捜索中に、やつがSDカードを見つけた可能性が高そうだ。

そういうことなら、取り戻すことはすっぱり忘れなければならん。ドラモンドはすでにSDカードを当局に提出しているだろう。アメリカのFBIの手に渡ったのは遺憾だが、今となってはそれについてできることはない。そこで、きみに頼みたいんだが、ソフィー・ピアースを一緒に連れてきてもらえないか？　彼女も危険にさらされている。今、何が起きていて、ほかの誰が潜水艦と鍵を捜しているのか判明するまでは、保護しなければならない」

アレックスは窓の外に目をやり、窓の下枠に舞いおりてクークー泣きながら羽づくろいするハトを見つめた。ああ、くそっ、どうすればソフィーに自ら進んで一緒に来てもらえるというのか。来やしない、来るもんか。何をどう言ったところで無理だろう。「アダムは？」

「彼のことは心配するな。ほかの者に捜させる」

「よくわかりました、サー。ミスター・スタンフォードが亡くなったからには、どなたが〈オーダー〉を引き継ぐのかうかがってもいいですか？」

わずかな間があった。喉に何か絡んだエドワード・ウェストンが、咳払いをしてから言った。

「わたしだ」

20

フェデラル・プラザ
午後一時

ニコラスとマイクが支局に戻ると、ザッカリーが待ち構えていた。エレベーターのドアが開くとそこに、両手を腰に当てて立ちふさがっていた。笑みは見られない。

「昼食の前に死体がふたつか、ドラモンド？　とんでもない初日になったもんだな」

不意を突かれたニコラスは、頭を占めていたさまざまなことを脇に押しやり、ふたつの死体を瞬時に思い浮かべつつ答えた。「ええと、はい、サー、本当に」

ありとあらゆる不当な理由で上司のレーダーに引っかかることには慣れていた。だが、ふたつの死体――これはたしかに度を越している。初日から殺人続きになるとは誰も予想していなかったが、ニコラスのやり方次第ではそうならなかった可能性もあったのだ。ニコラスは背筋を伸ばし、雷が落ちるのを待った。

隣にいたマイクが、ザッカリーがそれ以上何か言う前に口を開いた。「サー、ミスター・オリンピックの身元について何かわかりましたか？　あ、これはニコラスがあの男につけた名前です。ウサイン・ボルトばりに走るのが速かったから」

つまりニコラスはボルトより速いということか。ザッカリーはそう口には出さず、マイクを見た。「いや、まだだ。指紋、DNA、顔認識プログラムで、こうしてわれわれが彼――ミスター・オリンピック――について話しているあいだも照合してるが、今のところ何もわかってない。検死は今日の午後二時半に予定されてる。きみたちはこの男の死因を知る必要がある」

大好きな検死。午後を過ごすのにそれより楽しいことはない。実際、ミスター・オリンピックが本当に、口に含んだ毒入りカプセルのようなものを嚙んだかどうか知る必要があった。

「イエス、サー、問題ありません」

ニコラスは答えた。

マイクが言った。「サー、わたしたちが送り届けたピアースのハードディスクとSDカードについては？　何かわかりましたか？」

「まだすべて進行中だ。グレイ・ウォートンが映像をアップしてくれた」ザッカリーはニコラスを見て、片方の眉をあげた。「ドラモンド、検死の立ち会いが終わったら、手を貸してやってくれるか？」

ニコラスはほほえんだ。「喜んで、サー」

「よし。さてアップタウンへ行く前に、午前中に起きたことをすべて、口頭で報告してもらいたい。どうもわれわれが直面してる事件は、非常に複雑で非常に厄介だという気がしてならない」

「イエス、サー」ニコラスが言った。「どちらも当たっています」

マイクはちらりと隣を見た。ニコラスのことはよくわかる。これまで一緒にいたのは正味五日だけだと考えると、驚くべきことだが。彼は何かをごまかしている。だがそれがなんなのかは、まだわからなかった。

ザッカリーは、彼女とニコラスがペアを組むことに同意したとき、はっきり告げていた。マイクには英国人のパートナーをコントロールする責任があることを。そしてそれはニコラスに、FBIの神聖なルールをきっちり確実に守らせることを意味した。創造性は歓迎するが、スタンドプレーは許さない。ニューヨーク支局、ことにボー・ホーズリーの元部下は、その無鉄砲さがFBIじゅうに知れ渡っているとしても。

ニコラスをコントロールする？　それは風の強い日に立ちのぼる煙をコントロールするようなものだと言いかけて、マイクはやめた。ザッカリーの下で働くのを好む理由のひとつは、彼がいつでも落ち着いているからだった。ところが、今はピリピリしている。何かほかにもあるのだろうか？　何か重大なことが？　まあ、その気になったときにザッカリーから話があるだろう。

ザッカリーはふたりを自分のオフィスに連れていき、ドアを閉めた。マイクが時系列に沿ってその朝の状況を報告するのを、ザッカリーは一度もさえぎらなかった。マイクの説明は簡潔で明瞭、不必要な情報はなく、終始的を射ていた。報告を聞き終えて、ザッカリーが言った。「容疑者――ミスター・オリンピック――が思いがけなく死んだときの状況だが、たしかかね、ドラモンド？　きみが誤解を招きかねないやり方で彼を殴ったりしてないというのは？」

「はい、まったく殴っていません。パトカーの進路から押しやって、命を救いはしましたが。われわれが手錠をかけたとき、あの男は生きてぴんぴんしていました。なんの前触れもなく倒れたんです。自分には、容疑者が自らなんらかの毒を服用したとしか思えません。正確な死因は検死のあとで明らかになるでしょう」

「その瞬間にきみの手が男の顔付近にあったことを示す監視カメラの映像が出てきたりはしないだろうな？　きみが男を乱暴に扱ったため、事実上、死に至らしめたと主張する目撃者も？」

「いるはずがありません。間違ったことはしていませんから」

ザッカリーが指を一本立てた。「怒らないでくれ。きかなければならんのだ。ニューヨークの雑踏で白昼に男が死んだ。そのとき、きみはその男に手をかけてたんだからな。まだ試用期間中だから審問が開かれることは知ってるだろうな。それから、これらの手続きにおふざけは通用しないことも。ケイン捜査官も、何も間違ったことをしていないというドラモンドの主張に同意するということでいいな。ただし万が一、きみたちのどちらかが何か言っておきたいことがあるなら、今がそのときだ」

ふたりともが首を横に振った。

「よし、いいだろう。出かける前に、ジョナサン・ピアースについてもう少し詳しく聞きたい。明らかに単なる古書店主ではないようだ。偽のメッセージでウォール・ストリートに呼びだされたと言ってたな。ピアースの自宅の仕事部屋にあったコンピュータは、きみがファイルにアクセスする前にすでに不正アクセスされていた。そしてSDカードには大量の機密情報が保存され、それは何者かからEメールで送られてきたものだった。機密情報というのは正確に言うとなんなのか教えてくれ」

ニコラスが言った。「まだ開発段階にある軍事衛星の情報です。その衛星は数カ月後に、すでに軌道にのっている軍事通信衛星〈ミルスター二号〉を支援するために打ちあげられる予定になっています」

「古書店のファイルにあるとは思えない代物だ」

「匿名の人物から転送を繰り返して送られてきています。ですから、情報提供者を特定するのは困難です。その衛星は最高機密で、プログラムも打ち上げ日程も外部の者は誰も知りません。素人がアクセスできるような情報ではないんです。グレイが分析しているSDカードには、ファイルや手紙や写真がたくさん入っています。娘のソフィー・ピアースが現れたので、全部にじっくり目を通す時間がありませんでした。この一件の全貌をつかむには時間がかかりそうです。明らかに秘密めいていますから」

ザッカリーがうなずいた。「真相を突きとめることだ。必ず突きとめろ」深く息を吸う。「それから、ちょっと悪いニュースがある、ドラモンド。一時間前に知らせを受けたんだが、アルフィー・スタンフォードが亡くなった」

21

ニコラスはそれを聞いて、腹をこぶしで殴られたような気がした。「まさか、財務大臣のアルフィー・スタンフォードのことですか?」

ザッカリーがうなずいた。「きみの表情から察するに、家族ぐるみの友人だったようだな? そうではないかと思ってたんだ。気の毒に、ドラモンド」

ニコラスはようやく声を絞りだした。「ええ、そうなんです。ぼくは彼の三人の孫と一緒に学校に通いました。生まれたときからずっと家族の友人でした」

「それは残念ね、ニコラス」マイクが言い、ニコラスの腕にそっと触れた。「サー、何があったんですか?」

「財務大臣官邸の執務室で倒れたそうだ。まだたしかなことはわかっていないが、死因に不審な点はないとのことだ。八十二歳だったそうだから、不思議はないだろう。マスコミはそのニュースで持ちきりだ。スタンフォードくらいの重要人物であれば無理もないが。ドラモンド、また何かわかったら知らせるよ。ふたりとも、逐次報告してくれ」

事情聴取は終了。ザッカリーはドアを身振りで示し、電話に手を伸ばした。「それとドラモンド、今日はこれ以上死人が出ないようにしてくれるか?」

「ベストを尽くします、サー」

ニコラスは大きなショックを受けていた。いっときも待てない様子でスマートフォンを取りだすと、電話をかけた。マイクは何も言わず、ただそばに寄り添って、無言の支援を示した。

イングランドはまだ夜の六時半だ。少なくとも誰かを起こしてしまう心配はない。

歴史が始まって以来、ドラモンド家に仕える執事が出た。「オールド・ファロー・ホールでございます。ご用件をうけたまわります」

「ホーンか?」

「ニコラスさまですか? お声が聞けて大変うれしいです。ニューヨークはいかがですか?」ニコラスには言外の質問が聞こえた──ナイジェルは元気ですか?──が、ホーンは正しいエチケットが骨の髄までしみついているために、息子の様子を尋ねることを自分に許せないのだ。

「ふたりとも元気にやっているよ、ホーン。ナイジェルがあまりにもきれいに整頓するから、自分じゃ下着も見つけられない。きみが気にかけていたと伝えるよ」ニコラスは唾をごくりとのんだ。「父と話したいんだ、ホーン。いるかな?」

「いらっしゃいます。ミスター・スタンフォードが先刻亡くなられたために、大変心を痛めていらっしゃるところです。ああ、これはわたくしとしたことが。ニコラスさま、ミスター・スタンフォードのことはご存じでいらっしゃいますね？」

「ああ、ホーン。それで電話したんだ」

ホーンがため息をもらした。「そうでしたか。この頃では誰もがなんでも同時に知りますものね。ハリーさまにおつなぎいたします。それと、ニコラスさま、ひとつ申しあげます――ここでは皆がニコラスさまを恋しがっております」

ニコラスはホームシックの波に襲われた。アルフィー・スタンフォードの死のショックとあいまって、一瞬言葉を失う。ニコラスもみんなが恋しかった。祖父、両親、オールド・ファロー・ホールのすべての住人たち。料理人のクラムが作る水っぽいオートミールの粥――ポリッジでさえ懐かしかった。

「ありがとう、ホーン」

代わって出た父親は、息子が電話をかけてきたわけを正確に知っていた。

「ホーンが言っていたが、アルフィーのことはすでに聞いたそうだな」ハリーが言った。

「信じられんよ、ニコラス。あまりにも突然だ。なんの徴候もなく、わたしが知る限り命にかかわるような病気にはかかっていなかった。年を取ってきたのはたしかだが、それでも彼はタフな年寄りだった。リウマチの気はあったし、たまに痛風の発作が出てはいたけれども、心臓に問題があるという話は聞いたことがない。母さんはウェンブリー・ホールへ行ってシルビーのそばについている。国外でさまざまな官職に就いているあちらの孫たちも、帰国の途に就いたそうだ。われわれもアンソンをバルカン諸国の潜水艦から降ろさなければならなかった」

「病気でなかったとしたら、どんな死因だと考えているんだい？」

しばらく間があって、父が言った。「この回線は安全か？」

「ああ。何があったんだ？」

「殺されたのではないかと思う」

「財務大臣官邸内で？　ばかな。そんなはずがない」

「外交部の医師がアルフィーの首に痕跡を見つけた。頸動脈のそばだ。針を刺された跡らしい。アルフィーの遺体は検死法廷に送られて、さっそく検死にまわされた。血液検査も行われたから、今夜のうちに何かわかるだろう」

まったく信じられなかった。ニコラスは言った。「でも、いったい誰がそんなことを？　それになぜ？」

父はため息をつき、明らかに疲れきっているようだった。ニコラスはそのため息に大きな心労を聞きとった。「わからん。録画を調べてはいるが、今のところ外部から侵入した不審人物はひとりも見つかっていない」

「となると、財務大臣官邸内の誰かということになる」

「ああ、そう考えただけで、はらわたが煮えくり返るよ。絶対に真相を、それも早いうちに突きとめるから安心してくれ」

「何か手伝えることはあるかい？」

「何かあればいいんだが、ニューヨークからできることは何もない。事のなりゆきは知らせる。だがいいか、今はこの件にはかかわるな」

「でも、ぼくは――」

父がさえぎった。「ニコラス、間違ったことを正そうとするおまえの心意気を、わたしはいつでも高く買っている。誇りに思ってもいる。しかし今は、このことをくれぐれも胸の内にとどめるよう言っておく。誰も殺人だったとは言っていない。今の段階では非常に流動的で微妙な状況だからな。きわめて微妙だ」

微妙？　父は何を話すまいとしているのだろう？

「はっきり言ってくれないか、父さん」

ハリーがため息をついた。「それはできない。だが、もしアルフィー・スタンフォードが、現実に殺されたのであれば、いいかね、ニコラス、これは誰も想像できないほど深刻な事態だ」

22

ベルリン
午後七時

輝かしい夜だった。

エリーゼとのすばらしい幕間劇（まくあい）——あの華麗な鞭さばきのおかげで今も背中がひりひりする——に続き、ロンドンからいい知らせが届いた。インプラントがFBIの手に渡ったようだと知らされた朝の失態から打って変わって、その後はにわかに事態が好転した。非常に重大な作戦がひとつ、きわめて首尾よく運んだ。ミスターＺが完璧にやり遂げた。アルフィー・スタンフォードが死んで、老いぼれを厄介払いできたのだ。なんと愉快な気晴らしになったことか。すばらしく鮮やかな気晴らしに。

ここ三十分は〈BBCワールドニュース〉に釘（くぎ）付けになり、アルフィー・スタンフォードの突然の逝去についてアナウンサーの口から出てくる言葉のひとつひとつを噛みしめ、吟味した。すべてが完璧すぎて、うますぎた。スタンフォードは長らく威張りくさっていたが、これでようやく墓に入ることになる。何が起きたか、誰も解明できないだろう。ミスター・

Zはそれほどうまくやってのけた。

だがそこで一瞬、酔いが覚めた。ドラモンドが事件を担当している。あの憎き英国人が迅速かつ執拗に追ってくることは直感で悟っていた。それはつまり数日、場合によっては数時間しか、潜水艦の場所を突きとめて鍵を回収する時間がないことを意味した。だがあわよくば、そばに皇帝の金塊の詰まった袋もあるかもしれない。もうじき世界中の政府がわたしの前にひれ伏すだろう。ＦＢＩとニコラス・ドラモンドなどくそくらえだ。

ハフロックは冷静沈着であることを誇りとしていた。今はパニックも浮かれ騒ぎもふさわしくない。アメリカからの知らせは完璧とは言えなかったが、計画が完全に台なしになったわけではなかった。自分が誰と対峙し、時間内に潜水艦を見つけられなければどんな状況になるかを知っても、冷静さを保ち、集中していた。

だが黒い遺体袋に入ったアルフィー・スタンフォードの遺体が財務大臣官邸を出てくる場面を見たときには、さすがに片手のこぶしを宙に突きあげた。

今からその権力を握ることになるのは誰か？　そう考えてほくそ笑んだ。

ドアにノックの音がした。「入れ」彼はテレビの音を消した。

メルツがタブレットＰＣを持って入ってきた。普段は感情を表さない青白い顔が、珍しく憤っているようだ。何か深刻なことが起きたらしい。

「どうした？　言ってみろ、メルツ。まるで葬式みたいな顔をして。だがまあ、たしかに何人か死んでいるな」凶暴なまでに顔がにやにやしそうになるのを、ハフロックは抑えられなかった。「これほどすばらしい見ものがあるかね？　われわれがフェイントをかけたら、FBIはまんまと引っかかる。ロンドン警視庁はスタンフォードが心臓発作であの世へ行ったと固く信じている。週が変わる前に、長年望んできたすべてが手に入る。さあ言え、〈オーダー〉から電話があったか？」

「いいえ、サー」

「そうか。まあいい、どちらでもいいことだ。こちらからかけよう。さあ、言いたまえ、メルツ。どんなひどい出来事にそんなに腹を立てているんだね？」

ばかにされていることが、メルツにはわかっていた。地球上でそんなことをして許されるのはハフロックただひとりだということも。なぜなら単純に、ハフロックはメルツが恐れるこの世でただひとりの人物だからだ。

メルツは落ち着き払った声で言った。「最も優秀な検死官のひとりが、間もなくミスター・Xの検死を行うことになっていると聞いています。インプラントを見逃すことはないでしょう。ほどなくこちらの居場所も突きとめられると思われます」

ハフロックは首を横に振った。「わたしにたどり着く頃には時間切れだよ、メルツ。そのためにダミー会社を作りあげたのだし、ミスター・Xが息を引きとった五分後にはそれも閉鎖した。FBIが手間取っているあいだに、われわれは潜水艦を見つけて鍵を回収するのに充分な時間を稼げる。さあ、ウェストンに電話をつないでくれ。そろそろ指示を与える頃合いだ」

メルツはうなずき、背を向けて部屋を出ていこうとした。

「ああ、メルツ、アダム・ピアースはどこにいる?」

メルツはゆっくりと振り向き、反応を示さなかった。「指示されたとおり、スパイに捜させています、サー。すべての口座にまったく動きがありません。現在もピアースのコンピュータからアップロードされたファイルを解析していますが——今のところそのなかには、潜水艦の正確な位置を示すものは見当たりません。ですが、アダム・ピアースが目標をスコットランド北部に絞りこんでいたことはわかっています」

ハフロックがはじかれたように立ちあがった。「なぜそれを先に言わん?〈グラビタニア号〉をすぐに所定の位置に着かせろ! 最終的な位置を突きとめたら、数時間で行けるようにな。ヘブリディーズ諸島あたりで消えたんじゃないかと、ずっと思っていたんだ」

「船にはすでに知らせてあり、そちらに向かっているところです。また、先ほどもお話ししたスパイを、アダム・ピアースがニューヨークを離れる直前まで住んでいたと思われる住所に送りこみました」

「住所? こんなに時間が経ってから? どうやって見つけた?」

メルツは不敵な笑みをもらした。「ミスター・Xがピアースの電話にアクセスしたときに、全データをダウンロードし、テキストメッセージの発信元を突きとめることができました。メッセージが送られてきた電話番号はいくつもありましたが、ひとつのGPS座標から複数のメッセージが送られていたことがわかりました。ミスターＷとミスターＹをその場所へ偵察に行かせました。アダム・ピアースの恋人が住んでいます。昨年、アダムが部屋を買ってやったのです。今日は周囲でいろいろありましたから、やつはまず彼女のところへ行くでしょう。おそらく、安全だとたかをくくって。現れたところで、捕まえます」

「早めにな。待つのは嫌いなんでね。さあ、ウェストンだ」

メルツが出ていき、直後にハフロックのデスクの電話が鳴った。

「もしもし？」ウェストンの声はとげとげしく、邪魔されていらだっているようだった。まあ、このかわいそうな男は今、かなり忙しいのだ。なんといってもスタンフォードの突然の死のせいで。

「エドワード、わたしだ」

「マンフレート、今は電話をしているときではない」

ウェストンはすでに〈オーダー〉のリーダーのように振る舞おうとしている。かわいいではないか。「言葉を返すようだが、エドワード、今が完璧なときだと思うがね」

「三十分後に来客があるんだ」

「とてもいい知らせだ。〈オーダー〉は急速に動きだしてる。それがあるべき姿だ。祝福の言葉を受ける準備はできているかね。わたしも早く参加して、皆の力になりたがっていると伝えてほしい。父が予期せず永眠したことやら、この美しい日がもたらした突然の恐怖やらで、父の遺志を引き継ぐことになったのを名誉に思う。すぐにそちらへ行くことができる。皆に仕えるために」

ウェストンは少しのあいだ無言だった。「いずれそうなる。わたしがそう取りはからう。アダム・ピアースは見つからないのか？」

「それはまだだが、すべてのピースが集まりつつある。潜水艦の正確な場所もじきに手に入るだろう」

ウェストンが言った。「そういうことなら、できるだけ早く来たほうがいいだろう。アレックス・グロスマンに、今夜ロンドンまでソフィー・ピアースを連れてくるよう指示しておいた。もしアダム・ピアースを見つけられなければ、向こうからこちらへ来てもらうために、彼女が必要になるからな」

「名案だ、エドワード。それはいい」

ためらうような沈黙が一瞬あってから、ウェストンが言った。「保険だよ。きみの計画が失敗した場合の万が一の――といっても、今日はすでに失敗しているがな、マンフレート。今朝きみの部下がどれだけひどい失態を犯したかを、わたしが気づいていないとは思わないでくれ。なんてことだ、あの愚か者がピアースを殺すなんて！　ほかの誰より、われわれに必要なのはピアースだったのに」

ハフロックは言った。「ピアースは協力を拒んだ。やつが死んだのは事故だ。だが、そんなことはどうでもいい、エドワード。アダムが鍵だ、父親のほうじゃない。われわれが必要とするすべてのデータはアダムが、あの優秀な頭脳にきっちり鍵をかけてしまっているんだからな。それにもちろん、ソフィー・ピアースを支配下に置くのが役に立つこともわかる。たしかに名案だ」

「アレックスには、ピアースのSDカードのことは心配するなとも言っておいた。もうひとつのSDカードをアルフィーの執務室からいただいたからな。だが、心配だ。FBIがSDカードを手にしている。やつらは愚か者ではない」

ハフロックは電話に向かってほほえんだ。「ドラモンドのことは心配いらない。たいした問題じゃない」

「じゃあ、こちらへ来られるのか？」

「朝までには行く。会合はいつだ？」

「明日の正午だ」

「それはいい。すばらしい、申し分ない。そのときまでに、もしわれわれがアダム・ピアースと潜水艦のありかを手に入れられなくても、少なくともソフィー・ピアースは手中にある。ではそのときに、エドワード」

ハフロックは受話器をフックに戻した。口元にはいまだに笑みが貼りついていた。インターフォンのボタンを押す。「エリーゼ？　今すぐ荷造りを始めろ。一緒にロンドンへ行く」

23

フェデラル・プラザ
午後一時四十五分

ニコラスが家族に電話をかけているあいだ、マイクはグレイ・ウォートン捜査官がピアースのコンピュータから入手した情報の一部にざっと目を通していた。ピアースの顧客リストで思わず手を止める。有名な名前がずらりと並んでいた。権力と富の国際的な紳士録だ。ソフィーがピアースは世界中にネットワークを持っていると言っていたが、少しも大げさではなかったのだ。

マイクは見知った名前が連なるリストを見て、そこには何かあることを経験上察知した。ちらりと腕時計を見ると、二時前だった。ミスター・オリンピックの検死に立ち会うため、検死局へ行かなくてはならない時間だ。ファイルを閉じようとしたときに、ひとつの名前がひどく目立っていて目に入った。それを再度見つめてからファイルを閉じ、USBメモリを取り外した。ニコラスに見てもらう必要がある。自分にはそれが何を意味するのかわからなくても、彼ならわかるかもしれない。

デスクの下に置いてある小さな冷蔵庫から、水のボトルを二本とリンゴをふたつ出した。おなかがすいていた。昼食をとる時間もなかったのだ。今はリンゴで我慢しなければならない。ダウンタウンに戻る途中でどこかに立ち寄って食べられるだろう。どちらにしても、検死の前におなかいっぱいになるのは賢明とは言えなかった。

マイクが視線をあげると、ニコラスがドアのところに立っていた。「行けるかい？」

「ええ」マイクはニコラスに水のボトルとリンゴを渡した。「急がないといけないのはわかってるんだけど、行く前にこれを見てほしいの」

マイクはコンピュータのセキュリティがかかっている赤のサイドにUSBメモリを挿入し直し、ミラーリングされたハードディスクを開いた。〝顧客〟という名前のファイルをクリックする。画面に数百ものブルーのフォルダが、整然と並んで現れた。

「ありがたい。ピアースは几帳面（きちょうめん）だったんだな。ファイルを見つけるのが簡単すぎるほどだ」

マイクは三つ目のファイルをタップして立ちあがり、ニコラスに椅子に座るよう身振りで示した。「座って見て。どう思うか言ってみて」

ニコラスが椅子に座り、マイクは椅子の肘掛けに腰をおろした。マイクのブロンドのポニーテールはここ数カ月で長く伸び、ニコラスの顔のすぐ横にあった。ニコラスはジャスミンの香りを吸いこみ、体を少しずらした。

マイクがかがんで指さすと、ポニーテールがニコラスの顔に触れた。「これを見て、ニコラス」

ニコラスは再び体を傾け、画面を見て口笛を吹いた。「よく見つけたな、ケイン捜査官。アルフィー・スタンフォードが長年にわたって、ピアースから軍の歴史についての本を何冊か買っている。ほとんどは第一次世界大戦に関する本だが、普仏戦争や、ロシアの独裁者について書かれた本も何冊かある」

「難解そうな本ね」

「たしかに。スタンフォードは非常に頭の切れる人物で、勉強熱心で学問に打ちこんでいた。そうでなければ、あの地位には就けない」ニコラスはほかのフォルダをいくつかクリックした。「ピアースの顧客のなかに、われわれが知っている人物はほかに誰がいるだろう?」

マイクが腕時計を軽く叩いた。「時間がないわ。行かなくちゃ、ニコラス。それについては検死局に向かいながら話しましょう」

ベン・ヒューストンが小走りで角を曲がってきた。「ああ、よかった、まだいたのか。電話をかけようと思ってたところなんだ。行く前に、これを見てほしい」ベンの赤毛はぼさぼさで、スーツはしわくちゃだった。ニコラスは、ベンがさんざんな午前中を過ごしたようだと思ってから、ふと思い直して自分のはいているオーダーメイドのスラックスを見おろした。折り目に沿って泥の筋がつき、両膝はうっすらと土埃に覆われて、そのすぐ上には上質なウール地に小さな裂け目ができている。彼は裂け目を軽く払い、首を振った。ナイジェルも今夜、首を振るだろう。さっそくスラックスをだめにしたと知った瞬間に。初日の六時間が経過したところで、ニコラスはすでにぼろぼろになっていた。

ベンがマイクにファイルを渡した。マイクがそれを開き、ニコラスとふたりでケビン・ブラウンの写真を見つめた。

ベンが言った。「どうやらソフィー・ピアースは偽りのない真実を語ってたわけじゃなさそうだ」

ニコラスが笑った。「どうりで見覚えがあると思った。ピアースの家族の写真を覚えているかい、男の子と女の子の？　あの子だったんだ。こんなに大きくなって」

「そういうことか」ベンが言った。「アダム・ピアース。故ジョナサン・ピアースの十九歳の息子。このやんちゃ坊主は今朝、父親の店を走りまわってた。姉のソフィーにしっかり守られて。このファイルは気に入ってもらえると思うよ。この子はただ者じゃない。そこに逮捕歴がある。アダムが侵入した場所の一覧を見てくれ。絶対に捕まえたいと思うはずだ、そうだろう、サー・ニコラス？　きみに負けないくらいの大物ハッカーだ」

ニコラスはアダム・ピアースの写真から視線をあげずに、ただ言った。「気をつけてくれ、ベン。ナイトの称号は授かっていない」

ベンはニコラスの肩を叩いた。「でも、時間の問題だろう。なんだかんだいっても、ふさわしいアクセントで話してるし」

マイクはふたりを無視してリストを読んだ。ベンが〝侵入した〟と言ったとき、思い浮かんだのは店や事業所だった。そうではなく、ここに並んでいるのは数々の大手多国籍企業や軍事目標、アメリカ国防総省だった。マイクはピンときた。「あら、この人物のことなら知ってるわ。とてつもないハッカーよね、まさに超一流の」

「そう、このあたりじゃ実際かなり悪名高い。アノニマス（国際的ハッカー集団）やウィキリークス（匿名の内部告発サイト）、高機密な軍事サイトへの複数回の遠隔侵入、その全部にかかわっているとわれわれは見ている」

「ハンドルネームは？」ニコラスがきいた。マイクはニコラスの声に興奮を聞きとった。

ベンが言った。「〝エターナル・パトロール（Eternal Patrol）〟だ。ほとんどすべての反体制派と国内の抗議グループに友人がいる。だが、こいつがうまいんだ。いや、本当に優秀でね。われわれは今まで一度も居場所を突きとめられずにいる。それにここしばらくは姿を消していて、過去二年間はこの街で姿を見られてない」

ニコラスは笑いながら首を振った。「さあ、これですべて筋が通ったな」

24

ベンが言った。「E・Pは非合法のコンピュータの世界では有名だが、何がいいって、悪意のハッカーではないことだ——ほら、政府機関のコンピュータをダウンさせたり、クレジットカード情報を売ったりするようなやつらではないってことだけど。でも、純粋に善意からインターネットをよりよくしようとしてるわけでもない。紙一重のところを歩いていて、これから大人になるにつれていずれの側に振れる可能性もある」

ニコラスは言った。「〝エターナル・パトロール〟——E・P、アダム・ピアース——は本物の天才だ。若いときに捕まえれば方向転換させられるというなら、そうだな、ぼくが捕まえるのも悪くない。リスク評価にすばらしい才能を発揮してくれるだろう」

「同業者だけにすごさがわかるわけよね」マイクが言った。「あなたが合法的にわたしたちと一緒に働けるようになってうれしいわ」

「アダム・ピアースは生まれながらの天才で、よちよち歩きの頃からコンピュータに夢中になった。弱冠十二歳の若さで国防総省の堅牢(けんろう)な内部Eメール・システムに侵入したそうよ」

「じゃあ、その頃には早くも達人だったわけだ」ニコラスは言った。

「そうみたいね。ここに法律違反のリストがあるわ。やたら長くて、内容は多岐にわたってる。仲間のあいだで認められたい一心でやってるわけ？　それとも楽しいから？」

ニコラスは肩をすくめた。「楽しさ、仲間からの信頼、盗みのスリル。動機なんてわかるもんか」

ベンが言った。「〝エターナル・パトロール〟は真に悪意を持ったハッカーというよりは、陽気ないたずら者に近いと思うけどね」

ニコラスは言った。「知っているかい？　ハッカーたちは最高の従業員になるんだ」

「それはまたどうして？」マイクが尋ねた。

「彼らはいつでも自発的で、枠にとらわれない考え方をする。外務省時代に仕事で、頭の切れる国際的なハッカーを何人か使ったことがある。彼らを管理するのはほとんど不可能だ。弱みを握ってでもいない限りはね。それか、向こうの欲しいものをこちらが持っているかだ。ときにはツキに恵まれて、彼らが同胞を裏切ることもある。情報を安値で手放すんだ。彼らには最大限の注意を払わなければならない。ひいき目に言っても予測不能、最悪の場合は二重スパイになる」

「じゃあ、どうすれば彼らがこちらの情報に悪さをせずに合法的でいてくれると確信が持てるわけ？」マイクがきく。

ニコラスはこともなげに言った。「同じくらい有能な者を味方につけて、彼らを見張らせる。バックドア（システムを部外者が操作できるようにするための裏口のような仕掛け）を作るために誰かを雇ったら、そいつの使っているコードがクリーンであることを確かめなければならない。利口なハッカーは自作のバックドアにトラップドア（暗号やシステムなどの抜け穴）を仕込むことができる。そうなれば、おじのボーが言うところのお手あげだ。これを見てくれ――アダムが姿をくらましてから、なぜ二年にもなるのか？　彼は優秀だ。世界中で指名手配されていることを考えあわせるとね。国家安全保障局（NSA）、中央情報局（CIA）、インターポール。この子は大勢の偉い大人を手玉に取っている」

マイクが言った。「あなたの言うとおりよ、ベン。ソフィー・ピアースはわたしたちに堂々と嘘をついた。もちろん、アダムもね。でも、なぜアダムとの関係を隠したのかしら？　それにアダムはなぜ、父親が殺された数時間後に突然現れたの？」

ベンが言った。「家族に会いたかったのかもしれないし、われわれの目をくらましたと思ってたのかもしれない。でも、たしかにあまりにもタイミングがよすぎるな」

マイクが言った。「〝エターナル・パトロール〟という言葉には何か特別な意味があるの？」

ニコラスは言った。「古い海軍用語だ。行方不明の船を指す。戦争中に行方不明になった船や潜水艦は無数にある。海軍では伝統的に、船が沈んで行方がわからなくなると、その船は〝永遠の哨戒(オン・エターナル・パトロール)〟と言うんだ」

「へえ、少なくとも意味は通るわ。父親は海軍史マニアだったんだもの。ベン、アダム・ピアースの捜査指令を出しておいて。それからソフィーにもう一度話を聞きに行く必要がある。隠してたことはこれで全部かどうか調べないと」

ベンが言った。「捜査指令はすでに出してある。アダム・ピアースがここ最近、E・Pとして何に興味を持っていたかも調べる必要があるな。息子がよろしくないやつらと関係していたら、父親は報復のために、あるいは息子をおびきだすために殺された可能性もある。その場合は、ソフィーも安全じゃない」

「いちおう安全よ」マイクが言った。「わたしたちが見てるもの。誰も近づこうとはしないはず。誰かにソフィーを連れてこさせて、ベン。弟の隠れ場所を知ってるかどうか当たってみましょう。ニコラス、わたしたちは行くわよ」

マイクが駐車場のドアを通ってクラウンビクトリアをワース・ストリートに出したとき、ニコラスが言った。「ちょっと話しておきたいことがある」

その声のトーンでマイクにはわかった。ニコラスは何か胸の内にしまっておこうと思っていたことを打ち明ける気になったのだ。よかった、信頼されているということだ。少なくともときどきは。

マイクはニコラスを見やった。「お父さんから何かとんでもない秘密を聞いたんでしょう？　それで、本当は他言してはいけないのよね？」

ニコラスは笑うしかなかった。「あんまり賢すぎるのも身のためにならないぞ。そのとおり、父からかなり気がかりなことを聞かされた。内務省はアルフィー・スタンフォードが殺されたと考えている」

「まさか冗談でしょう。亡くなってもおかしくないくらいの高齢だったと思ったけど？」

「それはそうなんだが、病気ではなかった。外交部の医師のひとりが首に針の跡を発見した」

「ひどいわ。容疑者はいるの？」

「いるとしても、そうは言っていなかった。ぼくは偶然を信じないんだ、マイク。顔にパンチを食らった気分だ。アルフィー・スタンフォードとジョナサン・ピアースには明らかなつながりがあり、そのふたりが同じ日に殺害されただと？」

マイクも偶然を信じていなかった。「それにアダム・ピアースは上級ハッカーで、その姉はわたしたちに嘘をついた。でもこれ全部がどうつながるわけ？」

「まだわからない」

「さて、着いたわ。記念すべきFBIで初めての検死ね。ドクター・ジャノビッチが毒入りカプセルを見つけたことを祈りましょう」

25

検死局
午後二時二十分

ドクター・ジャノビッチはオフィスでふたりを待っていた。しみのついた手術着をまとい、興奮に目を輝かせている。腕時計の文字盤をコツコツと叩きながらも、恨みがましさはなかった。

「やっと来たか。待つのはごめんだったから、きみたちが来る前に始めた。来たまえ。見せたいものがある」

一行はミスター・オリンピックの裸の、一部検死された遺体を見おろした。ジャノビッチは早口で話しながら、男の肩のひどい擦り傷を指さした。「かなり痛めつけたな、ドラモンド?」

「その傷に関しては、舗装道路に責任があると思います」

「なるほど。まあいい、興味深いのはこれじゃない」ジャノビッチは壁にかけられたライトボックスに並ぶレントゲン写真を指した。「よく見てみろ。頭蓋骨のなかに異物が写ってるのが見えるかね？　脳を開けたら、これが見つかった」

医師は小さなピンセットのような器具を使って、ふたりにごく小さな金属片を見せた。親指の爪より小さく、紙のように薄い。

マイクが言った。「爆弾の破片みたいですね」

ニコラスの心拍数が跳ねあがり、アドレナリンがどっとほとばしった。「いや、爆弾の破片じゃない、マイク。ドクター・ジャノビッチ、顕微鏡で見せてもらえますか？」

ジャノビッチはニコラスに笑みを見せた。「よし、いいとも」医師はその長方形の金属を透明なガラスのスライドにのせた。「百倍で試してみたまえ。かなりよく見えるはずだ」

その金属物質にぴたりと焦点が合った。ニコラスは息をのんだ。自分の憶測が正しくなければいいと思いながら……。「インプラントだ。これから二百本のフィラメントリード（電流を流し、光や熱電子を放出する細い金属線）が出ているに違いない」一歩離れて、マイクが見られるようにする。「ドクター・ジャノビッチ、正確には、これをどこで見つけましたか？」

「視神経の裏に埋めこまれていて、切開部位はきれいに治癒してた。つまり、それはかなり長いあいだ男の脳に入ってたということになる。それに極細のフィーダーが聴神経につながってるのも見つかった。細すぎて危うく見逃すところだったよ。とにもかくにも、驚くべき代物だ」

「視神経と聴神経に？　そんなことがそもそも可能なんですか？」

ジャノビッチが言った。「どうやらそのようだ。こんなものは今まで一度も見たことがない。信じられないほどの先進技術だ。それに、このインプラントは今まで見たことのある金属合金とは違う。これは自然界に存在する、生物学的な物質だ。だからこそ埋めこまれた脳組織と融合することが可能で、体が拒絶反応を示さない。もしそれがおれの考えてるとおりの働きをするとしたら、それこそ……」肩をすくめる。「大変な、実に恐るべきことだ」

「今も作動している可能性は？」ニコラスはきいた。

ジャノビッチは首を横に振った。「それはないだろう。脳の処理能力なしでは動かない。それ単体では何もできないはずだ」

マイクが手をあげた。「四肢を失った人が義手や義足を動かしやすくするために使われるインプラントなら知ってます。思考で動きを制御できるんですよね」

「そう」ドクター・ジャノビッチが言う。「そのとおり。インプラントはロボット工学やナノテクノロジーの分野で非常に重要視されてる。黄斑変性のような進行性の疾患で失明した人が、視力を取り戻すためのインプラントもある」

マイクが言った。「もう一度見せて。わたしにもわかるように説明してくれる？」

マイクがインプラントを観察する横で、ニコラスは言った。「縁からフィラメントが出ているのが見えるかい？　髪の毛より細い」

「金属製のムカデみたいね。それで、これが脳インプラントなのね。小さくて薄いわ。これがミスター・オリンピックの視神経の裏に埋めこまれていたんですか？」

「そうだ」ドクター・ジャノビッチが言った。

「しかも、ミスター・オリンピックが視力を失ったからというわけではない」

ニコラスは言った。「ああ、違う。その正反対だ。ドクター・ジャノビッチ、自分はこう思うんですが、間違っていたら指摘してください。これはモノラルの視力――つまりこのインプラントから画像を得ていた人物は、ミスター・オリンピックの左目がとらえているものを見ていたんじゃないですか？」

「そのとおりだ、ドラモンド」

マイクが首をかしげた。「誰かがミスター・オリンピックの目を通して見ることができた、そう言ってるわけ？　ミスター・オリンピックが見てたものを？」

ニコラスは言った。「視神経につながるよう埋めこまれていたわけだから、埋めこまれた者が見た情景をアップロードして、ビデオカメラのような働きをさせることは可能だ。それにドクター・ジャノビッチが耳につながる細い線も見つけたってことは、これを操る人物はミスター・オリンピックが聞いた音を聞くこともできたと思うね」

「録画装置ってわけね」マイクが言った。「録音機能も搭載。映像と音声」

ドクター・ジャノビッチが言った。「実際、あの男の脳から自分でこのインプラントを取りだしたわけだから、きみたちのとんでもない推論もあながち的外れとは言えないな。誰かが遠隔操作で見て、聞いてたのだとしたら……」

「なんてこと」マイクが言った。「筋は通るけど、常軌を逸してるわ」

ニコラスは興奮に打ち震えんばかりだった。「でも、その可能性はある。こんなに小さいインプラントだ。使い道を考えてみろ。誰かを現場に送りこみ、そいつがターゲットのそばに突っ立って見ているだけでいいんだ。あとは半導体チップが情報をリモートサーバへ中継してくれる。そしてもし生中継できるとしたら、それは機密情報収集の世界を永遠に変えることになる」

ドクター・ジャノビッチが言った。「まったくもって可能だ」

ニコラスは言った。「ドクター・ジャノビッチ、このデバイスは脳波が機能しているときだけ作動するというのはたしかですか?」

「そうだと思う。動くのは間違いない。電池はないし、外科的介入なしに取りだして再充電する方法もない。この容疑者の脳を利用して充電し、動いてたんだ。コンセントに相当する電源がなくては稼働できない。男の心臓が止まれば、送信も止まる」

マイクが言った。「誰にこんなものが作れるの? そして実際に機能させることができるの?」

ニコラスは言った。「この手の研究を手がける民間企業なら、案外どこでも作れると思う。だが試作品を開発するのと、それを実用化するのとでは天と地ほどレベルが違う。数十億ドル規模の話になる。これができる企業のリストはそれほど長くはないはずだ」

「大学も視野に入れるといい」ジャノビッチが言う。「いや、忘れてくれ、資金がない」

マイクが言った。「ほかのインプラントのように、シリアル番号がついている可能性はありませんか？」

ジャノビッチが言った。「目のつけどころはいいが、発見できなかった。デバイスを開くことができれば何か見つかるかもしれないが、開けてみるのは気が進まない。チップの検死には、ナノテクノロジーに精通した専門家が必要だと思う。この分野にかなり熟達した友人がマサチューセッツ工科大学にいる。なかを見て、製造者を特定できるかどうか調べるなら、彼を呼ぶことを勧める」

「呼んでください」マイクが言った。「今すぐお願いします」息を深く吸いこむ。「考えてもみてよ。誰かが遠く離れたところから、ミスター・オリンピックがジョナサン・ピアースを殺すところを見てたのよ。急いでください、サー。一刻も無駄にできません」

ドクター・ジャノビッチが言った。「ナノバイオ・テクノロジーの技術の世界には大金が渦巻いてる。個人投資家が多いんだ。誰がこれを開発し、このデバイスを埋めこんだかを探りだすのは、考えてるより骨が折れるかもしれない。その人物が見つかりたくないと思ってる場合はなおさらだ」

ニコラスは言った。「いえ、必ず見つけます。どこを探せばいいか、当てがあります」

マイクが肩を怒らせた。「それにミスター・オリンピックの正体を知ることも、インプラントの製造者を突きとめるのに大いに役立つはずね。彼の指紋に一致する人物は誰もあがってませんか？」

「今のところはまだだ」ジャノビッチが言った。「地元の人間ではないだろうな。統合DNAインデックス・システム（CODIS）にかければ、じきに一致する者が見つかる」

ニコラスは言った。「被害者に向かってドイツ語で悪態をついていたんです」

ドクター・ジャノビッチがうなずいた。「どうりで。〈メトロ〉の小さなラベルのついた靴下を履いてた。ヨーロッパに展開する量販店で、もちろんドイツにもある」

マイクが言った。「興奮しすぎて忘れるところでした。死因は特定できましたか？　やはりなんらかの毒物が原因ですか？　それにどうしてあんなに早く効いたのでしょう？」

ジャノビッチは遺体のほうへ戻った。「特定するには毒物学の知識が必要だが、致死性の神経毒の一種だ。ほぼ即座に不整脈を起こし、すぐさま心停止に至る。ちょっと見てごらん」医師はピンセット状の器具を使って男の上唇をめくり、歯肉に空いた小さな隙間を見せた。「ここから出てきたと思われる。ポケットのようになっていて、小さな膿瘍（のうよう）のようにも見えるけれども、間違いなく人工的に作られたものだ。組織にレーザーで切った跡がある。それにゲル状をした一種の残留物もあった。唾液より濃く、透明でねばねばしてる。綿棒で採取して毒物検査室へ送ったが、厳密になんであるかを特定するには少し時間がかかるだろう。現在のところ、不明としておくしかない。だが、ここに何が入ってたにせよ、それが死因なのはたしかだ」

「ぼくが殺したんでしょうか?」ニコラスはきいた。

ジャノビッチはニコラスの肩に手を置いて、優しく言った。「きみはこの男と格闘した。それは事実だ。男の顔面の痣からいって、ゲルパックは外部からの衝撃で破れ、膿瘍が開いて毒が作用したと考えられる。だが、ドラモンド捜査官、それは事故だった。きみのせいではない」

26

フェデラル・プラザ
午後三時

マイクは車に乗るなりベンに電話をかけた。「これから戻るわ。とてつもなく大きなニュースがあるの。ソフィー・ピアースはそこにいるの？」

「いるよ」ベンが答えた。

「よかった。グレイに頼んで、先週アメリカに入国したドイツ人全員の写真をスキャンしてもらって。乗員乗客名簿にミスター・オリンピックを見つけられないかやってみましょう」

「わかった。十分後に」

マイクはスマートフォンを切り、ニコラスを見やった。ダッシュボードを叩く自分の指をじっと見つめている。

マイクは言った。「ニコラス、いらいらしてるのはわかるけど、それはやめて。いい？ドクター・ジャノビッチの言うとおり、あなたの責任じゃないわ」

「もちろんぼくの責任だ。顎を肘打ちしたのはぼくなんだから。それにぼくがあいつを殺していなければ、今頃はこの事件の全貌がわかっていただろう」

「たまたま毒物を仕込んだゲルパックを作動させてしまっただけでしょう。考えてもみてよ。もしミスター・オリンピックが死んでなくて、ドクター・ジャノビッチが脳内のインプラントを見つけていなかったら、誰かが彼の目を通してすべてを見て、わたしたちの言ったことを全部聞いてるなんて、夢にも思わずにいたところよ。それが今では、ナノバイオ・テクノロジー関連の大企業にコネクションを持つ者の仕業だってわかったんだから。むしろよかったのよ」

ニコラスはコツコツ叩く指を止めた。「それもそうだな、きみの言うことにも一理ある」とはいえ、マイクにも理解できた。どんな死も、たとえそれが事故であっても、夢見は悪い。マイクはさらりと言った。「みんなそういうことを背負って生きてるわ、ニコラス。この職業にはつきものだってことは、わたしよりあなたのほうがよく知ってるじゃない。さあ急いで、スーパーマン、あなたが必要なの」ようやくニコラスは笑顔になった。

「よし。それじゃあ、われわれが何を見逃しているのか考えてみるか。ジョナサン・ピアースはミスター・オリンピックにウォール・ストリートまでおびきだされて殺された。ソフィー・ピアースはわれわれに白々しい嘘をつき、弟のアダムはおそらく銀河系じゅうの警察が指名手配犯として追っている。彼らは何を隠している？　何をしようとしているんだ？」

ニコラスは再び集中した。「危険を承知で思いきって言うと、われらが死んだドイツ人、ミスター・オリンピックはピアースのファイルにアクセスするために送りこまれたんだと思う。われわれがジョナサン・ピアースのアパートメントに着く前にシステムに侵入したのは、やつに違いない」

「アダム・ピアースだったかもしれないとは思わない？」

「思わないね。アダムには父親のコンピュータにアクセスする理由がない。自分のコンピュータに同じものが全部あるんだから。何か特定のものを捜していて、見たものすべて、聞いたものすべてをアップロードできる男を送りこむことができるとしたら？　ミスター・オリンピックで決まりだろう」

マイクが言った。「ミスター・オリンピックの身元を突きとめることが必要だわ。今すぐに」

「もうひとつの可能性を探る必要もあるよ、マイク。偵察衛星についての情報は、もしそれが彼らの追いかけているものなのだとしたら、追跡に時間をかける価値がたしかにある。それに、素人があの計画を個人のコンピュータ内に持っている段階で、厄介なだけではすまされない」

「どういうこと？　ジョナサン・ピアースが何かスパイ行為に加担してたと思うわけ？」

ニコラスは言った。「ピアースがかかわっていた人たちのリストを見ただろう。世界中の、権力を持つ大物たちだ。彼らが購入した本のなかに極秘情報を仕込んで、単純に郵送していたのかな？　だとしたら、むしろ洗練されているし、しかも手堅い。たとえばアルカイダは最も重要な作戦計画には手書きのメモを使う。テロ組織のあいだではコンピュータを使った通信は安全ではないからだ」

マイクがうなずく。「なるほど、そうよね。このデジタル新時代に安全に情報を伝える唯一の方法だわ。デジタル情報を消去することは事実上不可能なんだから」

ニコラスは言った。「そのとおり。たいていのハードディスクは復元できる。あらゆるものは痕跡が残る。たとえどれだけかすかであろうとね。それに考えてみれば、ピアースの息子は有名なハッカーだ。父と息子はぐる、だったと思う」

「ぐる？　英国紳士の口からそんな言葉が？」

ニコラスがちらりと見ると、マイクはにんまりしていた。「ぼくは順応性が高いんだ。もうひとりのぐる、ソフィー・ピアースが真実を語ってくれることを願うよ」

エレベーターを降りたところで、ニコラスが言った。「ピアースのファイルのなかに、画期的なナノバイオ・テクノロジー技術の事業を手がけるドイツ発の企業について記述があったのを思いだした。名前はなかったが、きっと見つけるのはたやすいはずだ。スイス連邦警察のピエール・メナールを覚えているかい？」

「もちろんよ。忘れられるわけがないでしょう？　あか抜けていて、頭の回転が速くて、何よりわたしのことが好きで。たぶんあなたのこともだけど、わたしほどじゃないはず」メナールは、フォックスとコ・イ・ヌールの捜索に大事な役割を果たしてくれた。

「電話をかけてみるよ。条件を満たすナノバイオ・テクノロジー技術を扱うドイツ企業のことを、彼なら知っているかもしれない」

ベンがふたりを取調室の隣の部屋に案内した。そこからは、ソフィーが急ぎ足で行ったり来たりしながら、ずっと何かぶつぶつつぶやいている姿を観察できた。

「怒っているな」ニコラスが言った。「参考人が怒っていると、取り調べがやりやすい。簡単に自制心を失う傾向があるからな。でも、わからない。なぜそんなに腹を立てているんだ?」

「結構わかりやすいわよ。そう思わない?」マイクが言った。「父親が今朝殺されて、今は弟を守ろうとしてる。わたしたちは連邦捜査官、弟の最大の敵よ」

「ほかにもある」ベンが言って、ニコラスにコピーを渡した。「いろいろ出たぞ。捜査班からジャック・マクダーミット捜査官を借りてきた。彼とグレイがピアースの電話とコンピュータから得たデータを徹底的に調べあげて、息子とのつながりや、偵察衛星の計画から利益を得るかもしれない外国企業を洗いだした。これがピアースとE・P――アダム・ピアース――のあいだを延々と行き来したテキストメッセージのコピーだ。父と息子は何かを捜してた。ただし暗号化されてるので、われわれにはそれが何かはわからない。グレイとジャックはふたりとも、何か大きなものだと考えてる」

ベンの言うとおり、会話は略語と数字ばかりで判読不能だった。ニコラスは自分でそれを解読したかったが、今はその時間がなかった。書類をたたみ、ジャケットのポケットに突っこんだ。

「何かわかった？」マイクが尋ねた。

「ベンが言ったように、すべて暗号化されている。多少時間がかかるし、暗号を解く鍵、なんらかの決まりごとのたぐいが必要だ。ソフィーにきいてみよう。これが何を意味するか、きっと知っているはずだ。ベン、見ていてくれ。何かきみの目を引くようなことがあるかどうか」

「了解」

ニコラスはマイクに言った。「いい捜査官と悪い捜査官、どっちをやりたい？」

マイクがニコラスの腕をパンチした。「見るからに〝よい魔女グリンダ（『オズの魔法使い』に登場する優しい魔女）〟のキャラだって、わからない？」

「じゃあ、そういうことにしよう」ニコラスは廊下を歩き、取調室へ入っていった。

27

ニコラスがいらだちと不快感を有毒な煙のように体から発散させながら、大股で部屋に入った。ソフィー・ピアースの向かいの椅子に腰かけて、じっと見据える。その形相は敵意に満ち、暴力的で、ひと言も口にしないだけに恐ろしかった。マイクはその後ろからゆっくり部屋に入り、壁に寄りかかって腕組みをし、黙っていた。

ニコラスが前置きもなく、荒々しく低い声で言った。「嘘をついていたことはわかっているんですよ、ミズ・ピアース。あなたが今朝、ケビン・ブラウンと呼んだ若い男が元従業員ではないこともわかっている。あの男はあなたの弟のアダムだということも。彼には逮捕状が出ているし、隣接する三州の法執行機関に、この国に対する反逆行為に関する情報がまわっています。弟さんを見つけたら、彼らは容赦しませんよ。悪いことは言わない、どうせ拘束されるならわれわれに任せたほうがいい。さて、どうすれば弟さんを見つけられるか教えてください。さもなくば、殺人の共犯として逮捕しますよ」

ニコラスはソフィー・ピアースをうろたえさせた。マイクはソフィー・ピアースが背中を椅子に押しつけるのを見た。たぶん少し怖くなったのだろう。だが、そこから持ち直した。ソフィーは身を乗りだすように座り直し、ニコラスを威圧しにかかった。落ち着き払って言う。「おっしゃる意味がわかりません」

ニコラスも前に乗りだし、ふたりの額は触れあわんばかりになった。ニコラスは首でも絞めそうな勢いだったが、それでもソフィーは動じず、少しも引かなかった。「わかっているに決まっている。これ以上の言い逃れにつきあっている暇はない。弟の居場所を言うんだ」

ニコラスがふいに椅子に深く腰かけ、テーブルを指でコツコツ叩く音を静かな部屋に響かせた。「わからないのか？　今朝お父さんが殺されたあと、アダムを捜しているのはわれわれだけじゃないことがわかった。弟の命が危ないことは明らかだ」

マイクの考えたとおり、これはさすがのソフィーにもこたえたようだ。ニコラスはソフィーの目に恐怖の色が浮かぶのを見た。

マイクがニコラスの後ろから言った。「あなたがアダムを大事に思ってるのはわかるわ、ソフィー。だからこそ守ろうとしてることも。信じてちょうだい、わたしはその気持ちを尊重する。今日はあれだけ大変なことがあったんだもの、こんな目に遭わなければならないいわれはないわ。それに――」

ニコラスは剣のように鋭い声でマイクの話をさえぎった。「すべてを話さなければ、父だけでなく弟も失うはめになるぞ。弟はどこにいる、ミズ・ピアース？　アダムはどこだ？」

ソフィーの心がぐらついたのがニコラスにはわかった。だが彼女は視線をまっすぐニコラスに据え、またしてもきっぱりと言った。「知りません」

ニコラスがテーブルにこぶしを打ちつけたので、ソフィーはびくりとした。「嘘だ。ひとつ嘘をつくたびに、首元の脈が速くなる」

マイクが静かに言った。「ソフィー、これがどういうことかわかるわよね。お父さんを殺した男たちは弟さんにも手をかけようとしてるの。弟さんを死なせたくはないでしょう？　力を貸して、ソフィー。わたしたちが悪者じゃないことはわかってるはずよ。アダムの身によくないことが起きてほしくない。わたしにも弟がいる。あの子を守るためならなんだってするわ。警察に逮捕されないように、身元を隠すことだってするかもしれない。でも弟の身に危険が迫ってるとしたら、わたしだったら居場所を知らないふりはやめるわ」

マイクの言葉が決め手になった。ソフィーは洗いざらいぶちまけた。いきなり立ちあがり、使い古されたテーブルに両手をつく。「どうすればよかったというの。弟の本名を明かす？　犯罪歴のあるハッカーで、指名手配されているのよ。弟を刑務所に入れるつもりなんでしょう？　父が殺された原因はアダムではないわ。弟じゃない」

ニコラスは言った。「きみは原因がアダムじゃないと思っているのか？　彼はどこだ？」

ソフィーが首を横に振った。「あなたにはわからないわ。アダムは父が殺された原因ではない。そんなはずはないのよ」

ニコラスはベンからもらった書類をソフィーのほうへ押しやった。「ここにすべて載っている。お父さんは今朝、E・Pと名乗る人物からのメッセージでウォール・ストリートに誘いだされた。E・Pだ、ソフィー。〝エターナル・パトロール〟きみの弟のハンドルネームだよ。きみもよく知っているだろうが。弟がお父さんにそこで会おうと持ちかけた。お父さんはそのとおりにして殺された。何が起きているのか、天才でなくてもわかるはずだ」

「でも、あなたたち以外の人もアダムを捜していて、弟の命が危ないと言ったわよね」ソフィーがニコラスを見透かすように見つめ、突然顔をこわばらせた。「わかった、そんなの嘘だわ。わたしを利用しようとしているのね。父を殺した犯人はもうわかっているんでしょう? 実の息子にそんなことができるとは思えないものね。いいえ、あなたは自分たちの人生を惨めなものにしているハッカーの若者を捕まえたいだけ。弟があまりにも、あなたたちの誰よりずっと、才能豊かで頭がいいからよ」彼女ははじかれたように立ちあがった。「あなたたちが弟を刑務所に入れる手伝いはしないわ。弁護士に電話をかけさせて」

ソフィーは腕組みして立ちつくしていた。

「あなたは逮捕されたわけじゃないのよ、ソフィー」マイクが言い、壁を離れた。「帰ってもらってもかまわないの。でも、どうかわかって。弟さんの身に危険が迫ってる。手遅れになる前に彼を見つけたいのよ。手を貸してほしいの。弟さんのために、あなたたち姉弟のために」

「お父さんは死んだんだ、ソフィー。アダムを次の犠牲者にしてはいけない」

ソフィーは目を閉じて唾をのみこみ、椅子に座りこんだ。「わたしは必要ないはずよ。あなたたちのやり方は知っているわ。携帯電話でアダムの居所を突きとめられるでしょう」

「それができないんだ。弟さんは一般の人とは違う電話を使っているからね」ニコラスは言った。「携帯電話のロックを解除して、そこに自作の基本ソフトを入れ、プログラミングを加えて追跡できないようにしている。電話自体は使い捨てだ。考えてくれ、ソフィー。見つけられなければ、われわれに彼を守ることはできない。今はそれが最も大事なことなんだ」

ソフィーはついにあきらめた。「ニューヨークに来ると、弟はビレッジに滞在しているわ。連絡を取りたいときは、ロウワー・イースト・サイドのデランシー・ストリート沿い、アレン・ストリートとオーチャード・ストリートのあいだにあるスターバックスに伝言を残すの。弟の恋人のアリーがそこで働いていて、弟の居場所を知っているから。弟はわたしが居所を知らないほうが安全だと考えているの」彼女は立ちあがった。「もう行くわ」

ニコラスも立ちあがった。「話してくれてありがとう。それからソフィー、言うまでもないことだが、きみもくれぐれも気をつけてほしい」

わずかな動揺が走ったが、それも一瞬だった。ソフィーは肩を張った。「いつだって気をつけているわ」

28

イースト・ビレッジ 午後四時

ニコラスとマイクはデランシー・ストリートのスターバックスに直行した。ほかの捜査官の応援を待っている暇はない。ふたりにはそれがわかっていた。アダム・ピアースはそこにいるかもしれないし、いないかもしれない。応援が必要になれば、そのときに呼ぶまでだ。

リア・スコット捜査官がソフィー・ピアースを見張り、聞き耳を立てていた。アダム・ピアースからの電話やEメール、なんらかのコンタクトがないか監視している。ふたりがスターバックスから一ブロックのところに駐車したとき、リアからマイクに電話が入った。

「リア、何かあった?」

「ハイ、マイク、現状報告よ。ソフィー・ピアースの電話回線に盗聴装置を仕掛けて、それを聞きながら見張ってるところ。ソフィーは街じゅうに電話をかけて、弟を捜してる。今のところ居所を突きとめてはいないけど、これだけ大勢があちこちで捜したら、アダムはあなたたちが来ることを悟って、おそらく逃げるでしょうね」

「これからスターバックスで会えるかもしれないアリーには電話をかけてた？」

「わたしが聞いた限りではかけてないけど、盗聴の許可が出るまで十分の時間差があったのよ。その前にかけた可能性はあるわ」

「ソフィーは今どこにいるの？」

「携帯電話の位置によれば、〈ジ・アレクサンダー〉内の自宅に戻ってる。携帯電話を持ってる限り、街を歩きまわっても簡単に追跡できるわ。今は動きがないから、わたしもじっとしてる」

「こちらが盗聴してることは知らないはずだから、携帯電話は手放さないでしょう。ありがとう、リア。動きがあったら教えて」

「了解」

ふたりが足を踏み入れた瞬間、スターバックスのカウンターの向こうの目がすべて彼らに注がれた。まるで名札でもつけているみたいだ、とマイクは思った。カウンターに近づき、IDカードをすばやく見せる。「アリーを捜してるの」

モヒカン刈りのハンサムな若い黒人男性が足早に進みでた。「アリー・マギー？　今日は来てません。病気で休むと連絡がありました」

「店長は？」

「ぼくです。スティーブン・トーレス。なんなんですか？」

「アリーの住所が必要なの、今すぐ」

店長は動かなかった。「面倒なことですか?」

マイクは両腕をついて、カウンターに身を乗りだした。「そうなるわね。どこに行けば彼女に会えるか教えてくれなければ」

バリスタのひとりが言った。「シェリーです。アリーの親友なの。家はアベニューAです。アベニューA一〇七番地、五号室。でも、そこにはいないと思います。今日は学校があるから。大事な中間テストなんです。ここのシフトは先週決まったの。アリーがテストを受けられるように、わたしがシフトを交替したんです」彼女は店長にばつの悪そうな顔を向けた。

「本当は許可なくシフトを交替しちゃいけないんだけど」

マイクは言った。「ありがとう。アリーの学校は?」

「ニューヨーク大学。専攻はコンピュータ・サイエンス」

「彼女に恋人はいる?」

シェリーの表情がその質問への答えを物語っていた。

「恋人はアリーと一緒に住んでいるのか?」ニコラスがきいた。

「いえ、そういうわけでは。実はアダムには長いあいだ会ってないんです。カリフォルニアにいるってアリーが言ってました。彼のことはあまり話してくれなくて。なぜだかわからないけど」

マイクは言った。「アリーの電話番号は？　すぐ知りたいの」

シェリーがマイクに番号を教えた。

トーレスが言った。「ちょっと、アリーはいい子ですよ。彼女が何をしたっていうんですか？」

マイクは最高に怖い連邦捜査官のほほえみを向けた。「そのことは心配しないで。ありがとう、シェリー、教えてくれて。じゃあ、グランデのスキニー・バニラ・ラテをふたつと、シナモン・スコーンをふたつ。テイクアウトで」

「承知しました。店からの無料サービスにさせていただきます。お勤めご苦労さまです」

マイクはカウンターに二十ドル札を置き、背中に全員の視線が注がれているのを感じながら店を出た。車に乗りこむと、マイクはスコーンを三口で、ニコラスに至ってはふた口で平らげた。ニコラスが口元をぬぐった。「お見事だったよ、ケイン捜査官」

「ありがとう。ちゃんとした食事の貸しができたわよ、ニコラス。リンゴとスコーンとラテじゃあ全然足りないわ」マイクは膝に落ちたスコーンのかけらを払い、ラテをがぶ飲みして舌にやけどをした。「アリーのアパートメントに行きましょう。もしわたしが逃亡中なら、恋人の家に身を隠すもの。アリーはどうやら親友にさえ、アダムが指名手配されてる大物ハッカーだってことを言ってなかったみたいね」

アリー・マギーのアパートメントまではわずか数ブロックだった。マイクはベンに連絡し、自分たちがアリーの部屋に向かうことを告げて、何か様子がおかしければ連絡するので待機していてほしいと頼んだ。「それとベン、この部屋の契約者の名義が誰になってるか調べてほしいの」

ふたりが捜しているのは十九歳の若者ひとりにすぎないにしても、マイクとニコラスは万が一トラブルに巻きこまれる可能性に備えて、防弾チョッキと無線機を身につけた。ふたりが準備しているあいだに、ベンが不動産記録を調べた。

ベンが言った。「アリソン・マギー名義だ。去年、購入してる。八十万ドルで」

「スターバックスでバイトしてる学生にしては、ずいぶん高い買い物ね。両親が資金を出したのかしら？」

キーを叩く音が聞こえた。「現金で支払われてる。全額一括で」

「興味深いわ。ジョナサン・ピアースの財政状況についての報告はあがってきた？」

ベンが言った。「ああ、ちょうど来たところだ。ピアースはかなり裕福だ。息子も娘も潤沢な信託財産を持ってる。それから、おっとこれは……アダム・ピアースの信託口座から百万ドルが引きだされてる。アリーが部屋を購入する直前だ」

「なるほどね。ありがとう、ベン」

「応援が必要になったら呼んでくれ。ちょっと待って、グレイに代わる」

グレイ・ウォートンの声が大きく、はっきりと聞こえてきた。「もうひとつある。マイク、サー・ニコラス――ジョナサン・ピアースは子爵だ。正確には、第十代チェンバーズ子爵」

その言葉がニコラスの注意を引いた。「チェンバーズ？　ピアースの父親は誰だ？」

「父親の名前はロバートみたいだな。レオの息子で――いや待てよ――レオは一九一七年にウィリアム・ピアースの養子になったようだ。終戦の前に。レオの実の父親が誰かは、ちょっと調べてみないとわからないのか？」

ニコラスは言った。「まだわからない、グレイ。重要なことかもしれない。重要ではないとは思うが、もしわかったら知らせてくれ。ありがとう。それと〝サー〟と呼ぶのはやめてくれないかな」

建物は安全対策がとられていて、暗証番号を打ちこむか部屋のなかにいる人がロックを解除しない限り、ロビーへのドアが開かないようになっていた。

マイクが両手をカップのように丸めて、ガラス越しにロビーの様子をのぞき見た。「ドアマンは見当たらない。アリーの部屋のブザーを押すしかなさそうね」

ニコラスは二Aのボタンを押した。応答なし。だが二Bは返事があり、マイクが精いっぱい若い女の子の声を出した。「ねえ、もう五時よ。鍵を部屋に置いてきちゃったの」

「これっきりだぞ」不本意そうな声が返ってきたが、ロックを解除するブザー音がして、ドアが開いた。

マイクがニコラスに向かってにんまりした。「毎回これで大成功」

ニコラスはあきれた顔で首を振った。「ニューヨーカーはもっと用心深い人たちかと思っていたよ」

「本当にそうよね」ふたりは建物の見取り図で、アリーの部屋が裏手に面し、独立した避難はしごで路地におりられるようになっていることを確認した。

ふたりはエレベーターで五階へあがった。五号室は幅の狭い上品でモダンな廊下を進んでいって、いちばん奥にあった。廊下は仕上げ塗装の施されたチーク材の床で、壁に沿って小さな植物が飾られ、天井に埋めこまれたライトが縁を面取りした鏡に反射して、空間にやわらかな輝きを放っていた。

「近頃じゃ、持つべきものはお金持ちの恋人ね」マイクが言った。

ふたりはドアの前に来た。ニコラスはドアに体を寄せ、耳を澄ました。静かだった。静かすぎる。ニコラスは小声で言った。「何かがおかしい」においもおかしかった。鼻にツンとくる銅のようなにおい。血のにおいだ。それも大量の。

まずい、これはまずい。マイクはウエストのホルスターからグロックを引き抜き、ベンに電話をかけた。「ベン、来てほしいの。何かおかしいわ」

マイクは待つべきだとわかっていたが、何かが決定的におかしいことも本能的に悟っていた。ドアの脇に立ち、こぶしを三回打ちつけて叫んだ。「FBIよ。開けなさい」

応答なし。なんの物音もしない。

ニコラスはドアノブに手をかけた。鍵は開いていた。マイクと目を合わせてうなずく。マイクが再び声をかけ、ニコラスはドアを開けてすばやくなかに入った。マイクもあとに続く。マイクはグロックを高く、ニコラスは低く構えながら。

そしてふたりの周囲のあらゆるものが、一気に炸裂(さくれつ)した。

29

アベニューA一〇七番地、五号室
午後四時三十分

目がくらむような閃光(せんこう)と爆風で、ニコラスの体は入口の壁へと横向きに叩きつけられた。視覚と聴覚をどうにか取り戻そうと、頭を振る。そばにいるマイクがニコラスの体を揺さぶりながら何か叫んでいるものの、彼にはまったく聞こえなかった。耳から何かが滴り落ちるのを感じて手をやると、その手が赤く染まった。誰かに閃光手榴弾(フラッシュ・バン)を投げつけられたのだとニコラスはぼんやり思った。

鈍くなっているぞ、ドラモンド、と心のなかでつぶやいた。今朝のスタンガンの後遺症かもしれないが、自分の体が何ひとつまともに動かないように感じた。

食らったのはフラッシュ・バンだけではなかった。ニコラスは胸を撃たれてもいた。それもど真ん中を。ありがたいことに、マイクにうるさく言われて、防弾チョッキを着ていた。そうでなければ、FBI初出勤の日がニコラスの最後の日になっていただろう。

マイクがニコラスに向かって怒鳴っていた。「起きあがれる？　大丈夫？　ニコラスったら、お願い、何か言って。確認したけど、ここには誰もいないわ。ただ……ねえ、起きあがれる？」

大きく息を吸いこんで肺に空気を行き渡らせると、ニコラスは再び動けるようになった。音も視界も戻りはじめた。マイクが腕をつかんで、ニコラスを助け起こした。「先に突入するのがどういうことかわかったでしょう」そう言って、彼をパンチした。「オーケー、もう大丈夫だ。先手を打たれた、それだけだ」

「きみよりはうまくやれたよ」ニコラスはなんとか立ちあがった。

マイクが一瞬目を閉じた。「わたしにそんな態度を取るのはやめて、ニコラス。何があったの？」

「ドアを開けたら、男が撃ってきたんだ。ぼくに向かってフラッシュ・バンを投げつけて、窓から逃走した」

「アダム・ピアースだった？」

「わからない。すぐに光にやられたから。今すぐやつを追おう。逃げられてしまう前に」

マイクがゆっくりと大きく息をした。「それだけじゃないの、ニコラス」彼女は指さした。

ニコラスがリビングルームに目をやると、すぐ右手、五メートルも離れていないところに女性の遺体があった。遺体は水色のソファのそばに横向きに倒れていた。顔のまわりにブラウンの長い髪が広がり、うつろな目がこちらを見ている。

「アリー・マギーに違いないわ」マイクはそう言いながら、裏通りに面した窓へと駆け寄った。

避難はしごをおりていく男が目に入った。階をおりるごとにラッチを外して折りたたみ式のはしごを伸ばさなければならないので、おりる速度はそう速くない。ニコラスは言った。

「ぼくがはしごをおりるから、きみは階段からまわってくれ。ほかにも仲間がいるかもしれない」

ニコラスが窓を乗り越えるのを視界にとらえながら、マイクは短縮ダイヤルでベンに電話をかけた。「アリー・マギーが殺されたわ。ニコラスが避難はしごをおりていく男を追ってる。急いで、ベン」

すべてがあっという間だとマイクは頭のどこかで考えていた。指をたった二回鳴らす程度の時間が、まるで一生分であるかに思えた。

アリーを振り返ると、胸に怒りがこみあげた。階段に向かって走りながら、応援を連れてくるべきだったと思った。ベンもだ——彼はすぐに到着するだろう。それに、ニコラスが犯人を逃がさないはずだ。

やつが逃げてしまう。ニコラスには二階に降り立とうとしている男が見えた。貴重な時間を無駄にしてしまった。残っていた視界のもやを振り払って男を追う。階ごとに避難はしごを伸ばす必要がないので、錆びついた金属製のはしごを全速力でおりられた。男の黒髪がニコラスの目にちらりと映った。男がニコラスを振り返る。取り逃がしてなるものか。ニコラスは二階のはしごの端をつかむと、五メートルほどすべって飛びおりるように着地した。地面を転がり、即座に立ちあがって駆けだす。男が地面におりて走りだしてからたった二秒後だった。ニコラスは体がまだふらついていたが、それでも速く走れた。ありがたいことに、男はミスター・オリンピックではない。ニコラスはすぐに追いついた。

マイクが叫びながら、建物をまわりこんで走ってくるのがわかった。マイクがこちらにたどり着く前に、男が振り返り、ニコラスの腹を狙って脚を蹴りあげた。アダム・ピアースでも、ニコラスが最初に感じたほど若い男でもなかった。雇われの殺し屋のようなこの男は、凶暴でいかつい面構えをしていた。顔（フェイス）には鮮やかな赤い傷跡（スカー）がある。どんな悪事でも請け負うベテランの殺し屋のようだ。数多くの戦闘を経験し、そのうちのいくつかで負けて、頬に残忍な傷が残ったのだろう。

キックが繰りだされるのを見て体をひねったニコラスの座骨にスカーフェイスの脚が食いこんだ。この強烈な一撃をまともに食らっていたら、ニコラスは立ちあがれなかっただろう。スカーフェイスは再びキックしようとすばやく体を回転させたが、蹴りだす代わりに、ニコラスの喉へと手を伸ばした。ニコラスが後ろに避けると、スカーフェイスのがっしりしたこぶしが頬をかすめた。続いてスカーフェイスの右のこぶしがニコラスの肩に振りおろされた。とはいえ、ふらついていたニコラスの体は、もはやなんの支障もないほどに回復していた。

ニコラスの体はスカーフェイスより大きく、同じくらい鍛錬され、同じくらい卑劣に攻撃できた。ニコラスは振り向きざまに脚を伸ばしてスカーフェイスの脚をすくった。スカーフェイスはいったん仰向けに倒れたものの、びっくり箱のなかの人形のように跳ね起きて再び飛びかかり、ニコラスを後方へと追いつめた。

ニコラスはすべての攻撃にきっちり反撃してみせた。ふたりはまるで戦いのダンスを踊っているかのようだった。腕や脚が激しくぶつかり、スカーフェイスの鼻から血が飛び散った。両のこぶしでスカーフェイスは相手の裏をかいて倒そうとするのをあきらめ、力任せの攻撃に切り替えた。ニコラスは相手の裏をかいて倒そうとするのをあきらめ、力任せの攻撃に切り替えた。ニコラスはその隙をとらえた。ひげの生えた広い顎にこぶしをお見舞いしてやると、傷跡が走るその顔に驚きが浮かんだ。ノックアウトされたスカーフェイスは勢いよく倒れ、アスファルトに激しく頭を打ちつけた。ついに敵を打ち負かしたのだ。これで脅威は去った。

ニコラスはこぶしを握りしめたまま息をはずませ、スカーフェイスを見おろして立っていた。だが、男がまったく起きあがろうとしないことに気づいた。死なせたらまずい。ザッカリーにつるしあげられる。

スカーフェイスをうつぶせにしてニコラスが手錠をかけたとき、彼の名前を叫ぶマイクの声が聞こえた。

ニコラスはマイクが近くにいると思っていた。スカーフェイスとの格闘が始まる前に、彼女が走ってくる足音を聞いていたからだ。

ニコラスが振り返ると、最悪の光景が目に入った。

別の男――ボクサーのように引きしまった体つきの、背が高い年かさの男――が、マイクの首に腕を巻きつけ、こめかみに銃を突きつけていた。にやりと大きな笑みが浮かぶその口元には血がにじんでいた。捕らえられる前に、マイクが男の顔に一撃を食らわせてやったのだろう。男は血をなめとったが、ぞっとするような笑みは口に張りついたままだった。男は何も言わなかった。男の指が引き金を引き絞ろうとする。

ニコラスは何も考えず、なめらかな動きで拳銃を手にして引き金を引いた。直後に男の額から血が噴きだした。

マイクが男の体の下に崩れ落ちた。ああ、なんてことだ。マイクは男を撃ってしまった。いや、違う。ニコラスの名前を叫ぶマイクの声が聞こえた。マイクは男の体を自分の上からどかそうともがいていた。ニコラスは自分が息を荒らげながらその場に凍りついていたことに気づいた。腕は正面にまっすぐ固定され、指はグロックの用心金（トリガー・ガード）に置かれたままだった。ニコラスは腕をおろすと拳銃をホルスターにしまい、マイクに駆け寄った。男の死体を押しのけ、マイクの体を引っ張って起こす。両手でマイクの腕や胸に弾痕がないことを確認すると、彼女の顔に触れた。

「大丈夫か？　怪我は？」

ニコラスが叫ぶ様子にマイクはたじろいだ。銃弾がすぐそばをかすめたために鼓膜が傷ついていたものの、ニコラスに向かってうなずいてみせると、意識的に深い呼吸を繰り返し、自分を落ち着かせた。

ニコラスは目を閉じ、マイクを胸に強く抱き寄せた。あの瞬間を思い返すだけでも息が止まりそうだ。本当に危ないところだった。危うくマイクを失いかけたのだ。

そのとき、ふたりの背後からサイレンが聞こえてきた。

30

ニコラスは冷却パックを頬に当て、片手でアリー・マギーのリビングルームのソファ裏で見つけたノートパソコンを操作していた。自分たちはいったい何に首を突っこんでしまったのだろう。頭にこの疑問が浮かぶのはこれで二度目だった。たった一日のあいだに、死体が三つに逮捕者がひとり。マイクは危うく撃たれそうになり、ニコラス自身について言えば、スタンガンで撃たれ、殴られ、銃で撃たれ、フラッシュ・バンを投げつけられたのだ。まだ日も落ちていないというのに。そしてアダム・ピアースは行方不明で、アリー・マギーは殺された。ニコラスは状況が気に食わなかった。先ほどの殴り合いと避難はしごから飛びおりた衝撃で、体のあちこちがこわばって痛んだ。防弾チョッキで受けとめた銃弾のせいで、胸もずきずきする。服は破れ、実際ひどいありさまだった。これにはナイジェルも喜ばないはずだ。だが一方で、ニコラスは生きていた。視力も聴力ももとどおりに戻った。そして今、ニコラスはコンピュータから何か有益な情報を引きだそうとしているところだった。

ニコラスの生活はおじのボーが好きな、きわめて暴力的なカントリー&ウェスタンの歌詞のような様相を呈しはじめていた。ぼくをスタンガンで痺れさせて、銃で撃って、そのこぶしで殴り倒して……。

ニコラスは心のなかで笑った。どうかしている。どれもこれもみんなアドレナリンのせいだ。それに、そう――マイクを失ったと思ったときの深い恐怖感が消えないせいだろう。

ふたり目の殺し屋がマイクのこめかみに銃を突きつけている光景がニコラスの脳裏に浮かんだ。男の顔に滴る血、絵に描いたような狂気の笑み、声は聞こえないのに口だけが動いているマイクの顔。今になってようやく気づいた。マイクは声を出していなかったのではない。彼女は〝この男を撃って、撃って〟と叫んでいた。だが、ニコラスにはその声を聞く余裕さえもなかった。

現場には、ベンやほかの三人のFBI捜査官とともにニューヨーク市警の警官が到着し、その裏通りの格闘の後始末をしていた。ニコラスは警官から山のように質問を浴びせられ、そのすべてに答えた。ニコラスとマイクは、現場からただちに離れるようベンに言われた。現場というのは裏通りとアリー・マギーのアパートメントの両方のことだったが、ニコラスがアリーの部屋に戻るということで合意に達すると、ベンがあきらめたように言った。「捜査の邪魔はするな。ふたりとも規則は知ってるだろう。みんなを面倒に巻きこまないでくれ」

ニコラスとマイクは、重い足取りでアリーのアパートメントに戻り、部屋へ侵入してアリーを殺した男たちの身元が判明するのを待った。

部屋は悲惨なありさまだった。運よくフラッシュバンの火は燃え移らずにすんだものの、先ほどニコラスとマイクが無我夢中で部屋を突っ切って窓に突進したせいで、テーブルや椅子がひっくり返り、犯罪現場が荒らされてしまった。

しかし、この部屋でいちばん悲惨な光景はアリー・マギーの遺体だった。

マイクはルイーザ・バリーがアリー・マギーの遺体から慎重に証拠を採取する様子を見ていた。その光景はあまりにも痛ましく、マイクはノートパソコンをいじっているニコラスのほうに目をそむけた。マイクはまだショックから立ち直っていなかった。少なくとも精神的には。だが、それも当然だ。もしニコラスが撃った銃弾が、あと五センチ左にそれていたら、彼女の頭の中身が建物の壁じゅうに飛び散っていたのだから。男がマイクの脳を吹き飛ばそうとしていることに気づいたニコラスは、すぐさま行動した。ためらいなく。引き金を引く前のニコラスの顔には、決意と激しい恐怖、それに別の何かが浮かんでいた。確信――そう、それだ。ニコラスが自分の味方でよかったとマイクはつくづく思った。

ニコラスはコンピュータから一度も顔をあげようとしなかった。マイクはしぶしぶルイーザのところに戻った。マイクと目が合ったルイーザは、マイクが質問する前に答えた。「そのとおりよ。犯人たちは彼女を殺す前に痛めつけた」

「情報を得ようとしたのね」

「そのようね。彼女が犯人に協力したかどうかはわからないけど。正確な死亡時刻は検死官の報告を待つ必要がある。でもまだ死後硬直が始まってないところをみると、あなたたちは犯人の邪魔をしてやったみたいね。あなたとニコラスとで」

「つまり、彼女が殺されたのはわたしたちのせいってことだわ」

ルイーザは首を横に振った。「いいえ、彼女はあなたたちが到着する前に死んでた。犯人たちはこの部屋をすでにめちゃくちゃに荒らしてたんだから。これじゃあ、今日の残りの時間は全部、ここの証拠物件を洗う作業に費やすことになりそう。マイク、あなたのブラウスったらひどい状態よ。血だらけじゃない」

「ありがたいことに、わたしの血じゃないわ。何かわかったら知らせて」マイクは背を向けた。

その背中に、感情を抑えた硬い声でルイーザが言った。「マイク、彼女には生き残れるチャンスなんてなかったわ。ただの若い女性だもの。熟練のプロの殺し屋相手にどうしようもなかった。ニコラスが犯人のひとりを殺してくれてうれしいわ。もうひとりについても、アッティカ刑務所で朽ち果ててほしいものね」

「きっとそうなるわ」

「この事件がこたえてるのね、マイク。わかるわ。少し距離を置いて、俯瞰的に見なきゃだめよ。いずれすべてがつながるはず。いつだってそうだもの」

ルイーザは再び遺体の前にひざまずいた。その女性は、犯人たちがアダム本人か、彼の居場所を示す何かを捜しにやってきたとき、本来なら学校にいるはずだった。

自分を責めてはだめよ、とマイクは思った。だが、責めずにいられなかった。自分がソフィー・ピアースからこのアパートメントとアリー・マギーの情報を引きだすのに失敗したせいで、アリーを救うのに間に合わなかったのだ。マイクはソフィーに対して抑えきれないむきだしの怒りがふくれあがるのを感じた。だが、彼女が弟を捜そうとして何本も電話をかけていたというリアの報告を思いだした。つまりソフィーも自分の弟がニューヨークにいるとき、どこをねぐらにしているのか知らなかったということだ。それでも、もし彼女がすぐに情報を教えてくれていればもっと早くここに到着できたし、そうすればアリー・マギーも死なずにすんだに違いなかった。

部屋にはアリーの写真があちこちに貼られていた。彼女がひとりで写っているものもあれば、家族——妹と兄、それにブロンドの両親と一緒に笑顔で写っている。彼らの生活も間もなくめちゃくちゃにされることになるのだ——と一緒の写真もあった。しかし、ほとんどはアダム・ピアースと一緒に写っている写真だった。

マイクは部屋を横切り、ニコラスが座っている椅子の肘掛けに腰をおろした。

「何かわかった?」

さらに何度かクリックしてからニコラスが言った。「このコンピュータは使いものにならない。ハードディスクのデータが消されていて、復元に時間がかかりそうだ。グレイなら何かチップから取りだせるかもしれないが、ぼくが見た限りでは何も残っていなさそうだ」

「アダム・ピアースはハッカーだし、バックアップがあるはずよね？」

「ああ、だけどまずは彼を捕まえなければならない。くそったれめ（ブラッディ・ヘル）」

「わたしも同感よ。でも、少なくともアダムがまだ生きてることはわかってるわ」

「そう思っているだけだ。いや、そう願っていると言うべきだな。そしてアダムが残したものといえば、恋人の死体と壊れたコンピュータだけだ」

「でも、彼が殺したわけじゃない。それが慰めね」

「ハードディスクを壊したのもアダムじゃないはずだ。きみの言うとおり、彼はこの件に何もかかわっていないだろう」

　ニコラスは壊れたノートパソコンを閉じた。

「待てよ。ここにもう一本、電源コードがある。ソニーのＶＡＩＯの電源コードだ。つまり、ノートパソコンが一台なくなっているということだ」

　マイクは力がわいてくるのを感じた。もしくは希望が。「アダムのノートパソコンよ。彼はここにいて、立ち去ったんだわ」

　ニコラスのまなざしが冷ややかな険しさを帯びた。「アダムが何を知っているにせよ、その身に何が起こったにせよ、今現在、彼はこの寒空の下のどこかにいる。彼には友達も、父親も、恋人もいない。頼れるのは姉だけだが、彼女のことはＦＢＩが監視している。アダムもそれを承知しているから、姉には近づけない。つまりアダムには頼る人がいないし、われわれもアダムの次の行動を予測するすべがないということだ」

ニコラスのスマートフォンが鳴った。画面にはザッカリーの番号が表示されていた。ニコラスはなんの件か見当がついた。彼がまたしても死者を出したことについてだろう。それも今日が初日だというのに。

電話の向こうから聞こえたのは、ニューヨーク支局犯罪捜査部の古株でザッカリーの秘書メアリアンの声だった。支局のすべてを目にし、耳にしてきており、支局のすべてを語れる人物だ。

「ドラモンド捜査官、ザッカリー主任捜査官がオフィスでお待ちです」

「ここの捜査がひととおり終わり次第、支局に戻ると伝えてもらえませんか？　自分は捜査には関与していません。捜査を見守っているだけです」

「ドラモンド捜査官、申し訳ありませんが、主任捜査官はケイン捜査官と一緒にただちにフェデラル・プラザに戻るようにとおっしゃっています。十五分後にお会いしましょう」

これは正式な命令だ。まずい事態だった。

31

「今度は何？」マイクが尋ねた。

「ザッカリーが今すぐ戻れと言っている」

マイクがため息をつく。「そう言われるんじゃないかと思ってたわ。なんでも筒抜けなんだから。わたしたちがここにいること自体、捜査規則に反してるってことはわかってるわよね？　でも、心配はいらないわ。ザッカリーは何が起こったのかを、わたしたちの口からじかに聞きたいだけかもしれないし」

「三人の死体だぞ、マイク」ニコラスはアリー・マギーに目をやった。「彼女を入れると四人だ」

「あなたのせいじゃないわ。問題ないとすぐにわかるわよ。何も悪いことはしてないんだし。ルイーザにもう行くって伝えてくるわ。渋滞がひどいみたいだから、サイレンを鳴らして猛スピードで行くわよ。そうすれば、あなたの気分も少しは晴れるでしょう？」

そんなことをしたところで気分が晴れるとは思わなかったが、ニコラスはうなずいた。

「ロビーで待っている」

ニコラスはエレベーターで階下におりながら、先ほどの格闘と銃撃を思い返した。この件に関して、自分にほかの選択肢があったとは思えなかった。一瞬でも遅れていれば、ふたり目の殺し屋はマイクのこめかみを撃ち抜いていただろう。ニコラスはしばし考えたあと、スマートフォンを取りだし、空で覚えている番号に電話をかけた。

「ニック、声が聞けてうれしいよ。そろそろ到着を知らせる電話をくれるんじゃないかと期待してたところだ。初日はどんな様子だ？　おまえがＦＢＩの入口をくぐるところを、わたしも見たかった」

「ぼくも見てほしかったですよ、ボーおじさん。これからぼくを出迎えようとしているマイロ・ザッカリーより、おじさんのほうがあたたかく歓迎してくれるでしょうからね」

一瞬の沈黙が流れたあと、ボーが言った。「何があった？」

ニコラスはその日の出来事を簡単に説明した。ボーが低い音で口笛を長々と吹いた。「どうやったらそんな事態を引き寄せられるんだ？」

「自分でもどこでこんな技を身につけたのか、さっぱりです。何かアドバイスはありませんか？」

「マイロに真実を話すことだ。おまえが大きな注目を集めることになるのは、もうわかってるな。死者を出した件と銃撃の件について正式な調査が行われるはずだ。だが、おまえは間違ったことはしていない。すべての行動はＦＢＩの方針に則(のっと)っている。だから堂々としていろ。心配いらない」

マイクがエレベーターから出てくるのが見えた。ポニーテールからは後れ毛が目立ち、袖は破れ、ブラウスは血だらけだ。ニコラスは唾をのみこんだ。「ありがとう、ボーおじさん。調査で何を言われたか、追って報告します」

「そうしてほしい。それと、今週末に夕食をとりに来てくれ。マイクも連れてこい。最近どうしてるか聞かせてもらいたいからな」

「うかがいますよ。招待の件をマイクにも伝えておきます。ありがとう、おじさん」ニコラスは電話を切り、スマートフォンをポケットにしまった。

「準備はいい？」マイクが尋ねた。

「死刑執行人と対決する準備かい？　望むところだ」

フェデラル・プラザ
午後六時三十分

ザッカリーは窓のそばに立ち、ハドソン川の向こうに見えるニュージャージーの空と街並みを眺めていた。

「座れ」ふたりがオフィスに入ると、ザッカリーが振り向きもせずにぶっきらぼうに言った。

ふたりは椅子に座った。両手をスラックスのポケットに入れたまま、ようやくザッカリーが振り向いた。「今朝、ジョナサン・ピアースを殺害した犯人の身元がわかった。それに、二時間前にきみたちがアベニューAで倒したふたり組の身元も。三人ともドイツ国籍だった。それぞれ長たらしい犯罪記録の持ち主だ」

ザッカリーが顎でコーヒーテーブルの上に置かれていたフォルダを示した。ふたりがフォルダを開くのを待って、ザッカリーは続けた。「最初の男、きみたちが呼ぶところのミスター・オリンピックの名前はヨヘン・フォアだ。知ってのとおり、彼の脳にはインプラントが埋めこまれてた。犯罪記録の数は多いうえに、種類も多岐にわたってる。だが、逮捕状のほとんどが殺人罪だ。きみが裏通りで頭を撃ち抜いた男の名前はジークムント・ブラッシュ。そして、どうにか殺さずに逮捕できた男の名前はハイナー・フェブレン。どちらも密売と殺人でインターポールから逮捕状が出てる」

「つまり、誰かに雇われた殺し屋ですね？」

「そのようだ。きみに徹底的にぶちのめされたハイナー・フェブレンはベルビュー病院に搬送されたが、今のところ昏睡(こんすい)状態だ。やつの意識が戻って殊勝にも告白する気になった場合に備えて、ベンが張りついてる。もっとも脳出血を起こしてるから、意識が回復する見込みはないと医者は考えてるようだが」ザッカリーはニコラスの目を見た。「昏睡状態になるまで痛めつける必要があったのか、ドラモンド？」

「この姿をご覧になれば、やつが凶暴な武闘派で、自分を殺すつもりだったことがおわかりいただけるはずです。幸い、こちらも負けていませんでした。でも、相手の頭を狙ったわけじゃありません。頭以外を狙ったんですが、最後の蹴りでやつが倒れ、アスファルトで頭を強打してしまったんです」

ザッカリーはニコラスの顔の傷や腫れ、シャツに飛び散った血を注意深く観察すると、今度はマイクに目を向けた。頭に銃を突きつけられているマイクの姿を想像し、その結末――白いブラウスについた男の血――に目をやった。明日からは常にチームを連れていけとふたりにがみがみうるさく言わなければならないだろう。たとえふたりが養護施設に住む老人を訪ねるだけだとしても。彼らはただ、若者をひとり連れてくるだけのつもりでいたのだ。それ以上のことが起こるとは思わずに。まあ、細かい分析はこれくらいにしておこう。それにしても、ふたりは本当に危ないところだった。チームが一緒にいたら、別の結果になっていただろうか。ザッカリーは考えてみたものの、答えは出なかった。「ドラモンド、きみがこれまでの新人捜査官の記録を塗り替えたことは自覚してるんだろうな？」

ニコラスが体をこわばらせた。それがザッカリーの口調のせいなのか、新人捜査官呼ばわりされたせいなのか、マイクにはわからなかった。もしくはその両方かもしれない。マイクは思わず口を挟んだ。「サー、ニコラスの行動に間違ったところはありません。すべて規則どおりです。あなたがあの場にいたとしても同じことをしたでしょう。あの男たちはつまらないドラッグの売人ではなく、プロの殺し屋だったんです。ニコラスが引き金を引かなければ、あのドイツ人――ジークムント・ブラッシュは、わたしを殺していたでしょう。今頃は完全に死んでたはずです。頭を吹き飛ばされて」それを想像して、マイクは唾をのみこんだ。「ニコラスは命の恩人です、サー。それにミスター・オリンピックについて言えば、あれは事故でした。ドクター・ジャノビッチからもそう報告があったはずです。ニコラスは何も悪くありません。彼のおかげでわたしは生きていられるんですから」

ザッカリーはマイクをじっと見つめた。「ケイン捜査官、明日の朝、本部から調査のためにやってくる銃撃事件調査チーム（ＳＩＲＴ）にも、まったく同じように証言してくれることを期待する。わたしはきみたちふたりが正しい行動を取ったと信じているが、本部には報告せざるをえなかった。それが決まりだからな。ドラモンド、ＳＩＲＴの聞き取り調査の結果が出るまで、きみは謹慎だ。拳銃とＩＤカードを預かる」

ザッカリーはそれだけ言うと、手を差しだした。「規則により、きみには別の銃が支給される。それを受けとったら、今日はもう家に帰れ。朝になったら、事件について整理しよう」

ニコラスは無言のまま、拳銃とラミネート加工されたばかりのＩＤカードをコーヒーテーブルに置いた。ロンドン警視庁の元上司、ハーミッシュ・ペンダリーがザッカリーの立場ならなんと言っただろうとニコラスは考えた。ペンダリーならきっと、自分の大事なアンティークの剣のうちの一本をつかむなり、ニコラスを突き刺していただろう。

ザッカリーが軽くうなずいた。「SIRTの聞き取りは明日の朝、八時半から始まる。ふたりとも遅れるな」

今にも怒りを爆発させそうなマイクに気づいたニコラスは、彼女の腕をつかんで首を横に振った。

「イエス、サー。ありがとうございます。ほかに何か?」

「きみがおとなしく従ってくれて助かったよ」

ニコラスは肩をすくめた。「規則は規則ですから。FBIならなおさらです。それは入局したときから覚悟していました。新人捜査官として、九十日間は試用期間です。特例的にFBIに入れたからといって特別扱いされないことはちゃんと納得してます。明日の朝ここに来たら、自分の言い分を説明します」

「よろしい。では帰って、シャワーでも浴びてさっぱりしろ。何か腹に入れて、眠るんだ。さっき言ったように、明日の朝、事件のすべてについて整理しよう」

ニコラスはうなずいてドアに向かった。

マイクが言った。「でも、時間を無駄にしたくありません。アダム・ピアースは逃走中です。見つけないと、彼の身に危険が及びます。アダム・ピアースは今、何が起こってるのかを解明するための鍵だとわたしは思います」

ザッカリーは目を細めてマイクを見た。「ケイン捜査官、この件についてはチームが対応してる。きみはドラモンド捜査官が家に帰るのを見届けるんだ。わかったな？　そしてきみもゆっくり睡眠を取るんだ」

マイクが背筋を伸ばす。「わたしも謹慎ということでしょうか？」

ザッカリーは目を閉じて首を横に振ると、いらだたしげにため息をついた。

「マイク、今夜このビルからきみを追いだすのは、きみを守るためでもあるんだ。言いたいことはわかるか？」

「はい、はっきりと」

「よろしい。ふたりともさっさとここから出ていけ」

32

ニコラスが代わりの拳銃を受けとりに行っているあいだ、マイクはベンに電話をかけた。

「お願い、ドイツ人が目を覚まして、しゃべりはじめたって言って」

「いいや、まだ意識は戻ってない。腫れている箇所にステントが入れられた。うまくすれば、これで回復するかもしれない。この男はぼろぼろだよ、マイク。ニコラスは徹底的にぶちのめしたんだな」

「ありがたいことにね。でなきゃ、昏睡状態になってたのはニコラスだったかも」現場にいたマイクは格闘を目撃していた。こぶしが飛び交い、キックとパンチの応酬が続いた末に、ようやく男は倒れた。その直後、ニコラスはマイクの姿を目にするなり、狙いを定めて銃を撃った。すばやく、躊躇なく。ニコラスは英国外務省でいったいどんなスパイ活動に従事してきたのだろう。これまで何百回も脳裏をよぎった疑問が再びマイクの頭に浮かんだ。

だがその疑問を頭から振り払い、マイクはベンとの会話に集中した。「死んだ男の脳にあったのと同じインプラントは埋めこまれてた？」

「いや、その可能性はまったくなさそうだ。ドクター・ジャノビッチがまずレントゲンを撮ったんだが、それらしき影は見つからなかった」

「三人ともドイツ人だけど、インプラントが埋められてたのはひとりだけってこと？　興味深いわね。ベン、そっちの状況が変わったら連絡して」マイクは明日の聞き取り調査の件をベンに伝えるつもりはなかった。だが彼なら当然、すぐにでも噂を聞きつけるだろう。

ベンが言った。「ソフィー・ピアースを監視してるリアをこっちに呼んで、病室の見張りを交替してもらおうと思ってる。ぼくは支局に戻って、ピアースのファイルとあのSDカードを調べてるグレイとジャックを手伝うつもりだ。ソフィーの監視も同時にできるからね」

「ソフィーはどこにいるの？」

「国連のオフィスで仕事を片付けてる。どうやらしばらくかかりそうだ。ソフィーは電話で上司に連絡してた。この先ひと月休んで父親の件を処理できるように、オフィスへ行ってデスクにある仕事を片付けると。夜遅くまで残業するつもりらしい」

「わかった。なんだか誰もが何かを捜してるような感じがしてならないわ。それなのに、わたしたちはそれが何かさっぱりわかってない」

「おそらく、その何かっていうのは誰かだろう――つまり、アダム・ピアースさ」

「そう、きっと彼ね。だけど、ほかにもまだ何かありそう。ああ、ニコラスが来たわ。もう行かなきゃ。何かわかったら電話してね」

「マイク、きみとニコラスはひどいありさまだったぞ。ちゃんともともとどおり、体力を回復させるんだ、いいな？　ああ、それともうひとつ。次からはチームでまわりを固めてから行かせるからな。たとえきみたちが、単に子どもを引っ張ってくるだけのつもりでも。こんなことは起こるべきじゃなかったんだ、マイク。わかるだろう？」

マイクは何も言えなかった。ベンの言うとおりだ。彼女は電話を切った。

「何か進展は？」ニコラスがマイクに近づきながら尋ねた。

「ベンからは特に新しい知らせはないって。ねえ、夕食に行かない？　この通りの先に、新しくできたばかりのよさそうな中華料理の店があるわ。行ってみたいと思ってたの」

ニコラスが髪をかきあげた。体はくたくたに疲れ、意気消沈し、完全にまいっていた。

「マイク、きみさえよければ、ぼくはタクシーを拾って家に帰りたいんだが。長い一日だったからね」

「タクシーですって？　今朝仕事に来るのに、脱出シートがついたボンド・カーには乗ってこなかったの？」

ニコラスはにこりともしなかった。「ニューヨークには車を持ってきていない。タクシーで間に合う」

「車のキーを持ってるわたしがここにいるのよ。家まで送るわ」

ニコラスは美しい五階建ての壮麗なタウンハウスを思い浮かべた。いかにも執事らしい服装で着飾っているに違いないナイジェルのことも。「いいや、送ってもらう必要はない。頭をすっきりさせるために、ひとりになりたいんだ」

マイクがにんまりした。「そんな嘘にわたしが騙されると思うなんて、本当はわたしのことをばかにしてるのね」

「まさか」ニコラスは言った。「本当にぼくは大丈夫なんだ」

マイクは自分の腕をニコラスの腕に絡めてエレベーターの前に引きずっていくと、下向きのボタンを押した。「わかってるわよ。家に着いたとたん、ピアースやドイツ人やアダムのことをひとりで調べるつもりね」彼女は首を横に振った。「なぜザッカリーがわたしたちを一緒に帰したと思う？　目まぐるしく事態が変化してることも、本当は続けるべきじゃないとはいえ、わたしたちが捜査を続けることも、彼は承知してるからよ。ザッカリーは切れ者なんだから」

ニコラスはエレベーターのドアが閉まるのを待って、マイクに向きあった。ポニーテールは結び直されていたが、白いブラウスについた血は乾いて黒く変色していた。「本当にそう思うか？」

「ええ。聞き取り調査の話になる前に、ザッカリーがどれだけたくさんの情報を教えてくれたか思いだしてみて。わたしたちが勝手に捜査することを大っぴらに認めはしないだろうけど、あなたとわたしを一緒に家に帰したのはそれが理由に決まってるわ。だからつべこべ言うのはやめて」

ニコラスはにっこりした。そのほほえみには、ニコラスのおじでマイクの元上司だったボー・ホーズリーの面影があった。「それじゃあ、きみはぼくの子守りでも、ぼくが面倒に巻きこまれないように見守っているわけでもないんだね？　どのみちきみはその役をうまくこなしているようには見えなかったが」

「いいえ、もちろん違うわ。昔、お小遣い稼ぎに子守りをしたことがあったけど、ちっともおもしろくなかったもの」

ニコラスが黒い眉をあげた。「子どもが嫌いなのか、マイク？」

「子どもは好きよ。嫌いなのは子育てにつきもののルールのすべて。七時に夕食、八時までにお風呂をすませてベッドに入る。ソファでジャンプするのも、枕投げも禁止。これのどこにお楽しみがあるっていうの？」

33

午後七時三十分

「どこに向かえばいい？」

ニコラスはどうにでもなれという気分で答えた。「アッパー・イースト・サイドだ。東六十九丁目三五八番地。一番街と二番街のあいだだ」

マイクはニコラスを一瞥（いちべつ）すると、ＦＤＲハイウェイに向けハンドルを切った。「それじゃ、アリストンズからそう遠くないのね」

「ああ、すぐ近くだ」紫色に染まった空は、今にも雨が降りだしそうな気配だ。霧が高層ビルのまわりに立ちこめ、ブルックリン・ブリッジのほうへと広がっていた。今夜のニューヨークはこれまで以上にゴッサム・シティ（『バットマン』に登場する陰鬱な架空の犯罪都市）にそっくりだった。

マイクが言った。「仕事のことは心配いらないわ、ニコラス。ザッカリーも言ったように、あなたが規則どおりに行動したことは、ＳＩＲＴもわかってくれるわよ」

「そのことじゃないんだ」ニコラスはマイクを見た。「ピアースのコンピュータにあった高度な仕様や、三人のドイツ人の殺し屋、インプラント、ピアースの殺害、アルフィー・スタンフォードの殺害。これらはみんなつながっている。それに――」

そのとき、ニコラスのスマートフォンが鳴った。「いいぞ、最新情報だ」通話をスピーカーに切り替えた。「こんばんは(ボンソワール)、ムッシュー・メナール。そちらは午前一時半ですよね。あなたは眠らないんですか？」

「ボンソワール、ニコラス。これだけ興味深い調査を進めているときに、眠ってなんていられないよ」

「マイク・ケインも一緒です」

「こんばんは、ピエール」

「またきみの声が聞けてうれしいよ。それにしても、きみたちはずいぶんとおもしろい事件を捜査しているようだな。ナノバイオ・テクノロジーはヨーロッパでひそかに広がりを見せている分野だ。開発中のテクノロジーにはさまざまな利用価値があるが、間違った者たちの手に渡れば、深刻な事態になる可能性がある」

ニコラスは言った。「われわれはある特定の企業を探しています。非常に高度で最先端の技術を持つ企業です。合法的にその分野のリーダーとして活躍しながら、同時にいくつかの非合法なプロジェクトにも手を染めている可能性があります。それと、金があり、巨額の資金を提供できる人物も探しています。今日の午後にわれわれが見つけた装置は、自分がこれまで見聞きしたもののどれよりも先を行く技術が使用されていました」

メナールが言った。「その装置——インプラントだが、生体高分子で作られているんだな？」

「そのようです。賭けてもいいですが、それを開発したのが誰にせよ、その人物は臓器移植も研究しているはずです。臓器の拒絶反応の発生率は厄介な問題ですからね。臓器に影響しない、生体に基づく金属があるとしたら、それはもう一方の研究の突破口にもなったかもしれない」

メナールが言う。「わたしが調べた企業のなかで、きみの言う条件に当てはまるのは数社しかない。だが、どの企業も犯罪取引に関与しているとは思われていない」

「そうでしょうね。この事件の黒幕は、少なくとも表向きは公正な人物と思われているに違いありません」

「きみのためにこの件をさらに調べてみるとしよう。この調査は急ぎだろうね？」メナールは言った。

「急ぎじゃないときなんてありますか？　ああそれと、この企業はドイツが拠点である可能性が高いです」

「了解」メナールはそう言って電話を切った。

ニコラスはマイクに言った。「いいぞ、メナールがすぐに何か見つけだしてくれるだろう。ああ、ここだ」

　ニコラスが指さした建物の真正面にあった空きスペースにマイクは車を寄せた。それは実に美しい五階建ての石灰岩造り（ライムストーン）のタウンハウスだった。ニコラスの祖父や両親のことを考えれば驚きではない。ニコラスはそわそわと落ち着かなかった。どうやら恥ずかしがっているらしい。マイクは口を開いた。「まあ、そう悪くもないわね。車を停めておくにはちょうどいい汚い家ってとこね。こんなにもみすぼらしい場所なんだから」フォード・クラウンビクトリアのシフトレバーをパーキングに入れ、シートベルトを外しながら言う。「部屋にはレンタルの家具がついてたの？」

　ニコラスが首を横に振った。「笑えるよ。祖父のおかげで、この建物はすべてぼくのものだ。少なくとも四階分のフロアはね。三階はナイジェルの領分だ。そこにキッチンと彼の部屋がある。ナイジェルにとっては天国だな」

「キッチンと自分の部屋が、エレベーターが必要ないほど近いものね」タウンハウスを見あげながらマイクは言った。

「このことでからかうのはよしてくれよ、マイク。さっきも言ったように、祖父のせいなんだ。もっと質素な家がよかったのに、ぼくの希望は聞いてもらえなかった」

　マイクは噴きだした。「ねえ、ニコラス、わたしは〈オールド・ファロー・ホール〉に泊まったことがあるのよ。あなたが〈ヘルズ・キッチン〉にある、エレベーターなしのワンルームのアパートメントに住んでるなんて期待してないわ。すてきな家じゃない。なかに入りましょう。ナイジェルがあなたの世話を焼く様子を見たいわ。それとあなたの――ええと違った、ナイジェルのキッチンに何か食べ物がないか、あさってみましょうよ。おなかがぺこぺこだわ」

ニコラスは一瞬ためらったあと、正面玄関の鍵を開けた。「誰にも言わないと約束してくれ」

「ニコラスったら、あなたのおじいさまが男爵だってことは、FBIの全員が知ってるのよ。おじいさまが〈デルファイ・コスメティックス〉のオーナーであることも、女性捜査官の全員が知っていて、無料のサンプルをもらえないか、ずうずうしくもあなたに頼もうとしてるのは言うまでもないわよね。この家のことを知ったからって、誰もなんとも思わないわよ。そりゃあ、ちょっとくらいはからかうかもしれないけど――だってそうでしょう、あなたの家には本物の生きた執事がいるんだもの。でも、そのことであなたに反感を持つような人はいないわ。みんな大人だから」だが、そう言っているそばから、マイクはくすくすと笑いだした。

「もちろんそうだろうとも」ニコラスは堂々とした趣の玄関のドアを開いた。濃い色の木材と白い大理石でしつらえられた玄関ホールは非常にモダンで、ニコラスの雰囲気にぴったり合っていた。「つつましい我が家にようこそ」

「靴を脱いだほうがいい？　必要ない？　ナイジェルはどこにいるの？」

ナイジェルが階段の上に音もなく姿を現した。顔色を変えて玄関ホールに駆けおり、ニコラスを上から下まで眺めまわす。

「ああ、なんてことでしょう。いったい何があったんです？　あなたもどうしたんですか、ケイン捜査官。そこに見えるのは血じゃないですか」

「大丈夫だ、ナイジェル。鎮痛剤と氷で治せない傷はない。それと、着替えも必要だな。ケイン捜査官の着替えは、たぶんぼくのシャツで間に合うだろう。ぼくたちは腹が減って死にそうなんだ。今日は食べる時間がほとんどなかったからね。夕食はあるかい？」

「ございます。野菜とマッシュポテトを添えた、おいしいローストビーフがご用意できております。ワインをお開けしましょうか？　六七年のシャトー・マルゴーがございます。夕食前にご自分の着替えをすませて、ケイン捜査官のためにシャツを見繕っていただければ、そのあいだにわたくしがデカンターに移しておきますが」

「わかった。探してみるよ。ナイジェル、夕食後は仕事をするから、飲み物はライムを添えた炭酸水（ペレグリノ）にしてくれ。頼んだよ」

「承知いたしました、サー。あとで寝酒（ナイトキャップ）をお持ちいたしましょう。ブランデーかポート・ワインを。そう、それこそが必要なものです。ポートワインをわたくしが焼いておいたナシのタルトと一緒にご用意しましょう。ポートワインとタルトはよく合いますからね」

ナイジェルはにっこりしている。いやなやつめ（ブラッディ・ソッド）。ナイジェルはわざと正統なイングランドの執事らしく振る舞い、ニコラスが顔を赤らめて口ごもる様子を見て楽しんでいるのだ。マイクもにやにやしながらこの光景をおもしろがっている。

「ああ、いいかげんにしてくれ（バガー・オフ）、ふたりとも」ニコラスは足を踏み鳴らして階段をあがった。マイクとナイジェルの笑い声が後ろから追いかけてきた。

34

国連プラザ
午後八時三十分

ソフィーはコンピュータをシャットダウンした。ようやく終わった。彼女は即時有効となる正式な休職届を提出したあと、突然職を離れることになった理由を説明するために、中国代表団のメンバー宛に個人的なEメールをいくつか送信した。

残りの仕事はすでにほかの通訳に振り分けられていた。ソフィーはデスクの上に置いてあった父とアダムの写真を手に取った。父の死をゆっくり悼みたかったが、自分にはその時間がないことがわかっていた。それに行方がわからないアダムのことや、父のファイル、失われた鍵のこともある。もしアダムが潜水艦を本当に見つけたのなら、〈オーダー〉が鍵とノートを取り戻すのは時間の問題だ。そのあと何が起きるのだろう。マンフレート・ハフロックが何か仕掛けてくるはずだ。鍵とノートを手に入れるためなら、ハフロックはなんでもするに違いない。少なくとも、父はそう信じていた。なんでも――つまり、ハフロックが父を殺すように命じたのだろうか。ソフィーにはわからなかった。

彼女は写真を自分の大きな革製のバッグにそっとしまってから立ちあがった。ＦＢＩの窮屈な取調室で対峙したドラモンドのことを思いだした。偉そうな英国風のアクセントで早口に話す、不愉快で強引で冷酷なあの男に、最後には屈服させられてしまった。もしかしたらドラモンドとケインが正しいのかもしれない。彼らにアダムがいそうな場所をしゃべったことは間違っていなかったのかもしれない。しかし、ソフィーはまだ弟からなんの連絡ももらっていなかった。アダムはどこにいるのだろう。捜査官たちはアダムを見つけたのだろうか。そして、そのことを彼女に隠しているのだろうか。ソフィーにはわからなかった。

アダムを見つける必要がある。それに父の葬儀の手配もしなければ。すでに弁護士への連絡はすませていた。弁護士は父の死の知らせに驚いていたが、すぐに手続きを始めると約束してくれた。

それより何より、ソフィーは父のコンピュータのファイルにアクセスする必要があった。でも、どうやって？　ソフィーは父が二週間前にサンクトペテルブルクへの小旅行に出発する際に、銀行口座をすべて教えてくれたことを思いだした。父はパスワードも一緒に渡してくれた。家に戻ったときに、父はパスワードを変更しただろうか。父のコンピュータにアクセスしたら、ＦＢＩに知られてしまうだろうか。ソフィーにはわからなかったが、試してみる価値はある。ＦＢＩはどう反応するだろう。

〝鍵は錠にある〟

父の最期の言葉の意味を知る必要があった。アダムは教えてくれようとしなかった。もしアダムが本当に潜水艦を発見したのなら、すべてが変わる。父の事件の背後にいるのは、ハフロックなのだろうか？

彼女は再びノートパソコンの電源を入れると、父親の個人用Eメールアカウントにログインした。父はパスワードを変えていなかった。海外からの注文メールに、父のお気に入りの海事歴史誌からのニュースレター――特におかしなEメールは見当たらなかった。

ソフィーはざっと目を通してみたが、〝ハフロックがすべての黒幕だ、ソフィー。やつがわたしを殺したんだ。すべてここに書かれているから読んでくれ〟と訴えかけてくるようなEメールはどこにもなかった。

ソフィーはEメールのやりとりを調べた。父はアダムが潜水艦を見つけたことを暗号で誰かに伝えたかもしれない。もしかしたら、ハフロックのことにも触れているかもしれない。

彼女は何百ものEメールを見つけた。すべてがきちんと宛先、月、年ごとに整理され、ファイリングされている。父は世界中のたくさんの人々と親密なEメールのやりとりを続けていた。哲学や海事歴史――特に第一次世界大戦――について。さらには十年前に妻――ソフィーの母親――を癌で亡くしたことについて。しかし、潜水艦について書かれているEメールはなかった。

ソフィーはEメールをスクロールしながら父の断片に触れ、幸せな記憶や悲しい記憶を思いだしたものの、潜水艦のことや役に立つ情報は何も見つけられなかった。

時計に目をやり、いつの間にか遅い時間になっていたことに驚いた。なんの結果も得られなかった。アダムを見つけないと。何が起こっているのか説明できるのはアダムだけだ。

オフィスを出ようとしたとき、携帯電話が鳴った。

番号に心当たりはなかったが、ソフィーは電話に出た。

「姉さん？」

「アダム、どこにいるの？」

アダムの声は不明瞭だった。ソフィーはアダムが中継器を使って電話をかけていることを知っていた。いくつもの基地局に信号を経由させることで、自分の居場所を隠しているのだ。

「……アリーが殺された。彼女が殺されたんだ、姉さん」

その言葉に、ソフィーはこぶしで殴られたような衝撃を受けた。アダムは泣いていた。ソフィーはアダムの泣き声をこれまで聞いたことがなかった。

「姉さん、やつらは彼女を撃ったんだ。アリーは何もしてないのに。なんの罪もないのに」

「誰が殺したの？　犯人は誰？」

アダムはなんとか気を落ち着けようとしていた。苦しげな激しい息遣いが聞こえる。「FBIの顔認識プログラムのデータベースをハッキングしてみた。犯人はふたり。どちらもドイツ人だ。この意味がわかるだろ？　背後にいるのはハフロックだ、姉さん。あいつに違いない。父さんの死はやつの仕業だ。それなのに、〈オーダー〉はハフロックを父親の後継者として迎え入れるつもりだ。会合は明日開かれる」

ソフィーはまくしたてるように言った。「お父さんの後継者は誰になるの?」

「わからない」アダムの声はだんだん力強くはっきりしてきた。「おれはスコットランドに向かう。ハフロックが見つける前に、鍵を手に入れなきゃならないんだ」

「どうやって手に入れるつもりなの、アダム? 潜水艦は百年近くも行方不明だったのよ。特別な装備が必要だし、〈オーダー〉がすぐあとを追ってくるのは言うまでもないわ」

「なんとかするよ。さっきも言ったように、ハフロックは父さんを殺し、アリーを殺した。〈オーダー〉は腐敗してしまった。ハフロックは投票で〈オーダー〉のメンバーになろうとしてる。でも、少なくとも潜水艦の正確な位置を知ってるのはおれだけだ。先に潜水艦を見つけなきゃ。ほかに選択肢はないんだ」

「アダム、だめよ、まだ行かないで。アパートメントでわたしと会ってからにして」

「無理だ。もう飛行機に乗るところなんだ。姉さんもニューヨークを出たほうがいい。まわりをよく警戒して。街を出て、身を隠すんだ」

「わたしも一緒に行くわ」

「だめだ! 別々に行動することが、潜水艦の場所の秘密を守る唯一の方法なんだ。おれたちのどちらかが死んでも、もうひとりが真実を知ってる」

「でも、アダム、わたしは座標を知らないのよ。わたしは何も知らされていないわ」

「そうだった。ふたりとも知っておくべきだな。父さんのEメールを見てくれ。見つけるのは難しいけど、あるメッセージが送信フォルダに入ってる。未送信のマークがついてるやつだ。そこに潜水艦の座標が書いてある。頼むからおれの言うことを聞いて、ニューヨークを離れるんだ。どこでもいいから街を出てくれ。明日、同じ時間にまた電話するよ。もし電話がなければ……」アダムの声が途切れた。それが何を意味するかは、お互いにわかっていた。

急にソフィーは心が落ち着いた。もしハフロックが一連の殺人の黒幕なら、〈オーダー〉はもう以前とは別物になってしまったということだ。当然、きょうだいのどちらの身にも危険が及ぶ。「わかったわ、アダム。今すぐ出発する。パスポートもここにあるわ。いつも用意してあるの。明日、電話をかけてね。気をつけるのよ。お互いのためにも、慎重にね」

35

ソフィーはいちばん下の引き出しの鍵を開けると、小さな黒いバックパックからごく普通のマニラ封筒を取りだして、中身をデスクの上に広げた。紙幣がふたつの束に分けられていた。米国ドルと英国ポンドがそれぞれ五千ずつ。どちらも必要になればユーロに替えやすい通貨だ。

パスポートもあった。フランスのリヨンに住むソフィア・デベロー名義のものだ。この先六カ月間有効のアメリカの就労ビザも含まれていた。これもアダムと彼のいつもの妄想のおかげだ。何があるかわからないというのが口癖のアダムが、二カ月前にこのパスポートを送ってきたのだ。

パスポートの写真には、眼鏡をかけたブラウンのショートヘアのソフィーが写っていた。彼女は鋭角に切りそろえられたボブスタイルのブラウンの髪のウィッグと黒縁の眼鏡、すりきれたカーゴパンツにドクターマーチンの黒のブーツ、そして黒のジップアップセーターを取りだした。この格好なら粋なアーティストか作家のように見えるはずだ。国連の通訳にはとても見えない。自分の世界が崩壊しつつある女性にも。変装としては完璧とは言えないが、緊急時にしてはまずまずだ。ソフィーは完璧なフランス語を話せる。過度に緊張していない限り、アメリカ人だと見破られることはないだろう。

ソフィーはすべてをバックパックに戻した。ここで着替えるリスクを冒すのは賢明ではない。いつもと同じように自分自身としてセキュリティを通過する必要がある。それから地下駐車場に行くのだ。階段で着替え、駐車場の出口から出てタクシーを拾い、直接ジョン・F・ケネディ国際空港に行こう。そしていちばん早く出発するヨーロッパ行きの飛行機に乗るのだ。行き先はどこでもいい。

ソフィーは急ぎ足で廊下の突き当たりの大階段に向かい、ゆっくりと階段をおりた。警備員たちにうなずいて挨拶し、セキュリティを通過した。彼らはソフィーの父親の件を知っているらしく、沈痛な表情を浮かべていた。何を言えばいいのかわからないようだ。それでよかった。何を言えばいいのかわからないのは彼女も同じだ。それに、今は逃走を図ろうとしているところなのだから。

警備員たちはまだこちらを見ていた。ソフィーは視線を背中に感じた。足を止めると、鍵を探しているふりをしてバックパックのなかを手で探った。運のいいことに誰かが階段をおりてきて、警備員たちの注意がそちらにそれた。ソフィーは地下に続くドアに駆け寄ると、警備員たちが振り返る前にドアへすべりこんだ。

半階分の階段をおり、踊り場で立ちどまって服とハイヒールを脱いだ。四十秒後、〝ソフィア・デベロー〟がもう半階分の階段をおりた。

彼女はドアを開き、地下を見まわして誰もいない完璧なタイミングを計った。

このドアはミッチェル・プレイスの方角を向いていた。彼女は足を踏みだすと、一番街の角に向かうことにした。そこならすぐにタクシーがつかまるはずだ。

「ソフィー、きみかい？　仮装パーティにでも行くのか？　その変装はどうしたんだ？」

ソフィーがぎょっとして振り返ると、アレックス・グロスマンが立っていた。まったく気づかなかったが、彼はソフィーを待ち伏せしていたようだ。おまけにソフィーの変装はグロスマンにはまるで通用していなかった。

「ミスター・グロスマン？　驚かせないで。ここで何をしているの？　テナント専用の駐車場よ」ソフィーはウィッグに手をやった。「ああ、これはただのパーティ用なの」自分でももっともらしい言い訳とは思えなかった。

地下の薄暗い照明の下で、グロスマンの目は陰になっていた。彼はじっと動かず、ソフィーを見つめて立っていた。

「ソフィー、許してくれ」グロスマンがソフィーに迫り、腕をつかんできた。ソフィーはグロスマンの腹部をすばやく力いっぱい殴って逃れようとしたものの、よろめいて体を車にぶつけることしかできなかった。グロスマンの手に握られている注射器に気づき、声をあげた。

「何するの！」彼女は七キロもの重さがある自分のバックパックを振りあげた。バックパックはグロスマンの肩を直撃し、彼は一瞬、後ろにさがった。ソフィーは背を向けて逃げだそうとしたが、グロスマンが彼女の腕をつかみ、服の袖を押しあげた。針が刺さる痛みを感じたあと、脚の力が抜け、体がくずおれるのがわかった。意識が遠ざかるなか、ソフィーは耳元で〝すまない〟というささやき声が聞こえたような気がした。

そして、すべてが暗闇に包まれた。

36

東六十九丁目三五八番地
午後九時

ローストビーフは最高だった。つけあわせのニンジンやエンドウ豆、マッシュポテトも、とてもおいしかった。いかにも英国らしい料理だった。そしてこの料理がニコラスの好物であることも一目瞭然だった。マイクとニコラスはナイジェルの許しを得て二度もお代わりし、全部きれいに平らげた。

マイクはニコラスとナイジェルの関係に興味をそそられた。ナイジェルは非常に控えめではあるものの、自分自身やその仕事に誇りを持っているように見えた。賢く、心身ともに鍛えられた彼は、いつもニコラスを笑顔にしようと心がけている。ふたりの関係がとても親密であることはひと目でわかった。ふたりは一緒に育ったのだとマイクは教えられた。ナイジェルの父親のホーンは、何事にも動じない、思いやりのあるすばらしい執事だ。彼はいつ、何をすべきかをきちんと心得ている。マイクはイレイン・ヨークの葬儀でオールド・ファロー・ホールに滞在した際に、ホーンがきめ細やかに世話をしてくれたことを思いだした。

ナイジェルにも同じものが見てとれたが、それだけではなかった。おそらくナイジェルはニコラスと一緒にアフガニスタンにも行ったのだろう。もしそうなら、彼はニコラスが葬った過去の秘密をすべて知っているということだ。

　ニコラスは仰々しいダイニングルームで、ニコラスの祖父が送ってよこしたクリスタルや磁器の食器を使って夕食を給仕したいというナイジェルのプランをあっさりはねつけた。その代わり、ふたりはキッチンで食べることにした。ニコラスの強い勧めで、ナイジェルもこれに加わった。ナイジェルは幼いニコラス坊ちゃまの思い出話や、屋敷に棲む幽霊のフラウンダー船長とニコラスが引き起こした騒動をマイクに話して聞かせた。マイクがナイジェルにアルバムを取ってきてほしいと頼んで、さらにナイジェルの主人を困らせようとしたところで、ニコラスが立ちあがった。「いつもながらすばらしい夕食だったよ。ありがとう、ナイジェル。よければ、梨のタルトとポートワインは遠慮させてもらおうと思うんだが」

「承知しました」ナイジェルは言った。「もうお仕事に戻られますか?」

　ニコラスがうなずいて伸びをし、顎の青痣をなでた。今日の午後を思い起こさせるのはそれだけだった。ニコラスは黒いスラックスと白いシャツに着替え、袖を肘までまくりあげていた。マイクも身ぎれいな格好だった。髪はくしでとかされ、ニコラスの白いシャツをジーンズのなかにたくしこんでいた。サイズは合っていないが、誰も気にしなかった。

「準備はいいかい?」ニコラスが尋ねた。

「いいわ」ニコラスと一緒に上階に行くと、そこにはアーチ天井が広々としたリビングルームがあった。黒と白の革製の家具がとてもモダンで、いかにもニコラスらしい感じでまとめられている。マイクはオールド・ファロー・ホールを思いだした。あの屋敷は年代物のアンティーク家具であふれていた。ニコラスのあとについて別のドアを抜けると、そこはきわめて男性らしい雰囲気の書斎だった。この部屋にはモダンな家具はひとつもない。壁全体が濃い色の羽目板張りになっており、分厚いオービュッソン織りのカーペットが敷かれた美しい部屋で、ジョナサン・ピアースのアパートメントにあった図書室とよく似ていた。床から天井まで続く書棚がいくつも並んでいたが、ほとんどの棚は空のままだった。部屋の隅に、荷ほどきを待つ大きな木箱が積まれているのが目に入った。モダンな雰囲気も伝統的な雰囲気も、どちらもニコラスによく似合っていた。

マイクは大きな革製のウイングチェアの背にもたれかかった。おそらくニコラスがオールド・ファロー・ホールから持ちこんだものだろう。「あなたが自分用にコピーしておいたSDカードのファイルとピアースのハードディスクドライブのダウンロードがすんだら教えて。それに合法とは言えないブードゥーの魔法をかけるつもりなんでしょう」

「なんでもお見通しってことかな？」

「わたしとザッカリーにはね。もちろん彼だって気づいてたわよ。さあ、どこから始める？」

ニコラスは英国のポリス・ボックス（一九八〇年代まで英国で使われていた警察への通報用の電話ボックス）の形をした小さなブルーのUSBメモリを振ってみせた。「ピアースのハードディスクのすべてとSDカードをコピーしておいた。彼のコンピュータがこのなかにあるのと同じだ。ターディスは嘘をつかない」

「ターディスって、『ドクター・フー』（英国BBC制作のSFドラマ）に出てくる電話ボックスのこと？」

「そのとおり」

ナイジェルが部屋の入口に現れた。コーヒーが入った大きなマグカップをふたつのせた銀のトレイを持っている。「ありがとう、ナイジェル。完璧だ」ニコラスはマグカップを受けとった。コーヒーをごくりと飲み、一瞬だけ目を閉じてため息をつく。

マイクもコーヒーを受けとった。ブーツを脱いで両脚を折り曲げ、足の先をヒップの下にたくしこんだ。

ニコラスはマイクの向かいの古い革張りの椅子に座り、古い友人と一緒にいるかのようにくつろいでいた。「さっきも言ったが、アルフィー・スタンフォードとジョナサン・ピアースには何かつながりがあると思うんだ。きみが気づいたかどうかわからないが、ピアースの顧客名簿にはぼくの父の名前もあった」

マイクは首を横に振った。「スタンフォードの名前に気づいてすぐに、すべてのファイルを閉じてあなたを捜したのよ」

ニコラスは大きく息をついた。「スタンフォードの殺害が鍵だと思う。彼はあらゆる方面にきわめて大きな影響力を持っていた」

「英国政府以外にもってこと?」

ニコラスがにやりとし、コーヒーをひと口飲んだ。「鋭いな。影響力が大きいということは、当然、敵もいたはずだ。そうはいっても、その敵のひとりがダウニング・ストリート一番地に侵入したと考えるのは難しい。アメリカでたとえるなら、通りにいた誰かがホワイトハウスにふらりと入りこむようなものだからね」

「内部の者の犯行ね」

ニコラスがうなずく。「アルフィー・スタンフォードの殺害は、絶対にわれわれの事件にもつながっているはずだ」息をついてから続けた。「スタンフォードの事件に近づくには、ピアースを殺したのが誰にせよ、そいつがスタンフォードも殺したことを証明するしかない。ぼくの父はまだ英国政府の一員だから、助けてくれるかもしれない」

マイクはコーヒーのマグカップを置いて立ちあがった。「それじゃあ、ふたつの事件を結びつけてみて。もしふたつの殺人事件がつながってるなら、ピアースのファイルがそれを証明してくれるはず。何があるか捜してみましょう」

ピアースのファイルは整然と整理されており、何がどこにあるかを把握するのは簡単だった。ニコラスとマイクはコンピュータ上にある衛星データの仕様と、世界中のあらゆる政府の膨大な財政情報を調べた。ニコラスがデータを照合した結果、やはりドイツの名前がリストに浮上した。

マイクはその点について指摘した。「またしてもドイツだわ。ドイツ政府がピアースとスタンフォードを殺させたとは思えないけど。ふたつの事件のつながりを示す、もっと具体的な何かがあるはずだわ。わたしたちはそれを見落としてるだけよ」

ニコラスは画面をクリックして、さらにいくつかのファイルを開いた。鼓動が速くなる。ニコラスはマイクが鋭く息をのんだのに気づいた。どうやら彼女も気づいたようだ。「ニコラス、見て」

「ああ、パターンがある」ニコラスは画面を指しながら、キーボードを見ずに片手でキーを打ち続けた。「ピアースが送ったこのEメールを見てくれ――わかるかい？　単語も文章も意味をなしていない」

「暗号だわ」マイクが言った。「解ける？」

「ああ。だけど、しばらく時間がかかるな。おやおや、これを見てごらん」

「あら、本当だわ。彼がメッセージにこの暗号を入れてやりとりしてるのは、限られた何人かだけみたいね」

ニコラスはさらにいくつかのキーを叩き、マウスを動かした。ファイルがそれぞれに分かれて飛び交い、画面上で並べ直された。ファイルが動きを止めると、画面には十五の小さなブルーのフォルダが現れた。それぞれに名前がついていたが、その名前自体も意味をなしておらず、文字と数字を組みあわせたものだった。

マイクはニコラスに負けず劣らず興奮し、彼の体に張りつかんばかりだった。「このフォルダが誰を示すのか解明するのには時間がかかる？」

「かなりね。あまりにも時間を取りすぎるな。もっといい考えがあるが、それには手助けが必要だ」

「わたしにできることは？」

「電話を取ってくれ。上の力を借りるときだ。サビッチに連絡したい」

「サビッチ？　彼はあなたの直属の上司じゃないわ。わたしたちの指揮系統のどこかにいることはたしかだけど。彼はザッカリーの機嫌を損ねるかもしれないって思うんじゃない？」

ニコラスはマイクのブロンドのポニーテールと、洗って化粧を落とした顔を見つめた。ビールを買うのに身分証明書が必要になりそうなほど幼く見えた。「まさか。サビッチならそんなことは思わないだろう」

マイクはニコラスのスマートフォンを手渡した。そのときスマートフォンの小さなスピーカーから〈ボーン・イン・ザ・ＵＳ〉が流れだした。

ニコラスはスマートフォンの画面を見て眉をあげた。「まったく驚きだな。彼は超能力者か何かか？」マイクが笑っていなかったので、ニコラスは尋ねた。「なんだい？」

「実を言うと、そのとおりなのよ。少なくともわたしはそう聞いてる」

「さもありなんだな。もしもし、ディロン？　あなたとシャーロックはこのすてきな夜をいかがお過ごしですか？」

37

午後十時三十分

サビッチは言った。「シャーロックとおれはポップコーンを食べてたところだ。といっても自分たちの口に入れるより、アストロに投げてやってるほうが多いが。ところでニック、教えてくれないか？　明日の朝、きみについてのSIRTの調査会におれが出席するよう言われたのはなぜなんだ？」

「ああ、では、あなたの耳にも入ったんですね」ニコラスがマイクを見あげると、彼女は片方の眉をあげた。「ディロン、マイクもここにいるのでスピーカーに切り替えますね」

「やあ、マイク。さてとニック、きみは新人捜査官として勤務した初日で新記録を打ちたてたと言わなければならないようだ。大丈夫なのか？　撃たれたと聞いたぞ。少なくともひとつは規則に従って、きみが防弾チョッキを着てくれていてよかった。怪我はしてないんだろうな？」

「ええ、大丈夫です。問題ありません。だけど、これだけはたしかです。胸に食らった本物の銃弾は、クワンティコの訓練で使ったゴム弾なんかより、よっぽど痛かった。防弾チョッキが弾を途中で止めてくれたのはよかったですが、それでも相当な威力でした。一緒にフラッシュ・バンを食らったのもあって、完全にノックアウトされてしまいました。一瞬、もうだめかと思ったほどです」

「マイクはどうなの？」シャーロックが尋ねた。

「わたしも大丈夫です」マイクが答えた。

シャーロックは言った。「あなたの頭に銃を突きつけていた男をニコラスが撃ったって聞いたわ。ふたりとも無事で本当によかった。ディロンの言うとおり、大変な一日だったのね」

「今日の午後のような目には、二度と遭いたくありませんね」ニコラスはそう言ったが、その声にひそむ興奮をシャーロックは聞き逃さなかった。「マイクはまるでひるみませんでした。頭に銃を突きつけられているのに、ピクリとも動かなかったんですよ。これが女の度胸というやつでしょうか。ちょっと頭のねじがゆるんでいるのかもしれない。そのうちわかるでしょう」

「それはどうも」マイクはニコラスの肩を叩いた。

「ディロン、明日のことは心配いりません。あれは正当な発砲でした。真実は明らかにされるはずです」

「おれもそう信じてる。ところで、ニック、きみに助けを求められてるような気がしたんだが、おれに何かできることはあるか?」

「そうですね、少しお時間をいただけるなら、事件のことでお願いがあります」

ドラモンド捜査官、きみは謹慎中なのだから、担当している事件はないはずだぞ。サビッチはそう思ったものの口には出さず、代わりに尋ねた。「何が必要だ?」

「MAXです」

「偶然かもしれないが、きみたちの仲間のグレイ・ウォートンも、一時間前にMAXを使いたいと電話で頼んできたぞ。説明してくれ」

「グレイはなんのためだと言っていましたか?」

「被害者のジョナサン・ピアースのEメールのやりとりのなかに暗号が見つかったそうだ。すべてのことがあまりに速く展開してるから、自分で解読するのでは遅すぎるといって助けを求めてきた」

ニコラスはまたひとつ自分への忠告を心に刻んだ。ここニューヨークでは、コンピュータの凄腕(すごうで)は自分だけではないのだ。「グレイの言うとおりです。ピアースのEメールのやりとりのなかに、短い暗号の断片がありました。ぱっと見ただけでは気づかないものです。高度な暗号が隠されていただけでなく、そのやりとり自体にもパターンがありました。ピアースを含めた十五人の人物のEメールに同じ暗号が隠されていたんです。ほかのやりとりは通常の会話でした。問題は、この十五人の名前も暗号になっていることです。MAXならこの暗号を解けると思いますか？」

サビッチが小さく笑い声をあげた。「グレイも同じことを言ってたよ。おれは一時間前、その暗号をMAXの分析にかけた。それもあって、きみに電話したんだ」

「グレイが先にあなたに電話をかけていたと聞いて安心しました。あなたは遠くからでもこちらの考えが読めるんじゃないかと本気で考えてしまいましたよ」

サビッチが一瞬押し黙った。「そういうわけじゃないさ」ようやく口を開いて言った。「SIRTの件できみのことが頭にあったってだけだ。そのあとグレイからの問い合わせがあって、きみに電話しようと思いついたんだ。MAXで解読できた暗号の名前を相互に参照させてみたところ、非常に興味深い人物たちのリストになった。一部、未解読の人物もいるが、今、判明している分をEメールでそっちに送ろう。リストに載っているのはあらゆる国の人物だ。ほとんどが英国人だが、要職に就いている重要人物たちばかりだよ」

「ドイツ人の名前はありませんでしたか？」マイクが口を挟んだ。「今日わたしたちが逮捕しようとした男たちは、全員がドイツ国籍でした」

しばらくキーボードを操作する音が聞こえたあと、サビッチが言った。「ドイツ人のファイルがひとつある。ヴォルフガング・ハフロックだ。彼は先月ロンドンのオフィスで脳卒中を起こして亡くなってる。ここからがおもしろいところだ。彼の息子はナノバイオ・テクノロジー関連の多国籍企業を所有してる。〈マンハイム・テクノロジーズ〉という会社だ。息子の名前はドクター・マンフレート・ハフロック。四十七歳。頭脳明晰な億万長者だ。MAXによると、ナノバイオ・テクノロジーの分野で革新的な功績を次々と残してるらしい。彼は神経経路分野でのナノ・テクノロジー関連の特許を七百五十以上も持ってる」

ニコラスは言った。「最大の手がかりは脳インプラントです。彼の記録のなかに、合法とは言えない活動がありませんか?」

「今のところは合法に見えるが、MAXでもう少し探ってみよう。われわれが知っておくべきことが帳簿外に何か見つかるかもしれない」

ニコラスは心臓が早鐘を打ち、アドレナリンが体じゅうの血管を駆けめぐった。「すばらしい、完璧だ。手を貸してくれてありがとうございます、ディロン。スイス連邦警察のピエール・メナールを覚えていますか? 彼もわれわれのためにテクノロジー企業を探ってくれているんです。ハフロックについて彼がなんと言うかきいてみます」

サビッチが言った。「それがいい。それとニック、実質的にはマイクがこの事件の捜査をしてるってことを忘れるな。正式には、きみは謹慎中なんだ。これ以上、面倒に巻きこまれてもらいたくはない。わかってるな?」

「ええ、わかっています、ディロン。名前のリストをありがとうございました。シャーロック、あなたのご主人にクッキーをあげてください。それだけの仕事をしてもらいましたから。もちろん、ポップコーンでも充分おいしそうですけれど」

ニコラスが電話を切ったあと、マイクが言った。「メナールに電話をかけましょう」

ニコラスは動きを止め、パソコンの画面をじっと見つめた。「ちょっと待ってくれ。これはなんだ？」

「どれのこと？」

「システムのなかに別のファイルが隠されている。さっきは気づかなかった。たぶんグレイも気づいていないだろう。暗号化され、パスワードで保護されている。ピアースはこれをサブフォルダに入れて、システムファイルの奥深くに隠したんだ」

マイクが言う。「きっとアダムが父親のためにしてあげたんだわ。開けそう？」

ニコラスはキーをいくつか叩いたあと、ファイルにアクセスした。「何が書かれているか見てみよう」

ニコラスは口笛を吹きはじめた。マイクは彼のスマートフォンの着信音の曲だと気づいた。セックス・ピストルズの〈ゴッド・セイブ・ザ・クイーン〉だ。スタッカートの安定したリズムに合わせてキーボードを叩いていたニコラスがしばらくして言った。「開いた」

彼は画面を見て、目をみはった。

「なんだった？」

マイクにも画面が見えるように、ニコラスがノートパソコンを彼女のほうに向けた。

「ポロニウム210について、聞いたことはあるかい？」

マイクはうなずいた。「もちろん。ロシア人が暗殺に使うと言われてるものよね。ピアースがポロニウムと何か関係してるとでも？」

「このEメールはアルフィー・スタンフォードが送ったものだ送信先はまだ解読されていないが。日付は先週だ。とても短いものだから読んで聞かせるよ。〃ハフロックがロシアのポロニウムのブラックマーケットで動きを見せている。きみもどうにもならないとわかるはずだ。彼は信用できる人物ではない。アダム・ピアースが潜水艦をもうすぐ発見しようとしているときに、ハフロックが鍵に近づくことを許すわけにはいかない。ハフロックの父親が彼にUボートのことや、マリーの鍵とノートについて話してしまったのではないかとわたしは恐れている。もしそうだとしたら、よくない状況だ。彼を止めてくれ〃最後にA・Sのサインがある」

「A・S――アルフィー・スタンフォードね。つまり、これで正式にふたつの事件がつながったわ。Uボート？　鍵やノートってなんのこと？　マリーって誰なの？　スタンフォードがなんのことを言ってるのか、あなたにはわかる？」

「ぼくにもわからない」

マイクは言った。「マンフレート・ハフロックがブラックマーケットでポロニウムを買おうとしてるなら、何かまずいことが行われようとしてるんだわ。殺人が二件だけではすまない。もっとずっと恐ろしいことが起きるのかも」

ニコラスはうなずいた。「兵器レベルのポロニウムは半減期が非常に短い。つまりハフロックがすぐに使わなければ、その効力を失うということだ。マイク、きみの言うとおりだ。これはまずい。われわれはきわめて深刻な問題に直面しているようだ」

38

「今すぐザッカリーに電話しましょう。チームの全員にハフロックの足取りを追ってもらうのよ」

「賛成だ。だが、まずメナールの意見を聞いてみよう。そうすればザッカリーに必要な情報をすべて報告できる」

マイクが言った。「もしナノバイオ・テクノロジー分野のリーダーと目されてるドイツ人がポロニウムを入手しようとしてるのが事実なら、本当に恐ろしいことだわ。このUボートとやらを彼が見つけたら……」

メナールは最初の呼び出し音で電話に出た。「ニコラス、ちょうど電話をかけようとしていたところだ。ある人物の名前が浮上した。この男が容疑者だと思う」

「マンフレート・ハフロックですか？」

「きみは自力でこの男を探り当てられたのか。わたしは時間を無駄にしたようだな」

「いいえ、ピエール。あなたのおかげで確証が持てました。あれからいろいろあって、われわれはノートパソコンにあった暗号化ファイルを解読したんです。そのなかにハフロックがロシアのブラックマーケットでポロニウムを購入しようとしていると警告するEメールを見つけました」

「なんだと？　ポロニウムだって？　それについては知らなかった。なんてことだ（モン・デュー）。ぞっとする知らせだ。ハフロックめ、常軌を逸している（イレ・トレ・フー）。わたしが言う意味がわかるだろう？　ハフロックは非常に高い知能を持っているが、彼の個人的な思想についてはさまざまな噂がある。なかには噂にとどまらないものもあるんだ。その行動は予測不可能だと言われている。彼は科学者で、四肢を切断した患者のための脳インプラントを作っている会社を所有している。今日きみたちが見つけたインプラントの背後に彼がいるのももっともだと思っていたが――ポロニウムだと？」

マイクが尋ねた。「ピエール、彼が目をつけられたのは、なんの法律に触れたからですか？」

「小型の軽水核分裂装置をヨーロッパ内で移動させていたからだ。昨年、彼は大量の装置をジュネーブにある欧州原子核研究機構（CERN）から購入した。それ以来、それをあちこちに移動させている。そういった装置が核研究施設の外に出ると、ヨーロッパ内での移動は常に監視下に置かれる。表面上は特に問題なかった。さっき言ったように、ハフロックはさまざまなことを手がける、時代の最先端にいる科学者だからな。その手の装置を集めていてもおかしくはない。だが、この装置とブラックマーケットで購入したポロニウム210が組みあわさるとなると……」メナールが息を深くついた。「これは恐ろしい事態だ」

ニコラスは言った。「ハフロックは自分で核兵器を作ろうとしているのでしょうか？　ナノ・テクノロジーの分野で、小型核兵器のようなものを」

「そうでないといいが、その恐れは大いにあるな。ナノテク兵器はたしかに進化している。北朝鮮、イラン、ロシア、それにキューバでもナノ・テクノロジー関連の大学が開設され、その可能性が研究されている。レーザー技術の正確性を確立させたアメリカも、小型化された核兵器をひそかに開発しようとしているはずだ。しかし、この技術が実用化されるレベルまで進化していたとは知らなかった。いちばん小さいスーツケースサイズの放射能汚染爆弾(ダーティ・ボム)でさえ、まだ二十キロ以上はあるんだぞ。財布サイズや、それよりもっと小さいサイズにまで小型化された核兵器ができたらどうなると思う？」

「つまり、われわれが対処することになるのは、小型核兵器どころか、超小型核兵器ということですね。現在の安全予防措置では事実上、検出できないような」

「そのとおり(エグザクトモン)。ニコラス、もう切らなくては。ただちにハフロックについての緊急捜査を開始する。こちらの最新情報によると、ハフロックはベルリン在住だ。そこから始めるとするよ」

「どう捜査するつもりですか、ピエール？」

「ハフロックの家の上空に衛星を設置して、会話を盗聴するんだ。もしポロニウムを輸入しているなら、それを使って何をするつもりなのか探りださなくては。何か見つかったらきみたちに知らせる。警告してくれて助かった」

マイクが言った。「ピエール、非常に危険な状況です。こっちで起きてることは、ポロニウムの問題だけにとどまりません。どうか気をつけて。あなたが追ってることをハフロックに悟られないよう、慎重に捜査してください」

メナールは笑い声をあげた。ぎこちなくうつろな笑いだった。「もちろんだとも（ナチュレルモン）。きみたちもな。では、また（ア・ビアント）」

電話が切れたとたん、マイクが言った。「ザッカリーに報告よ、今すぐ」

「ああ、彼に警告しなくては」

電話に出たザッカリーは、眠りかけていたようだった。

「もしもし？　マイクか、どうした？　ふたりとも、また撃たれたんじゃないだろうな？」

ザッカリーが飛び起きるのがニコラスとマイクにもわかった。

「いいえ、サー。ピアース殺害の件でお話があります」マイクはすべてをザッカリーに報告した。メナールのこと、ハフロックのこと、ファイルとポロニウム２１０のこと、そして超小型化された核兵器が存在するという恐ろしい可能性のことも。

ザッカリーはしばらく黙りこみ、やがて口を開いた。「マイク、ここからはわたしが引き継ごう。長官と話す必要がある。よくやった」

「サー、ドラモンドです」

「なんだ?」

「ピアースのデータのなかには、定期的にEメールのやりとりをしている十五人のグループがありました。そのほとんどのEメールが暗号化されていました。メンバーは世界各国の政府高官や銀行家などです。おそらくピアースは秘密組織のメンバーだったと考えられます。これから何か大きなことが起きようとしています。もしメンバーのひとりが偵察衛星の機能をコンピュータで乗っとり、別のメンバーの息子がポロニウムを購入しようとしているんだとしたら、われわれは大がかりな国際犯罪を捜査することになります。自分を正式に事件の捜査に戻していただくことはできませんか?」

「ドラモンド、それはできない。少なくとも正式には。明日の聞き取り調査が終われば復職できるだろう」ザッカリーは少しためらったあとに続けた。「この情報をどうやって入手したのか、わたしは知っておくべきだろうか?」

「いいえ、サー」

「おそらくグレイ・ウォートンがわたしに報告してきた情報と出所は同じだろう。一時間以内に報告書を出してくれ」

「イエス、サー」

ニコラスが電話を切ると、マイクが言った。「ザッカリーが正式にあなたの謹慎を解かなくても、わたしたちは捜査を続けるわよ。わたしはグレイに電話するから、あなたはこのファイルの調査を続けて」

マイクはグレイの番号にかけながら、目の端でニコラスをとらえていた。彼は完全に集中し、冷静なまなざしでコンピュータに没頭している。

マイクはグレイと話した。彼は疲れてふらふらのようで、目から血が出そうだとこぼした。グレイがつかんでいる情報はマイクたちのものとほとんど同じだった。彼女は電話を切って、英国風に尋ねた。「トイレ（ルー）はどこ？」われながら悪くない発音だと思いながら。

ニコラスはにやりとしたものの、視線はあげずに手で示した。「廊下の先。右側の三つ目のドアだ、たぶん。まだこの家のことを覚えきっていないんだ」

マイクは自分のバッグをつかむと廊下に出た。ニコラスの言うとおり、バスルームは三つ目のドアだった。用をすませると、鏡の前で髪をとかし、ポニーテールを結び直した。マイクは事件のことを考えた。ニコラスなら何が起きているのか、きっと正確に探りだせる。ベンに電話をかけて、彼の意見を聞いてみよう。

マイクがバスルームの電気を消し、廊下へと足を踏みだしたそのとき、減音器（サプレッサー）付きの九ミリのベレッタの銃身が目の前に現れた。

39

マイクの心臓は一瞬止まりかけた。しかし彼女は音も立てず、身じろぎもしなかった。マイクの胸に銃を突きつけている男は、見たことのある顔だった。グロスマンだ。ここでいったい何をしているの？　疑問がマイクの頭をかすめた瞬間、男が襲いかかってきた。

グロスマンの動きはすばやかった。だが、マイクも負けていなかった。グロスマンの胸に強烈なパンチを食らわせる。グロスマンが後ろによろめくと、マイクは脚を狙って蹴りだした。この男を倒さないとまずいことになるとわかっていた。マイクの狙いを読んだグロスマンが、彼女の足首をつかんで乱暴にねじりあげたので、彼女は体ごとくるりとまわった。股関節の脱臼を免れるためだったが、マイクは体をまわしざまに左肘を振りあげ、グロスマンのこめかみに一撃をお見舞いした。グロスマンがマイクの体もろとも崩れ落ち、ふたりは床に叩きつけられた。マイクはグロスマンの腹部に思いきり蹴りを入れると、すぐに体を起こして駆けだそうとした。ニコラスを呼んで警告しなければと必死だった。ところがグロスマンに肩をつかまれ、後ろに引き倒された。グロスマンはマイクの体をうつぶせにし、彼女の喉に腕をまわした。マイクはもがいて逃れようとしたが、腕はどんどんきつく締まり、息ができなくなった。口は彼の腕に押しつぶされ、視界がちかちかしはじめた。マイクはグロスマンの腕をかきむしったが、その腕はびくともせず、振りほどけなかった。抵抗する力は徐々に失われていく。

ニコラス。マイクは叫び声をあげようとした。ニコラス、気をつけて！　しかし、声にはならなかった。息ができず、固い金属のような恐怖が口のなかに広がった。

意識を失う寸前、グロスマンが腕をゆるめた。マイクは空気を求めて大きくあえいだ。マイクの首にかかるグロスマンの息は熱かったが、その声は冷徹で険しかった。その日の午後に出会った人畜無害な書籍蒐集家とはまるで違う声だった。

「ケイン捜査官、叫んだりしたら、きみを撃って、血を流すきみをこの廊下に置き去りにしてやるぞ。そんなことはしないだろうなんて一瞬たりとも思わないことだ」

マイクはうなずいた。まだうまく唾をのみこむことも、息をすることもできなかった。

グロスマンの声にかすかな英国訛り（なま）があるのにマイクは気づいた。歯切れのいい口調も、長めの子音の発音も、シカゴ出身のアメリカ人にしては違和感があった。たしか彼は自分のことをそう言っていたはずだ。

グロスマンがマイクの耳元で言った。「ぼくと一緒に書斎まで歩くんだ。きみの友達からピアースのファイルを受けとったら、ぼくはここから立ち去る。誰も傷つく必要はない。理解できたか？」

マイクはもう一度うなずいた。ニコラスに警告したかったが、酸素不足で体の筋肉がうまく動かなかった。マイクが書斎を出てから、たった数分しか経っていない。まだニコラスは彼女を捜しに来ようとは思わないだろう。心配すらしていないはずだ。

マイクはバランスを崩したふりをして、壁に頭を思いきりぶつけた。ニコラスに届くほど大きな音が出るのを期待して。そして、グロスマンが彼女の思惑に気づかないことを期待して。だが、グロスマンは騙されなかった。マイクをつかむと前に押しやり、ポニーテールを乱暴に引っ張った。「惜しかったな。さあ、いい子だから歩き続けるんだ、ケイン捜査官」

英国風のアクセントはもう消えていたが、彼がアメリカ人だというのは嘘だとマイクは確信した。いい子だから、ですって？ まったく、英国人はこの事件に引っ張りだこってわけね。とはいえ、この事件とは正確にはいったいどんな事件なのだろう。グロスマンはスタンフォードを殺していない。では、誰が殺したのだろうか。パートナー？ それとも英国にいる組織の別のメンバー？

グロスマンがまたマイクのポニーテールを引っ張った。彼女は痛みを無視し、脚をよろめかせた。できるだけぎこちなく、脚を木の床に引きずるように歩いた。ニコラスかナイジェルが聞き届けてくれることに望みを懸けて。だがブーツを脱いでいたので、たいした音は出せなかった。試しに後ろに脚を蹴りあげてみようか。そうすれば――。

「協力する気はないようだな？」一瞬の動きで、グロスマンはマイクの顔を壁に押しつけた。マイクの脚を蹴って開かせ、彼女の背中にのしかかる。マイクは一瞬、パニックに襲われた。グロスマンが耳元で言った。「ばかな真似は二度とするな。きみを殺したくはないが、必要とあれば殺す」マイクの体を壁から引きはがすと前に押しやり、手で彼女の口を覆った。「さあ、歩け」

書斎に入るように促されたとき、マイクの脇腹には銃が強く押し当てられていた。グロスマンが自分を撃ってしまえばニコラスへの脅しにならないことをマイクはわかっていた。ニコラスが顔をあげもせずに言った。「ベンがE・PとピアースのEメールの会話のコピーをくれた。しばらく時間がかかったが、詳しく調べてみたら、あるものが見つかった。座標だと思う。緯度と経度みたいだ。このファイルによれば、彼らは第一次世界大戦の時代の古いUボートを捜していたようだ。ピアースはゆうべ、スタンフォードにそのUボートを見つけたというメッセージを送っている。この座標はおそらくその潜水艦の位置を示しているんだろう。アダムは衛星を使って潜水艦を捜していたようだ」

「助かったよ、ドラモンド捜査官」

はじかれたように振り向いたニコラスは、手でマイクの口を覆い、彼女の脇腹に銃を突きつけているアレックス・グロスマンに気づいた。そのとき、マイクが行動を起こした。マイクに手を思いきり噛まれたグロスマンは、ののしりの声をあげながらマイクを放した。

「ニコラス――」

マイクの顎をグロスマンがこぶしで殴りつけ、彼女は倒れた。

グロスマンはニコラスに銃を向けた。「だめだ、止まれ。死にたくなければ動くんじゃない。ドラモンド捜査官、きみは本当に賢いな。こういうことがかなり得意と見える」

ニコラスはすでに椅子から離れ、グロックに手を伸ばしていた。

グロスマンはかがみこむと、マイクの頭に銃を向けた。

ニコラスはゆっくり身を起こした。「何が目的なんだ、グロスマン?」

グロスマンは会話を楽しむかのように明るい口調で言った。「動くなよ。でないと彼女の後頭部に穴があくことになるぞ。きみはぼくのものを持ってる。それを返してもらいたい。簡単な取り引きだ。誰も傷つかない」

「ケイン捜査官以外は」ニコラスは真っ青な顔で身動きひとつしないマイクに目をやった。彼女のもとに駆け寄りたかったが、まずはグロスマンをなんとかする必要がある。グロスマンの手に血がにじんでいるのが見えた。いい気味だ。マイクは思いきり嚙みついてやったらしい。

グロスマンが言った。「ジョナサン・ピアースのアパートメントから持ってきたファイルのコピーがあるだろう。悪いが、それをもらえるかな?」

彼は左手を差しだした。上に向けたてのひらからは、まだ血が滴っていた。

「従わなければ？」

グロスマンは動かなかった。ただ、にやりとし、銃の引き金を絞ろうとしている自分の指先を顎で示した。「ぼくは本気だ。ファイルをよこすか、新しいパートナーを見つけるかだ。さあ」

ニコラスはいくつかのキーを叩くと、ターディスの形をしたUSBメモリを外し、グロスマンに投げた。USBメモリをキャッチしてグロスマンがほほえむ。その視線はかたときもニコラスから外されることはなかった。「ノートパソコンも頂戴できるかな？ 頼むから、それをぼくに投げつけようなんてことは考えないでくれ。床に置いて、こっちに蹴るんだ」

ニコラスはノートパソコンのカバーを閉じながら、ふたつのキーを押した。そして床に置くと、足でグロスマンのほうにすべらせた。

「ありがとう。二度とお互いに顔を合わさずにすむよう願ってるよ、ドラモンド捜査官」

グロスマンはかがんでノートパソコンをつかむと、マイクに銃を向けたままあとずさりして部屋を出た。ウェストンはファイルを取り返すことを期待していなかったが、グロスマンはやってのけたのだ。彼はすべてを手に入れた。これで飛行機に乗せておいたソフィーと一緒にロンドンに向けて出発できる。何よりすばらしいのは、〈オーダー〉に潜水艦の座標をプレゼントできることだった。

40

ニコラスはインターフォンのボタンを押して叫んだ。「ナイジェル、家じゅうをロックしろ！」

ニコラスがマイクを自分の膝の上に抱きあげると、彼女のまぶたが震えはじめた。ニコラスは感謝の言葉をつぶやいた。

「ニコラス？」

「ぼくはここだ、マイク」

マイクは自分の顎に触れたものの、すぐにその手を引っこめた。「あの男、わたしをこぶしで殴ったわ」

「ああ、ぼくも見ていたよ。見せてごらん」ニコラスが顎に触れると、マイクは悲鳴をあげた。「骨は折れていない。でも、きっとかわいらしい青痣ができるな。まったく、面倒に巻きこまれることなく、トイレに行くこともできないのかい？」

「笑えるわ。グロスマンを捕まえた？ニコラス、ファイルが――」

「だめ、だめ、おとなしくしているんだ。ファイルについては心配いらない。グロスマンにノートパソコンを渡す前に、USBメモリもハードディスクドライブも壊しておいた。やつにツキはない。ファイルは破壊されているんだから。ただし、われわれもファイルを失ってしまったけれどね」ニコラスはマイクをそっとソファに座らせたあと、慌ててペンを探しに行った。マイクはニコラスがいそいそと何かを書きとめるのを見た。

「何をしてるの？」

「潜水艦の座標を書いているんだ。忘れないうちにね」

「それにファイルはグレイがまだ持ってるわ。彼に電話しなくちゃ」マイクが立ちあがろうとしたとき、ニコラスはマイクを一瞬だけ引き寄せた。ニコラスは目を閉じ、ごくりと唾をのみこんだ。マイクが今日、頭に銃を突きつけられたのは、これで二度目だ。ニコラスはその光景を頭から追いやった。

「見てごらん。きみの顎に痣が広がりはじめたぞ。この形はインドだな。間抜けはどっちだ？」ニコラスはマイクの肩をぽんと叩いた。「本当に、なんだってきみはトイレ(ルー)なんかに行かなきゃならなかったんだい？」

「またしても笑えるわね」

「きみはじっとしていてくれ。ナイジェルを呼ぶことにしよう。彼は王立陸軍医療部隊の優秀な衛生兵だったんだ。きみの顎が本当に大丈夫か、念のために確認してもらおう。英国外務省にいた頃、ナイジェルは衛生兵としてぼくと一緒に戦場へ行った。ぼくを手当てする方法を知っておくのは賢明なことだと思ったんだろう。ぼくが面倒に巻きこまれたときのために」ニコラスはインターフォンに足早に近づくとボタンを押し、ナイジェルの名前を呼んだ。しばらくして、もう一度呼んだ。当然、ニコラスは気づくべきだった。「グロスマンはきみを捕まえる前に、ナイジェルのところにも行ったんだ」

「ナイジェルを捜しに行って。わたしは大丈夫だから」

ニコラスは書斎から走りでると、階段を駆けおりた。階段の踊り場の窓が開いていた。グロスマンはここから逃走したようだ。地上に飛びおりるには高さがありすぎる。ニコラスは窓の外を見たが、前庭の背の高いオークの木以外は何もなかった。グロスマンはジャケットの内側にノートパソコンを入れ、オークの枝を伝って地上までおりたのだろう。

卑劣なやつめ。

ナイジェルはキッチンのドアのそばで、気を失ったまま床に倒れていた。脈は力強く安定していた。だが、首の脈を測ったニコラスの指に小さな血のしみがついた。見るとナイジェルの首に注射痕があり、皮膚の下に液だまりの小さなふくらみがあった。

薬物を打たれたのだ。

ナイジェルの肩を揺すってみたが、反応はなかった。ニコラスは壁の電話をつかむと、911に通報した。

ナイジェルはグロスマンと戦ったのだろう。床には割れた皿や夕食の残り物が散らばっている。ナイジェルの手は、一メートルほど先のタイルの上に落ちているナイフに向かって伸ばされていた。つまり、グロスマンに気づいたナイジェルはすぐさまナイフに手を伸ばしたのだ。だが、グロスマンのほうがすばやかった。不意打ちを食らったナイジェルは首に注射針を刺されたのだろう。

ニコラスの腹のなかで怒りが渦巻いた。グロスマンはニコラスの家に侵入した。プライベートな場所に。そしてこの街で彼が最も大切にしているふたりを傷つけたのだ。ニコラスの怒りは急増したアドレナリンと混じりあって危険なカクテルへと変化した。ニコラスはナイジェルの曲がった腕を伸ばすと立ちあがった。

グロスマンにハフロック、そして犯人の全員がニコラスの怒りに火をつけた。今度はやつらが報いを受ける番だ。ニコラスはキッチンの電話をつかむと、ザッカリーの番号を押した。

報いを受けさせてやる。

41

大西洋上空
〈ブリティッシュ・エアウェイズ〉一七六便
深夜

飛行機の車輪が滑走路から離れると、アダムはほっとして大きく息をついた。何時間ぶりかに息ができた気分だ。

アダムはファーストクラスのゆったりとしたシートに身を沈めた。FBIが自分を捜しているさなかに、無事にニューヨークを脱出できたことが信じられなかった。だが、彼らの捜査能力よりアダムの潜伏能力のほうが上だった。アパートメントでアリーを襲った惨劇――だめだ、彼女のことを考えるな。自分が自分でなってしまう――のあと、アダムは無我夢中で逃げだし、最初に目に入ったタクシーに飛び乗った。そして橋を渡ってブルックリンにたどり着いた。

アダムはインターネット・カフェの前でタクシーを降り、ブリティッシュ・エアウェイズのデータベースにアクセスすると、〝トーマス・レン〟の名前でヒースロー空港までの航空券を予約した。トーマス・レンはアダムが自分のために作りあげた完全にクリーンな人物だった。レンは先月用意した、四つの新しい身分のうちのひとつだ。アダムは病的なほど失敗を恐れるあまり、自分を守るための新たな安全策を次々に用意していた。

ファーストクラスの航空券の値段の高さには驚かされたが、問題ではなかった。どのみちクレジットカードは偽物だ。だいいち、夜行便に乗る彼にはプライバシーを確保できる席が必要だった。

航空券の予約がすむと、アダムはバックパックから眼鏡、野球帽、ブロンドのウィッグ、そして顔の基本的な作りを変えるための頬の詰め物を取りだした。これでFBIの顔認識技術が待ち受けていようが、ジョン・F・ケネディ国際空港のセキュリティを通過する準備は万端だった。実在しないトーマス・レンはFBIの記録にないため、アダムは完璧に安全だった。

アダムはめったに飛行機に乗らない。いつもなら飛行機より車での移動を選ぶが、潜水艦や〝鍵〟があるスコットランドへ行くためには、これしか方法がなかった。完全に手に負えなくなる前に、自分がこの惨事を食いとめなくてはならない。

飛行機が高度一万フィートに到達すると、アダムはノートパソコンを取りだした。普段だったら飛行機のワイヤレス・システムにつなげたりはしない――機内のネットワークはなかなかお目にかかれないほどセキュリティ対策がお粗末なのだ――が、アダムには選択肢がなかった。やらなければならない作業があり、それに望みを懸けていた。ソフィーの安全を守り、ハフロックと手を組んでいる〈オーダー〉のメンバーが誰であれ、その人物を止めるのだ。アダムの父親は、ハフロックの父親のヴォルフガングは立派な人物だといつも言っていた。賢くて、〈オーダー〉や自分の責任に対して忠実な人物だと。だが、息子は母親に育てられた。アダムが聞いたところによると、ハフロックの母親は精神に異常があり、死ぬまでの二十年間は精神病院に閉じこめられていたという。ドクター・マンフレート・ハフロックは頭脳明晰な科学者ではあるが、父親とはまったく似ていない。おそらくは母親と同じように精神異常があるフェティシストで、メンバーでないにもかかわらず〈オーダー〉に固執していた。

アダムはこの二十四時間でどこまで事が進んでいるのか、確かめる必要があった。彼がドイツのUボート——ビクトリア号——の場所を突きとめ、父に話したのは二十四時間前だ。アダムは自分が誇らしくて、うれしさのあまり小躍りした。

もしハフロックがアダムの父親の殺害に関与しているなら——アダムはあの男がやったのだと確信していた——絶対にハフロックを許すわけにはいかなかった。ハフロックを殺してやろうか？　その考えはアダムの心の奥深くに居座っていた。そうするのが正しいと感じていた。それが正義だ。正しいに決まっている。

しかしハフロックの殺害計画を練る前に、実行しなければならない別の計画があった。ハフロックに自殺したいと思わせるような計画が。

アダムはハミングしながら〈マンハイム・テクノロジーズ〉の高度なファイアウォールを破った。簡単だった。そもそもファイアウォールのシステム構築に使われているコードのほとんどは、アダムが作ったものだ。こうした合法的な仕事は家賃を賄い、大きな自由を与えてくれた。アダムを雇った企業は、彼が有名なハッカーの〝エターナル・パトロール〟だとは知る由もなかった。アダムがかかわった仕事のすべてに、いつでも自由にアクセスできる別のバックドアが仕込まれていることも。とはいえ、これまでこの特権を悪用したことはなかった。単なる保険にすぎなかったからだ。だが今は、何が起こっているのかを調べなければならない。

アダムはフライト・アテンダントからコーヒーのカップを受けとり、ヘッドホンを装着すると作業を開始した。自分の会社のデータがひとつずつ壊されていくのをハフロックが気に入るかどうか、とくと眺めてやろう。このくそ野郎を殺してやる前に。

ハフロックの個人ファイルに目を通したアダムは、骨の髄まで震えあがった。ナノバイオ・テクノロジーの分野においてハフロックが有する技術の進歩は驚くべきもので、理論上の方法も含め、アダムがこれまで耳にした何よりもはるかに進んでいた。ハフロックが開発に成功したもののひとつに脳インプラントがある。これはリアルタイムの監視と盗聴を可能にしていた。この技術はスパイ活動の形を変えることになるだろう。もし民間企業の手に渡ったら、プライバシーなんてものは消えてなくなるに違いない。

だが、それよりはるかに深刻で恐ろしいのは、小型化された核兵器の存在についてほのめかしているファイルだった。小型核兵器は検出不可能なほど小さく、遠隔人間制御カメラを使って、どんな国でも、球場でも、公園でも、政府施設でも、いつでもどこにでも設置できるというものだった。国のトップをまばたきひとつで暗殺できるのだ。

信じられない。ハフロックは個人標的型の核兵器を開発しているのだ。

ファイルのなかには、まだ理論段階ではあるものの、DNA起爆型爆弾の研究さえもあった。ターゲットが手にしたときだけ爆発するというもので、相手の身元を確認するのに簡易式のDNA検査が利用されていた。

これほど恐ろしいものは、これまで見たことがなかった。世界の安全を守るために、〈オーダー〉が捜しだして破壊しようとしているマリーの兵器へとつながる鍵のことを心配している今は、なおさら恐ろしく感じられた。

これまでアダムが調べたところでは、ハフロックは、過去百年のあいだ〈オーダー〉が捜し続けてきた兵器を追っているだけでなく、〈オーダー〉そのものの転覆を謀っているようだった。メンバーを強要して自らの命令に従わせるために、腹心の部下をあちこちに潜りこませていた。自分に従わなければ、そのメンバーを排除するのだ。自分自身の父親も殺したくらいだ。この男がアルフィー・スタンフォードを殺していないわけがない。そう、もちろんやつの仕業だ。ハフロックの攻撃はもう始まっている。今やあの男に必要なのは、アダムが手にしている行方不明のUボートの位置を示す座標だけだった。

〈オーダー〉――いや、〈ハイエスト・オーダー〉がもともとの正式な名称だ。アダムの父は、アン女王の治世末期における組織の設立から、その紆余曲折(うよきょくせつ)した長い歴史をすべてアダムに教えこんだ。当時、イングランドの有力者たちは、カトリック信者であるジャコバイト（イギリスで起こった名誉革命に対する反革命勢力）たちによって血みどろの革命がイングランドに再び持ちこまれるのを望まなかった。彼らは〈ハイエスト・オーダー〉を組織して、ジャコバイト鎮圧に尽力し、成功をおさめた。イングランドの王座からカトリックを遠ざけるという当初の目的が達成されると、彼らは歩みを続け、次の目標をイングランドの安泰に置いた。アダムの父は十九世紀に〈オーダー〉が犯した最大の失敗である、無用な血が流されたクリミア戦争についてや、〈オーダー〉の成功のひとつ、切り裂きジャックがビクトリア女王の家族のひとりであることを突きとめ、身分の高さで逮捕できないその人物を〈オーダー〉の手で幽閉させたことについて話してくれた。これらの証拠はすべて古い書類に残されており、厳重に保管されているということだった。

第一次世界大戦のあと、〈オーダー〉は十五人の有力者からなる多国籍組織になり、その目的は、戦争や不安定な事象を回避するために各国を手助けし、世界の安全を維持することに変わった。もしハフロックが〈オーダー〉を支配したら、組織の目的が完全にゆがめられてしまうことがアダムにはわかっていた。そしてハフロックが敵であるにせよ味方であるにせよ、世界中を支配できる地位を手にすることも。

父親が亡くなった今、ハフロックの計画を阻止できるかどうかはアダムの肩にかかっていた。〈オーダー〉とその遺産を守らなければならない。これは彼の遺産でもある。十九歳のハッカーにすぎないアダムは、〈オーダー〉のためにヒーローになることを課せられているのだ。スーパーマン？　このおれが？　自分のタイツ姿を想像し、アダムは噴きだした。

アダムは六時間のフライトが終わりに近づくまで、コンピュータ・ネットワークの世界から離れようとしなかった。彼はコーヒーを五杯飲み、指は震えてずきずきと痛んだ。カフェインとアドレナリンと怒りで体は興奮していた。アダムはこれまでの人生で最高の仕事をやってのけた。ハフロックの世界は二度ともとには戻らないだろう。実際、自分でも驚くほどだった。ハフロックのコンピュータにあるデータをすべて盗み、それをエンコードすると、一行一行にバグを仕込んでシステムに送り返してやったのだ。アダムは〈マンハイム・テクノロジーズ〉のデータベースにあるデータをすべて手に入れた。ハフロックが手を引かなければ、アダムはそのデータを競りにかけて売りさばいてやるつもりだった。

アダムは贅沢なシートにもたれかかり、しばらく目を閉じて画面の光から目を離した。うまくいった。これ以上ないほどうまく。それでも安全対策が必要だ。アダムが組みたて、破壊したデータを守るための何かが。これは刑務所に送られて二度と日の光を仰げなくなることを心配するより、もっと重要だ。

アダムはEメールを開くと、一行のコードを書いた。そして偽のEメール・アカウントを作り、父のEメールアドレスを宛先に入れた。FBIが父のEメールアカウントを掌握していることは知っていた。そしてあのドラモンド捜査官が、〈オーダー〉と深いつながりがあるということも。ドラモンド自身は気づいていないかもしれないが。ドラモンドが抜かりなく目を凝らしていれば、このEメールに気づくだろう。

この状況でアダムができることはこれが精いっぱいだった。〈オーダー〉を危険にさらすことは絶対に許されない。〈オーダー〉の存在を明るみに出すことも。そんなことになれば、世界中のマスコミが〈オーダー〉を引っかきまわし、これまで起きた悪い出来事をすべて〈オーダー〉のせいにするだろう。〈オーダー〉が常にそういった出来事を食いとめようと努力してきたことを知りもせずに。世界中に散らばっている現在の〈オーダー〉のメンバーがいなければ、世界は今頃想像を絶するほど悪い状況になっていたはずだ。

ドラモンドについては、アダムにとっていちばん安全と思える賭けだった。ドラモンドはアダムが父に送った潜水艦の座標に気づいただろうか。もし気づいていたとしても、それについてアダムが今できることは何もなかった。少なくとも、ドラモンドが座標を知っているなら、アダムが座標を知るただひとりの人物ではないということだ。アダムは躊躇しなかった。潜水艦の座標を覚えると、自分のコンピュータのハードディスクから消去した。

アダムは自分が父の役割を引き継いでいることに気づいた。〈オーダー〉の秘密の守護者としての役割を。アダムは秘密のすべてを知っており、〈オーダー〉を守るのは今や彼の仕事だ。

アダムはコードを書いたEメールを読み直した。もしドラモンドが評判どおりの凄腕のプログラマーなら、これを解明できるだろう。できることはこれだけだ。

アダムは送信ボタンをクリックした。

Eメールはアダムのシステム内でスクランブルがかけられ、シュッという音とともに世界中の五十のサーバーを経由して送信された。

ノートパソコンを閉じようとしたところで、何かが目に留まった。画面が点滅しだしたのだ。恐ろしさに震えるアダムの目の前で、画面が隅からガラスのように砕けて崩れはじめ、どんどん小さくなっていった。最後には小さな茶色の立体の箱が真っ暗な背景の上に出現し、くるくる回転しながら点滅しはじめた。箱の下にはアダムの名前が書かれていた。

アダムは信じられなかった。どうしてこんなことが起こるのか見当もつかない。自分自身がハッキングされてしまったのだ。誰がこんなことをやってのけたのだろう？　ＦＢＩ？　いや、そんなわけがない。やつも優秀だが、これほどすばやくアダムのシステムに侵入できるほどではない。それに、ＦＢＩはゲームを仕掛けるなんてことはしない。連中はすべてを停止させて、アダムがいる場所を追跡するだけだ。

現実がアダムに襲いかかってきた。遅すぎた。もう手遅れだったのだ。〈オーダー〉はすでに屈服させられ、ハフロックの手に落ちた。ハフロックの資産を本当に破壊できたのかどうかも、アダムにはわからなかった。

アダムは震える手で箱をクリックした。

画面が真っ暗になったあと、メッセージが現れ、真っ暗な画面の上でスクロールしはじめた。アダムの頭からすべての血が引いていった。

おまえの姉を預かっている。今すぐロンドンに来い。

42

ニコラスのタウンハウス　深夜

すぐに救急車が到着し、救急救命士たちの手で的確な対処がなされた。ナイジェルは首に冷却パックを当てながら椅子に座り、救命士たちと言い争っていた。その姿を見て、ニコラスは心底ほっとした。

救命士たちはナイジェルをレノックス・ヒル病院に搬送したがった。ひと晩様子を見てもらうべきだという彼らの意見をナイジェルは受け入れなかった。ニコラスはナイジェルに同意すべきかどうかわからなかった。ナイジェルの意識はすぐに回復したものの、まだ少し様子がおかしかったからだ。

しかしナイジェルが病院に行くのを拒否したので、どうしようもなかった。

救命士たちはナイジェルを搬送しないことにしぶしぶ同意した。注射器の中身は効き目が穏やかな鎮静剤か何かで、長く影響を及ぼさないのは明らかだということだ。救命士は用心のため、ナイジェルに麻薬拮抗（きっこう）薬を注射した。これは薬物の過剰摂取に対する治療薬で、打たれたのがどんな薬にせよ、それを体内から排出する効果がある。ナイジェルは朝にはすっかりよくなっているだろうとのことだった。

ナイジェルはニコラスに事件の捜査を続けるよう強く勧めた。自分に必要なのはひと晩ぐっすり眠ることだけなのだからと。

救命士のひとりも言った。「彼は大丈夫ですよ。水分をたくさんとらせてくださいね。もし急に代償不全を引き起こしたら——そんなことにはならないはずなので心配ありませんが、もしもの話です——すぐにわれわれを呼び戻してください」

救急車が引きあげると、近所の住人たちもそれぞれの家に戻り、再び深夜の静寂が戻った。春の夜はさらに冷えこみが増した。突然の静寂とあいまって、空気が奇妙なほど澄み渡り、まるでガラスのように簡単に砕けてしまいそうだった。

まったく、ご近所への最高の顔見せになった、とニコラスは独りごちた。この通りに引っ越してきて最初の月に、家宅侵入の被害者として挨拶するはめになるとは。少なくともFBIのバッジのおかげで近所の住人の何人かを安心させることができたし、誰も警察に通報しようとはしなかった。

スパ用の分厚いバスローブ姿で、最後までじろじろとこちらを見ていた女性に向かって紳士らしく手を振ったあと、ニコラスは家のなかに戻った。誰もが体を休め、体力を回復させる時間を必要としていた。

グロスマンがとっくに逃げたことは、ニコラスも内心ではわかっていた。ニコラスはひと目でスパイを見分けられる。グロスマンはニコラスと同じように対諜報の訓練を正式に受けているようだった。家に侵入し、必要なものを奪い、脱出するまでを五分以内でやってのけたのだ。それに、怪我をさせるだけで殺さなかった。深刻な問題を招かずにどこまでやれるか、そのラインを彼は明らかに理解していた。FBIの捜査官の自宅に侵入することもそうだ。もしグロスマンがナイジェルかマイクを殺していたら、まったく別の状況になっていただろう。

これほど怒りを覚えていなければ、ニコラスもこの男を称賛していたところだ。

この件にピアースの家族はどう関係しているんだ？　特にアダム・ピアース——機密情報にアクセスできるほどのたしかな才能を持つ若いハッカーは。あの若者もまた、とらえどころのない幽霊のようだ。アダムはどこにいるのだろう？　いったいどうやって十九歳の若者が市内全域に配備された捜査網から逃れられたんだ？

ニューヨークから逃げる際に、彼がFBIの鼻先をすり抜けたのは間違いない。

ニコラスが家に入ると、マイクが玄関のドアの内側にある小さなふたり掛けの椅子に座って、そっと顎をなでているのが目に入った。彼女はまだ腹を立てていた。今の彼女の体を支えているのは激しい怒りだけだった。

「どんな調子だい？」

「救急救命士が言うには、紫の痣はそのうちきれいなラベンダー色になるって。わたしのプライドはぺしゃんこにされたけど、それ以外は大丈夫。ナイジェルったら、わたしに紅茶を淹(い)れてくれようとしたのよ。自分こそ紅茶を飲んで、ベッドでやすんだらって言っておいたわ」

「淹れてもらえばよかったのに。言いたくはないが、きみも少し横になったほうがよさそうだ」

マイクはきつく目を閉じると、立ちあがって両手をまっすぐ前に持ちあげた。両手はぐらつかなかった。彼女は目を開けて言った。「ね？　岩みたいにびくともしないわ」

ニコラスは半信半疑だったが、しかたなく言った。「オーケー、きみがそう言うなら。グレイが持っているピアースのファイルをぼくのサーバーに送ってくれた。書斎に戻ろう。グロスマンがわれわれから盗んだファイルは全部手に入ったから、今ここで何が起きているのか解明できるかもしれない。きみが銃を突きつけられながら書斎に入ってきたとき、ぼくが言っていたことを覚えているかい？」

「いいえ、顎を殴られたおかげで忘れちゃったわ」

「ピアースとアダムはドイツのUボートのビクトリア号を捜していたんだ。ビクトリア号は一九一七年九月に海で行方不明になった――つまり、永遠の哨戒(エターナル・パトロール)に出たわけだ。アダムは半年前に衛星から水中の地形を見通す技術が開発されて以来、さまざまな軍事産業の機密扱いになっている低軌道静止衛星(LEO)からの衛星映像にハッキングしてきた。欧州宇宙機関(ESA)のセンチネル2の技術と似たようなもので、非常に高画質な画像が撮影できるようになったんだ。ファイルによれば、アダムは北海に面したスコットランド北部の海岸まで絞りこんだようだ」

「でも、なぜその潜水艦がそこまで重要なの？　だって一九一七年ってことは、第一次世界大戦のさなかよ。Uボートはたくさん沈んだはずだわ。百年近く経っても捜してるなんて、ビクトリア号はいったい何を積んでたの？」

「いいところを突いているな。ピアースのファイルによれば、ビクトリア号はドイツから盗まれたもので、何かの鍵と一緒に沈んだらしい。驚いたことに、皇帝の金塊も一緒に沈んだと言われている。もっともその情報が正確だとは思えないが。誰もが重要視しているのは、金塊ではなく、鍵のほうだ。われらが友人のグロスマンがきみと一緒に現れて、ぼくのノートパソコンとターディスを盗むまでにわかったことは以上だ。二度とターディスは戻らないだろうな。あのUSBメモリは気に入っていたのに。少なくとも、グロスマンは実際には何も手に入れていないわけだけれどね」

「グロスマンにピアースのデータを渡す前に、本当に全部消せたと思う？」

ニコラスはうなずいた。ふたりは書斎に戻ってきた。ニコラスがソファを指さし、マイクは逆らわずに座った。自分が大丈夫なことはわかっていたが、ニコラスは彼女の面倒を見るのが好きなようだし、彼にうるさく世話を焼かれることが人生最悪の出来事だなんて言うつもりもなかった。

ニコラスはマイクの向かいにある革製の古い椅子に座った。その椅子はニコラスの体に合わせて作られたかのようにぴったりとなじんでいた。ニコラスが別のノートパソコンを取りだした。

「いくつコンピュータを持ってるの？」

「二、三台だけだよ。いつ諜報員に侵入されて、盗まれるかわからないだろう？」

「諜報員？　グロスマンがスパイだっていうの？」

「ああ。それも凄腕の。やつがスパイの訓練を受けていることは間違いない。接近戦の訓練を受けたナイジェルを倒し、きみのことも倒し、深夜に泥棒みたいにこの家に忍びこんで、ぼくたちと対決したんだぞ？　それに、たった数時間でこの計画を立案した。今日の午後アリストンズに来るまで、ぼくたちが誰か、やつは知らなかったんだからな。迅速に計画し、実行に移した。我が家のセキュリティと執事、それにきみのこともかわしてみせた。やつはプロだ」

「あなたに必要なのは犬じゃない？」

ニコラスが噴きだした。「悪くないアイデアだ。ナイジェルに散歩をさせたらいやがるぞ。うん、悪くない」

「ジョナサン・ピアースとソフィーは、本当はグロスマンとどんな関係なのかしら？」

「まだわからない。だがソフィーが今朝、グロスマンに渡した本には何か隠されていたんだと思う。ソフィーは包みを彼に渡そうと躍起になっていたからな。やつはあの本を喉から手が出るほど欲しがっていた」

マイクは言った。「グロスマンに首を絞められたとき、彼があなたみたいな言いまわしをするのに気づいたの——いい子だからとかなんとかって。英国人みたいなしゃべり方だったけど、すぐに完璧なアメリカ人の発音に戻ったわ」

ニコラスはその言葉に注意を引きつけられた。「興味深いな。グロスマンの身元は誰も確かめていないんじゃないか？」

「今日はいろいろなことがあったもの。グリル＆バーの経営者だと彼が言ったのは覚えてるけど。本当かどうかを調べるのは難しくないわ。ベンにきけば、グロスマンの身元を確認してくれるはず。もちろん、その名前が本物かどうかも含めてね。グロスマンに本を渡したってことは、つまりソフィーもぐるなのよね。それに彼女はまったくこちらに協力的じゃなかったし。もちろん、アダムもだけど」

「そのとおり。まったくいまいましい家族だな。家族ぐるみの企みだ」

マイクは言った。「オーケー、じゃあ、これについてはどう？　グロスマンは誰に雇われてるの？」

「皆目わからない。少なくとも今はまだ。ハフロックかもしれないし、潜水艦の場所を突然手に入れたピアースを利用しようとする別の悪人かもしれない。潜水艦といえば、アダムが潜水艦の正確な場所を見つけだしたことがすべての引き金になったようだ」

マイクは興奮して身を乗りだした。「そしてアダムが父親に潜水艦を見つけたことを話し、父親がリストのうち、自分を除いた十四人にEメールを送った。暗号をちりばめたEメールを。あなたの言うとおり、潜水艦の発見が事件の発端よ。悪人たちがニューヨークに集結して、今のこの状況になったんだわ」

ふたりはどちらも無言で考えこんだ。しばらくして、マイクが口を開いた。「潜水艦が沈んだ場所はスコットランド北部の海岸というところまで絞りこまれたのよね」

「ああ。実を言うと、正確な位置はわかっている」そう言って、ニコラスはメモ用紙をひらひらさせた。

マイクはソファからはじかれたように立ちあがると、ニコラスの腕をつかんだ。「ニコラス、それよ。ピアースが死ぬ前にミスター・オリンピックに言った、〝ザ・キー・イズ・イン・ザ・ロック〟っていう言葉。あれは文字どおりの意味だったのよ。ただしドアの錠(ロック)じゃなくて、〝loch(ロック)〟――スコットランド語の湖ってことだわ」

ニコラスはほほえんだ。「自分でもわかっているだろうけど、きみは本当に驚くべき人だな。たとえ顎が紫色になっているにしても」

「またそれを言う」そう言いながらもマイクは満面に笑みを浮かべ、うれしそうに小躍りして腰をくねらせたあと、ニコラスとハイタッチした。「オーケー、ジェームズ・ボンド、わたしは難問を解決したみたいだし、次はあなたの番ね」

43

「なかなかの踊りだ」ニコラスはさらにくつろいだ姿勢で自分の椅子に座り直すと、ノートパソコンのタッチパッドをクリックし、画面に目を通した。しばらくして視線をあげる。

「オーケー、まさにきみが言ったとおりだ、マイク。アダムが父親に送った座標はスコットランド北部にある湖と一致した。エリボール湖だ。人里離れた静かな場所にあって、スコットランドでも数少ない、水深が深い湖だ。英国海軍に長年利用され、戦時中は潜水艦やらフリゲート艦やらの出入りも激しかったようだ。第一次世界大戦の頃よりは、特に第二次世界大戦の頃に集結地として利用されたらしい。英国軍の船は入り江に入ると、ひと晩とか一週間とか、必要なだけ停泊した。湖の西の端にある丘には、下船した船員たちが白い花崗岩（かこうがん）を使って船の名前を書いたスポットまであるそうだ」

「そんなに頻繁に利用された湖なら、どうしてこれまでその潜水艦に気づかなかったの？」マイクは言った。「一九一七年からドイツのUボートが沈んでたのに、誰もそれを知らなかったってこと？　そんなことがありうるの？　実際に目にしたわけじゃないけど、湖ってことはそんなに広いわけじゃないでしょう？」

「この湖はとても深いんだ。でもきみが言うとおり、それほど広くはない。ビクトリア号は、花崗岩の岩棚の下にこれまでずっと隠れていた。水深は深いけれども、岸からは近い場所だ。しかし、誰も見たことがなかった。ピアースと息子のアダムは何年間もこの潜水艦を捜してきたが、衛星の技術が向上して、岩棚の下にある潜水艦の影をとらえられるようになるまで発見できなかったんだ。潜水艦は百年近くも湖の底で眠っていた」

「鍵と皇帝の金塊を積んだままね」ニコラスがマイクに水のボトルを渡し、マイクは喉を鳴らして飲んだ。「ありがとう。ところで、鍵というのはなんの鍵？　ファイルのなかに何か説明はあった？」

「まだ見つけていないが、グレイがダウンロードしたピアースのファイルをこれからよく調べてみるよ」

「ポロニウムやハフロックに関係してるのは明らかよね」

「ああ。それが非常に心配だ。精神的に不安定な男が秘密の兵器を手に入れようとしているんだろうか？　だとしても、一九一七年にあったものだぞ。どんな兵器だっていうんだ？」

そのとき、内線電話が鳴った。「まだナイジェルはベッドに入っていなかった。具合が悪いのかもしれない、もしかして……」電話に出たニコラスの顔に安堵の表情が広がった。しばらく耳を傾けていた彼は電話口に向かって言った。「わかった、わかった、そうするよ。ああ、約束するから、もうベッドに入れ、ナイジェル。今すぐだ」

ニコラスは電話を切ると、受話器を近くのテーブルに戻した。「ナイジェルがおやすみの挨拶を言ってきた。それとぼくにも睡眠を取れと」

マイクはうなずいた。「ナイジェルはいい人ね。それにいい友達でもある」

「ああ、そのとおりだ。ラバみたいに頑固だが」

「あなたのことが心配なのよ」

「心配しているのはぼくのほうだ。まったく、くそったれなやつ（ブラッディ・ソッド）がくそったれ（ブラッディ）な英雄（ヒーロー）みたいな真似をしやがって」

ニコラスはいったいどこでこんな言葉を覚えてきたのだろう。マイクは笑って言った。

「落ち着いてよ。ナイジェルは大丈夫。わたしも大丈夫。さあ、驚きの事実を教えて。何を読んでいたのか話してよ」彼女は伸びをして、あくびをした。「そのあとで、わたしたちも少しやすみましょう。このソファはとても居心地がいいわ」

「きみのためにゲストルームを用意してこよう」

「あなたは眠らないの？」

ニコラスが肩をすくめた。「あとで少し眠るよ。その前にもう少し調べたいんだ」

マイクはソファの上で丸くなった。「それならわたしもここに残るわ。あなたがキーボードを打つ音を聞くのは好きだし。心が落ち着くの」

マイクは手を頭の後ろに伸ばすと、ポニーテールを結んでいたゴムを外して左の手首に留めた。指で頭皮をかき、頭を軽く——傷が痛まない程度に——振ると、髪が肩の上にはらりと落ちた。膝にかけていたダークブルーの毛布を引っ張りあげながらマイクは言った。「話して、ニコラス」

マイクを見つめていたニコラスは、椅子の肘掛けをトントンと叩きはじめた。「ファイルからあることを見つけたんだが、これが非常におもしろい展開でね。ビクトリア号はドイツの潜水艦だ。それについては疑いの余地はない。ピアースのファイルによれば、この潜水艦は皇帝ヴィルヘルム二世のものだった。皇帝の金塊が積まれていたと言われているんだから、当然といえば当然かもしれないな。噂ではヴィルヘルムは狂気じみたところがあったと言われている。ドイツを戦争に巻きこんだものの、リーダーとして完全にしくじって敗戦し、最後には退位させられたんだ」

「ニコラス、ねえ、なんなの？　頭がどうかしたみたいににやにやしちゃって」

「あとで教えてあげるから、眠るって約束してくれ。もう遅いし、明日は朝が早い」

「そんなのずるいわ」

「怪我を治すためにもやすまないと。目を閉じて、少し眠ってごらん」

「いやよ、必要ない……」そう言いながらもマイクはあくびをした。さらにもっと大きなあくびが出て、手で口を覆った。「オーケー、ちょっと疲れてるのはたしかだけど、たいしたことはないわ」

「マイク、頼むからやすんでくれ」ニコラスが言うそばから、マイクはまたあくびをした。

ニコラスはほほえんだ。「きみを見守っているから」

マイクがソファのクッションを背にして丸くなり、体をうずめて目を閉じた。「ニコラス、今日は二度もわたしを助けてくれてありがとう」

ニコラスはマイクを助けられたことに胸をなでおろした。「眠るんだ、マイク。ぼくはここにいるから」

「わかった」マイクはまぶたを開くと、心をとろかすような甘いほほえみをニコラスに向けた。「でも、その前に秘密を教えて。ビクトリア号が重要なのは、皇帝の潜水艦だからという理由だけなの？」

ニコラスは答えた。「いや、アダム・ピアースが潜水艦を見つけるまで、ビクトリア号は存在しないも同然だった」

ところがマイクはすでに再び目を閉じ、眠りに落ちていた。

ニコラスは立ちあがって、毛布をマイクの肩まで引っ張りあげると、自分の椅子に戻って彼女を眺めた。その鋭い頭脳の活動を停止させて眠っている彼女はとても幼く、無防備でか弱く見えた。

マイクが無事で本当によかった。

ニコラスはファイルにもう少し目を通したあと、膝に置いたノートパソコンを床におろし、両脚をそばにあった椅子の上にのせた。時計を見ると、午前一時だった。まさに長い一日だった。ニコラスはもう一度だけ、じっと動かないマイクの顔に目をやった。彼女の口元には笑みが浮かんでいる。なんの夢を見ているのだろう。今日のことでないのはたしかだ。ニコラスの頭にナイジェルの顔が再び浮かんだ。暴行されたあとの、混乱して戸惑っている顔が。だが、ナイジェルは大丈夫だ、とニコラスは思った。次に、ふたりの男の顔が浮かんだ。今日、彼の手にかかって死んだ男たちだった。

「五分だけだ」ニコラスは自分にそう言い聞かせ、目を閉じた。

44

コッツウォルズ、ロウワー・スローター
一九一七年九月

第七代チェンバーズ子爵ウィリアム・ピアースは約束に遅れていた。それも大幅に。新車のラゴンダのいまいましいタイヤがバーフォードの近くでパンクしてしまい、交換するのに一時間近くもかかったのだ。従者のクームを連れてきていればタイヤ交換を任せられたのだが、これは極秘任務だ。クームをこのレベルの任務に同行させるわけにはいかなかった。タイヤを交換し終わる頃には泥まみれになっていたけれども、そんなことはどうでもよかった。スペアタイヤがせめてコテージまでもってくれることをピアースは願った。

十五分後、脇道に入り、小さなコテージの近くまで車を進めた。掟に従って森のなかに車を停め、歩いてコテージに向かった。だが、ピアースを出迎えたのは恐ろしい光景だった。

ピアースは懐からウェブリーを引き抜いた。コテージの壁は銃弾による穴だらけだった。鋭い石のかけらが地面に飛び散り、窓ガラスはなくなり、その破片が窓枠の四隅から突きでていた。ドアは大きく開け放たれ、蝶番を支えにだらりとぶらさがっている。

心臓が早鐘を打った。ピアースは拳銃を正面に向けながら、ゆっくりとドアを押しやり、コテージのなかに足を踏み入れた。彼は死のにおいを知っていた。戦場でさんざん嗅いだからだ。鼻を突く、熱くて濃厚なにおいだ。死は腐敗の、それも人間が腐ったにおいがする。仲間ではなく敵が死んだのであってくれと、ピアースは無言で祈った。だが、その祈りは聞き届けられなかった。

ピアースはすぐさま遺体を数えた。五人。全員が銃弾を浴びて死んでいた。だが、六人目はどこにいる？ ピアースはもう一度数えてみた。間違いではない。遺体は五体しかなかった。ヨーゼフ・ロートシルトの遺体がない。ヨーゼフはどこにいるんだ？

ピアースは割れたガラスや仲間の血まみれの遺体をよけながら、コテージのなかを進んだ。この勇敢なる男たちは自分たちの国や家族、そして自分自身の自由のために戦ったのだ。悲しみに打ちのめされそうになったが、唯一の希望の光がまだ残っていた。

恐ろしい考えが頭に浮かんだ。あれだけ注意を払ったにもかかわらず、明らかに皆は何者かに裏切られたのだ。だが、いったい誰に？ ヨーゼフではない。それはありえない。ヨーゼフ・ロートシルトは触媒のように事態に変化をもたらす者であり、最も困難な役割を引き受けた男なのだから。ヨーゼフが裏切るはずがない。ベルダンの戦場でピアースの命を救った男が裏切り者であるはずがない。あのときのヨーゼフの姿がピアースの脳裏に鮮やかによみがえった。銃剣をおさめながら彼に近づいてくるドイツ兵の姿が。ヨーゼフはピアースの体を突き刺す代わりに、彼の肩章の王冠と星に目を留め、相手が高官であることに気づいて武器をおろしたのだった。

そして無言のまま戦場からピアースを運び、木立の陰におろした。ピアースは抵抗することもできなかった。ひどい怪我をしていたのだ。このドイツ野郎はゆっくりと時間をかけて、とことん自分を痛めつけるつもりなのだとピアースは考えていた。だがピアースの喉をかききる代わりに、この大柄なドイツ人は静かにしろと合図し、血があふれだしていた彼の脚の傷口を慣れた手つきで止血した。そして、ピアースのひび割れた唇のあいだに煙草を挟んで火をつけた。その手や制服はイングランド人の血にまみれていたが、まるで気にならないようだった。彼は腰をおろし、自分の煙草にも火をつけた。それを深く吸いこんで煙を吐きだすと、ドイツ語訛りの英語で言った。〝この戦争を止めなければならない。大佐、手を貸してもらえないだろうか?〟

それは断れない提案だった。そのときからヨーゼフはピアースにとって、何度でも自分の命を預けられるほど信頼できる男になったのだ。

コテージの後方から物音が聞こえ、ピアースは奥のベッドルームに急いだ。ベッドルームには小さなクローゼットがあり、その木の扉に向かって血痕が続いていた。扉から外に向かってではなく、なかに向かって。

クローゼットのなかに、怪我をした男がいるようだ。ヨーゼフだろうか？　ピアースは兵士だったので、遺体がどういうものか、そのあらゆる姿を知っていた。

それでもピアースは慎重に動いた。ウェブリーを掲げるとクローゼットの脇に立ち、ゆっくりと扉を開く。暗闇から銃弾が発射された。ピアースはクローゼットの真ん前に立っていなかったことに感謝した。

そのとき、弱々しくすすり泣く子どもの声に気づいた。

ピアースはそっと声をかけた。「そこにいるのは誰だい？　撃たないでくれ。きみを傷つけることはしないから」

ふいに泣き声がやんだ。

ピアースはじりじりとクローゼットに近づきながら、危害を加えるつもりはないことを、穏やかな声で優しく子どもに語りかけた。そして思いきってなかをのぞきこみ、目の前の光景に胸が張り裂けそうになった。

クローゼットのなかにはヨーゼフ・ロートシルトの傷だらけの遺体があった。そして、その遺体を幼い男の子が抱いていた。男の子の手のそばにはヨーゼフの銃が転がっていた。

ピアースにできることはひとつしかなかった。彼は仲間の亡骸（なきがら）をコテージの裏に埋めた。そして、男の子を自分の家に連れて帰った。

ピアースは男の子の名前がレオポルトだと知っていた。あの夜、ベルダンの丘で、ふたりで煙草を吸いながら皇帝を失脚させる計画を立てたときに、ヨーゼフが息子のことをピアースに話してくれたからだ。

ヨーゼフが息子の名前を教えておいてくれてよかった。父親とほかの五人が殺害された現場を唯一目撃したレオは、強いショックを受けたあまり、ひと言も発しなくなっていた。レオは襲撃者が誰だったかも語らず、この事件のあとの数週間はひたすら無言で宙を見つめるばかりだった。

ビクトリア号に関する知らせがもたらされることはなかった。金塊も、マリーの鍵も、彼女のノートもすべて失われた。

戦争は終わった。ピアースと妻コーネリアは、レオを自分たちの息子として家族に迎え入れた。ピアースは年が明ける前にレオを正式に養子にした。家で女性ばかりに囲まれていた彼は、ついに息子を持てたことに心が慰められた。

レオはおとなしく、勉強好きな子どもだった。家庭教師たちとはうまくやっていたものの、依然として言葉は発しなかった。レオは文字の読み方を覚えるとすぐに英語を理解した。皇帝の個人通訳だったレオの母親が、すでに彼に語学を教えはじめていたのだろうとピアースは考えた。

ときおり、娘たちに本を読み聞かせているコーネリアの姿をレオがじっと見つめていることがあった。悲しげな切望のまなざしをコーネリアに向けながらも、決して寂しいとこぼさないレオを見ると、ピアースは胸が痛んだ。レオが父親を必要としているのはたしかだったが、母親のことはもっと必要としていた。

ピアースは折に触れてレオと座り、彼の父親が亡くなった夜のことを話した。コッツウォルズの小さなコテージに現れ、〈オーダー〉に致命的な打撃を与えたのは誰だったのかを探りだすためだ。

レオは言葉をしゃべりはじめたが、あの夜のことは決して語ろうとしなかった。

短くも平穏なひとときが彼らに訪れた。金塊も鍵もノートも失われたのは明白だが、脅威は去り、〈オーダー〉は立ち直りはじめた。

内気な少年だったレオ・ピアースは、ハンサムな青年となり、その後、教養のある、非常に寡黙な男性へと成長した。一九三六年、彼はグレースという名の若い女性と出会った。彼女はレオの寡黙さを気にしなかった。数カ月後、ふたりは婚約し、結婚した。一九三八年、彼らにひとり目の子どもが生まれた。その男の子はロバートと名付けられた。

一九三九年、再び戦争が始まった。前回の戦争を凌ぐ規模だった。

それから間もなくのことだ。レオポルド・ロスチャイルド（レオポルト・ロートシルトの英語読み）・ピアースは養父とお茶を飲むためにカールトン・クラブを訪れていた。新聞を手にしながら、養父と一緒に席に座ると、黒髪の小男の写真を指さした。

「ぼくの父を殺したのはこの男です」

驚いたピアースは、新聞を受けとり、港に立っている男の写真を見つめた。四十ポイントの文字で〝Uボート、アメリカの輸送船を沈める〟と書かれた見出しが紙面で躍っていた。写真の説明文によると、Uボートの副長の名前はルートヴィヒ・ライマントだった。

レオは滑舌のいい英国のアクセントのやわらかな低い声で言った。「コテージにいたのはこの男です。三人いた男たちのうちのひとりです」

驚きで言葉を失っていたピアースの口からようやく言葉が出た。「レオ、よく話してくれたな」

レオがうなずいた。「ぼくはこの件についてずっと口を閉ざしてきました。でも、あなたはいつもぼくにとてもよくしてくれました」

「おまえはわたしの息子だ。愛している。おまえはわたしの跡取りだ」

短い言葉だったが、レオは胸にこみあげてくる感情をなんとかのみこんだ。ピアースがほほえみながら、レオの腕に優しく手を置く。「この男について話してくれ。一緒にいたのは誰だった？」

レオは紙の束をピアースに渡した。「この男たちです」

そこには、もうふたりの名前があった。ディートマー・ルジオンとウィルフリート・ゴブ。

「ルジオンがリーダーでした。ぼくの……ヨーゼフを痛めつけたのはこの男でした」

ピアースは身を乗りだしてレオの手を取った。「いや、いいんだ。ヨーゼフ・ロートシルトはおまえの父親だ。これまでおまえに何度も聞かせたとおり、とても立派な男だった。戦争を終わらせるためならなんでもする勇敢な男だった。ヨーゼフはこの男たちに情報を渡したりはしなかった。そうだろう?」

「ええ、最後まで口を割りませんでした。でも、ぼくには彼の叫び声が聞こえました。ぼくは扉を見ていました。扉の前を行ったり来たりする男たちのブーツの影が見えました。彼に詰問し、皇帝の金塊と鍵の隠し場所を教えるよう迫っていました。痛みが強すぎたのでしょう。彼は心臓発作を起こしたようでした。なぜなら一分前までは男たちが彼に向かって怒鳴っていたのに、次の瞬間、何も聞こえなくなったんです。男たちがコテージを出ていく音が聞こえました。ぼくは車が去る音が聞こえてくるまで待ちました。そしてぼくは……」

ピアースは再び息子の腕に触れた。「そして、わたしがおまえを見つけた」

「そうです。でも、あなたに話したいのはそれだけじゃありません」

レオはピアースに一通の手紙を渡した。ピアースはすばやく目を通すと顔をあげた。その表情は当惑していた。「おまえの母親からの手紙か?」

「そうです。皇帝から鍵を盗んだのはぼくの母です。母はビクトリア号に乗っていました。そして、潜水艦と一緒に沈んだのです。スコットランド北部のどこかに。ヨーゼ……父は兵器や任務、それに金塊について、ぼくに話してくれました。母の最期の勇敢な行動についても」レオはティーカップの持ち手をいじりながら続けた。「前回に経験したような戦争をまた経験することになるなんて、思ってもいませんでした。この男たちは鍵のことを知っています。きっと鍵を捜しはじめるでしょう。彼らを捜しだして殺さなくてはなりません」

ピアースはいとしいレオの顔をじっと見つめた。ヨーゼフ、きみが生きていたら、レオを誇りに思っただろう。「では、われわれの仲間に、〈オーダー〉に入る準備ができたというんだな、レオ？　おまえも承知しているだろうが、危ない目に遭うかもしれない。これは非常に危険な任務だ。おまえには守らなければならない家族もいる」

レオ・ロスチャイルド・ピアースはほほえんでみせた。「サー、あなたはためらいませんでした。ぼくの母も、父もためらいませんでした。見つかった瞬間に命を落とすかもしれないとわかっていたのに。だからもちろん、ぼくだって準備はできています。喜んで仲間入りします」

ピアースが立ちあがると、レオも立ちあがった。「おまえを〈オーダー〉に連れていこう。一緒に来るんだ」

レオは言った。「ぼくの母の名前はアンゾニアといいました」

「お悔やみを言うよ」ピアースはレオの体に両手をまわして抱き寄せた。

レオとウィリアム・ピアースは、〈オーダー〉のありとあらゆる情報源を駆使して、一九一七年のあの夜に、ヨーゼフ・ロートシルトと〈オーダー〉のほかのメンバーたちの命を奪った三人の男たちを見つけだし、殺害した。

第七代チェンバーズ子爵ウィリアム・ピアースは一九六二年にこの世を去った。第八代チェンバーズ子爵となったレオ・ピアースは、長年の目覚ましい功績が認められ、一九六三年の六月に〈ハイエスト・オーダー〉のリーダーに指名された。

一九六四年、レオポルドとグレースの息子のロバートがケント州のウェントワース卿夫妻のひとり娘ルーラ・ハーストックと結婚し、間もなく息子が生まれた。しかし不幸なことに、息子が生まれて数日後、ロバート・ピアースは熱病に倒れて亡くなった。さらに一週間も経たないうちに妻ルーラも亡くなった。

そこでレオとグレースが赤ん坊にジョナサンという名前をつけた。ふたりは孫のジョナサンを育てた。レオは家族にまつわる物語を話して聞かせた。皇帝の金塊や失われた鍵、そしてマリー・キュリー夫人のノートと彼女が作った兵器について。だがその大部分は、ヨーゼフとアンゾニアという若い夫婦についての勇敢で痛ましい話だった。祖父の話のなかにはジョナサンを震えあがらせるものもあったが、彼は曾祖母の話を聞くのが大好きだった。レオもアンゾニアのことを話すのが好きだった。

ジョナサンは祖父に似て勉強が好きな少年だった。彼は本に夢中だった。『ロビンソン・クルーソー』の稀少な初版本を読んだとき、彼の将来の道が決まった。

二日目

45

ロンドン
午前六時

彼はひと晩じゅう起きていた。

あと一歩のところまで来たと思うと眠れなかった。何年もかけて取り組んできたことが、間もなく実現しようとしているのだ。エリーゼでさえ、近寄らせる気になれなかった。この状態では、快楽や痛みに集中できそうもなかったからだ。

ハフロックは待つのが得意だった。そうでなくてはやってこられなかった。忍耐を覚えることが、人生における最初の課題だった。ハフロックは忍耐がなぜ重要なのか知っていた。母の手によってもたらされる何時間もの苦しみを乗りきれたのは忍耐があったからだ。母の残酷な行為から逃れる唯一の方法は、家を出て二度と戻らないことだと知っていたハフロックが、勉強に打ちこみ、普通より早く学位を取って卒業できたのも、忍耐があればこそだった。

そう、ハフロックは昔から待つのが得意だった。それは今も変わっていない。彼は機が熟するのをじっと待っていた。すべてが完璧におさまり、あの兵器をこの手に握る、そのときまで。そして時が来たら、コブラのごとく、すばやく激しく襲いかかるのだ。ハフロックが望まない限り、誰もその攻撃から逃れることはできない。そして世界は彼の前にひざまずき、その運命は彼の手に握られる。

ハフロックは朝の三時に飛行機に電話を入れ、四時にブランデンブルクの空港を発った。一時間後には地平線の向こうにロンドンが見えてくるだろう。

飛行機が着陸態勢に入ったので、ハフロックは電話をかけた。壁に浮かびあがった透明な画面にウェストンの顔が映った。ウェストンは大事な一日に備えてとっくに目を覚ましていたとみえ、すでに着替えもすませていた。

ハフロックは時間を無駄にしなかった。「どんな状況だ？」

「おはよう、マンフレート。わたしの間違いでなければ、きみは飛行機から電話をかけているようだな。もうすぐこちらに到着するということかな？」

「わたしの忍耐を試すような真似はやめたまえ、エドワード」

ウェストンの唇が笑みと呼べなくもない形にゆがんだ。「いいだろう。グロスマンはニューヨーク時間の午後十一時二十分に向こうを発った。飛行機から電話してきた彼によると、ミズ・ピアースは無傷だ。彼女を連れて一時間以内に到着する。ちなみにグロスマンはニコラス・ドラモンドがピアースのコンピュータからコピーしたデータも奪うことに成功した。必要なものはすべてそろっている。彼の飛行機には無線LANがないから、詳細なデータを今渡すことはできないが。

あとはアダム・ピアースを捕まえるだけだ。座標を知っているのはアダムひとりだからな。やつなしでは、百年近く前と状況は同じだ。そのあと潜水艦に乗りこむことになるわけだが、

「計画はあるんだろうな？」

ハフロックの顔に浮かぶ超然とした表情は不気味で恐ろしく、ウェストンは血が凍るような感覚を味わった。こんなふうに感じるのは初めてではない。彼はこの〈オーダー〉への裏切りを生きたままやり遂げられるのだろうかと不安になった。ハフロックと手を組む以外に選択肢がないことはわかっていたが、この男が完全に正気だとはとても思えなかった。それはハフロックが自分のやり方に固執するときほどはっきり感じられた。

「計画はある。スコットランド北部に船を待機させている。指示を出せば、すぐにでも動かせる状態だ。アダム・ピアースを連れてこい、エドワード。そうしたら、夕方までには鍵が手に入る」

「FBIはどうする？」

「アメリカ人か？　何が起きているのかを連中が突きとめる頃には、世界中のほかのすべての法執行機関と同様、取るに足りない存在になっているはずだ。その頃には、われわれのほうが優位な立場に立っている」

「それでも背後に気をつけなくては。ニコラス・ドラモンドという捜査官は切れ者だ。引っかきまわされたくない。それに、やつの父親が誰かはきみも知っているはずだ」

「では、そいつを排除してしまえばいい。メルツにやらせよう。あの男には今日、もっと重要な任務があるが」

「アメリカ人のＦＢＩ捜査官を殺すのが賢明な行動とは思えない」

ハフロックは画面に向かって声を荒らげた。「ＦＢＩだろうが、わたしにとっては重要ではない！　やつを殺すんだ！」

ハフロックの息遣いは荒かった。自制心を失ったように見えたが、そうではなかった。ハフロックはほほえみ、表面上は穏やかな顔に戻っていた。「今、重要なのはただひとり、ピアースの息子だけだ。勝手ながら、やつにメッセージを送らせてもらった。あの哀れな若者は、わたしより自分のほうが賢いと思いこんで、夜通しわたしの会社のシステムに侵入してきた。成功したと思っていたようだが、実際には成功などしていない。アダムには、すぐには忘れられないようなメッセージをこっちから送ってやったよ。さあ、エドワード、アダムを捜してくれ。そしてピアースの娘をきみのオックスフォードの屋敷に連れていくんだ。あそこなら誰にも邪魔されない」

「なぜあそこに？　われわれのそばに置いておくほうがいいんじゃないか？」

「エドワード、言うとおりにするんだ。ピアースの娘を誰の目にも触れないところに置いておきたいんだ。事を有利に運ぶためだ。わかるか？」

ウェストンは素っ気なくうなずいた。

「結構。アダム・ピアースは間もなくロンドンに着く。〈オーダー〉に鍵を回収させるつもりで来るのだろうが、われわれが出迎えてやって、やつの計画を変更させるんだ。必要な保険はすべて用意して、すぐにでも対応できるよう手を打ってある。もし当局が手出ししてこようものなら、超小型核兵器（MNW）を使ってやる」

ウェストンは恐れや不安を顔に出さないようにしていた。だが、ＭＮＷだと？　それは最後の手段だ。「あれを使うつもりなのか？」

「たぶんまだ使わないが、備えは必要だ。エドワード、わたしは誰にも邪魔させるつもりはない。今日こそ〈オーダー〉が倒され、新たな力が生まれる日となるのだ」

46

大西洋上空

　ソフィーの顔に日の光が当たった。だが、そんなはずはない。そのとき、奇妙な低いエンジン音に気づいた。ふいに体がわずかに揺れた。

　飛行機だ。飛行機に乗っているのだ。首がずきずきと痛む。軽い二日酔いのような気分だ。グロスマンに注射されたことをソフィーは思いだした。

　ソフィーが体の向きを変えると、アレックス・グロスマンが向かいのシートで眠っていた。ふたりのあいだには小さなテーブルがあった。

　ソフィーの望みはグロスマンを殺すことだけだった。しかしグロスマンは猫のように鋭い感覚を持っているのか、彼に襲いかかろうとしてソフィーがシートベルトを外したとたん、目を開け、彼女の腕を空中でつかんだ。

　テーブルが邪魔でソフィーをシートに押し戻すことができなかったグロスマンはソフィーの動きを封じたまま、しばらく彼女をじっと見つめた。ただ見つめるだけだった。「怖がらないでくれ、ソフィー。きみに危害を加えるつもりはない。守ろうとしてるだけだ」

「へえ、そう。わたしを守るですって？　誘拐したくせに？」ソフィーは腕をグロスマンの手から引き抜くと、彼の顔に殴りかかった。だがグロスマンはソフィーの手首をつかみ、今度は放さなかった。ふたりはまだテーブルを挟んだまま、至近距離で互いに身を乗りだしていた。

「なかなかいいな（ナイスショット）」

「銃を渡してくれたら、本当のナイスショットを見せてあげるわ」

「さあ、座って話そう。全部説明するから」

ソフィーに選択肢はなかった。ソフィーがうなずくと、グロスマンは彼女を軽く押してシートに座らせた。飛行機が再びエアポケットに入って揺れた。「シートベルトを締めるんだ」

ソフィーは自分のシートベルトを締めると、グロスマンがシートベルトを締めるのを待った。「どこに連れていくつもり？　この飛行機はどこに向かっているの？」

グロスマンはテーブルの画面に映る飛行経路に目をやった。「ロンドンだ。あと一時間ほどで〈ロンドン・シティ空港〉に到着する。着いたら北に向かう。われわれが鍵とノートを手にするまで、きみは隠れ家で〈オーダー〉によって保護されることになる」

「十億ドルの金塊もお忘れなく。アダムが潜水艦の正確な位置を教えたら、わたしを解放してくれるの？」

「もちろんだ」

「アダムはどこ？」このろくでなしというののしり言葉は口に出さなかったものの、グロスマンには伝わっていた。

グロスマンはわずかに顔をしかめ、顎をなでた。「きみが知ってるものと期待してたんだが。ゆうべ、アダムはきみに連絡して逃げるように指示しただろう。ぼくが駐車場で見つけたとき、きみはどこに行くつもりだったんだ？」

「フランスよ」

「そうか、まあいい。今、きみはイングランドにいる。きみの変装は見事だったよ。偽造パスポートもすばらしいものだった。感心したよ。アダムは腕がいい。彼はきみとフランスで落ちあうつもりでいるのか？」

「あなたには関係ないわ。あなた、本当は誰なの？」

「ぼくは〈オーダー〉のために働いてる者だ。それは本当だ」

「今朝、わたしがあなたに渡した本――あれに何か入っていたのね？」

「潜水艦の正確な位置や、そのほかのデータが入ったSDカードだ。きみのお父さんはそれを用意して、ぼくを待ってるはずだった」

「どういう意味？　本に入っていなかったの？　それならどこにあるの？」

「きみのお父さんはSDカードを本に入れる機会がなかったんだろう。あのいまいましい英国人のFBI捜査官がきみのお父さんのアパートメントから持ち去ったので、ぼくが取り返してやった。結局のところ、あれはわれわれのものなんだ」グロスマンはポケットから『ドクター・フー』に出てくるターディスの形をしたUSBメモリを取りだして振ってみせたあと、隣のシートに置いてあるノートパソコンを顎で示した。

「そのばかみたいなターディスはどこから来たの?」

「ドラモンドがデータを扱いやすいように、すべてのデータをSDカードからこのしゃれたUSBメモリにダウンロードしたんだ」

「ドラモンド捜査官に顔を見られた?」

「ああ。もうひとり、女の捜査官もいた。汚い技をうまく使って反撃してきたが、ぼくには通用しなかった」

ソフィーは両手に顔をうずめた。「最高だわ。FBIはわたしを監視していたのよ。そのうえ、あなたはFBIから盗みまで働いたわけね。彼らはわたしたちを追ってくるわ。FBIの目を盗んで、どうやって駐車場からわたしを連れだしたの?」

「外交官車両を使った。居心地が悪くないよう気をつけて、きみをトランクのなかに隠した。FBIに関して言えば、もうわれわれはイングランドにいる。ここまでは連中も追ってこない。きみは安全だ、ソフィー。信じてくれ。ぼくが言ったことは本当だ」

「アメリカのアクセントが消えているわ。あなたは英国人なのね?」

「そうだ。もともとはケンブリッジの出身だが、子どもの頃にロンドンに移り住んだ」

「いいわ、話を続けて」

グロスマンは前かがみになって座り、両手を小さなテーブルの上で握った。

「きみもよく知ってるとおり、きみのお父さんは長年〈オーダー〉のメッセンジャーを務めていた。メンバー同士の機密情報の伝達を任されてたんだ。ところが昨日までに、すべての状況が変わった。〈オーダー〉のメンバーが突然、三人も死んだ。〈オーダー〉の連絡ルートは取り返しがつかないほどダメージを受けた。つまり、こういうことだ。今はすべてがわれわれの手にゆだねられてる。きみとぼく、そしてアダムの手に。やつがアダムを捕まえようとしてるのが心配だ。行方不明の潜水艦のなかに何があるかはきみも知ってるだろう?」

「金塊、鍵、マリー・キュリーの指示を書いたノート。父から聞いたわ」

「その鍵というのは、非常に強力な兵器、世に出すわけにはいかない兵器につながる鍵だ。その兵器を持たせるには、どの政府だって信用できない」グロスマンはマンフレート・ハフロックのことを考えた。「当然、個人もだ。われわれは鍵とノートを見つけだして、破壊しなければならない」

百年前にマリー・キュリーが作った兵器が、今でも役に立つのだろうか? ラジウム――そう、キュリー夫人は夫とともにラジウムを発見した。あともうひとつ――ポロニウムもだ。だが、そのどちらにしても、今の時代にどう役に立つというのだろう。ソフィーは疑問に思ったが、口には出さなかった。グロスマンがまだ彼女を見ているのに気づいた。自分の言い分を信じたかどうか、表情から探っているようだ。

「ソフィー、きみとは二年前からの知り合いだ。きみのお父さんがぼくを信頼してたことは知ってるだろう。彼が亡くなった今、ぼくの目的はきみとアダムを守り、〈オーダー〉とその信念を守ることだけだ」

ソフィーが黙りこむと、グロスマンはオレンジジュースの缶を彼女のほうに押しやった。

ソフィーはプルトップを開け、喉を鳴らして飲んだ。

「きみに打った薬のせいで、喉が渇くはずだ。全部飲んだほうがいい」

ソフィーはジュースを飲み干した。髪を後ろに払ったとき、グロスマンが彼女のウィッグを脱がせていたことに気づいた。「〈オーダー〉の三人が死んだって言っていたけど、父のほかは誰が亡くなったの？」

「ヴォルフガング・ハフロックだ。先月、脳卒中で亡くなった。表面上は事件性がないように見えた。一年前に動脈瘤(どうみゃくりゅう)のクリッピング手術を受けていたからだ。だが、昨日の事件があったあとでは、ぼくの考えも変わった。昨日の朝、ウォール・ストリートできみのお父さんが殺されたのと同じ頃、〈オーダー〉のリーダーであるアルフィー・スタンフォードも、ここロンドンで殺されたんだ。そして、彼の金庫の中身が盗まれた。〈オーダー〉の安全対策を記したファイルや別のSDカードもすべて」

アルフィー・スタンフォードが死んだですって？　ソフィーはまったく知らなかった。そんなことが起こるなんて信じられない。スタンフォードと父のふたりともが殺されただなんて。彼らはソフィーが生まれる前からの親友だった。「そんなのはばかげている。まるでB級映画だわ」

グロスマンはソフィーの顔を見つめたままシートにもたれかかった。「B級でもC級でもかまわないが、事実〈オーダー〉は攻撃を受けてるんだ。今はエドワード・ウェストンがリーダー代行を務めてる。彼を信頼できるかって？　ぼくの答えはイエスだ。ウェストンは三十年以上も〈オーダー〉のメンバーとして貢献してきた。信頼できる人物のはずだ。だが、われわれのファイルはスタンフォードを殺した犯人とFBIの手によって外部に渡ってしまった。ソフィー、ぼくは〈オーダー〉が心配なんだ。それに人類の未来も」

グロスマンを信じられるだろうか、とソフィーは自分に問いかけた。「あなたは何者なの？」

グロスマンが腕組みした。「アレクサンダー・シェパードだ。以後お見知りおきを」

「つまり、極秘の二重スパイか何かなの？」

シェパードがほほえむと、印象ががらりと変わった。白い歯を見せながらほほえむ姿は、もう残忍で恐ろしい人物には見えない。シェパードは白いボタンダウンのシャツとジーンズという服装で、シャツの上にグレーのジャケットをはおっている。彼がこういう服を着ているところを、ソフィーは初めて見た。いつもはラフな格好で、グリル&バーの経営者にぴったりの、シェフらしい服装をしていた。

シェパードはソフィーが思っていたよりも若そうだった。彼女が週末に父の店を手伝っていたときによく訪れたシェパードは、物静かで用心深い書籍愛好家という印象だったが、今はもっと若くて、快活に見えた。

「二重スパイではなく、何かのほうだ」シェパードが答えた。「ぼくは〈オーダー〉の正規メンバーではない。お父さんは〈オーダー〉の仕組みをきみにも説明しただろう。何しろ、〈オーダー〉はきみたちが受け継ぐものなんだから。ぼくはきみと似たような立場だ。〈オーダー〉の存在とその任務や目的について知ってるという意味では。ぼくはきみのお父さんの護衛を任されてた。護衛というのは正確ではないな。ぼくの仕事は、きみのお父さんが〈オーダー〉の情報をもらさないよう目を光らせておくことだった」

「じゃあ、本当はバーの経営者じゃないのね?」

「バーの経営もしてるが、あれは偽装にすぎない。とはいえ、ぼくはあの店を愛してる。今では情熱を傾けるものになった。いつか本当に自分の店を持つかもしれない。グリル&バーより、もっとちゃんとしたレストランがいいな。料理は好きだし、得意なんだ」シェパードは言葉を切ると、手をこぶしに握った。「まだ先になりそうだが」

「本当に本が好きなの?　それともそのふりをしていただけ?」

「本は好きだ。アリストンズも好きだった。このごたごたのすべてが終わったら、きみが店を続けられるといいと思ってる。あれほどの店がなくなるのは惜しいからね。きみのお父さんも店を失ってほしくないだろう」

ソフィーは涙をなんとか抑えこんだ。「先のことはわからないわ。本に大きな情熱を持っていたのは父だったから」

シェパードがテーブルに身を乗りだした。「ぼくの仕事はそれだけじゃない、ソフィー。きみのお父さんに何かあった場合に、きみを守るのも任務のうちだ。今、まさにぼくがしていることだよ。それどころか、きみをFBIの捜査から逃がすことができてよかったと思ってる」

ソフィーは膝の上で握りしめている両手に目を落とした。「でも、まだ理解できないわ。なぜわたしに薬を注射して誘拐する必要があったの？ ただ本当のことをわたしに説明するのが、どうしてそんなに難しかったの？」

「注射器を持って襲ったことは、どうか許してほしい。ゆうべはきみの選択肢をなくすことがいちばんだと思ったんだ。〈オーダー〉のことが世間にもれないよう、あの英国人の家に行ってSDカードを取り返す前に、きみを無事に飛行機に乗せてしまわなくてはならなかった」

ソフィーはシェパードの顔を見つめ、ゆっくりとうなずいた。「ひとつ教えてくれたら、あなたを許すわ」

「なんだい？」

「悪人の手に渡ったら、世界が破滅するというその兵器のことよ。正確にはいったいどんな兵器なの？」

「きみの安全のためには知らないほうがいいと思う。この件が無事にすべて片付いたら話すよ。そのときに、きみが父親の任務を引き継ぎたいか、通訳としての現在の仕事を続けたいかを決めればいい。どうだい？　これで納得してもらえるかな？」

ソフィーが答えずにいると、シェパードが手を差しだした。「ぼくを信じてくれ」

「無理よ」ソフィーはシェパードの手を無視して小さな窓に目をやると、眼下に広がるロンドンの街並みを眺めた。「やつらがアダムを捕まえようとしていることが心配だって言っていたけど、〝やつら〟って誰のことなの？」

「〝やつら〟ではなく、〝やつ〟だ。男の名前はマンフレート・ハフロック。先月亡くなった〈オーダー〉のメンバーの息子だ」

「あなたはその人も殺されたと思っているのよね。でも、自分の息子に？」

「わからない。だがハフロックがどんな人間かを考えれば、おかしくはない。どうやってアダムと連絡を取りあうつもりだったのか教えてくれ」

ソフィーはポケットの携帯電話に手を伸ばしたが、そこにはなかった。

「アダムはわたしに電話をくれることになっているの。だけど、あなたはわたしの携帯電話をニューヨークに置いてきたのね？」

「ああ。だが国連の駐車場できみの携帯電話を車の下に隠す前に、別の携帯電話できみの番号になりすませるようにしておいた。アダムから連絡が入るんじゃないかと思ってね」シェパードはソフィーに新しい携帯電話を渡した。彼女の携帯電話にそっくりだった。「この電話は安全だ。巧妙にきみの番号を偽装できるようになってる。アダムが電話をかけてきても、信号にスクランブルをかけて、きみの番号から複数のサーバー経由でこの電話につながる。これが短時間で用意できるなかではいちばん安全な方法だった」

「ＦＢＩは追跡できないのね？」

「追跡できるかもしれないが、そのあいだに連中よりずっと先に進めるから問題ない。そろそろ着陸だ」

47

ニコラスのタウンハウス
午前五時

ニコラスはおかしな夢を見ていた。小さな檻に閉じこめられ、急降下で飛んでくる殺人ミツバチに攻撃を受けているというものだった。なんて皮肉なんだ――ミツバチに殺されるとは。ニコラスはハチを追い払おうと手を振りまわしたが、何匹もが彼のまわりを飛び交った。羽音をブンブンうるさくいわせながら、殺人ミツバチは今やニコラスの顔に迫っていた。すると突然、それらがスマートフォンに姿を変えた。そばにあるテーブルの上でスマートフォンが震えていた。

手探りでスマートフォンをつかみつつ時刻を見ると、午前五時五分だった。誰からだ？ザッカリーの名前を目にした瞬間、ニコラスは目が覚めた。いい知らせではないはずだ。マイクはまだ目を覚ましていなかった。ソファの上で仰向けになり、腕を目の上にのせて眠っている。

ニコラスは頭を振って、まだ残っていた二匹の蜜蜂のイメージを振り払うと電話に出た。

「サー?」

「ドラモンド、きみとケイン捜査官にただちに支局へ来てほしい。たった今からきみは復帰だ」

ニコラスはすぐさま反応した。「復帰ですって?」

「そうだ。さあ、すぐにこっちへ来るんだ。急げ。大きな問題が起きた」

「サー、何があったんですか?」

電話の向こうでザッカリーがため息をついた。「ソフィー・ピアースが昨日の夜、国連プラザの駐車場から連れ去られた」

ニコラスは立ちあがった。「ですが、彼女はわれわれの監視下にあったはずです」

「デジタル上はな。彼女の携帯電話に不審な動きは見られなかった。だが、携帯電話は現場の駐車場で見つかった。すぐここに来い。詳細を説明する。ケイン捜査官は一緒ではないだろうな?」

一緒にはいるが、あなたが考えているようなことではない、とニコラスは頭のなかで答えた。「彼女はソファで寝ています。ゆうべの侵入者騒ぎのあと、彼女から目を離さないほうがいいと判断してここに残ってもらいました。今から起こします」

「急いでくれ、ニコラス。われわれは何時間も遅れを取った」

ニコラスは電話を切り、スマートフォンをポケットにしまった。

「マイク、起きてくれ」マイクが寝返りを打って伸びをし、目を開いた。ニコラスの表情を見たマイクの顔に緊張が走る。「何があったの？」

「ソフィーが連れ去られた」

「どうやって？　ＦＢＩが彼女を監視してたはずでしょう？」

「どうやらもっと近くで監視する必要があったようだ。顎の調子は？」

「大丈夫よ」マイクは立ちあがるとグロックを探した。

ニコラスは言った。「テーブルの上だ。落ち着かないようだったから、ぼくが外した」

マイクがほほえんだ。「ありがとう。ひと晩じゅう調べものをしてたんじゃないわよね？」

「いや、ぼくも何時間か寝た」

マイクはウエストバンドにグロックを差しながら言った。「今朝のわたしの顎は何色になってる？」

「痣はきれいなラベンダー色にまで薄まったよ。ぴったりのアクセサリーと合わせれば実に魅力的に見えるんじゃないかな」

「はいはい、そうやって笑わせてちょうだい。それで、わたしたちは何をすればいいの？」

「どうやらぼくは復帰が許されたようだ。ザッカリーはすぐに支局へ来るようにと言っている」

マイクは血がわきたち、エネルギーが体に満ちるのを感じた。ニコラスも同じだろう。ふたりは急いで階段を駆けおり、ニューヨーク市警がグロスマンの侵入口と断定した踊り場を通り過ぎた。ニコラスが窓に目をやると、外はまだ暗かった。インクのように真っ暗な空の端が銀色に変わりはじめている。夜明け前の漆黒の時間だ。

「ちょっと待った。ナイジェルの様子を見てくる」

心配する必要はなかった。ナイジェルは自室のリビングルームで肘掛け椅子に座って本を読んでいた。

ニコラスは声をかけた。「今朝は少しばかり、教養を高めたい気分だったのかい？」

本を閉じて立ちあがりかけたナイジェルに、そのままでいいとニコラスは合図した。ナイジェルはただ疲れているだけで、なんともなさそうだ。

「大丈夫か？」

「ええ、眠れなかっただけです。朝食をご用意しましょうか？」

「ぼくたちは呼び出しを受けた。おまえは休んでいてくれ。これは命令だぞ、わかったか？」

ナイジェルは敬礼し、急いで出ていくニコラスを笑顔で見送った。ニコラスは玄関ホールへと駆けおりた。マイクがスマートフォンのメッセージを聞きながら待っていた。ふたりは玄関のドアから通りへ出た。

ニコラスは言った。「ぼくが運転する。キーは？」

すぐにニコラスは暗闇に包まれたマンハッタンの道路を南に向けて車を走らせた。ボイスメールに耳を傾けていたマイクが言った。「ベンからメッセージが入ってたわ。昨日の朝のウォール・ストリートの犯行現場の監視カメラの映像に、アダム・ピアースの姿を発見したそうよ。それと恋人のアパートメントの銃撃現場でも、彼は監視カメラに映ってたらしいわ」彼女は首を振った。「父親と恋人の両方を殺されたと知りながら何もできなかったなんて、どんなにつらかったでしょうね」

ニコラスは早朝に乗客を探してのんびりと街を流しているタクシーを追い越した。「どうやら何者かが――たぶん、ハフロックだろうが、組織的にアダムをある特定のゴールへと追いやっているみたいだ。おそらく、そのゴールというのは鍵だろう。そして、それが夢のような兵器だか何かに導いてくれるというわけだ。ハフロックはひどく恐ろしい連中を使って、アダムに手厳しいメッセージを届けさせているようだな」

「そして今や、連中はアダムの姉を手に入れた。人質として。ソフィーもアダムも無事に見つけられればいいけど。これって希望的観測よね」

ニコラスはうなずいた。

マイクが言った。「アリーのアパートメントで何かを見逃した気がしてならないの。ドイツ人のどちらもファイルを持ってなかった。それなら誰が取ったの？」

「アダムだ。それは明らかだろう」

「だからアダムが監視カメラに映ってたのね。彼はファイルを取りにアリー・マギーのアパートメントへ行ったんだわ。でも、尾行されてた。たぶん連中は昨日の朝も、アリストンズに向かうアダムを尾行したんだと思うわ。SDカードを手に入れようとして」

「つじつまが合うな」ニコラスがごみ収集車を追い越すと、ドライバーが中指を突きたてた。

「ハフロックを調べてみる必要があるわ。ソフィーの件のブリーフィングがすんだら、必ずメナールに電話しましょう」マイクはニコラスの腕を軽くパンチしながら言った。「SIRTの聞き取り調査はなくなったわね」

「ぼくが知らない規則でもあれば別だが」ニコラスはフェデラル・プラザの地下駐車場に車を入れながら言った。

二十三階でエレベーターのドアが開いた。マイクがアクセスカードをカードリーダーにかざすと、ドアの鍵が解除された。ふたりはまっすぐ上級職エリアの通路に向かった。

オフィスはすでに喧騒に包まれていた。慌ただしく歩きまわり、廊下をせかせかと行き交う大勢の職員たちであふれ返っている。特別珍しい光景というわけではなかった。ニューヨーク支局の捜査官が午前五時に令状を持って犯罪者の家をノックするのはよくあることだ。このような〝ノック〟は、壁にいくつものワイド画面が並ぶコントロールルームにいるチームが見守るなかで行われる。そこでは現場にいるかのような臨場感が味わえるのだ。

だが、今朝はノックがされたわけではなかった。ここにいる捜査官たちの頭にあるのはただひとつ、ソフィー・ピアースを見つけて救いだすことだった。

ふたりがザッカリーのオフィスに行くと、彼はデスクの向こうで立ちあがった。「入れ、入れ」ニコラスの目には、ザッカリーがすっかり疲れ果てているように映った。目は充血し、仕立てのいいスーツはよれよれだ。だが少なくとも清潔な白いシャツに着替え、ひげを剃る時間はあったようだ。

ザッカリーが言った。「早かったな。ついてきてくれ」

彼はふたりを階下にあるコントロールルームへ連れていった。そこにはベンとグレイ・ウォートン、ルイーザ・バリーがすでに集まっていた。

壁の画面には画像が映しだされていた。画面を見たマイクが言った。「国連の正面玄関だわ。ソフィーは国連から連れ去られたんですか？　ニューヨークでもいちばん警備が厳しい場所のひとつなのに」

「映像を見てくれ」ザッカリーが言った。

グレイ・ウォートンはザッカリーよりひどいありさまだった。服はしわくちゃで、白髪まじりの髪は寝癖のようにピンと立ち、目の下にはくまができている。「さあ、これだ」彼はそう言って、現場の映像をいくつも表示させた。ボタンを押すと、映像が流れだした。

ザッカリーが口を開いた。「国連の警備員たちはソフィーの父親が殺されたことを知ってたようだ。彼女は昨日の午後、きみたちの尋問が終わったあとに職場へ戻り、午後八時半まで仕事をしていた。警備員は彼女が帰るところを目撃してる。グレイ？」

グレイは録画を数分、早送りした。ソフィー・ピアースが国連の正面ロビーにあるガラスの大階段をおりてくる映像が流れた。

「ここまでは問題ない」ザッカリーが言う。「だが警備員たちがその日の映像を見直したところ、彼らのひとりがソフィーの姿をもう一度見つけた。彼女は正面のドアからビルを出たわけではなかった。彼女は階段の入口に駆けこんでいた。ビルの地下にある専用駐車場へつながる階段だ」

壁の画面が切り替わった。

薄暗い地下駐車場が映しだされた。カメラは駐車場に出るドアに向けられていた。すると黒いサングラスをかけた、ボブカットのブラウンの髪の女性がドアから出てきた。

マイクが画面に身を乗りだした。「止めて、それを拡大して。本当にこれがソフィーなの？　全然彼女には見えないけど」

グレイが言った。「見てくれ」彼がいくつかのボタンを押すと、別の画面の半分にソフィー・ピアースの写真が映しだされ、もう半分に駐車場にいる女性の上半身が映しだされた。「この映像を手に入れたあとすぐに、顔認識プログラムにかけたんだ。これはソフィーだ、ほら」グレイがボタンを押すと、パラメーターが整合しはじめた。マイクが見ていると、両方の顔の上に赤い三角形の線が描かれ、しばらくするとそれがグリーンに点滅した。グレイの言うとおり、これはソフィー・ピアースだ。

「それで、この男は誰なんだ?」ニコラスはメイン画面の映像を指さした。野球帽をかぶって車にもたれている男がカメラの視界ぎりぎりのところに映っていた。

グレイは言った。「この男はカメラのフレームに入らないようにしていたようだが、顎の輪郭をとらえることができた。システムで照合するのには充分だったよ。駐車場にいた男は、昨日アリストンズを訪れた男と同一人物だった」

グレイが別のボタンを押すと、別の連続写真が画面に現れた。マイクは並んだ写真を見て驚いた。

今度の画像に映っていた男は帽子をかぶっていなかった。頭を剃りあげた男はカメラのほうをにらみながら、虎視眈々とソフィー・ピアースに狙いをつけている。

マイクが声をあげる。「アレックス・グロスマンだわ。昨日の夜、ニコラスの家に侵入して、わたしの顎を殴りつけた男よ」

ニコラスは言った。「やつはまずソフィーを連れ去り、そのあとぼくの家に来たんだ。続きを見せてくれ、グレイ」

映像のなかのソフィーは抵抗したものの、腕を取られグロスマンにすばやく注射を打たれた。グロスマンが外交官車両のトランクに彼女を押しこむ。

ニコラスは言った。「非常に迅速で手際がいい。やつはなんのためにニューヨークにいるんだ？　グロスマンというのは本名なのか？」

　グレイが首を横に振った。口元を小さくゆがめる。「インターポールによると違う。いくらか裏工作が必要だったが、彼の身元は特定できた。グロスマンは偽名だ。本名はアレクサンダー・シェパード。軍情報部第五課（MI5）で働く英国のスパイだ」グレイは続けた。「シェパードはここ三年間、特別な任務に就いてる。報告は大蔵省のアルフィー・スタンフォードに直接あげられてたようだ」

　ニコラスは噴きだすと、頭を揺すって大笑いした。「つまり、あいつはわれわれと同じ側だってことか？」

48

フェデラル・プラザ

「そう、まさしくそのとおり」グレイが言った。

「いまいましいＭＩ５の連中は、アメリカ国内のわれわれの管轄下でスパイ活動をしていることを連絡もしてこないのか？　今すぐ連中に苦情を申したてよう。弁解の余地はない」そう言いながらも、ニコラスは考えていた。アルフィー・スタンフォードが命令をくだしていたというのなら、彼が死んだ今、誰がシェパードを動かしているのだろう？

　ザッカリーが手をあげた。「結論はこうだ。きみとマイクにロンドンへ行ってもらう。ロンドン警視庁もＭＩ５もスイス連邦警察も、この潜水艦の件を解明したいと望んでる。万が一、連中が潜水艦の引き上げに成功してしまった場合に備えて、きみたちのスコットランドへの入国も許可を取った。座標を見つけたきみたちにはその権利があるということだろう」

　ニコラスは言った。「では、われわれが実際に潜水艦を回収するということですか？　そして鍵を手に入れると？」

「そうだ」ザッカリーが答えた。「ダイビングに必要な道具は向こうで用意されることになってる。マイクが潜れないのは知ってるが、きみは潜れるだろう、ニコラス？」

「はい」

もちろんニコラスなら潜れるに決まっている。マイクは彼をパンチしたくなった。いいえ、わたしも覚えるべきだ。いつか習うことにしよう、とマイクは心に決めた。

「よろしい。では、みんな、聞いてくれ。この国に帰化したアメリカ合衆国の国民が潜水艦の位置を知ったがゆえに殺害され、今度はその娘が誘拐された。ここからは国際捜査に加わることになる。それから、きみたちは運がいいぞ。きみたちに使わせるために、長官がガルフストリームV（ビジネスジェット機）をこっちによこしてくれた。上空にいるあいだも完全に安全な通信が確保されてる必要があるからだ。長官はどうやらきみたちが任務に適任だと判断されたようだ。そうでなければ、この出張を承諾しなかっただろう。ガルフストリームはテターボロ空港で待機してる」

マイクが言った。「潜水艦の回収はともかく、なぜソフィーがロンドンに連れ去られたとお考えなんですか、サー？」

「グレイ、説明してくれ」ザッカリーが言った。

グレイは別の映像を画面に出した。「ニューヨークの空港、バスターミナル、駅のすべての記録に顔認識プログラムをかけたところ、これが見つかったんだ」

その不鮮明な画像には、男が女性を抱いて滑走路を渡っているところが映っていた。マイクの目にもその男女がアレックス・シェパードとソフィー・ピアースであることはわかった。ウィッグを脱がされたソフィーの黒髪が、シェパードの腕に絡んでいた。

「これはどこだ？」ニコラスが尋ねた。

「ゆうべのテターボロ空港だ」

「機体後部の番号は読みとれたのか？」

「ああ。この飛行機は一時間前にロンドン・シティ空港に着陸した。プライベート空港だ。そのあとのふたりの消息は不明だ」

マイクが言った。「ロンドンというのは納得できるわ。ピアースが連絡を取ってた人たちのほとんどが英国人だったもの」

ザッカリーが言う。「グレイがきみたちにノートパソコンを用意した。追加のファイルもすべて入れたし、シェパードが盗もうとしたSDカードのファイルも全部入ってる。それにしても、やつの手に渡る前にファイルをすべて消去できてよかった。ニコラス、ロンドンへの移動のあいだに、きみのお得意のコンピュータの魔法を披露してくれることを期待してる。国際的なリーダーたちが集まるグループがなぜそこまで必死になってこの行方不明の潜水艦を見つけたがってるのか、エリボール湖にある鍵はいったい何を開けるための鍵なのかを探りだしてほしい」

「ええ、喜んで」

ザッカリーはマイクに言った。「マイク、ニコラスがファイルの暗号を解いたら、ピアースが連絡を取りあってた十四人の男たちの情報をインターポールやロンドン警視庁と共有し、そいつらを逮捕して尋問を始めてくれ。シェパードとＭＩ５での彼の任務についてもすべて調べあげるんだ」

「イエス、サー」

ザッカリーが画面から目を離した。「いいか、われわれはこの兵器がなんなのか、そしてハフロックがポロニウムを買い占めてたのはなぜなのかを解明するまで、あと少しのところまで迫ってる。ＭＩ５は何も知らないと主張してるが、本当のことを言ってるかどうかは今にわかる。もしＭＩ５が関与してるなら、アダム・ピアースに関する情報を持っている可能性が高い。アダムとソフィー・ピアースを見つけるんだ。このふたりにつながりがあるのは明らかだ」

グレイがニコラスにノートパソコンを渡した。「きみにまだ渡してなかったファイルと、今後必要になるかもしれないファイルをすべて入れておいた。わたしのパソコンとリアルタイムでリンクするように設定してある」

「すばらしい。ありがとう」

「もうひとつ」ザッカリーが言った。「マンフレート・ハフロックに関する警報が全世界に向けて出された。やつは地下に潜った。昨日の夜の時点ではベルリンにいたが、やつのジェット機が今朝早くに飛びたった。飛行計画書は提出されてないが、グレイが捜索を続ける。グレイはフォックスがひそかにフランスに逃亡した際も、彼女を見つけだしたすばらしい実績がある。今回もハフロックを見つけてくれるはずだ」

ザッカリーはテーブルに寄りかかると、ふいに深刻な口調で言った。「ふたりとも、よく聞いてくれ。くれぐれも慎重にやるんだぞ。今後は複数の捜査機関が協力して捜査に当たる。きみたちが捜査を行うことになるのは異国の地だ。今回はニコラスもアメリカ人としてFBIのために捜査する。つまり、自分勝手なジェームズ・ボンド流のやり方はなしってことだ。きみの人生からお楽しみを奪うのは心苦しいが、爆弾も銃撃も、窃盗犯を誘拐するのもなしだ。わかったな?」

ニコラスは一方の口の端を持ちあげた。「肝に銘じます、サー。ロンドンでのわれわれの連絡係は誰です?」

「きみの元上司のハーミッシュ・ペンダリーだ。ほかに誰がいる? さあ、ソフィー・ピアースを捜しに行け。彼女と弟を無事な姿で見つけるんだ。そしてこの兵器とやらがなんであれ、そいつを回収してこい。あと、どうしても必要でない限りは、これ以上誰も殺すんじゃないぞ。それができないなら、もう戻ってこなくていい」

49

午前六時

ニコラスもマイクも通常の捜査手順として、自分のデスクに小さな非常持ち出しバッグを用意してあった。バッグには、着替えがひと組にスペアの武器が一挺、弾薬、使い捨ての携帯電話が二台、タブレットPCが一台入っている。ニコラスはこれにコンピュータのケーブルやら何やら、必要な道具一式も加えていた。

マイクはバッグのなかの清潔なジーンズやブラウスや下着を見るや、飛行機のトイレで着替えるのが待ちきれなくなった。彼女がニコラスのシャツを着ていることについて、誰も何も言わなかった。オフィスは緊迫感に包まれ、誰もが事件に集中していたので、そんなことに気づく者はいなかったのだろう。

ふたりがバッグとグロックをつかんで廊下に出ると、グレイが待っていた。彼はふたりに書類を手渡した。

「きみたちが外国で捜査活動に当たることを許可する正式な書類だ。これがあれば、英国政府との衝突は避けられる」

マイクがグレイの肩を叩いた。「あなたっていつもいろんなことに気がまわるのよね。ありがとう、グレイ。ねえ、二十分くらい、ひと眠りしてきたらどう? 飛行機に乗って、準備ができたらすぐに知らせるから」

グレイがにっこりした。「そんなにぼろぼろに見えるかい? 少しにおうとか?」

「いいえ、そうじゃないのよ。あなたのせいで、FBIの捜査官は全然眠らないんだってニコラスが思っちゃうじゃない」

「なんだって? FBI捜査官は眠ってもいいのか?」グレイは笑いながら言った。「もっと早く教えてくれたらよかったのに。じゃあ、ふたりとも気をつけて」こめかみを軽く叩いた。「きみたちが空の上に行く頃までには準備しておくよ。二十分あれば充分やすめる」

駐車場に停めたフォード・クラウンビクトリアのそばでベンが待っていた。「空港まではぼくが運転する。話しておきたいこともあるし、ザッカリーはきみたちをできるだけ早く飛行機に乗せたいようだから」

道路の車の流れに合流したあと、ベンが口を開いた。「脳インプラントについてだけど、ぼくのほうでも少し調べてみた。ぼくの調査では、ハフロックの会社はこの分野での特許取得に近づいてる唯一の会社だ。やつの会社の技術は本当に進んでる。つまり、この技術は最先端のものだ。市場にはこれほどの技術はほかに存在しない。生体に基づく複合物質というだけでも画期的な発明だ。もしハフロックが事件の背後にいるなら、どこにでもやつの目がニコラスが言った。「われらがＭＩ５の友人、アレックス・シェパードにも脳インプラントが埋めこまれていると思うか？」

「その可能性はある。シェパードが今、誰のために働いてるのか、スタンフォードの殺害とどう関係しているかにもよる。ニコラス、さっききみも言ったように、シェパードはこっち側の人間のはずなんだ。だが、それらしく行動してないのは明らかだ。今はハフロックの兵士なのか？　それとも単独で動いてるんだろうか？　ソフィーを誘拐したのはなんのためだ？　マイク、きみがＭＩ５の連中と話すときに、いったいどういうことなのか説明してもらえればいいんだが。少なくとも、きみたちが身を守るのに役立つ程度の情報は持ってるだろう。いずれにしても、このインプラントについての情報ならなんでも欲しい」

「つまり、こういうことだろう？」ニコラスは言った。「きみはぼくにハフロックの会社のコンピュータに侵入してほしいんだ」

「ご明察だ、サー・ニコラス。ザッカリーがいるところでは話したくなかったんだが、まさにそれがぼくの望みだ。もし脳インプラントが、われわれが考えてるように世界中のどこからでも検知されずにライブ映像を送信するのを可能にするものなら、それを制御するためのプログラムが彼のコンピュータにあるはずだ。最低でも、今現在活動中なのは誰で、具体的に何を監視してるのか探りだせるだろう」

「できるだけやってみる。それとベン、サー・ニコラスはやめてくれ。ところで昏睡状態のドイツ人は相変わらずか？」

ベンがバックミラー越しにニコラスの目を見ながら答えた。「二時間前に死んだ」

「そうか」ニコラスの手にかかった者がまたひとり死んだ。だが、ニコラスは後悔の念など少しも覚えなかった。どちらの男たちもアダム・ピアースを捜すためにアリー・マギーを殺したあと、ニコラスとマイクを嬉々として殺そうとしたのだから。

マイクが言った。「彼を尋問する機会があればと思ってたんだけど。どちらのドイツ人の脳にもインプラントが埋めこまれてなかったということは、汚れ仕事をするために送られた、ただの筋肉自慢の雇われ者ね。おそらく有益な情報なんて何も持ってなかったと思う。なぜハフロックは、脳インプラントを埋めこんだ部下と、そうでない部下を送りだしたの？」

「それも解明しなきゃならない問題だな」ベンが言った。「殺し屋のふたり組はハフロックの命令で動いてたのか、それともほかの誰かの命令だったのか。このゲームにさらに別の参加者がいる可能性について、われわれは考えてなかったな」

ニコラスは言った。「いい指摘だ、ベン。潜水艦に積んであるものについて、情報もれがあったとすればなおさらだ。実際には、別の誰かがかかわっている可能性は低いと思うが。わかっているのは、アダム・ピアースがそのど真ん中に差しだされたヤギだってことだ。誰もが彼を捜している」

マイクが言った。「ベン、あなたが脳インプラントは複数の者たちに埋めこまれてると考えるようになったのは、何かを見つけたからなの？」

「いや。だが、そんな気がするんだ」

「あなたの勘を信じるわ」マイクが言った。「そういうことなら、用心が必要ね」座席越しに振り返ってニコラスを見た。「ここにいるコンピュータおたくが運よくハフロックのファイルに侵入できれば、真実がわかるわ」

ベンがうなずく。「ふたりとも気をつけてくれよ」

そしてテターボロ空港のゲートに車を進めた。

十分後、ふたりを乗せた飛行機が飛びたった。

これまで歴代三人のFBI長官のパイロットを務めてきたという機長が、インターフォン越しにふたりに挨拶してきた。「ダン・ブレーカーです。どうぞよろしく。ロンドンには五時間後に到着予定です。ケイン捜査官、安全な通信システムがオンにしてありますので、自由につないでくださって結構です。用があれば、グリーンのボタンを押してください。食べ物と飲み物は調理室（ギャレー）に用意してありますので、ご自由にどうぞ。これから猛スピードで大西洋を渡るわけですが、この美しい機体は四百八十ノット（速さの単位。一ノットは一・九㎞/h）で飛行できます。そのうえ今日の上空は風が強く、八十ノット近くもの追い風に恵まれています。副操縦士のトム・ストラウスとわたしが、大西洋横断の記録を破れるかどうかやってみましょう」マイクがグリーンのボタンを押した。「長官はあなたたちがスピード狂だってことをご存じなの？」

頭上でかすかに笑い声が聞こえた。「もちろんです。このすばらしい機体を購入したのは誰だと思っているんですか？」

機長との挨拶を終えたニコラスとマイクは時間を無駄にしなかった。マイクはトイレに行って、身支度と着替えをすませた。ニコラスはグレイに渡されたノートパソコンを起動させると、右耳にイヤホンマイクを装着した。「グレイ、起きているか？」

「ここにいるよ、ニコラス」

「よかった。これからハフロックのファイアウォールを破って、やつのウェブサイトのセキュリティ・システムにワームを仕掛け、何か情報を引きだせないか試してみるつもりだ。データはわれわれのコンピュータに直接送られてくるはずだ。結果が出るまでに時間がかかるかもしれないが、まずはやってみるよ」

「いい考えだ。わたしはきみのためにバックエンド作業を進めよう」ニコラスの目の前にあるコンピュータ画面の右上にはグレイが映っていた。作業に取りかかるグレイを目の端でとらえ、ニコラスはマイクに向き直った。「やあ、見違えたよ。清潔な服に着替えて、全身さっぱりしたな。数時間前のきれいなラベンダー色が薄いピンクに変わっているぞ。ほんのりグリーンも加わっていい感じだ。ところでグレイとつながったけれど、準備はいいか？」

「もちろん」マイクはファイルをひらひらさせた。「わたしのほうも目を通したい書類が山ほどあるの。いくつか電話もかけるつもり。何か見つけられないか、やってみるわ」

「舌を垂らして目をどんよりさせているぼくの姿に気づいたとしても、大丈夫だから気にしないでくれ。コードに没頭して、別世界に入りこんでいるだけだから」

マイクがニコラスに言った書類の山のことは冗談ではなかった。アダム・ピアースとハフロックのふたりに関して行われた調査結果のすべてが入った分厚いファイルを、グレイから渡されていたのだ。しばらくしてマイクが顔をあげると、ニコラスは目の前の画面に集中していた。ふたりの最初の事件でフォックスのあとを追ってヨーロッパに飛んだことを思いだし、マイクは不思議な気分になった。

「きみの視線を感じるぞ」ニコラスは顔をあげることも、入力のスピードを落とすこともないまま言った。「どうかしたのか？」

マイクは言った。「あなたにはつらいんじゃない？」

キーボードを打つ指が止まったが、ニコラスの顔は下を向いたままだった。「どういう意味だ？」

「ＦＢＩの規則に縛りつけられることよ」

ニコラスが顔をあげた。「ああ、そのことならロンドン警視庁のハーミッシュ・ペンダリーだって、ぼくをさんざん規則で縛りつけたよ。それに、ザッカリーはものわかりがいい。ぼくにコンピュータの裏技を使うよう頼むくらいだからね。ペンダリーなら絶対許さなかった。だから、とことんまでベストを尽くすつもりだよ」

ニコラスのことだから、やりすぎなほど死力を尽くすだろう。マイクは押し黙った。

「どうしたんだ、マイク？　本当は何が気にかかっているんだい？」

「わたし、怖いのよ。今回追ってるのは、ダイヤモンドじゃない。わたしたちは大きな陰謀に巻きこまれてるわ。わたしたちがかかわる前から綿密に計画されてた陰謀に。世界を股にかける組織に対抗することになるのよ。それなのに、わたしたちにわかってるのは、今のこの世界を破壊しかねない何かを彼らが追ってるということだけ。それだって確実とは言えない」

「心配ないよ、ケイン捜査官。ロンドンに着く頃には、敵の真の姿が見えているはずだ。そしてひとたび敵の姿をとらえたら、あとはわれわれが得意なことをするだけだ。悪人を捕まえて、世界の安全を守るということをね」そう言って海賊のような笑みをマイクに向けると、ニコラスは再びコンピュータの作業に没頭した。

あなたの安全を守るのはわたしの仕事みたいね、とマイクは心のなかでつぶやいた。世界のことを考えるのはそのあとだ。マイクはまた書類の山に目を落とした。

50

〈ハイエスト・オーダー〉本部
ロンドン
正午

エドワード・ウェストンは覚悟ができていた。甘言を駆使して説得し、言葉巧みに操り、賄賂を渡してでも言うことを聞かせるときが来たのだ。必要ならどんなことでもするときが。ウェストンはマホガニーの長テーブルを見渡した。優雅にしつらえられた部屋には〈オーダー〉のメンバーたちが集まっていた。不安に駆られている者もいれば、怯えている者もいる。そして、興奮している者も——ウェストンやハフロックの側についた者たちだ。これはメンバー全員が生まれる前に始まった、一世紀近くにもわたる事業だった。それを自分たちの手で成功させることになるのだ。ウェストンのリーダーシップとハフロックの協力で、〈オーダー〉は新たな道を歩みだす。それはウェストンや、ほかの何人かが長年待ち望んでいた道だった。

テーブルを囲む〈ハイエスト・オーダー〉のメンバーは、イギリス、アメリカ、ドイツ、ロシア、中国、インド、ブルネイ、イスラエルの代表者だった。世界で最も裕福で、最も影響力を持つ人物たちであり、それぞれの国の政治の影の実力者たちだ。力は公然と使われてしかるべきものだというのが信条であるウェストンにとって、世界の安定のために、裏舞台でひそかに手をまわすような伝統的なやり方は意に反していた。今こそ秘密主義を捨て去り、真の世界のリーダーとして自分たちの姿を見せつけるときが来たのだ。

実現できるかどうかはウェストンの腕にかかっていた。それに、ハフロックの。いつだってハフロックだ、とウェストンは思った。

ウェストンが咳払いをすると、全員の注目が彼に集まった。

「静粛に」

カップが置かれ、ノートと鉛筆がそろえられた。全員が落ち着き、期待をこめてウェストンの言葉を待った。

深い哀悼以外を表に出すのは得策ではないと考えたウェストンは、敬意があふれる落ち着いた声――安心感を与えるような、リーダーにふさわしい声――で話しだした。「この会合を招集することになって非常に残念だ。きみたちも知っているとおり、われわれの仲間がまたふたり失われた。昨日まではっきりしていなかったものの、今は明らかだ。〈オーダー〉は攻撃を受けている。攻撃を仕掛けているのが誰なのかは不明だが、われわれができることは団結することだ。長年そうしてきたように。〈オーダー〉が破滅し、多くのメンバーの命が失われる前に、この見えない敵を止める方法を探るのだ」

〈オーダー〉の残り六人の英国人のうちのひとり、アラステア・バロウが言った。「アルフィーとジョナサンを同じ日に殺させたのは誰か、本当にわかっていないのか？」

「ああ、アラステア。残念だが、犯人はわかっていない。運の悪いことに、アルフィーの検死結果を伏せる必要があったので、今のわたしたちにできることは限られている。彼が殺されたことが明るみに出れば、英国政府が槍玉（やりだま）にあげられる。この件については口をつぐむしかない。世間はアルフィーを殺人の被害者として見るのではなく、兵士かつリーダーとして称（たた）えるだろう。われわれの存在と組織の目的を世間に知られる危険を冒すより、心臓発作による突然死として世間から忘れ去られるほうがいい」

チェチェンの独立派の元リーダーで、現在はロシアの石油複合企業のトップであり、ほぼ自分ひとりの手で祖国を生き返らせたドミトリ・ザハールが、テーブルの端から発言した。

「われわれのうちのふたりが殺された。次は誰だ？　目的はなんだ？」

ウェストンは自信に満ちた確固たる口調で答えた。「これ以上は誰ひとり死なない。なぜなら、潜水艦と、キュリー夫人の兵器について書かれたノートを〈オーダー〉の手で見つけるからだ。そうすれば、皆が安全になる」

〈オーダー〉でただひとりのアメリカ人で、科学技術の魔術師でもあるメイソン・アームストロングが言った。「それをどうやって実現させるつもりなんだね、エドワード？」

ここからが難しいところだ。「これが掟に反するのは承知しているし、新たなメンバーは慎重に考慮されるべきだが、われわれは危機的な状況に直面している。まずは新メンバーを迎えるべきだ。活動を継続するためには十五人のメンバーが必要なのだから。次に、われわれに対して兵器が使用される前に、それを確保せねばならない。そのための手段はある」

口火が切られて反対意見が出され、メンバーたちは勝手に議論しはじめた。堅実で頭の切れる、頑固なイングランド銀行頭取のオリバー・レイランドが手をあげて、メンバーたちを静めた。ジョナサン・ピアースとアルフィー・スタンフォードはレイランドの親しい友人だったため、彼は悲しみと荒ぶる怒りの両方を感じていた。レイランドはウェストンが好きではなく、信用してもいなかった。「ウェストン、われわれがこの地位をなるべく世襲で受け継がせていこうと努めているのはきみも承知していると思うが、ジョナサンの息子のアダムは〈オーダー〉のメンバーになる立場にないし、どのみち居場所さえもわかっていないというではないか。アルフィーの息子は亡くなっていて、三人の孫は〈オーダー〉については何も知らされていない。アルフィーが後継者についての指示を残していたことは知っているが、その書類は〈オーダー〉の掟を記したものとともに殺人犯に盗まれてしまった。これらすべてを踏まえたうえで尋ねたいんだが、いったいきみは誰をメンバーに推薦しようとしているんだね？」

いよいよだと思いながら、ウェストンは毅然（きぜん）とした口調で言った。「マンフレート・ハフロックだ。父親に時間さえあれば、彼を後継者として指名していただろう」

レイランドの太い眉が跳ねあがった。「ヴォルフガング・ハフロックには、このグループのメンバーとして息子を後継者に指名する時間が六年間もあったんだぞ、ウェストン。だが、彼は息子を指名しなかった。もしマンフレート・ハフロックに自分の席を譲りたいと思っていたなら、そう口にしていたと思わんのかね？」

ウェストンは答えた。「ヴォルフガングの死は突然だった。それに彼の望みに関して、〈オーダー〉はちゃんと彼に尋ねたことはなかった。レイランド、きみがハフロックの息子をあまり好いていないのはわかっているが――」

「そのとおりだとも。あの男は病的なほど自己中心的で、常軌を逸したところがある。マンフレート・ハフロックが〈オーダー〉に対して何をするかは考えたくもない。それこそが、父が息子を後継者として指名しなかった理由だ」

「いや、それどころか、マンフレート・ハフロックは頭脳明晰な科学者だ」ウェストンは反論した。「われわれのグループに絶大な能力が加わる」

レイランドは両手をテーブルにつき、半ば立ちあがった。「能力だと？　あいつはあんな怪しげな女を連れて世界中を旅しているような男だぞ。加えて言うなら、その女は快楽のために鞭をふるうそうじゃないか。それにマンフレート・ハフロックが雇っている部下を見てみろ。特にメルツという男は残虐な獣のような男だと聞いている。

マンフレート・ハフロックは〈オーダー〉に所属するようなたぐいの男ではない。私欲を捨てて世界を正しく客観的にとらえ、ほかのメンバーの意見に耳を傾ける男ではないのだ。いったいあの男の何がわれわれのコミュニティの利益になるというのだ？」

「彼には金がある」フランスの財務・公会計大臣であるクロード・ブノワが率直な意見を出した。「金は常に〈オーダー〉にとって必要だ。それに、マンフレート・ハフロックは科学界全体に通じてもいる。潜水艦を引きあげるのに必要な手段と知識を持っている」

「まずは、そのいまいましい潜水艦を先に見つけるべきだ」レイランドが言う。

ウェストンはうなずいた。「皆も知ってのとおり、アダム・ピアースがついに潜水艦の場所を特定した。正確な座標が手に入ったら、この情報をハフロックと共有するつもりだ。彼は潜水艦から鍵を回収するための技術を持つだけでなく、われわれの存在を軍に警戒させることなくそれを実行できる。この能力だけでも、〈オーダー〉にとってのハフロックの本当の価値を証明している。それに彼なら、アダムの居所も捜しだせる。ハフロックほどの遂行手段を持った人物は、これまでわれわれのなかには誰もいなかった」

言いすぎたか？　それとも、まだ言い足りない？　ウェストンはメンバーの反応を待った。

自分の敵を消すことで知られている老獪(ろうかい)なブルネイのスルタン、オマール・ハキムが言った。「遂行手段だと？　いったいどういう意味だね、エドワード？」

慎重に行け、とウェストンは自分に言い聞かせた。ハフロックを約束の地のように売りこんではだめだ。少し調子を落とすんだ。彼らに自分で答えを出させなければ。「遂行手段というのは、少し強すぎる言葉だったかもしれない、オマー。言い換えさせてくれ。ハフロックはわれわれにはない科学界への足掛かりを持っている。われわれのなかで科学界にいちばん近い立場にいるのはメイソンだが、自身も認めているように、メイソンの専門分野は非常に限られたものだ」

ハキムが言った。「新しいメンバーの投票を急ぐ理由がわたしにはわからない。〈オーダー〉の掟に従って、時間をかけて正しく事を進めるべきだ。メンバーが十五人に満たなくても、われわれが活動できるのはたしかだ。結局のところ、今は緊急事態なのだから」

北京に住む裕福な中国人実業家で、七十歳にして攻撃的なコブラのごとく頭が切れるフワン・チェンが流暢な英語で発言した。「掟では緊急事態での対応が許されている。ハキム、きみも言ったように、これは深刻な事態だ。何者かがわれわれの世界を破滅させようと企てている。そして、同じこの人物がジョナサンとアルフィーを殺害させたのだ。ただちに〈オーダー〉の強さを取り戻すことが、今のわれわれの急務だとわたしは考える。わたしとしては、マリー・キュリーの兵器がわれわれや、ほかの誰かに対して使われるのを許すつもりはない。〈オーダー〉が兵器を捜しだしてそれを制御しなければ、世界は深刻な危機に直面することになるだろう」

51

オリバー・レイランドはテーブルを囲むメンバーの顔を見渡すと、首を振った。「ジョナサンとアルフィーの遺体はまだ冷たくなってもいないんだぞ。彼らがしかるべく埋葬されるまで、結論を出すのを待ってもいいはずだ」

「残念だが、待つわけにはいかないのだ、レイランド」〈オーダー〉の最年長メンバーで英国議会の有力議員であるスチュアート・ナイルズが口を開いた。彼は他人に有無を言わせぬ強硬派だ。知的で弁が立ち、ほかのメンバーから尊敬されている男だった。ウェストンは以前、彼を安楽死させようとハフロックに提案したこともあったが、今は考えが変わった。ナイルズは自分たちの側についたのだ。たとえ彼が不愉快なしゃがれ声でしゃべろうと、ほかのメンバーはたいてい彼の意見に従う。「この問題については迅速に行動すべきだというエドワードの考えは正しい。アメリカのFBIがこの件を調べており、潜水艦のだいたいの位置を把握しているという噂をわしは耳にした」ナイルズがウェストンに向かって言った。「FBIが潜水艦の位置をつかんでいて、わしらがつかんでいないという単純な事実だけでも屈辱だ。連中がわしらより先に潜水艦と鍵を回収したら、兵器はアメリカの手に渡る。エドワード、きみはまだアダム・ピアースの居場所をつかめていないと言ったな?」

「彼は身を隠すのがうまいんです」ウェストンはその口調にわざとかすかな感慨を含ませ、にやりとした。「父親はアダムをよく仕込んだようだ」

「わたしは自分自身に問うてみた」レイランドがメンバーに向かって言った。「なぜアダム・ピアースはまっすぐわれわれのもとにやってこない? なぜわれわれから身を隠す必要がある? 答えはもちろん、アルフィーが殺され、自分の身が危険にさらされ、自分の父親が殺されたからだ。アダム・ピアースは愚か者ではない。彼は〈オーダー〉内で何かが起こっているのを恐れているからこそ、われわれのところに逃げてこないのだ。それなのに今、きみはハフロックをメンバーに加えたいだと? そんなのは狂気の沙汰だ」

「レイランド、きみは間違っている」ウェストンが言った。「アダム・ピアースが逃げているのは、FBIが彼を追っているからだ。われわれを恐れているわけではない」

「レイランド、重要なのは、ハフロックがアダム・ピアースを見つけ、潜水艦を追うための手段を持っているということだ」スチュアート・ナイルズも言った。「それ以外のことには、いずれ対応すればいい。友よ、わしらがいちばん避けたいのは、兵器の件が表沙汰になることだ」彼は言葉を切ると、雄弁な声を再びとどろかせた。「今日、ただちに投票に移る動議を出したい」

ナイルズの気を変えさせるために、ハフロックはいったい何を彼に与えたのだろうと考えながらも、ウェストンは時間を無駄にしなかった。「動議が提出された。賛成する者はいるか？」

アラステア・バロウががっしりした手をあげ、誠意あふれるテレビ向きの深い声で発言した。「この動議に賛成する」

ウェストンは言った。「〈オーダー〉のメンバー、ヴォルフガング・ハフロックの息子としてその地位の継承権を持つマンフレート・ハフロックを、〈オーダー〉のメンバーとして迎えることに賛成の者は挙手のうえ、賛成と言ってくれ」

〈オーダー〉の投票は絶対多数が原則だ。いつもなら票が割れることはめったにないが、今日は違った。今日は〈オーダー〉の歴史のなかでもかつてないほどきわどかった。

すぐに六人の手があがった。しばらくしてドミトリ・ザハールが手をあげ、これで七人になった。八人目は誰だ？ ウェストンはテーブルを見まわした。レイランドではない。彼は反対派だ。背筋を伸ばして椅子に座りながら、明らかに腹を立てている様子だった。すると、唇を噛みしめていたオマー・ハキムがゆっくりと宙に手を伸ばすのが、ウェストンの目に入った。

ウェストンは勝利の雄たけびをあげたくなった。だが何も言わず、ただ自分の手をあげた。これで九人だ。

「賛成多数だ。マンフレート・ハフロックはただちに〈オーダー〉に入会するものとする。すぐにでもわたしから彼に伝えよう」ウェストンは続けた。「さて、アレックス・シェパードのことは知っているだろう。彼は〈オーダー〉のために何度となく極秘活動に従事し、その忠誠心を証明してくれている。ここ三年間はジョナサン・ピアースとともにニューヨークでの任務に就いている。シェパードはロンドンに戻って、MI5での地位を固めるべきだと思う人もいるだろう。いつか彼は英国の諜報機関を動かす人物になるかもしれない。そうなれば、英国にとって貴重な人材になる。したがって、わたしはアレックス・シェパードを〈オーダー〉の正式なメンバーとし、ジョナサン・ピアースが担っていたメッセンジャーの任務を引き継がせる動議を出したい。彼には引き続き、MI5に形だけ籍を置いてもらうことになる。そのほうがわれわれにとっても都合がいい。シェパードもジョナサンの後任になることに興味を示している」

アラステア・バロウが言った。「動議が提出された」

「賛成する」ナイルズが言った。

「賛成する者は挙手してくれ」今回は全員の手があがり、ウェストンはほっとした。

「すばらしい」ウェストンは言った。「アレックスはこの知らせを喜ぶだろう。実を言うと現在、彼はソフィー・ピアースと一緒にいて、彼女はわれわれがアダムの居場所をつかめるよう全面的に協力してくれている。皆も承知のとおり、アダム・ピアースは潜水艦の正確な座標を把握しており、先ほども言ったようにＦＢＩから巧みに身を隠している。だが、間もなくアダムを見つけられるだろう。そうすれば、ＦＢＩから彼を保護できる。アレックスによると、ソフィー・ピアースがアダムに〈オーダー〉のもとへ来るようメッセージを送ってくれるそうだ。アダムには、ＦＢＩや、アメリカの利益のために今後かけれるどんな圧力からも逃れられるよう、安全な道筋をこちらで保証してやろう。知らせが入り次第、新しいメッセンジャーを通じて皆に知らせる」

メンバーたちがざわめきはじめた。最後のひと芝居を打つときが来た。ウェストンは息をついた。ここからは厄介なことになるだろうとわかっていた。

彼は咳払いをしてメンバー全員の注目を自分に戻した。「さて、今日の会合を終わらせる前に、最後のメンバーの指名と投票を行う必要がある。これでわれわれは完全な強さを取り戻して前進し、ハフロックが鍵を回収する手助けができるようになる。アルフィー・スタンフォードはハインツ・ゲルノートを自分の後任にしたいという希望をわたしに伝えていた。皆もこの男のことはよく知っているだろう。ゲルノートはドイツの――」

オリバー・レイランドがこぶしでテーブルを叩いた。「ちょっと待て、ウェストン。ゲルノートがメンバーになれば、〈オーダー〉のバランスが変わってしまう。〈オーダー〉には常に英国人が八人いた。ゲルノートが加わると、ドイツ人がふたりになる」

ウェストンはほほえんだ。「さっきも言ったとおり、アルフィーはゲルノートが理想的だと話していた。ゲルノートはＥＵに大きな影響力を持っている。実際、アルフィーは英国の支配を少しだけ弱め、ほかの国のために席を空けるべきだと主張した。ゲルノートはこの国に友好的だ。なぜなら先月、彼は――」

レイランドが怒りの形相で立ちあがった。「だめだ、それには賛成できない。このうえ別の新メンバーを強引に決めさせられたくはない。アルフィーの遺言が見つかって、彼の望みとその理由を実際にこの目で確かめるまでは」

ウェストンはレイランドの目を見つめ、冷静な声で言った。「わたしが嘘をついていると言いたいのか、レイランド？」

「アルフィーがゲルノートを指名するとは思えない」レイランドは言った。もちろんウェストンは嘘をついているに決まっている。だが、なぜだ？　レイランドはメンバーの顔を見渡した。満足そうな顔もあれば、明らかに困惑している顔もあった。レイランドは心のなかで数えた。何かが決定的におかしい。

レイランドはウェストンに視線を戻した。ウェストンは落ち着き払っていた。「ウェストン、きみはすでに多数票を握っているようだな。あと数日、メンバーが十五人そろっていなくても問題はないし、きみもそのことはわかっているはずだ。実際に鍵と兵器を安全に確保するまで待つべきだ。三世紀にわたって続けてきた慣例を見直す前に。

みんな、ハフロックをメンバーに加えたことは間違いだし、いつかそれを後悔することになるだろう。そのうえゲルノートを加えるなど、狂気の沙汰だ」

いまいましいことに、レイランドの言葉には説得力があった。ほかのメンバーたちは互いにしゃべりはじめた。ウェストンは手をあげた。これ以上レイランドを追いつめるのは得策ではない。「わかった、結構だ。もう少し待とう。だが、あとひとつだけ決めることがある。十五人のメンバーがそろって新しいリーダーを選出するまで、リーダー代行が必要だ」ウェストンは咳払いをして続けた。「正式な投票ができるようになるまで、その役目は引き続きわたしが喜んで務めさせてもらおう」

レイランドはウェストンの目を見ながら大きな笑い声をあげた。そして、その乾いた笑いをすぐに引っこめた。「すでにリーダーの座を引き継いだつもりか、ウェストン。いつまで続くか見ものだな」

ほかのメンバーたちが見守るなか、レイランドは怒りもあらわに部屋を出ていった。レイランドが出ていくのを目で追いながら、ハフロックがレイランドを安全に排除できないものだろうかとウェストンは考えていた。

ウェストンはメンバーに向き直った。どの顔にも落ち着かない表情が浮かんでいる。事態を収拾しろ、そうでないと面倒なことになるぞ、とウェストンは自分に言い聞かせた。ハフロックのメンバー入りが投票で決まったとはいえ、儀式が完了するまではまだ正式なメンバーではないし、〈オーダー〉の秘密も知らされないことになっている。とはいえ、ハフロックはすでに秘密のほとんどを知っていた。ウェストンが教えたからだ。スイスの異なる四つの銀行の口座に入金された一千万ポンドのことが一瞬、頭によぎった。そして、ハフロックがウェストンに約束した権力のことを考えた。ふたりがキュリー夫人の兵器を手にしたら、それを使って何をするかをハフロックと一緒に決められるのだ。

ウェストンは手をあげて言った。「万事うまくいく。レイランドは正しい。今はわれわれ皆にとって厳しいときだ。もうひとりの新しいメンバーについては、この危機が去るまで当分のあいだ保留にしよう」メンバーひとりひとりに向かってうなずいた。ウェストンは今、彼らのリーダーだった。なんとしてもリーダーの座に居座るつもりでいた。

窓の下の道路では、オリバー・レイランドが待っていたジャガーXJに乗りこんだところだった。乱暴にドアを閉めると、運転手に手を振って、車を出すよう合図した。レイランドはすぐさま自分のいちばん古い友人に電話をかけた。ありがたいことに、ハリー・ドラモンドは最初の呼び出し音で電話に出た。

「ハリーか？　レイランドだ。きわめて深刻な問題が起きた」

52

大西洋上空
アメリカ東部標準時午前八時

テターボロ空港を出発して以来、ニコラスの指はキーボードの上を躍り続け、その動きは止まらなかった。グレイと話しているニコラスの声はマイクにも聞こえていたが、ふたりの言葉は専門的すぎて、大まかな内容しか理解できなかった。

マイクは自分のおなかを満たしたあと、湯気が立ちのぼるコーヒーカップとマフィンをいくつかニコラスの右側に置いた。ニコラスはうわの空のまま手を止めることなくマフィンを食べつくし、コーヒーをすすった。ニコラスがコードの世界に没頭しているところを、マイクはこれまで見たことがなかった。別世界に入りこむというのは冗談ではなかったのだ。

二杯目のコーヒーを飲みながら、書類の三分の一ほどを熟読していたマイクは、FBIのファイルの奥深くに埋もれていた、ある報告書に目を留めた。それは〈ハイエスト・オーダー〉という組織に関する調査報告だった。なんて仰々しい名前だろう。

報告書を読み進めるうち、心臓が激しく打ちはじめた。これだ、とマイクは確信した。彼女はやがて調査報告書を読み終えた。その報告書は腹が立つほど短かったが、自分たちが対処することになるかもしれない相手の背景が多少なりとも見えてきた。

「ニコラス、ちょっといい？　何か見つけたみたい」

ニコラスの反応は鈍かった。「重要なことか？　グレイとの作業があと数分で終わるんだ」

「今すぐ手を止めて、わたしの話を聞いて」

ニコラスは立ちあがって伸びをしたあと、ようやくちゃんとマイクを見た。「うーん、まあこれでいいだろう。こっちはあと少しのところまで来ている。きみは何を見つけたんだい？」

「調査報告書よ。七年前に、〈ハイエスト・オーダー〉というグループについて書かれたものなの。わたしたちが捜しているのはこの組織だと思う。ピアースのファイルにあった十五人の男たちのことよ」

「〈ハイエスト・オーダー〉だって？」

マイクはうなずいた。「この情報は、十年前に英国代表団と一緒にアメリカを訪問した外交官のコンピュータから入手したものらしいの。内容は不完全だけど、少なくともわたしたちが立ち向かうべき相手のことはわかるわ」

ニコラスは機体の天井に両手をつき、マイクに覆いかぶさるように立った。「外国の訪問団のコンピュータに侵入するなんて、ずいぶんと失礼だな。その手のことは普通に行われていることなのか？　どうやって入手したんだ？」

「簡単よ。この英国人外交官はホテルの安全対策が不充分なワイヤレス・ネットワークにコンピュータをつなげた。それで、すぐにわれわれの歓迎を受けたってわけ。でも、もうひとつの質問の答えはノーよ。普通に行われてることではないわ。この外交官はきっとＦＢＩの監視下にいたから、追跡ソフトをコンピュータに仕掛けられることになったのよ」

「その外交官というのは誰だ？」

「カラム・チャタートンという人で、もう亡くなってるわ。国連で演説するためにアメリカを訪れたの。彼はスチュアート・ナイルズのオフィスで、リサーチャーとして働いていたみたい」

ニコラスが口笛を吹いた。「スチュアート・ナイルズといえば、今では議会の大物議員だ。自分の部下がスパイされたと知ったら、きみたちをクビにしていただろうな」

「でも、彼には知られずにすんだ。報告書にはこう書いてあるわ。〝〈ハイエスト・オーダー〉は一七一四年、アン女王の逝去の前に、退位したジェームズ二世の息子が王座に就くことを望まないイングランドの有力者による小集団として結成された。彼らはカトリック信者によるイングランドの統治が法律で禁じられていることを理由に、王座はハノーバー家に正当に譲渡されるべきであり、これによってイングランドは再び血生臭い宗教迫害の波にさらされる危険から逃れられると考えた。ハノーバー朝ジョージ一世がイングランドの王座に就いたのち、彼らの尽力により、一七一五年の反乱でジャコバイトは敗北した。〈ハイエスト・オーダー〉の目的はすぐに、イングランドの覇権の庇護者として存在することに移行した。彼らは十九世紀中期にヨーロッパに広がった革命の混乱期において、イングランドの安定維持に成功するなど、驚くほどの偉業をなし遂げた。その後も彼らの活動は見事に成功をおさめていたものの、第一次世界大戦の勃発を許すことになった。彼らはなんとか開戦を食いとめようと努力したのだが、狂信的な皇帝ヴィルヘルム二世のせいでこの取り組みは失敗に終わった。

第一次大戦後、組織にはアメリカのメンバーが加わった。七〇年代と八〇年代には中東代表としてのイスラエルや、インド、ロシア、中国からのメンバーが加わった。

メンバー自身もそれぞれの国で大きな権力を持つ、非常に裕福な人物たちである。彼らはほかのメンバーとの率直な話し合いを通じて、個々の国に対し、ひそかに変化をもたらしたり、必要な地域に直接的な影響力や圧力を行使したりしてきた。

現在〈ハイエスト・オーダー〉は、十五人の有力者からなる小さいながらも強力な多国籍組織の形を保ち続けており、その第一の目的は、戦争や不安定な事象を回避するために各国を手助けし、世界の安全を維持することである。

しかしながら二十一世紀の初頭から、疑わしい活動やいかがわしい相手との取り引き関係の締結など、新たな要素の広がりが顕著になった。〈ハイエスト・オーダー〉の平和目的に反する活動にその影響力が行使されることがないよう、注視していくことが必要である〟」

マイクが顔をあげた。「まるで三極委員会（一九七三年に日本・アメリカ・欧州の各界を代表する民間指導者が集まり、日米欧委員会として発足した民間非営利の政策協議グループ）みたい」

ニコラスはうなずいた。「だが、違う点もある。三極委員会は公のグループだ。その活動はきちんと記録されているし、大きな論争の的にもなっている」

マイクがうなずきながら言った。「でも、この〈ハイエスト・オーダー〉のように、三極委員会も大きな影響力を持つリーダーたちの集まりだし、彼らも世界の安定のために協力しあってるわ。

ニコラス、三極委員会は三十年前までしか歴史をさかのぼらない新参者にすぎない。〈ハイエスト・オーダー〉が何をするつもりなのか、わたしたちはその上っ面をなでることすらできてない気がするのはなぜ？」

ニコラスは答えた。「なぜなら彼らは本来、善のために活動しているはずだからだ。それなのに、なんだってマンフレート・ハフロックみたいな男をかかわらせているんだ？」

「そのとおりよ。ところで、あなたはこの報告書にあまり驚いてないようね」

「そうかい？　そんなことはない。驚いているよ」

「よしてよ、ニコラス。ドラッグ依存症の株式相場表示機みたいに、あなたの頭のなかを情報が目まぐるしく飛び交ってるのはわかってるのよ。いったいどうしたの？」

ニコラスはマイクを見つめた。「わかった、言うよ。アルフィー・スタンフォードが亡くなって父に電話をかけたときに、父が話していたことを考えていたんだ。もしアルフィーの死因が殺人で、われわれが疑ったとおり内部の者の犯行だとしたら、誰も想像できないほど深刻な事態だと父は言ったんだ。この件にはかかわるなとも言っていた。英国が対処するから、このことはくれぐれも胸の内にとどめておけと」彼は窓の外をじっと見つめたあと、グリーンのボタンを押した。パイロットの声が空中に響いた。

「なんでしょう？」

「電話をかけたいんだが。極秘の通信だ。この飛行機のセキュリティ対策では、信号にスクランブルをかけるような適切な安全策は施されているかい？」

「もちろんです。シートの肘掛けに設置されている電話で、九番を押してください。それで完全に通話は暗号化されます。知らせてくださってありがとうございます。電話をつなげているあいだ、こちらの計器類が多少おかしな動きを見せることがありますので。あと二時間以内に着陸します」そう言うと、パイロットはスピーカーを切った。

マイクは時計に目を落とした。まだ午前八時だった。「彼は飛行記録を更新しそうね。ロンドン時間では今は午後一時よ。三時までには到着するわね。湖に向かって北に移動するにしても、まだ日暮れまで時間はある。わたしたちが到着する前に、シェパードとソフィーがまだロンドンから去ってなくて、アダムが連中に正確な座標を渡してないと仮定しての話だけど」

ニコラスは安全が保証された電話に手を伸ばした。「アダムは渡していないと思うね」

「誰に電話をかけるの?」

「今、実際に何が起きているかのヒントをくれるかもしれない、ただひとりの人物」受話器の向こうから何度かカチカチという音が聞こえたあと、二回ずつ繰り返される耳慣れた軽やかな呼び出し音に変わった。ニコラスはマイクに向かってうなずいた。「ぼくの父だ」

53

ロンドン北部
午後十二時三十分

アレックスを信じても大丈夫だろうか？〈オーダー〉はソフィーのことを心配しているだけだとアレックスは請けあったけれど、彼女はその言葉を信じていいものかどうかわからなかった。ソフィーの父は死んだ。その件について、〈オーダー〉はどうするつもりなのだろう。そしてアルフィー・スタンフォードの殺害についても。もし〈オーダー〉がソフィーの安全を守りたいだけなら、なぜただそう言わずに、アレックス・グロスマン——いや、アレックス・シェパードだ——に誘拐させたのだろう。

アレックスは、空港の短期駐車場に用意されていたボクスホールを運転しているところだった。ロンドンのダウンタウンを運転するのは、ソフィーには頭がどうにかなりそうなほど困難に思えたが、アレックスは巧みにハンドルを操作し、車の流れに合流していた。M四〇号線に入ると交通量も少なくなり、市街の道路のまわりには緑地が多く見られるようになってきた。

ハイ・ウィカムの近くまで来ると、アレックスが車を道路脇に寄せて停めた。彼はソフィーの顔を見た。

「どうして車を停めたの？」

「きみに選択肢を与えよう」

「何について？」

アレックスはポケットを探ると、注射器を出した。

「いや、だめよ。そんなことは考えるのもやめて。グロスマンだかシェパードだか知らないけど、わたしにまた針を刺したりしたら、あなたを殺してやるわ」

アレックスが後部座席のバッグに手を伸ばし、黒い布を取りだした。「注射かフードか、選ぶのはきみだ」

「フードですって？　テロリストたちが、これから首をはねる人質にかぶせているみたいな？　あなた、どうかしているわ」ソフィーは助手席のドアを開けようとしたが、ドアはロックされていた。アレックスが彼女を車に閉じこめるためにロックしたのだ。ソフィーはアレックスの顔を見ようとしなかった。怒りに震えていた。

「またぼくにきみの意識を奪わせるか、自分で頭にフードをかぶるかのどちらかだ。ほかに選択肢はない」

　ソフィーは銃の撃ち方などほとんど知らなかったが、それでも今、この手に銃があればと思わずにいられなかった。彼女は黒いフードに手を伸ばした。「これでもあなたのことを信じろっていうの？　アダムを見つけたあともあなたがわたしを殺さないと、どうやって信じればいいのよ？」

　アレックスが心臓の上で手を重ねた。「ぼくはきみに誓う、ソフィー。きみを傷つけたりはしない。信じられないかもしれないが、きみの安全をなんとしてでも守ると約束する。さあ、そのフードを頭にかぶってくれないか。そうすれば、すぐにこんなことを終わらせられる」

「どこに向かっているの？」

「安全な場所だ」

　ソフィーはアレックスの目を探ったが、彼はそれ以上何も言わなかった。「どれくらいかかるの？」

「最長でも十五分だ。それと、後部座席に横になってくれ。フードをかぶった女性を助手席に乗せて、すれ違う車にじろじろ見られたくはない」

　アレックスはにやりとしたが、ソフィーは彼を殴りつけてやりたかった。だが、選択肢はない。彼女は後部座席に移動して横になると、頭にフードをかぶった。完全に真っ暗で何も見えない。ソフィーは不本意ながら言った。「さあ、いいわよ」

「こっそり盗み見ようなんて考えないでくれ。フードをいじったりしたら、きみに薬を打たなきゃならなくなる」

アレックスが車を出した。

ソフィーにとって、この状況は受け入れがたかった。暗闇も嫌いだし、分厚い黒い生地のせいで息苦しく感じた。呼吸がしづらくなったソフィーは、少しだけ空気を入れようと、フードの下の端を持ちあげようとした。

「ソフィー、だめだ」もちろんアレックスは見逃さなかった。

「息ができないわ」

「もうすぐだから」

ソフィーはここがどこか、だいたいの位置はつかんでいたが、この先は車の進む方向や曲がり角など、あらゆることに集中する必要があった。

彼女は頭のなかで曲がり角を数えた。左、もう一度左、その次は右に急カーブ、そして直線。どうやらどこかの私道に入ったらしい。目的地に近づいたのだ。心臓が激しく打った。

ソフィーは怯えていた。とても恐ろしかった。

「フードを脱いでもいい？」

「きみの部屋に着くまで、かぶってなきゃだめだ。腹が減ってるだろうから、食べ物と飲み物を運ばせよう。ソフィー、頼むから心配しないでくれ。きみを守りたいだけなんだ。ぼくはそばにいるから」

車が停まり、ソフィーはアレックスの手を借りて車から出た。明かりも何も見えなかった。ソフィーは閉所恐怖症の発作を起こしかけていた。アレックスがソフィーの呼吸が速くなっているのに気づいた。「リラックスして。あともう少しだ。ここからは階段だ」

ソフィーは一度よろめいたが、アレックスに支えられた。耳を澄ましてみたものの、その場所がどこかを知るヒントになるような音は何も聞こえなかった。

三階まで階段をあがり、長い廊下を歩かされたあと、ふいにアレックスが足を止めた。

「ここがきみの部屋だ。あとちょっとだけ待ってくれ」

アレックスがドアを開ける音が聞こえた。ふたりは部屋に入り、彼がソフィーのフードを外した。アレックスがずうずうしくソフィーの髪をなでつけたので、彼女は身を離した。

ソフィーが部屋を見まわしているあいだ、アレックスはドアのそばに立っていた。ダークブラウンのクルミ材でできた天蓋付きのベッドに、黄色と白のストライプ柄の壁紙。美しくしつらえられた部屋だった。ソフィーは振り返ってアレックスを見た。「このあとはどうなるの？」

「ぼくはすぐに戻る」

ソフィーはアレックスの腕をつかんだ。「わたしをひとり、ここに置いていくつもり？ 人でなし」

アレックスはソフィーの手を外すと、その手を握りしめた。「ソフィー、きみは大丈夫だから、リラックスするんだ。誰かに言って、食べ物と紅茶を運ばせる」

アレックスが部屋を出ていった。ドアが閉まり、鍵がまわされる音がした。

守られているのではない。ソフィーは囚人なのだ。それは単純明快な事実だった。アレックスはソフィーをこの部屋に閉じこめた。嘘をついたのだ。頭にフードをかぶるべきじゃなかった。アレックスに注射器を使わせてやればよかった。そうしたら抵抗して、思いきりアレックスを痛めつけてやることができたかもしれないのに。だが、そうしなかった。アレックスを信じて楽なほうを選んでしまったのだ。

ソフィーはぼんやりしたまま窓に近づいた。頭をはっきりさせなければ。落ち着いて考えるのだ。

彼女はどこかの私有地にいた。明らかに大きな屋敷だ。窓の外には広大な庭園が広がっている。地所のまわりを囲む塀と、両脇に並木が続く砂利敷きの長い私道が見えた。ソフィーにわかっているのは、自分がロンドン北部の郊外にある金持ちの誰かの家に閉じこめられていることだけだった。

電話もコンピュータもなく、逃げ道もない。窓は鍵がかかっている。もし窓を割って、外に向かって叫んでみたとしても、声は届かないだろう。外には誰もいなかった。この美しい庭園を管理する庭師のひとりもいなかった。

ソフィーが窓の外の窓台を調べていると、誰かがドアをノックした。鍵のまわる音がしたあと、ドアが開いた。ソフィーはトレイを持った若い女に体当たりした。トレイが宙を飛び、スコーンとジャムがカーペットの上に落ち、熱い紅茶が女とソフィーの両方に降りかかった。女は悲鳴をあげて逃げだした。

チャンスだ。ソフィーは廊下に走りでた。だが、二メートルも離れていないところに大男が立っていた。男はすぐさまソフィーをつかまえた。「部屋に戻れ、このばか女が」男はソフィーの腕をつかむと、部屋に押しこんだ。ソフィーが壁にぶつかってよろめいているうちに、男は乱暴にドアを閉めて鍵をかけた。

男は武装していた。ベルトに大きな銃が差してあるのを、ソフィーは見逃さなかった。自分は今、どことも知れぬ場所で、武装した男に見張られている。

もしこの瞬間にアレックス・シェパードが部屋に入ってきていたら、ソフィーは歯で彼の喉元を食いちぎろうとしていただろう。

ソフィーは囚人だが、アレックスは違う。神に祈ったところで無事にすみそうにないことが、彼女にはわかっていた。

54

大西洋上空

ハリー・ドラモンドはすぐに電話に出た。「ニコラス。たった二日間で二度も電話をくれるとはな。この調子だと、おまえが米国移住を後悔しているのかと思ってしまうぞ」

「父さん、まだ冗談を言えると知ってうれしいよ」だが、ニコラスは父の声に緊張を感じとった。今、何かが起こっていて、それが何かを父は知っている。

ハリーはしばらく黙ったあと言った。「すべて順調か？」

「いや、残念ながら。この電話は、ロンドン行きの飛行機に備えつけられている安全な衛星電話からかけている。父さんに正直に話してもらう必要があるんだ。そっちで何が起こっているのか、本当のことを教えてほしい」

「ニコラス、アルフィー殺害の件はこちらで対処すると言ったじゃないか。なぜロンドンに来ることになった？　おまえはもうＦＢＩ捜査官だ。こちらとは無関係だろう」

「それどころか、大いに関係あるんだ。だからこうして電話をかけたんだよ。ロンドンに行くことになったのは、実を言うとロンドン警視庁の正式な招待があったからなんだ。ぼくが担当している事件の重要参考人が誘拐され、ロンドンに連れ去られたことがわかった」ニコラスは自宅に侵入された件を含め、事件のすべてを父親に説明した。「それだけじゃない。父さん、〈ハイエスト・オーダー〉、または単に〈オーダー〉と呼ばれるイングランドの組織のことを聞いたことはないかな?」

完全な沈黙が続いた。「父さん? 聞こえているかい?」

「おまえはどこでその〈ハイエスト・オーダー〉の名前を聞いたんだ?」

「つまり、組織は実在するんだね?」

「ニコラス、〈オーダー〉は非常に厳重にその存在が隠されている組織だ。大っぴらに口にできるような話題ではない。どこで組織のことを知った? ピアースのファイルか?」

「実を言うと、FBIの古い調査報告書だ」

ハリー・ドラモンドが悪態をついた。

父は決して悪態をつくようなタイプではない。「父さん、そろそろそっちで何が起きているのか教えてくれないか? ぼくは今、ロンドンに向かっている。この騒動の真っただなかに乗りこもうとしているところだ。何も知らないまま、ぼくを乗りこませるようなことはしないでほしい。この電話は最大限に安全な回線でつながっていて、父さんの持っている受話器に至るまで、すべて盗聴防止機能が作動している。荒野の真ん中にある迷宮で話しているのと同じくらい安全で、これ以上に内密な会話はありえない。お願いだから、話してほしいんだ」

ハリーが言った。「ニコラス、おまえに警告しておかなければならない。これから言うことは誰にも話してはいけない。いいな?」いったん言葉を切ったあと続けた。「もちろんわたしだって、何も知らないまま、おまえを来させたくはない」

「わかった。誰にも言わないよ」

「いいだろう。〈オーダー〉は数百年の歴史がある組織だ。今では国際的な組織になった。正直なところ、わたしが確実に知っているのは、世界中に暴力が広まるなかで、可能な限り世界の平和を維持することに身を捧げている権力者たちのグループだということだけだ。たいした説明にはなっていないだろう?」

「政府や個人の立場を超えて? どういう仕組みなんだい?」

「〈オーダー〉は常に公共の利益のために活動する。たしかに最初は、血みどろの戦争を避けるためにイングランドの王座をプロテスタントに継承させるのが目的だった。もちろん、この目的は変化したが、それでもイングランドに利益のみをもたらしてきた。わたしに言えるのは本当にこれだけだ。ニコラス、わたしを信じてくれ。どれだけ安全であろうと、これは電話で話すようなことではないんだ」

「父さん、マンフレート・ハフロックという男について聞いたことはあるかい?」

死のように冷たい沈黙が広がった。しばらくして、ニコラスの父は重苦しい声で答えた。

「彼の父親のヴォルフガングのことは知っている。最近亡くなった」

「ああ。ゆうべ、ヴォルフガングの息子について調べていたときに、そのことを知った」

ニコラスは父の声が緊迫してきたのに気づいた。「なぜおまえがマンフレート・ハフロックについて調べていたのか、教えてくれないか？」

「ぼくたちは、マンフレート・ハフロックがジョナサン・ピアースの殺害と直接関係していると見ている。やつがひそかにブラックマーケットでポロニウムを買い占めていることも突きとめた。あの男がピアースを殺害するために送りこんだ殺し屋の脳には、記録装置のような働きをするインプラントが埋めこまれていた。マンフレート・ハフロックは狂信的な男だ。天才だが、狂人と紙一重だ。ぼくたちはやつを追って、身を隠していそうな場所を徹底的に調べているところだ。マンフレート・ハフロックの姿が最後に確認された場所はベルリンだが、あの男は今、スコットランドに向かっていると思われる。一九一七年に沈没したビクトリア号という潜水艦を捜しているんだ」

「ニコラス」

ニコラスは父の声に警戒と緊迫を感じとった。

「なんだい？」

「あとどれくらいでこちらに着く？」

「二時間以内に着陸する。父さん、どうしたんだい？」

「到着したら、オリバー・レイランドに会うんだ。ノッティング・ヒルにある彼の自宅へ直行しろ。それ以外の場所にはどこにも寄るな。わかったな?」

「イングランド銀行頭取のオリバー・レイランドに? 彼も〈オーダー〉メンバーのリストに名前があがっていたけれど」

「そうだ。彼にはおまえが行くことを伝えておく」

「父さん、どういうことなんだ?」

ハリーが言った。「ヴォルフガング・ハフロックも〈オーダー〉の重要なメンバーだった」

「ああ、知っている」

「アルフィー・スタンフォードもだ、ニコラス。彼は〈ハイエスト・オーダー〉のリーダーを長年務めてきた。そして今は、マンフレート・ハフロックもメンバーに加わった。これはまずい。非常にまずい状況だ。ニコラス、レイランドに会いに行くんだ。何があったのか、彼が教えてくれるはずだ。〈オーダー〉が攻撃を受けていることはわたしも知っている。だが、絶対に警察には知らせるな。ニコラス、気をつけるんだ。くれぐれも用心しろよ。〈オーダー〉を守ってくれ」

ハリーが電話を切った。ニコラスは受話器を見つめた。気に入らない。まったく気に入らない。マンフレート・ハフロックが〈オーダー〉のメンバーに加わった? それに、オリバー・レイランドに会えだと?

マイクがニコラスに身を乗りだすようにして尋ねた。「いったいなんの話をしてたの?」

ニコラスは受話器をシートの肘掛けに戻した。「現時点でわかっているのは、マンフレート・ハフロックが〈オーダー〉のメンバーになったこと、そしてロンドンで最初に会うべき人物がイングランド銀行頭取のオリバー・レイランドだということだけだ」彼は父が言ったことを説明した。

ニコラスが話し終えると、マイクがゆっくりと口を開いた。「アルフィー・スタンフォード、ヴォルフガング・ハフロック、そしてジョナサン・ピアース。みんな〈オーダー〉のメンバーで、みんな殺された。〈オーダー〉は攻撃されてるみたいね」

「そうだ。〈オーダー〉が変わりはじめていると調査報告書でも警告していた。それも悪い方向に。父もその意見に同意するだろう。ぼくが思うに、アレックス・シェパードは〈オーダー〉に反旗をひるがえして、今はハフロックの下で働いているんじゃないか? ソフィーを誘拐したのはそれが理由だ。潜水艦の最終的な座標をアダムから脅しとるために。そろそろハーミッシュ・ペンダリーに電話をかけて、向こうの捜査で重要な情報を何か探りだせたかどうかきいてみよう」

ところが、マイクはもうニコラスの言葉を聞いていなかった。彼女は書類を調べていた。何かを探してページをめくっている。

「何をしているんだ?」

「あなたがお父さんに電話をかける数分前に、何かを見た気がするの。探してみるからちょっと待って。ああ、これだわ。ヴォルフガング・ハフロックは、動脈瘤の手術のあと、脳卒中で亡くなったのよね？」

「サビッチはそう言っていたけれど、それが？」

「ヴォルフガング・ハフロックの検死報告書がここにあるわ。グレイが見つけたのね。もっと早く気づけなかったなんて、自分が信じられない」

「マイク、ちょっと落ち着いてくれ。きみが考えていることを教えてくれないか？」

マイクは書類をニコラスに突きつけた。「ヴォルフガング・ハフロックは動脈瘤の治療をしたんじゃない。脳インプラントを埋めこまれてたのよ。彼は息子に脳インプラントを頭に埋めこまれたひとりだったんだわ」

55

ロンドン
午後一時

〈オーダー〉のメンバー全員が帰ったあと、ウェストンは建物内にハフロックのために用意したアパートメントへと急ぎ足で向かった。

ノックもせずにドアを開けて部屋に入り、ぴたりと足を止めた。ハフロックが窓のところでシャツを脱ぎ、翼を広げたワシのように両腕を広げて立っていた。そばではハフロックの女のエリーゼが、先が九本の紐状になった鞭を左手に掲げている。ウェストンが部屋に入ってきたことに気づいたエリーゼは、無言で頭をさげて彼に挨拶したあと、鞭を振りあげてハフロックの四角い背中をぴしゃりと打った。鞭の衝撃でハフロックがそり返り、窓枠と手首をつないだロープがピンと張った。しかし、ハフロックはまったく声をもらさなかった。

ウェストンは驚きと恐怖で目を見開いた。「今すぐやめろ！　マンフレート、いったいなんの真似だ？」

ハフロックがしゃがれたドイツ語でうなるように何かを指示すると、エリーゼは彼の左手首に手を伸ばしてロープを外し、そのあと右手首のロープも外した。彼女はハフロックにシャツを手渡した。ハフロックが判事のような穏やかな声で言った。「ありがとう、エリーゼ。もうさがっていい。またあとで会おう」ハフロックがエリーゼの頬にキスをすると、彼女は優雅なしぐさで道具を片付け、部屋を出ていった。

ハフロックはシャツのボタンを留め、裾をズボンにたくし入れた。恥も痛みも感じていないようで、まるで茶会中にウェストンに入ってこられたかのような態度だった。「やあ、エドワード」

ウェストンは言葉を失った。

「ああ、驚かせてしまったようだな。どうか気にしないでくれたまえ。欲求を解放する必要があったものでね。いつもエリーゼはわたしの欲求に非常にうまく対処してくれるんだ。それに、彼女選(え)りすぐりの専門技(メチエ)は見事でね」ハフロックは部屋の隅に備えつけられた小さなバーカウンターに近づくと、自分用にスコッチを注いだ。「会合はどうだった？」

ウェストンは不快感を押し殺し、なんとか嫌悪の表情を消し去ろうと努めた。「きみは投票により入会が許可された。これで、晴れて〈オーダー〉のメンバーだ」

「反対票はあったか？」

「ああ。少なくとも言葉に出していたなかでは、オリバー・レイランドがいちばん不満をあらわにしていた。わたしがゲルノートの名前を口にしたら、怒って部屋を出ていってしまった。ほかのメンバーがレイランドの意見に傾きはじめたのがわかったから、ゲルノートの入会の件は引っこめたよ。だが、アレックス・シェパードは入会が許可された」

「アダム・ピアースに関しては？」

「まだ居場所がつかめない」

「これは受け入れがたい状況だぞ、エドワード」

「ほかの方法があるかもしれない。例のFBIの捜査官――ニコラス・ドラモンドとマイケラ・ケインだが、こうしているあいだにも飛行機でロンドンに向かっている。彼らが到着したら、アダム・ピアースをあぶりだしてくれるかもしれない」

ウェストンはハフロックが椅子に腰かけ、後ろにもたれかかって体を伸ばすのを見ていた。あの女に鞭で打たれたばかりだというのに、どうしてそんなことができるのだろう。何ひとつ痛みを感じていないらしい。ハフロックは冷ややかに落ち着き払い、何事に対しても準備が整っているように見えた。

「FBIはもう用済みだ」ハフロックが言った。「FBIとレイランドの両方を排除するときが来たようだ。わたしが引き受けよう」

ウェストンは愕然(がくぜん)として首を横に振った。「まさか、そんなことをする必要はない」

「もちろん、その必要はある」

「レイランドは何かが起きていると感づいている。簡単には殺されないだろう」

「レイランドのことは、メルツに直接対処させる。FBIはわたしがやろう。それで、ソフィー・ピアースはきみの屋敷に落ち着いたのか?」

「まだウェスト・パークの屋敷に到着してないとしても、間もなくだ」

「わたしも行こう。彼女とは少しばかりおしゃべりを楽しむ必要がある」

ハフロックがどういったおしゃべりをするつもりなのか、ウェストンにははっきりとわかっていた。自分の行動が間違っていないか、ウェストンはふと不安になった。だが、例の大金や、約束された権力のことを考えた。これまで自分が夢見てきたより、はるかに大きな権力だ。疑問に感じるときはもうとっくに過ぎている。

それにハフロックの言うことにも一理あった。レイランドが消えれば、〈オーダー〉のメンバーをあとふたり加えるための投票を強行できる。そうなれば、自分たちが多数票を握れるようになるのだ。そのうえ兵器を回収すれば、彼らは絶大な力を手にできる。

「どうやってFBIを排除するんだ?」

ハフロックがいたずらっぽい笑みを浮かべた。「すぐにきみの耳にもニュースが届くはずさ」

56

大西洋上空

ニコラスはヴォルフガング・ハフロックの検死報告書にざっと目を通したあと、もう一度、今度はゆっくり読んだ。マイクの言ったとおりだ。ニコラスはマイクの顔を見た。彼女は興奮のあまり、シートから飛びだしそうなほど前のめりになっていた。

マイクが言った。「検死官はインプラントを発見してたのよ。だけどそれは試作品で、ドクター・ジャノビッチが発見したものほどひと目でわかる代物ではなかったか、はっきり何とは特定できなかったに違いないわ。きっと機能についても、ミスター・オリンピックの頭に埋めこまれてたインプラントみたいに高度なものではなかったのかもしれない。英国の検死官が、動脈瘤治療のためのドイツの先進医療の何かだと信じてたくらいだから。報告書には〝動脈瘤チップ〟と書かれてるわ。これまで見たことがないたぐいのものだとも書いてあるけど」

「つまりマンフレート・ハフロックは、まず自分の父親にインプラントを埋めこんだ。〈オーダー〉の活動内容を知るために。筋が通るな」

マイクがうなずく。「父親が同意していたにしろ、知らなかったにしろ、疑問が残るわ。ハフロックは誰にも気づかれずに、どうやって父親にインプラントを埋めこんだの？」「それはやつを捕まえたときにきいてみなければならないだろうな。だが、動脈瘤の手術の際にチップを埋めこんだと考えるのが妥当だろう」ニコラスは続けた。「もし父親が、われわれが考えていたような善人ではなかったとしたら、息子と一緒にこの計画のすべてにかかわっていたのかもしれない」彼は首を横に振った。「でも、それだとつじつまが合わないな。父親が息子と組んでいたなら、ただ息子にすべてを話してやればいい。やはりインプラントが埋めこまれていることを父親が知っていたとは思えないな」

マイクがまたうなずいた。「そして息子はポロニウムを買い占めはじめ、父親のインプラントを通じて、アダム・ピアースや潜水艦や鍵の情報を直接入手した。そしてある日、年老いた父親はもう利用価値がなくなった。父親の死によって、ハフロックは〈オーダー〉入会へのたしかな権利を手にした」

ニコラスが言った。「ハフロックは父親を使って、〈オーダー〉をスパイしていたんだと思うな。父親に〈オーダー〉のメンバーを説得させて、一定の方向に導こうとしたのかもしれない。ところが、父親は拒否した。インプラントが引き金となって父親が死に、ハフロックは父親の後釜に座った。そして〈オーダー〉が百年近く捜し続けてきた兵器を手にするための道が開かれた、というところだろう」

ニコラスは膝の上で握っていた両手を見おろした。「潜水艦のなかにある鍵が導く兵器のことだが、ハフロックが小型核兵器を正しく動作させるか、より強力にするために必要な何かなのかもしれない」

マイクがシートからまた飛びだしそうになりながら言った。「そう、それよ、ニコラス。わたし、わかった。インプラントの目的がわかったわ」

「なんだい?」

「あなたも自分で言ったじゃない。引き金よ」マイクは検死報告書を指さした。「これで完璧に筋が通る。超小型核兵器には引き金が必要だわ。インプラントがその引き金の役割をするのよ」

「なんてことだ」ニコラスは恐る恐る言った。「想像していたよりも、はるかに恐ろしいものだな。きみの考えが間違っているといいが」

「間違いないとあなたもわかってるでしょう。ニコラス、わたしたちの手で潜水艦から鍵を取りだして、その兵器を見つけなきゃ」

「ああ、絶対にそうしなくては。もうすぐハフロックのデータベースに入っている情報のすべてにアクセスできるようになる。そのあと、ペンダリーに電話をかけることにしよう」

ニコラスはノートパソコンのキーボードを叩きはじめ、一分もしないうちに画面を閉じた。

「終わった。これでハフロックのデータがすべて、一瞬のうちに手に入る。ペンダリーに電話する前に、ピアースのファイルにもう一度目を通しておきたい。ピアースがハフロックの計画に気づいていたかどうかを確認したいんだ。答えは過去数日分の暗号化メッセージのなかにあるかもしれない」ニコラスがいくつかのボタンをクリックすると、ピアースのメール画面が開いた。受信箱を開き、キーボードを打ちはじめたところで、ニコラスは手を止めた。

「待てよ、これはなんだ？」

ニコラスの目の前で、コンピュータの画面が急に明るくなったかと思うと、今度は完全に真っ暗になった。そして画面の真ん中に小さな顔が浮かび、ぐるぐるまわりはじめた。ニコラスは画像に顔を近づけ、その小さな顔に目を凝らした。すぐにそれがなんだかわかった。

「生意気なガキ（バガー）め」

「ニコラス？　何を言ってるの？」

ニコラスはノートパソコンをマイクのほうに向けた。「アダム・ピアースがぼくのコンピュータをハッキングした」

「どうやって？」

「わからないが、突きとめてみせる」ニコラスはそう言うと、小さな顔をクリックした。

真っ暗な画面にリンクが浮かびあがった。文字列のなかに埋めこまれている単語にニコラスは気づいた。〝アリストン〟だ。

いつものニコラスなら、この手のリンク先には移動しないようにしている。これがハッキングで、仕掛けてきた相手が誰であれ、自分の世界を破壊しかねないとよくわかっているからだ。だが仕掛けてきたのがアダム・ピアースなら、このリンクが何かを知る必要がある。

ニコラスはリンクをクリックした。

ジョナサン・ピアースの暗号化されたEメールが開いた。

ニコラスはメッセージを徹底的に調べた。ここにあるメッセージのなかから何かを見つける必要があるのは明らかだったが、ニコラスの目を引くようなものは何もなかった。「時間をさかのぼる必要があるのかもしれない。昨日のEメールを見てみよう」

ニコラスの後ろにまわったマイクが、あるメッセージを指さした。「待って、ほらここ」

ニコラスはマイクが指摘したメッセージを見た。「これはスパムメールだ。ただのブリティッシュ・エアウェイズのセール広告だぞ」

「そうよ。偶然にも、ピアースをスコットランドへの休暇に誘う広告だわ。それをクリックして。ほらそこ、スコットランド北部の海岸に小さな星があるでしょう。わたしたちが見つけるべきものはこれだったのね」

「ぼくにはさっぱりわからないが、きみはわかっているみたいだな。どういうことだ?」

「アダム・ピアースは潜水艦の正確な位置をあなたに教えようとしてるのよ」

ニコラスはメッセージをクリックした。

普通のメール画面が開かれる代わりに、チャットボックスが開かれた。マイクはニコラスに向かってにっこりした。「アダムにハローって伝えて」

ニコラスはチャットボックスに書きこんだ。

——ドラモンドだ。開いたぞ。

「アダムが見ているといいんだが。ところで、どうしてあのEメールにリンクがあるとわかったんだ?」

マイクが答えた。「ホームページのなかに、別のプライベートなウェブサイトにつながるリンクが隠されてることはよくあるわ。児童ポルノサイトの手口のひとつね。その手のウェブサイトについては、さんざん目にしてきたの」

「でも、なぜこのEメールがそうだとわかったんだ?」

マイクが自分のスマートフォンを取りだして、Eメールを開いた。「ブリティッシュ・エアウェイズのEメールをいつも受けとってるからよ。今日届いたEメールは、ペルーのマチュピチュ旅行の広告だった。スコットランドじゃなくてね」

ニコラスはマイクの顔をまじまじと見つめた。「きみは本当に賢いな、ケイン捜査官」

彼がさらに言葉を続けようとしたとき、画面上でカーソルが点滅しはじめた。小さなチャットスペースには言葉が連なっていた。

「アダムだ」ニコラスは言った。

――連中に姉を連れ去られた。助けてくれ。そっちの言うことになんでも従う。

ニコラスも返事を返した。

――そのことは知っている。われわれはソフィーを救いだそうとしているところだ。アレックス・シェパード――アレックス・グロスマン――が昨日の夜、彼女を誘拐した。連中がどこにソフィーを連れていったかわかるか？

――シェパードは〈オーダー〉のために働いていたが、今はハフロックの手下だ。姉がどこにいるか、おれにはわからない。姉を捜すのを手伝ってくれ。

――われわれもそちらに向かっているところだ。

「マイク、きみも見ているかい？」

「ええ。今どこにいるのか、彼にきいて」

——今どこにいる？　直接、話をする必要がある。

——レイランドの家で会おう。

——もうロンドンに着いたのか？　ロンドン警視庁の警察官にきみを迎えに行かせる。警察がきみの安全を守ってくれるはずだ。

——だめだ。ハフロックの手下はどこにでも潜りこんでる。レイランドの家に着いたら、すべてを説明する。おれたちでハフロックを止めなくては。姉を助けると約束してくれ。

——そのつもりだ。きみも投降するんだ。

——おれの法律違反の記録を抹消してくれるかい？　鍵のありかを教えるのと引き換えに、記録を消すというオファーを悪い連中から提示されてるんだ。

——きみにとって大事なことはなんだ？　きみの姉さんか？　それとも自分の身の安全か？

——両方だ。でも、この件では正しい側につきたい。父もおれにそうしてほしいだろうから。ハフロックを勝たせるわけにはいかない。もう切らないと。この通信回線は長く使いすぎた。レイランドの家に大至急来てくれ。

そして、チャットボックスは消えた。

57

ノッティング・ヒル
午後一時

アダムはレイランドから家の鍵の隠し場所を教えてもらっていた。アダムは屋敷のなかに入ると、冷蔵庫で食べ物をあさり、英国人がソーダの代わりに飲んでいる奇妙な炭酸入りのレモネードのようなものを見つけた。そのあとノートパソコンを持って外に出て、ドラモンドとチャットをした。屋敷の裏庭のベンチに腰かけ、平和で美しい景色を眺めていると、この世のすべてがアダムの今の感情とはまるで正反対であるように思えた。

オリバーはどこだ？　屋敷はがらんと静まり返っていた。アダムは徐々に不安を感じはじめた。

オリバー・レイランドはアダムの名付け親であると同時に、いい友人でもあった。彼の屋敷に滞在するのは今回が初めてではない。政府やほかの連中から身を隠すためにこの家に滞在していた当時は、自分の部屋もあった。アダムはセキュリティ・システムに侵入してセキュリティの弱点を教える善意のハッカーだ。フロントエンドのコードを組んで大金を稼ぐことはあっても、ハッキングによって利益を得たことは一度もない。セキュリティの弱点を発見しても、アダムが知るほかの多くのハッカーがしているように、その情報を最高入札者に売ったりはしなかった。政府を攻撃することにも、混乱を生みだすことにも興味がなかった。彼はキーひと押しで得られる冒険や逃亡劇、世界を変える興奮を追い求めていたのだ。

状況が緊迫して不安定になるにつれ、この事件を担当するFBI捜査官たちを好きになってきたことをアダムは認めざるをえなかった。特にドラモンドという背の高い英国人のことが。ドラモンドは頭が切れるうえに、アダムと同じくコンピュータおたくだ。この件がすべて片付いたら、彼と一緒に腰を落ち着けてじっくり話ができるかもしれない。

ふいにアダムは、腹にパンチを食らったかのような衝撃に襲われた。痺れるような心の痛みに大きくあえぐ。アダムはアリーを悼むことも、父を悼むことも、自身に許していなかった。だが、今は胸の痛みに身を震わせていた。賢くて優しかったアリー。友人として二年のつきあいがあったが、恋人になってからはまだ半年も経っていなかった。だが、彼女はもういない。それもすべて自分のせいだ。

アダムは父を思いだした。五メートルほど離れた道端で血を流していた父の姿を。その光景が頭から消えることはないとアダムにはわかっていた。このことはソフィーにも話していなかった。話せなかったのだ。心の傷はあまりにも深く、あまりにも生々しかった。

目がひりひりと痛むのを感じ、アダムは涙をぬぐった。泣き崩れるつもりはなかった。頭がどうかしたハフロックのくそ野郎が鍵を追っている最中なのだから。ふいに、アダムははっきり気づいた。ハフロックを阻止するためなら、自分は死んでもかまわないと思っていることを。

アダムは大声で言った。「まだ十九なのに、バスの前に身を投げだす覚悟ができてるだって？　おまえはばかか」

「いや、ばかではない。間違ったバスに身を投げだそうと思っているんでないならな」オリバー・レイランドが家の入口に立っていた。レイランドはふさふさした白髪頭の大きくて強い男だ。その彼が今、アダムを歓迎するように両腕を大きく広げてほほえんでいる。アダムはレイランドの胸に顔をうずめ、堰を切ったように悲しみをぶつけた。

レイランドは無言のまま名付け子を抱きしめた。思いきり泣かせてやることで、できる限りの慰めをアダムに与えようとした。この若者はまだ十九歳だというのに、彼の世界は傾いてしまったのだ。レイランド自身の世界もましな状況とは言えなかったが。レイランドは口を開いた。「かわいそうに、アダム。本当に残念だった」

アダムがうなずいてようやく体を離し、もう一度涙をぬぐった。「これからどうするんです？」

「そうだな」レイランドは大きな手で髪をかきあげた。「現段階では、ＭＩ５にいる仲間の何人かを味方に引き入れる必要がある。ハフロックはわたしたちよりはるかに先を進んでいる。ウェストンとほかの何人かの手引きによって、やつは〈オーダー〉に入会が認められた。ハフロックはスタンフォードときみのお父さんを殺した。この危機に乗じて、自分が〈オーダー〉のメンバーになるためだ。おそらく、自分の父親も殺したのだろう。〈オーダー〉に三人分の空席を作って、自分がそのひとつをせしめ、残りふたつに自分の配下を座らせようと画策したんだ。自分とその仲間が〈オーダー〉の投票を思いどおりに操れるように。単純だが、厄介な問題だ。ともあれ、まずはお茶にしたいな。きみはお茶より、もっとちゃんとした食事のほうがいいかな？」

「そうですね。ジャムを塗ったパンなら食べたけど、まだ食べられると思います」

「ああ、若いんだから当然だ」レイランドはアダムをもう一度抱きしめると、キッチンに向かった。

「ハフロックはマリーの兵器を狙ってるんですね？」

レイランドはうなずいた。「ああ、そうだ。兵器につながる鍵と、指示を書いたノートもだ。それに、皇帝の金塊も忘れちゃいけない。少なくとも十億ドルの価値はあるだろう。もしかしたら、それ以上かもしれない。ハフロックは病的なほど権力を欲しがる異常者だ。加えて科学の天才でもある。われわれは世紀の大惨事を目の当たりにするはめになるかもしれない」

「それならおれたちでやつを止めないと。でも、どうすればいいんです？」

「これまでと同じようにやればいい。われわれ〈オーダー〉は、必要以上のものを望む者を常に阻止してきた。ハフロックを排除する方法を探り、迅速に行動に移すのだ。やつのテクノロジーを破壊し、やつの仕事の信用を失墜させる。すべてが終わる頃には、ハフロックなどという男はこの世にもともと存在していなかったかのようになっているだろう。きみのお父さんがどんな目に遭わされたかを考えれば、少なくともそのくらいの復讐は許される」

レイランドは冷蔵庫の扉を開け、なかをのぞきこんだ。「バブル&スクイークでいいかい？」

アダムのきょとんとした表情を見て、レイランドはほほえんだ。「残り物のマッシュポテトと茹で野菜、それにタマネギを入れて炒めた料理だ」

彼はフライパンに材料を入れ、炒めはじめた。

アダムは言った。「ハフロックは潜水艦の最終的な座標を知らない。知ってるのはおれだけで、やつはおれを捕まえられない。つまり、おれが鍵にたどり着くための鍵ってわけですね」ドラモンドも座標を知っているであろうことを名付け親に教える必要はなかった。

「いや、アダム、わたしたちのふたりともが座標を知っておく必要がある。ビクトリア号の正確な位置をわたしにも教えてくれ。そのために、すでに部下を待機させている」レイランドはマッシュポテトをフライパンのなかでかきまぜ、火を止めた。「熱々でおいしいぞ」

アダムはしばらく考えこんでから言った。「本気ですか？」

「ああ、本気だとも。さあ、そこの引き出しからフォークを二本取ってくれ。わたしも一緒に食べたくなった」

そのとき、警報装置が二度鳴り響いた。何者かが家のドアを開けたのだ。

レイランドはアダムの腕をつかんだ。「誰も客は来ない予定だ。きみとふたりきりで会えるように、今日の午後は使用人も全員帰してある」

屋敷の一階を何人かがどかどかと歩きまわる音に続き、仲間に指示を出す男の声が聞こえた。

レイランドは落ち着いた様子でポケットからワルサーPPKを取りだした。「アダム、上にある自分の部屋に行って、鍵をかけるんだ。誰が来ても絶対にドアを開けるな。わたしが行くまでそこで待っているんだ。わたしのことは心配するな。さあ、行け」そう言うと、アダムの名付け親はキッチンから出ていった。

アダムは裏階段を三階まで駆けあがると、立ちどまって耳を澄ました。レイランドの叫び声と、彼が何者かと争う音が聞こえた。明らかに骨が折れたようないやな音が響いたあと、痛みに苦しむうめき声が聞こえた。そしてパンという軽い音——サプレッサー付きの銃の音がした。アダムは名付け親を失うわけにはいかなかった。それだけは耐えられない。アダムは階段まで走ると、壁に体をぴたりとつけ、玄関ホールに続く踊り場へと一段ずつおりはじめた。

三人の男がレイランドを見おろすように立っていた。レイランドは動かない。彼の大事なワルサーがその手のそばに落ちていた。

オリバーは死んでしまったのか？　だめだ、だめだ、そんなことがあってはならない。怒りがアダムの体じゅうを駆けめぐった。自分を抑えられず、アダムは叫びながら階段を駆けおりた。「オリバーから離れろ！」

三人の男たちは振り返り、こぶしを振りあげて向かってくる痩せっぽちの若者を眺めた。

「おやおや、いったい誰かと思ったら」男の声には強いドイツ語訛りがあった。アダムは男の頬に走る大きな傷跡に気づいた。男がアダムに向かってほほえむと、傷跡が引きつれて赤みが余計に際立った。その男はただのメルツという名で知られているハフロックの残忍な右腕だった。

「どうやらアダム・ピアースが見つかったようだ」

アダムはハフロックのファイルでこの男の記録を読んでいた。そのとき、レイランドが小さくうめき声をあげたが、アダムには聞こえなかった。メルツは振り向くと、無造作にサプレッサー付きのベレッタでレイランドを撃った。上品な咳ほどの音もしなかった。

メルツがアダムを振り返った。顔に笑みを浮かべたまま、手に持った銃でアダムに階段をおりてくるよう合図した。

アダムのなかで何かがプツンと切れた。アダムは男に向かって突進すると、叫びながらキックやパンチを繰りだした。誰かと戦ったことはなかったが、その怒りはすさまじかった。悲しみが怒りの炎をさらに燃えあがらせた。アダムは油断していた男たちに不意打ちを食らわせてやったものの、数秒もしないうちに取り押さえられた。男のひとりがナイフを取りだすと、メルツが怒鳴った。「やめろ！　こいつは必要だ」男は不満そうな様子ながらも、ナイフを引っこめた。男たちにさらに何発か殴られて、アダムの顔はずきずきと痛み、唇は裂けて血が流れていた。

メルツが言った。「まるで勇敢な小さい雄鶏（おんどり）だな。おまえの顔にもわたしのような傷跡をつけてみたらどうだろう」

アダムは唇の血をなめた。「おれの名付け親を殺しやがったな！　オリバーを殺しやがった」男たちの手から逃れようともがいたが、無駄な努力だった。

「いいかげんにしろ！」

「父さんを殺すために殺し屋を送りこんだのはおまえか？　それともおまえのボスのハフロックか？　ああ、そうさ、おまえが誰か、おれは知ってる」

メルツは再び恐ろしげな笑みを口元に浮かべた。傷跡が押しあげられて、ひだのようになった。「そうだとしたら、どうする気だ？」

「おまえを殺してやる、このくそ野郎め」

メルツが笑った。「一緒に来るんだ。やらなきゃいけないことがいろいろある。少しばかりドライブしよう。そのあと、ふたりでじっくりおしゃべりを楽しもうじゃないか」そう言うと、レイランドの遺体を顎で示した。

アダムの目の前で、ふたりの男が彼の名付け親を二階と三階のあいだにある踊り場まで運び、手すりの向こうへと投げ落とした。メルツが高々と笑い声をあげる。「これであの老いぼれも確実に死んだな」

アダムはこらえきれず、大声をあげながらメルツに再びつかみかかった。

そのとき、首にチクリと痛みを感じた。鼓動がどんどん速くなる。呼吸も同様だった。速すぎるほどだ。ついには息ができなくなり、アダムは自分の体がくずおれるのを感じた。徐々に視界が失われていくアダムの耳に、メルツの声が響いた。「ばかな真似をしたな」

アダムは膝をついた。頭がふらふらする。自分は死ぬのだ。アダムが最後に目にしたのは、名付け親の遺体から自分のほうへぽたりぽたりと落ちてくる血だった。そして、すべてが真っ暗になった。

58

大西洋上空

ペンダリーは即座に電話に出た。「ドラモンド。やっとつかまえたぞ。ロンドンに着いたのか？」

「いえ、あと一時間ほどかかります。まずは正式にお招きいただいたことを感謝します。これまでにわかったことをご報告します。何人か人をお借りするかもしれません」ニコラスは移動するあいだに判明したことを逐一ペンダリーに伝えた。

黙って聞いていたペンダリーは、話が終わると口を開いた。「人は必要なだけ使ってくれ。ただちにオリバー・レイランドの家に部下を向かわせて、ハフロックの手下に気づかれる前にアダムを保護できないか、やってみよう。それからスタンフォードのことを調べたが、彼は殺されていた――ケタミンをたっぷりと打たれてな。短時間で心臓を止めるのに充分な量だった。状況が明らかになるまで、この事実はできるだけ伏せておくつもりだ。機長に急ぐよう言ってくれ」

「わかりました。ありがとうございます。それから、自分たちは――」

そのとき轟音が鳴り響き、機体ががくんと左に傾いた。マイクがシートから投げだされ、ニコラスのノートパソコンが勢いよく床に落下した。書類が舞いあがり、カップに半分残っていたコーヒーが窓ガラスに飛び散る。大きく傾いていた機体が勢いよく右に戻り、同時にコックピットから叫び声があがった。

ニコラスはやっとの思いで立ちあがり、マイクに手を伸ばそうとしたが、機体は氷でスリップしたかのように急に揺れて旋回しはじめた。そのあと右に向きを変え、機首がさがりだした。

マイクが叫んだ。「どうなってるの？」

ニコラスはコックピットまでのわずかな距離をよろよろと歩き、力任せにドアを開けた。機長のダン・ブレーカーは椅子から半分ずり落ちて、意識を失っている。副操縦士のトム・ストラウスは両目を手で覆って、うめいていた。ニコラスがストラウスの体を起こすと、目の上を赤い線が走っている。やけどの痕だ。

ニコラスはストラウスの体を揺すった。「何があった？」

ストラウスが苦しそうに声を絞りだした。「グリーンの、光」それだけ言って、気を失った。

ニコラスは座席からストラウスの体を引きずりだし、副操縦席に座った。機体を制御しなければならない。

マイクはコックピットの入口の両側に必死でしがみついている。

「操縦士はふたりとも負傷していて、意識不明だ。ぼくが着陸させるしかない」

ニコラスは水平線を基準に機体を安定させようとしたが、ナビゲーション・ディスプレイは消えていた。操縦席の前には大きなフラットパネル・ディスプレイが四つ並び、ヘッドアップ・ディスプレイにも何も映っていない。

電子機器はなんらかの理由で壊れていた。

ニコラスが昇降舵（しょうこうだ）をさげすぎて、機体が右に急旋回した。その拍子にマイクがコックピット内に飛ばされて、計器パネルにぶつかった。

「自動操縦に切り替えなさいよ」マイクが叫んだ。

「やってみたよ。壊れているらしい。自分で操縦する以外にない」

ニコラスが見ると、マイクはすっかり青ざめていたがその場にとどまり、彼とともに自分の役目を果たそうと意気込んでいた。「操縦の仕方は知ってるのよね？」

「知っているが、パラシュートを用意したほうがいい。念のために」

「パラシュート？」マイクは平静を装ったものの、心のなかで叫んだ。

ああ、お願いだからやめて。ここから海になんて飛び降りたくない。

マイクは機長の脈を確かめた。かすかではあるものの、打っている。機長は顔面にひどいやけどを負い、赤い水ぶくれになっていた。マイクは機長のシートベルトを外して、座席から引きずりだした。

「何があったの？　どうしてやけどを？」

ニコラスは機器を調整し、つまみをまわし、操縦桿に片手を置いた。機体が落ち着いてきたようだ。異常な振動や旋回はおさまり、ようやく安定しはじめた。ニコラスは言った。

「副操縦士は気を失う前に〝グリーンの光〟と口にしていた。唯一考えられるのはグリーン・レーザーだ。ただ、これほどのやけどを負わせる装置は市販されていない。軍需品か、あるいは個人のものだ」

「別の飛行機にレーザーで撃たれたというの？　それとも地上から？」

「わからない」ニコラスは大きく息を吐いた。「もう大丈夫だろう。ロンドン・シティ空港の管制塔に連絡して、乗客自ら操縦していることを伝えなければ。それから――」

またしても轟音が鳴り響き、ガタガタと振動しはじめた。今度は先ほどよりもさらに揺れが激しく、今にも機体がばらばらになりそうだった。計器パネルが赤くともった。「くそったれ」

コントロールパネルのエンジンランプが点滅しはじめるのが、マイクの目に入った。

ニコラスが無線のマイクをつかんだ。「メーデー、メーデー。こちらはＦＢＩのガルフストリームⅤ。攻撃された。繰り返す。当機は攻撃を受けた。操縦士二名が倒れ、第一エンジンが破損。ただちに着陸したい」

マイクはパニックと闘った。正面も、右も左も、ブルーしか見えない。見渡す限りのブルー。彼らは海上を飛んでいて、陸地は見えなかった。

「パラシュートだ、マイク。今すぐ。それから、飛びおりることになっても、キャビンのドアからは出られない。速度を落としたとしてもエンジンに吸いこまれるか、翼にぶつかる。荷物室のハッチから出るしかない。だから、覚えておいてくれ。そのときが来ても、キャビンのドアは開けるな」

マイクはふらつく足取りで機体の後部に向かい、ギャレーの高い位置に手を伸ばした。パラシュートはそこにあるはずだ。四つ取りだして、やっとの思いでコックピットに戻ると、ふたりの操縦士にパラシュートを装着した。

マイクは以前にFBIアカデミーで緊急脱出を経験したことがある。インストラクターの体にくくりつけられて、地味な旧型のセスナ機から飛びおりた。またやりたいとは思わなかった。マイクはこれまでになく懸命に祈った。

ニコラス、飛行機を無事に着陸させて。あなたならできる。

飛行機はまるで空気に抗(あらが)うように、身を躍らせて振動していた。

「何が起きてるの？」

「また攻撃された。レーザーは地上からではなく、上空から発射されている。別の飛行機に攻撃されているようだが、どんな装置を使っているのかは不明だ。さっき一瞬で通り過ぎた。

どこかのプライベートジェットを改良した機体のようだ——軍用機でないのはたしかだ。何で攻撃されたのかはわからないけれど、機体がやられた」

ニコラスにパラシュートを渡すマイクの手は震えていた。「あなたにも必要よ」

ニコラスはマイクを見あげてほほえみ、操縦桿を顎で示した。「しっかり握っていてくれ。少し力がいるぞ。計器の助けを借りられないからな」

マイクは空いている席に座ると、満身の力で操縦桿を握った。そのあいだにニコラスはパラシュートパックに両腕を通し、ベルトを締めた。

「交替だ」ふたりは座席を入れ替わった。ニコラスはすばやく計器を確認した。「よし。なんとか持ちこたえている。だが、残りのエンジンに負荷がかかりすぎているようだ。エンジンが止まっても、死ぬわけじゃない。だから元気を出せ。パラシュートを取りに行ってもらっているあいだに、ウェールズのカーディフにある英国空軍基地の親切な紳士と話をした。これからそこに着陸する。あとほんの百六十キロだ。いいか、何かまずいことが起きて、ぼくが飛び降りろと言ったら、一緒に飛びおりる。こちらの状況を把握している英国空軍が待機しているから、サメに脚を食いちぎられる前に助けてくれるよ」

「名案ね、ニコラス。正直に教えて。着陸できるの？　あなた、この飛行機をカーディフまで飛ばせる？」

「じきに英国空軍が護衛について、基地まで案内してくれる。運がよければ、攻撃してくるジェット機も見つけてくれるだろう。この機体をまっすぐに飛ばすことはできても、空中戦を逃げきるのは無理だ」

ニコラスが質問に答えていないことに、マイクは気づいていた。

59

ニコラスはジェット機を無事に着陸させる自信はまったくなかったが、そのことをマイクに正直に言うつもりもなかった。以前、フライトシミュレーターを使って指導員とともに飛んだ経験はあるものの、単独で着陸を試みたことはない。

無線が耳元で騒々しい音を立て、英国航空管制公社の管制官が穏やかに言った。「これから無線誘導します、ミスター・ドラモンド。機首方位を2-4-0に維持してください」

「機首方位を2-4-0に維持」機体が向きを変えると、ニコラスは目を細めて窓ガラスの外を見た。正面に陸地が見える。

マイクにも見えた。「陸地だわ、ニコラス」彼女は不安げに笑ってニコラスを見た。

「それで結構です、ミスター・ドラモンド。その方位を保ったまま、対気速度を三百ノットに落としてください」

ニコラスがスロットルレバーを操作して減速している最中に、何かが炸裂したような白い閃光が視界に入った。「またあのいまいましい飛行機(ブラッディ)だ」

閃光がガルフストリームをかすめる。ニコラスは明るいグリーン・レーザーが放たれるのを見た。「マイク、目を閉じて、頭をさげろ！」

前にかがんだ拍子に、ふたりはスロットルの上に頭をぶつけ、ゴツンと音がした。またしても機体が揺れはじめる。レーザー光線に負けて、胴体がばらばらになってしまいそうだ。

「あいつら、いったい何をするつもりなの？」

「われわれの目をつぶし、金属板に穴をあけて、もっと厄介な事態を引き起こそうとしているんだ。頭をあげるんじゃないぞ」ニコラスは無線に切り替えた。「当機は攻撃を受けている。繰り返す。当機は攻撃を受けている。相手機はレーザー発射装置を搭載。当機の操縦士二名はそれで操縦できなくなった。皮膚にやけどを負い、目をやられている。レーザーにはジェット機の胴体を貫通する能力があるようだ」

航空管制官が応じた。「そのままの状態を維持してください、ガルフストリームV。今の機首方位を保つように。救援が向かっています」

ニコラスは危険を承知で窓の外をのぞいた。目の前の空は晴れている。ニコラスは体を起こし、マイクも続いた。ジェット機が視界に戻ってきて、目の前で急に向きを変えた。ジェット後流（エンジンの排気ノズルから発する後流）で、ガルフストリームの第二エンジンを破壊しようとしている。ニコラスの見ている前で、相手機は機体を大きく傾けて向きを変え、真正面から向かってきた。

航空管制官が言った。「針路をそのまま維持してください。飛行経路を変えないで。速度も保ってください。間もなく左舷にトーネードが見えるはずです。危険を排除してくれるでしょう。彼らが合図したら、大きく向きを変えてください。機首方位を4—4—7に設定し、そのまま飛び続けてください」

言葉どおり、しばらくすると、近くにグレーの機体のトーネードが現れた。操縦士が敬礼した。翼の下から次世代短距離空対空ミサイルが落下し、ミサイル後部に白い尾を引くのが見えた。ニコラスの耳に、トーネードの操縦士のコールが聞こえた。「フォックス・スリー、ミサイル発射」

爆音がとどろき、周囲の空気が揺れた。ニコラスはつまみを操作して爆発半径の外に出て、上から降ってくる破片をよけた。

「ニコラス、見て！　撃ち落としたわ。あれを見た？　相手を撃ち落としたのよ！」

トーネード搭載のASRAAMの破壊力は群を抜いている。「よかったよ。あの飛行機が連邦捜査官に攻撃を仕掛けてきたのが、英国の領空内で」

「でも、誰が？　いったい誰が攻撃してきたの？　わたしたちの命を狙うなんて」

ニコラスは険しい表情で言った。「ブリストル海峡から機体の残骸を引きあげればわかるだろう。だが、われわれを消そうとした相手が誰かはわかる気がする」

「ハフロックね」

「ああ、そうだ」

「あなた、自分のしてることがわかってるのね？」

ニコラスはマイクを見て自信たっぷりに笑った。「どういう展開になるか、見届けてやろうじゃないか」

ニコラスは両手でしっかりと操縦桿を握り続けた。また無線が入った。「障害物は消えました、ガルフストリームV。トーネードについていってください。機首方位は2-2-0。速度を百五十ノットまで落としてください。カーディフ管制塔に引き継ぎます。あとは彼らが誘導します。グッドラック」

マイクはヘッドホンでそのやりとりを聞いていた。「正確にはどこを目指してるの？」

「セント・アサン空軍基地だろう。ウェールズ南部にある英国空軍の基地だ。トーネードはそこから緊急発進している」

「ウィリアム王子は出迎えてくれると思う？」

ニコラスが笑った。「こんなときでも冗談を言えるのはいいことだ」

マイクはヒステリーを起こすよりましだと言いかけて、やめた。まっすぐ前を見て、懸命に祈った。

彼らはセント・アサン空軍基地の管制塔の歓迎を受けた。「ようこそ、ドラモンド捜査官。カーディフ管制塔でジェネラル・マネージャーを務めるダニエル・ヒーリーです。空軍基地が当空港に近いため、両方の滑走路をここで管理しています。手動で操縦しているそうですが、自動操縦の機能を失い、計器着陸装置も作動していないということですね？」

ヒーリーの声は驚くほど落ち着いていて、マイクの緊張はいくらかやわらいだ。

「そのとおりです。電子機器がやられました。第一エンジンも止まっています」

「それはまずい。操縦経験はおありですか？」

「多少は。トーネードのシミュレーターでしたが。それも二、三年前です」

ヒーリーが小声で笑った。「わかりました。心配はいりません。飛行場はそちらから見て十時の方向にあります。見えますか？」

「見えます」

「フラップを二十度に、速度を百二十五ノットに設定してください。低層のウィンドシア（急激な風速や風向の変動）に気をつけて。着陸直前に機首をあげ、アイドルリバース（低回転逆噴射）して速度を落としたほうがいいでしょう」

「口で言うのは簡単でしょうが」

トーネードの後ろにつくと、やがてセント・アサン空軍基地の滑走路が地平線上に現れた。細長いヘビがまっすぐに伸びているように見えた。滑走路脇に緊急車両が並び、ライトを点滅させているのだ。

「盛大なパーティを用意してくれてるみたいね、ニコラス。シャンパンとキャビアがあるといいんだけど」

「今はきみに渡されたものならなんだっていただくよ。さあ、集中するぞ。お楽しみはこれからだ」

マイクはニコラスの言葉に従って機首方位のつまみを調整し、着陸装置をおろした。ヒーリーが無線誘導し、ところどころで調整した。地面が迫ってくる。ニコラスが一基しかないエンジンを逆回転させてブレーキをかけた。機体は横すべりしたが、うなるような音とともに滑走路から半分はみだして、ようやく停まった。

彼らは生きて、無事に着陸した。マイクは座席から跳ね起きると、ニコラスに抱きついた。マイクは彼の頬に向かって言った。「やったわ！ わたしたち、生きてる。機体も壊れてない」マイクはニコラスの唇に大きな音を立ててキスをした。「なんといっても、サメに遭遇せずにすんだのがうれしいわ。これから先ひと月は、あなたのことをどんくさいなんて言わない」そして、もう一度キスをした。

ニコラスは彼女の耳元で言った。「二回も？ うれしいね。いただけるものはいただいておこう」

60

セント・アサン空軍基地
ウェールズ
午後三時

操縦士たちの手当てをするため、救急救命士が乗りこんできた。ふたりともまだ意識が戻っておらず、やけどは重傷で、痕が紫色になっている。ふたりともレーザーが発射されたときに光を見つめてしまったのだ。マイクとニコラスは、待機していた救急車に彼らが担架で運ばれていくのを見守り、男たちから励ましの声がかかるのを聞いた。

ニコラスはガルフストリームの美しい機体に気の毒なことをしたと思った。レーザーは胴体の金属を貫いて、両側面に深い穴をあけた。左エンジンのまわりの輝く白のペンキは黒ずんでいる。あと二、三回、命中していたら、機体は空中でばらばらになっていただろう。

マイクはニコラスに近づき、横に立った。「大切なジェット機をこんな目に遭わせたと知ったら、長官はおかんむりでしょうね」そう言いながらも、にっこりした。生きているというのはすばらしい。

ニコラスはマイクを抱きしめてキスをした。「着陸できてよかったよ」

ふたりは英国空軍の司令部に通されて熱い紅茶を振る舞われ、そのあいだに報告を終えた。全員が納得したあとで基地の司令官が、ニコラスたちを攻撃し、トーネードに撃ち落とされた機体を回収しているところだと告げた。飛行機の所有者は間もなく判明するだろうが、自分たちを亡き者にするように指示したのが誰か、ニコラスはすでに確信していた。そして、ひそかに思った。

ぼくを本気で恐れているんだな、ハフロック？　当然だ。おまえのようないまいましい（ソディング）・ろくでなし（バスタード）は葬り去ってやる。

司令官によれば、基地の衛生兵が操縦士たちの治療に当たっているそうだ。操縦士たちは閃光による視力低下とやけどの手当てを受けており、両名とも快復はするが、傷は残るだろうとのことだった。

司令官は、使用されたレーザーが商用グレードでないことを認めた。軍需用グレードさえ超えているという。兵器としてきわめて強力で、民間部門であれ軍需部門であれ、実際に使用されるのを見た者はいないらしい。ただちに本格的な調査が開始された。

また基地の副司令官いわく、ハーミッシュ・ペンダリーというせっかちな男の命令で、ニコラスとマイクはすぐさまヘリコプターでロンドンに輸送されることになったようだ。

ニコラスは頑固な元上司の姿を思い浮かべた。今回のちょっとした騒動は、老いたハゲタカの血をわきたたせているに違いない。

彼らの所持品はガルフストリームから戻ってきていた。歩いて駐機場に戻る途中、ニコラスは、マイクが不安げな表情で大型輸送用ヘリコプターのチヌークを見つめているのに気づいた。

「どうした？　きみはヘリコプターで空の旅をするのが大好きなんだと思っていたが」

「今、考えてたのは、地上にいるのがどんなにすばらしいかってことだけよ。だけど、またあの空に舞い戻るのね」だがマイクは座席にどさりと腰をおろすと、ヘッドセットをつけてシートベルトをきつく締めた。

英国空軍は約束どおり、三十五分後にテムズ川をかすめるように飛んで、ノーソルト空軍基地へ着陸する態勢に入った。

ヘリコプターがウェールズの基地に向けて再び上昇するのを見ながら、ニコラスはマイクに言った。「英国航空管制公社の友人たちに礼状を送るのを忘れないように、思いださせてくれるかな？」

「花を贈りましょうよ。チョコレートも。それから、わたしの最初の子どもも。あなたの最初の子どもも進呈するといいわ」

ニコラスは片方の眉を持ちあげた。

マイクがそれを見て、おかしそうに笑った。「そんな顔をしないでよ。悪かったわ」

「きみはおもしろいことを言うな」

改造したBMW5シリーズの黒いセダンが駐機場でふたりを待っていた。その車にハーミッシュ・ペンダリーが寄りかかっている。ロンドン警視庁作戦指揮班警視正だ。ふたりのあいだに距離と時差ができたせいか、ニコラスの目にはペンダリーが、野外の広告看板に出ている優しい老人モデルに見えなくもなかった。ペンダリーはふたりにあたたかい笑みまで浮かべてみせた。彼のそんな笑顔は見た覚えがない。そんなペンダリーがいきなり切りだした。「放蕩息子のご帰還だな。こんな派手な水しぶきをあげずに帰ってこられなかったのか、ドラモンド?」

「水しぶきなんてあげていません、サー。無事に着陸させました」

ペンダリーが首を振った。「とんだ失態だ」

「いいえ。自分のせいではありません」

ペンダリーは盛大に笑うと、ニコラスと握手した。

「マイケラ・ケイン捜査官のことは覚えていますよね」

「ああ、もちろんだ」ペンダリーはマイクとも握手した。「イレインの葬儀でかぶっていた帽子のことは今でも覚えているよ。よく来てくれた、ケイン捜査官。この男と組んでいながら、まだ無事のようだな」

マイクが答えた。「幸い、我が家は丈夫な家系です。ですが、あなたもご存じのとおり、ニコラスといれば退屈しません」

ペンダリーが白髪まじりの眉をあげた。「わたしは今もリハビリ中だ。ドラモンドがアメリカでFBI捜査官になったなんて、いまだに理解できん。わたしのことを厳しすぎると言っていた男が」

一月にイレイン・ヨークの葬儀でペンダリーに会ったときから、マイクは彼を気に入っていた。「ニコラスにFBIに来てもらえてよかったです。彼の知性を無駄にしてはもったいないですから」

ペンダリーは心から笑った。「そうだな。ドラモンドを引き受けてくれて助かったよ。ここでは厄介ごとばかり巻き起こしていたからな。一緒に来てくれ」

BMWが車の流れに乗ると、ペンダリーは本題に入った。「われわれはノッティング・ヒルにあるレイランドの屋敷を包囲した。二時間前から見張っているが、屋内には誰もいないようだ。それから、レイランドからの連絡が途絶えている。今日正午に会議があって、それ以来、姿を見かけていないそうで、少し心配になりかけてきたところだ。ロンドン警視庁の公安のやつらが首を突っこもうとしていて、あちこちで騒ぎを起こしている。いつまでも放っておくわけにはいかんだろう。幻の潜水艦とエリボール湖のことを知られた以上はな。北海の近くだったな?」

「そうです。エリボール湖です。潜水艦の位置の正確な座標はわかっています」

「潜水艦の引き上げは誰にでもできることではない。計画を立ててはいるが、早くて明朝にならないと、現地での引き上げには取りかかれないだろう」

「その計画には問題があります。ハフロックが潜水艦の引き上げをまだ始めていないとしても、独自に準備しているに違いありません。最終的な座標を知るにはアダム・ピアースが必要なはずですから、ハフロックがアダムを捕らえる前に、自分たちが彼を見つけなければなりません。

恐ろしい話です。ポロニウムを集めているハフロックが行方をくらまし、得体の知れないこの兵器を手に入れようとしているとなると、手をこまねいている暇はありません。アダム・ピアースにレイランドの家で会おうと言われました。屋敷内で身をひそめていてくれればいいのですが。その後われわれはエリボール湖に向かい、潜水艦の位置を突きとめて、誰もが捜している謎の鍵を見つけだします」

「なんの鍵だ？」

「たぶん、二十世紀の初めにキュリー夫人が製造した何かを手に入れるための鍵です。ハフロックが集めているポロニウムを使用するのでしょう。そのふたつを合体させると、おそらく非常に強力な兵器ができる。アダム・ピアースとソフィーの助けが必要なんです。すべてを知っているのは彼らだけですから」

もちろん〈オーダー〉のメンバーも全員知っているが、ニコラスの父の頼み——というよりむしろ悲痛な訴え――が頭のなかで響いていた。〝警察には知らせるな。〈オーダー〉を守ってくれ〟いいだろう、当分のあいだは黙っていよう。しかしすべてが失敗に終わったら、ニコラス自身がメンバー全員を見つけだして逮捕し、〈オーダー〉に何が起きたのかを知って愕然とすることになるだろう。

マイクがニコラスを見ていた。ニコラスは自分の考えがマイクに読まれているという、奇妙な感覚を味わっていた。

ニコラスはきいた。「ハフロックは見つかりましたか?」

「自家用機がロンドンに着陸し、また飛びたった。どこにいるかはわからん」

そのとき、ニコラスのスマートフォンが鳴った。彼は画面を見つめた。「誰からだろう、01865というのは?」

マイクが言った。「出なさいよ。たしかオックスフォードの局番だったと思うが」

「もしかしたら、無事を伝えるためにアダム・ピアースがかけてきたのかもしれない」

「そうだな」ニコラスはスピーカーに切り替えて電話に出た。「もしもし?」

聞こえたのは女性の声だった。ひどく取り乱した低い声だ。「ドラモンド捜査官? ソフィー・ピアースよ。助けてほしいの」

61

オックスフォード
ウェスト・パーク
午後三時四十五分

この部屋を出て、屋敷から抜けだし、ロンドンに戻ってアダムを見つけなければ。ソフィーは暖炉に目をやり、もう一度よく見た。どうすればいいかがわかった。

彼女は火かき棒をつかんだ。長さ八十センチほどの焼き入れ加工した硬い鉄の棒だ。それを両手で持ちあげてドアに近づき、息を深く吸うと大声で叫んだ。

「助けて！　気分が悪い、助けて！　体が変なの。吐きそう。お願い、バスルームを使わせて」

見張りはまだドアの向こうにいる。よかった。見張りが叫んだ。「黙れ」

「お願い。むかむかして、具合が悪いの。面倒に巻きこまれるのはいやでしょう。うっ！」彼女は今にも吐きそうなふうを装い、喉を鳴らした。

見張りがののしる声が聞こえて、鍵がジャラジャラと鳴った。

ドアが開くと同時に、ソフィーは体当たりした。見張りがバランスを崩したところで、ソフィーは火かき棒で力いっぱい胸を殴り、次に頭上へ振りおろした。

見張りは気を失った。ソフィーは念のためにもう一度殴り、広々とした長い廊下を走った。両側のドアはどれも閉じていて、かなり暗い。階段に差しかかると、階下から声がした。気分が悪いと叫ぶ声が聞こえたのだろう。あるいは見張りの声が聞こえたのかもしれない。時間がない。近くの部屋にすばやく隠れ、背後でドアを閉じ、鍵をかけた。

そこは書斎だった。オーク材の床にアンティークのカーペット、羽目板と同じ濃い色の書棚が壁を覆っている。大きなマホガニー材のデスクに、コンピュータと電話が置いてあった。

ソフィーは受話器をつかむと、アダムの携帯電話にかけはじめた。いいえ、FBI捜査官のニコラス・ドラモンドがいい。以前、ドラモンドに嘘をついてそのことがばれてしまったし、ドラモンドは父のSDカードを奪って〈オーダー〉のことを知ってしまったけれど、かまわない。だけど、ドラモンドがイングランドに来ていなかったらどうしよう。もし——いいえ、来ているはずだわ。電話番号は何番だった？　彼女は気を静め、ドラモンドからもらった名刺の裏に走り書きされていた番号を思い浮かべた。次に、イメージをつなぎあわせる——新しい外国語を覚えるときのように。やがて文字と数字が形をなし、パターンが浮かびあがった——そして、番号が現れた。ソフィーは電話をかけた。

どうか、どうかお願い。わたしの居場所に気づいて、わたしを見つけて。

「もしもし？」

「ドラモンド捜査官？　ソフィー・ピアースよ。助けてほしいの。お願いだからイングランドにいると言って」

「ソフィー？　ああ、われわれはイングランドにいる。大丈夫か？　どこにいる？　きみを捜していたんだ」

「わからないの。ロンドンの北のほうよ。だけど、ハイ・ウィカムの近くでアレックスに頭からフードをかぶせられたの。車はそこから十五分くらい走って停まった。長い砂利の私道があって、今いる屋敷はかなり大きいわ。庭園がいくつもあって、広大な敷地のなかにある。建物の三階にいるの。ああ、まずい。誰か来るわ」

「落ち着いて。電話を切らずに話し続けてくれ。発信地を探知する」ドラモンドはソフィーに聞こえないところで誰かと話したあと、電話口に戻ってきた。「誰の指示で誘拐されたのか、わかるか？」

「〈オーダー〉としか考えられない。わたしを守るためだとアレックスは言うの。だけど、違うと思うわ。アダムは見つかった？　弟は大丈夫？　あなた、潜水艦のことは知っているの？」

「今、アダムを捜しているところだ。それから、潜水艦のことは知っている」

「彼らは潜水艦が沈んだ場所を知りたがっているの。知っているのはアダムだけよ。あなたがSDカードの解読に成功したなら、話は別だけど」

ドラモンドが言った。「解読には成功して、潜水艦の正確な位置はわかった。庭園の様子を教えてくれないか？　敷地の外観を説明してくれ。何か目印があるだろう」

ソフィーは受話器を置き、窓のそばに駆け寄った。ここからの景色はさっき目にしたのとは少し違っていて、屋敷も敷地もよりよく見える。ソフィーはすぐさま電話口に戻った。

「まわりには何もないわ。長い私道があって、両側にきれいな並木がある。部屋は西に面していて、右手に小さい塔が見えるわ。建物は砂色の石造りよ」

「上出来だ。アレックスはどこにいる？」

「わからないわ。アレックスの姓はグロスマンじゃなくて、シェパードなの」

「ああ、知っている。シェパードはMI5のスパイだ」

「まさか。ありえないわ。アレックスはわたしの父を守るために、内密に働いていたのよ。彼がそう話してくれたわ。だけどわからなくなった。MI5ですって？」

「アレックスは仕事をかけ持ちしているんだ。だが、きみたちのために親身になって働いたことはなかったんじゃないのか？」

「アレックスは飛行機のなかで、〈オーダー〉はわたしを守ってくれるとずっと言い続けていたわ。それなのにここへ連れてきて部屋に閉じこめ、ドアの外に見張りをつけたの。わたしは見張りを騙してドアを開けさせ、火かき棒で殴ってやったわ」書斎のドアの外で足音がした。「誰か来たわ……お願い、早くわたしを見つけて！」

「電話を切るな」

　ソフィーは部屋を見まわしながら、ドラモンドの言葉を聞いていた。受話器をデスクに置いてあちこち探したが、隠れる場所はない。錠のデッドボルトが動くのが見えた。

　ドアが開いて、上質なグレーのスーツを着た、背の高い痩せた中年の男が入ってきた。客観的に見ればハンサムと言えるのだろうが、男にほほえみかけられて、ソフィーはぞっとした。

「やあ、ソフィー」男の声はなめらかで、英国訛りとドイツ語訛りが混じったようなおかしな発音だった。「ああ、電話をかけてたのか。さっさと切りたまえ」

「いいえ、切らないわ」ソフィーはデスクに駆け寄り、受話器をつかんだ。「お願い、助けて！」

　男は三歩で部屋を横切るとソフィーの顔をしたたかに殴り、受話器を手荒にフックに叩きつけて壁からコードを引き抜いた。男はなおもほほえみながら電話機を部屋の奥へと放り投げた。機械は大理石の暖炉にぶつかった。

　男は振り返り、ソフィーの髪をつかんで書棚のほうに投げ飛ばした。ソフィーはどさりと床に落ち、背中が激しくぶつかった勢いで書棚から本が二冊、落ちてきた。

　男はソフィーの前にしゃがみこむと、またしても髪をつかんで顔をあげさせた。「二度とわたしに逆らうな。わかったか」

髪を乱暴につかまれて、ソフィーはうなずくことさえできなかった。

「よし。立って、あそこの椅子まで歩いていけ。椅子に座ったら、話をしよう」

男は手を差しだした。すらりとした手に細長い指。ソフィーの心臓は早鐘を打ち、頭がぼんやりした。駆けだして大声で叫びたかった――ソフィーはひどく興奮していた。だめ、落ち着かなければ。頭皮が痛み、書棚に強打したせいで背中がひりひりするが、体は動かせる。男の手を取ると、また叫びたくなった。男の手は乾いていて冷たい。「あなたは誰なの?」

「もちろん、ドクター・マンフレート・ハフロックだ。こうして知りあえるのを楽しみにしていたよ」

ハフロックはデスクのそばまでソフィーを引っ張っていき、強引に椅子に座らせた。

62

ウェスト・パーク
午後四時

ソフィーはハフロックに背を向けて座らされた。ハフロックがソフィーの両腕を後ろに引っ張ると、苦痛のうめきがもれた。ハフロックは両手首を縛り、続いて薄い布で猿ぐつわを噛ませた。体を起こして、しばらくソフィーを見おろす。そのあとレターオープナーを手に取り、鋭い刃をソフィーの頰にそっと這わせて、静かに笑った。ソフィーの背後にまわると、レターオープナーでシャツを腰まで切り裂き、布を大きく開いた。ブラジャーの紐を切って、しみひとつない白い肌を愉快そうに眺めた。かすかに残るブラジャーの跡に指先で触れ、こすって消した。

「潜水艦がある場所の座標を教えろ」

「知らない。誓って知らないわ！」

「知っているはずだ、お嬢さん」

「いいえ、知らない。アダムは教えてくれなかったの。そのほうが安全だと言って」だけど、今となっては笑うしかない。ソフィーは待った。恐ろしくて、ほとんど息もできなかった。ハフロックはそれ以上何も言わず、ソフィーをただ見おろしていた。この背中に傷をつけたらさぞ美しいだろう。でも、夢中になりすぎないように気をつけないと。今、大事なのは潜水艦の座標だ。メルツはアダム・ピアースとともにすでにグラビタニア号に乗りこんでいるが、あのいまいましい若者は口を割ろうとしないらしい。メルツはしゃべらせようとしているものの、あいつにまっとうなやり方でしゃべらせる才覚があるとは思えない。メルツはかっとなりやすい。怒りのあまり抑えが利かなくなり、若者はいずれ死ぬだろう。それゆえ、すべてはこの自分にかかっている。わたしはどうすればいいか心得ている。

ハフロックが顔をあげると、エリーゼがそっと部屋に入ってきた。「ここへ来て、見てみろ。彼女の瞳――そのなかに恐怖の色が見えないか？　わたしは座標を教えてほしいと丁重に頼んだのに、ミズ・ピアースは誓って知らないと言う。だから、先に進もう。おまえのご主人さまにどんなことができるか、よく見ておくんだ」

ソフィーは両手首を思いきり引っ張った。

「もっとやりたまえ、ミズ・ピアース、好きなだけあがくがいい」ハフロックはソフィーの背骨に沿って上から下へと手をすべらせるあいだ、エリーゼから目をそらさなかった。エリーゼがじれて、甲高く叫んだ。エリーゼが舌でゆっくりと下唇をなめると、ハフロックは動きを止めたが、それもほんのつかの間だった。

ハフロックは携帯電話のボタンを押し、呼び出し音が鳴っているあいだに言った。「さあ、ミズ・ピアース、ちょっとしたゲームをしよう」回線がつながり、ハフロックは電話機に話しかけた。

「メルツか？　アダムはそばにいるか？」

「ええ、ここにいます。話を聞いています」

「ならば、ぜひともふたりに直接話をさせよう」

ハフロックはスピーカーボタンを押して、携帯電話をデスクの上の、ソフィーのそばに置いた。笑みを浮かべてソフィーのシャツの内側に手を入れ、胸を愛撫する。そのあと背中を強く打った。ソフィーが猿ぐつわのあいだからくぐもったうめき声をもらした。ハフロックは椅子をまわりこんで、ソフィーから見える位置に移動した。

「よし、その調子だ。今度は大声で弟の名を呼んでもらおうか」

ソフィーの顔の前でもつれていた黒髪を、ハフロックは払いのけた。ソフィーの顔には恐怖と動揺だけでなく、悲しいかな、決意の色が浮かんでいる。

「しぶといやつだ。少し褒美をやれば態度を変えるだろう」

ハフロックはエリーゼのお気に入りの先が九本の紐状になった鞭を手に取った。やわらかいスエードの先端に小さい鉛の重りがついていて、傷口を開くことなく肌に傷跡を残すのに適している。ハフロックは位置に着いて、鞭を振りおろした。

あまり力は入れなかった。これが最悪の状況だと思わせたくはない。まだまだこれからだ。鞭がヒュッと音を立てて宙を舞い、ソフィーの背中に当たった。体がびくりと動いて息がもれ、ソフィーが歯を食いしばった。

ハフロックはもう一度、鞭を振りおろした。

「きみの父親は潜水艦が見つかったと〈オーダー〉に伝えた。わたしはそれをずっと待っていたんだ。きみの父親を見張り、きみの弟とのやりとりを監視してきた。ずいぶん長かったよ。何年も待ち続けた。計画も充分に練りあげた」

ハフロックは再度、鞭を打ったが、ソフィーは声をあげなかった。

「そうだ、誰が協力してくれるか、どうすれば〈オーダー〉に潜りこめるか知る必要があったんだ」

ハフロックはまたしても打った。今度はもっと強く。そしてもう一度。ソフィーは猿ぐつわの奥で低くむせび泣いていた。

「きみの父親は死ぬはずではなかった。役立たずがしくじったのだ。そのことは後悔している。ピアースはものをよく知っていた。彼を失ったのは大きな損失だ」ハフロックはさらに二度、左右から一度ずつソフィーを打った。「ああ、エリーゼ、縞模様が浮いてきたよ。きれいな赤だ。あばら骨の上には痣ができている」ハフロックは体を前に傾け、猿ぐつわをソフィーの口から乱暴に引き離すと、もう一度打った。

ソフィーが鋭い声をあげた。そそられる。実にそそられる。しかし、今は集中しなければならず、思う存分楽しむわけにはいかなかった。

集中、集中だ。

「きみは並外れた嘘つきだな、お嬢さん。これでも座標は知らないというのか?」

ハフロックはソフィーの髪をつかむと、頭を後ろに引っ張った。「教えろ。さあ、教えるんだ」

「座標なんか知らないったら!」

ハフロックは動きを止めた。「そうか、信じよう。ならば、座標をメルツに教えるように、きみの弟に言ってもらおう。さもないと本番に移るぞ。お仕置きはせいぜいこの程度だと思っているな? わたしにどんなことができるか、知らないだろう」

ハフロックは携帯電話をソフィーの唇に近づけた。「弟に言うんだ」

ソフィーの呼吸は荒かった。痛みで息ができず、背中が燃えるように熱い。ソフィーはハフロックの目を見て、ゆっくりとうなずいた。携帯電話が口元に当てられると、彼女は叫んだ。「話してはだめよ、アダム!」

ハフロックは悲しみに沈んでいる親のように、ソフィーを見て首を振った。「それは間違いだ、お嬢さん」

ハフロックはソフィーの顔の横に携帯電話を置くと、三本の鞭のうち、いちばん小ぶりなものを選んだ。小さい鉄の鋲をちりばめた革の鞭だ。まともに当たるとひどい痛みをもたらすことを、ハフロックは身をもって知っていた。

最初の一打で、ソフィーの肌に丸い跡がいくつもできた。二打目で血がにじんだ。ハフロックが鞭を振りおろすたびに、ソフィーは何度も叫び声をあげた。ハフロックは動きを止め、息を荒らげて携帯電話を手に取った。

「聞こえたか、アダム。おまえの姉さんは血を流している。今すぐ座標を教えないと、もっと痛い目に遭わせてやるぞ」

電話越しに、人がもがく音とメルツがののしる声が聞こえたあと、アダム・ピアースの怒りに震える声が耳に届いた。「教えてやるよ、サディスト野郎。二度と姉に手を触れるな。姉を自由にすると約束しろ」

ハフロックはソフィーの背筋に鞭をゆっくりとすべらせ、笑みを浮かべた。「もちろん約束しよう。潜水艦はどこだ？　自分の耳で座標を聞きたい」

アダムは絞りだすような声でひと並びの数字を教えた。緯度と経度だ。

しばらくすると、メルツが電話で告げた。

「座標を確認しました。ご推察のとおり、スコットランド北部のエリボール湖です」

「よろしい」ハフロックは答えた。「座標をわたしの携帯電話に送ってくれ。それから、グラビタニア号をその場所に移動させろ。間もなくそちらへ向かう」

ハフロックはソフィー・ピアースの背中を冷静に眺めながら、携帯電話をポケットにしまい、椅子をまわして彼女の頰を伝う涙を見た。見事な手際だった。エリーゼのほうがうまくやれたとは思わない。ハフロックは最後にもう一度ソフィーの顔を平手で打ち、額にそっとキスして、手首の拘束をほどいた。「一緒に来い。ちょっとばかり旅をしよう」

ハフロックは髪をつかんでソフィーを引きずり、書斎から廊下に出た。エリーゼがまったく表情を変えずにあとに続いた。

アレックス・シェパードが駆け寄ってきて、ソフィーを見て凍りついた。「ソフィーをどこへも連れていきませんよね？　あなたもウェストンも、ソフィーは大丈夫だ、ここにいれば安全だとおっしゃったじゃありませんか」

「そこをどけ、シェパード」

アレックスは動かなかった。彼は拳銃を抜いたものの、ハフロックのほうがすばやかった。ハフロックはすでに拳銃を構えていて、アレックスの胸を撃った。そのあとソフィーを引きずりながらアレックスの体をまたいで進み、ソフィーを引きずったまま階段をおりた。

階段の下に、ソフィーに部屋から逃げる隙を与えた見張りが立っていた。頭を抱えている。見張りの男が顔をあげて弁解の言葉を口にするなり、ハフロックは男の額を撃ち抜いた。

そのとき、エドワード・ウェストンが正面玄関から入ってきた。息絶えた見張りを見やってから、ソフィー・ピアースに目をやり、落ち着き払った声で尋ねた。「必要なものは手に入ったのか?」ハフロックはソフィーをウェストンのほうに押しやった。「この女をジェット機に乗せろ。さあ、行くぞ」

「シェパードはどこにいる?」

「死んだ」

ウェストンが両手を前に突きだした。「なんだって? なぜだ? あの男は必要だろう?」

「いや、必要なのは鍵で、その正確な位置はもうわかった。さあ、出発しよう」ハフロックがエリーゼに合図すると、彼女はウェストンの目をのぞきこみ、ハフロックのあとについて正面玄関を出た。

「いや、シェパードは死んでいない」ウェストンが言った。

ハフロックが振り返ると、アレックス・シェパードがゆっくりと階段をおりてきた。拳銃でハフロックを狙っている。ハフロックは眉をあげた。「おやおや、まだ生きていたのか。わたしが作ってやった鎧を身につけているのか? 頭を狙うべきだったな。まあいい、この女の世話をさせてやろう」ハフロックはソフィーのこめかみに銃を突きつけた。「さあ、行くぞ」

63

ノッティング・ヒル
午後四時

ペンダリーが言った。「技術部門の若い連中が言うには、電話にはなんらかの盗聴防止措置が施されていて、国じゅうの中継器のあいだを飛び交っているそうだ。電話の発信地はオックスフォードではないかもしれんということだが、望みは捨てずにいよう。ソフィーを必ず見つけるぞ」

ニコラスはソフィーの発見が手遅れにならないことを願うしかなかった。

彼らはレイランドの屋敷から一ブロック離れた場所に車を停めた。アダム・ピアースかオリバー・レイランドがなかにいた場合に、彼らを驚かさないようにするための配慮だ。白の漆喰(しっくい)を塗ったレイランドのタウンハウスの窓は暗く、四階建ての屋敷は春の冷気のなかで静まり返っている。

低く垂れこめた黒い雲が近づいてきた。風が起こり、ランズダウン・クレセントに立ち並ぶタウンハウスと、ノッティング・ヒルの青々とした共同庭園のあいだを吹き抜けた。間もなく雨が降りだすだろう。マイクが顔にかかった髪を手で払いのけた。「いやな天気になりそうね」

「そうだな」ニコラスは答えた。「故郷はいいよ」ニコラスはオールド・ファロー・ホールにいる自分の姿を思い浮かべた。叩きつけるような雨にもかまわず、低木の迷路園を駆けまわったものだ。あれは十二歳の頃だっただろうか？

ペンダリーが口を開いた。「わたしの部隊は敷地の外に待機させている」

ニコラスは言った。「そこから動かさないと約束してくれましたよね。われわれ三人だけで突入します。ぼくが嘘をついたとアダムに思われたくないんです。ガレス、準備はいいか？」

ガレス・スコットが近づいてきて、防弾チョッキでふくらんだニコラスの胸を軽く叩いた。

「準備万端です。さっさと仕事をすませましょう」

彼らは音を立てないようにして屋敷へ向かって移動した。ニコラスとマイクは脇に拳銃を差してガレスに続いた。黒いフェンスに挟まれた正面の階段と深緑色の正面玄関を避けて、建物の側面にある別の出入口に向かった。

通用口がわずかに開いていた。錠に引っかいたような跡がはっきりと残っている。こじ開けられたのだ。

通用口から家のなかへと移動しながら、ガレスが無線で状況を逐一ペンダリーに伝えた。

三人はいちばん下の階にいた。窓が十二枚並んでいて、上空には灰色の雲が垂れこめているにもかかわらず、廊下にも部屋にも明かりが差しこみ、視界は利いた。彼らは三手に分かれ、一階をざっと見てまわった。争った形跡も、アダムやオリバー・レイランドがいる気配もない。何も見つからなかった。

ニコラスはこの状況が気に入らなかった。まったく気に入らない。

三人は何百年も経過した古いクリスタルのシャンデリアがぶらさがる広い玄関ホールに集合し、木造の大きな階段をのぼりはじめた。

最初の踊り場で、レイランドの遺体が見つかった。頭を壁板にもたせかけている。両脚は後ろに曲がり、肩は脱臼していて、糸を切られて上の踊り場から真っ逆さまに落とされ、ひしゃげた操り人形のようだった。

マイクが息をのむ。「レイランドなの?」

「ああ、そのようだな」

「誰かに突き落とされたのね」

ガレスがレイランドのかたわらに両膝をつき、顔をあげて言った。「サー、聞こえますか? レイランドが倒れてます。繰り返します。レイランドが倒れてます。死ぬ前に、ひどく痛めつけられた模様。われわれは二階に移動します。邸内をすべて確認し終えるまで、誰もよこさないでください」

ガレスはレイランドの遺体をよけて進み、自分は左手に進むとニコラスに合図した。ニコラスはうなずき、姿勢を低くして右に向かった。マイクは彼の前をまっすぐに進んだ。どこからか、パンという抑えた音が響いた。銃声だ。

64

ガレスが倒れるのをゆっくり見届ける間もなく、ニコラスは後ろから組みつかれ、膝から勢いよく崩れ落ちた。マイクがはじかれたように振り向くと、体格が彼女の倍ほどもあるがっしりした大男の両腕が待ち構えていた。筋骨隆々で、〝ロッキー〟のように屈強だ。

ニコラスが大声でマイクを呼んだが、彼女は身動きできなかった。ロッキーの両腕がぐいぐい締めつけてくる。振りほどかないと、肋骨が折れそうだ。ガレスは倒れ、ニコラスも襲われている――ひとりで戦うしかない。

ロッキーがわずかに力をゆるめた拍子に、マイクの手が自分の脚にぶつかり、彼女はとっさにグロックを抜いた。次に使い古された手ではあるが、一瞬、全身の力を抜いた。男が驚いた隙に、両腕で抑えつけられていた肩に力を入れ、強く右にひねった。かなりの体重差があるにもかかわらず、マイクに肩越しに投げ飛ばされて、男は厚いカーペットに仰向けにぶざまに伸びた。ところがカーペットが衝撃を吸収してしまい、男はすぐさま立ちあがった。

大男のくせに、驚くほど身が軽い。男はこぶしを構えて顔を守りながら、またもやマイクに向かってきた。

低くまわりこんできた男に脚を蹴られ、マイクは両膝をついた。男は両手でマイクの首をつかみ、彼女の目に指を突き入れようとした。マイクは目を守ろうと体をひねって力を振り絞り、振り向きざまに男の腹部を強く蹴った。男は回転しながらあとずさり、マイクをののしりはじめた。マイクは男の膝頭を蹴ったが、まだ足りなかった。そこで、力任せに股間を蹴りあげた。頭のどこかで、抑制が利かなくなっているのがわかっていた。とどめを刺したかった。この男を消してしまいたかった。

男は手ごわかった。大柄な割に俊敏で、急所に一撃を受けながらも立ちあがり、またも躍りかかってきた。

かかってきなさいよ、ロッキー、さあ。

絶対に負けるものか。顔面への一撃を防ぐと、マイクにチャンスが訪れた。ロッキーの両脚のあいだに腿をすべりこませ、完璧な角度で膝頭に左脚を思いきり叩きつけた。男がうめいて倒れる。マイクは同じ場所を踏みつけた。骨が砕ける音がして、男の膝は使いものにならなくなった。

マイクは男の体をひっくり返して腹這いにさせ、手錠をかけた。男がわめいて悪態をついたので、後頭部をこぶしでしたたかに殴って気絶させた。やっと静かになった。

彼女は大きく息をつき、肋骨に沿って打撲の痕を順に触ってみたが、折れてはいなかった。

マイクの勝ちだ。ＦＢＩアカデミーで格闘技を教えてくれたコーチに感謝の祈りを捧げ、グロックの弾を確かめてから、大声でニコラスを呼んだ。

マイクは最初にガレスを見つけた。彼は防弾チョッキの上端から三センチも離れていない場所を撃たれて首から血を流していたが、それほどひどくはない。運よく動脈を外れ、首をかすめただけだ。マイクがガレスの袖の布を引き裂いて傷口に押し当てると、彼はうめいて目を開けた。

驚いたことに、ガレスはマイクを見あげてほほえんだ。「ぼくは生きてるんですよね？」

マイクはガレスの頬にてのひらを当てた。「きっとよくなるわ。これを持ってて」マイクはガレスの首に布を押し当て、彼の手をその布にあてがった。「間もなく助けが来るから」

「いや、来ません。通信が妨害されてます。さっき応援を呼んだのに、誰も来ないんです。ニコラスはどこです？」

「これから捜しに行くところよ」

そう言いながらも、マイクは先に通信機器をテストした。たしかに通じない。通信障害、飛行機の誤作動、はては電磁パルスまで、電波妨害技術はＦＢＩがとりわけ恐れていることのひとつだ。どうすれば通信を妨害できるかを、ハフロックは解明したようだ。

ニコラスを見つけなければならないが、自分たちが窮地に立たされていることを外の英国人に知らせるのが先決だ。叫ぶわけにはいかなかった。屋敷内に襲撃者が何人いるかわからないのだから。

マイクが庭園に面した大きなガラス窓を狙ってグロックを発砲すると、ガラスはまっすぐ地面に落ちた。静まり返った周囲に大きな銃声が響き渡った。ガレスの首を撃った一発はサプレッサー付きの銃だったが、マイクの銃にサプレッサーはついていない。音を聞いて、ただちに応援が駆けつけてくれるはずだ。マイクはシャツの片袖を破き、窓から垂らして目印にした。

「ニコラスを捜しに行ってください、マイク。ぼくは大丈夫です」ガレスは鋭い細身のナイフを抜いた。

マイクは足音を立てないようにして、三階にあがる階段へと急いで向かいながら耳を澄ました。何も聞こえない。

肋骨が燃えるように熱いが、気にしないことにした。ニコラスを見つけなければ。

階段に、ついて間もない血痕があった。水滴の形で、向こう側が細くなっている。この場から遠ざかっていったと見られる血痕から判断するに、血を流している人物は階段をおりてきたのではなく、のぼっていったようだ。

65

マイクは血痕をたどって階段をのぼった。三階は窓が少ないせいで暗かった。墓場のように静かだ。

ニコラス、どこにいるの？　ペンダリー、早く来て！

マイクはひと部屋ずつ見てまわった。廊下の突き当たりにある最後の部屋のドアが少しだけ開いている。彼女は立ちどまって聞き耳を立てた。呼吸する音。それが誰であれ、彼女が来るのを待っている。

横向きににじり寄り、隙間からなかをのぞいた。ニコラスが大きな四角い窓の下で仰向けに横たわっていた。雨が激しく窓ガラスに叩きつけている。ニコラスは死んだように動かない。

マイクはドアを蹴って開けたが、すぐには部屋に飛びこまず、脇にとどまった。

銃が五回発射された。マイクは一瞬目を閉じて、もう一度、ＦＢＩアカデミーでの訓練に感謝した。

マイクは戸枠とドアの隙間を狙って撃ち、弾が跳ねてニコラスに当たらないように祈った。叫び声がして、静かになった。

相手の正体はわからないが、弾は命中したようだ。

アドレナリンが体じゅうを駆けめぐる。一か八か打って出よう。マイクは頭を低くして敏速に動いた。床を転がって完璧な姿勢でうずくまり、両腕を前に突きだして、開いたドアの奥を見た。襲撃者は見当たらない。もうひとつドアがある――マイクは勢いよくドアを開け、バスルームを走り抜けて再び廊下に出た。血が飛び散っている。廊下には誰もいなかった。ニコラスのうめき声が聞こえた。マイクはふたつのドアを閉じて鍵をかけ、ニコラスのかたわらに膝をついて、彼を両腕に抱きかかえた。首に注射器が突き刺さっている。プランジャーは押されておらず、どろりとした金色の濃い液体がまだ残っていた。それでも、多少は体内に入ったに違いない。マイクは首から針を抜いた。傷口から血が流れだしたので、彼女は残っているほうの袖でそれをぬぐった。ニコラスのまぶたが震えはじめた。意識が戻りかけている。

「ニコラス、目を覚まして」マイクが肩を揺すると、ニコラスは目を開けた。彼が勢いよく体を離したせいで、マイクは尻もちをついた。

慌てて体を起こし、ニコラスの腕をつかんだ。「ニコラス、この家にはもうひとり狙撃手がいる。それに、通信が妨害されてるの。さっき外に向けて一発撃ったから、厄介なことになってるのはペンダリーにも伝わってるはずだけど」

ニコラスが少しふらつきながらも膝をつき、マイクと向きあった。ゆっくりと手をあげて、首に触れた。瞳孔が開いている。意識はまだはっきりしないようだ。

マイクはニコラスの体を思いきり揺すった。「ねえ、ニコラス。しっかりしてよ」

「努力している」ニコラスの声はいつもとほとんど変わらなかった。

「わかったわ。じっとしてて」マイクは立ちあがると、激しく叩きつけて視界をさえぎる雨の向こうの庭園をのぞいたが、部隊がいるのは屋敷の裏だ。ペンダリーの姿は見えない。

ニコラスが椅子につかまって体を起こそうとした。「さっきの大ばか野郎（ラディー・バスタード）に何を打たれたのかわからないが、強烈だ。まだ頭がまわっている」

「あっちのバスルームから出ていったわ。廊下に戻ったときには姿が見えなかったけど、血痕が残ってた。あなたに代わって、一発お見舞いしてやったわよ」マイクは肩を貸してニコラスを起きあがらせ、いったん立たせてから椅子に座らせた。

ニコラスが笑みを浮かべようとした。「唇に力が入らない。両手も。だけど、もう大丈夫だ」

「よかった。あいつが援軍を連れて戻ってこないうちに、ここを出ないと」

「ガレスはどこにいる？」ニコラスはゆっくりと立ちあがった。やっとの思いで体をまっすぐに伸ばすことができた。

「ガレスは首を撃たれたけど、かすめただけだからすぐよくなるわ」

「よかった。きみも相当に激しくやりあったようだな。勝ったんだろう?」

「ええ。ロッキーは手錠をかけられて、腹這いになってる。膝頭を砕いてやったわ」

「きみのご機嫌を損ねないように気をつけないと。きみは大丈夫なのか?」

マイクはうなずいた。「わたしのことは心配しないで。拳銃と注射器を手に、屋敷のなかを駆けずりまわってる男を捕まえないと。どうしてやられたの?」

ニコラスが驚いた顔になった。「それがわからないんだ。三人で階段をのぼっていたのに、気がついたらきみの腕のなかにいた」マイクに目配せした。「それだけはいいことだったな。楽しませてもらったよ」彼はマイクの顔にそっと手を置くと、首を振って手をおろした。

「それはそれは。ひとりで歩ける?」あれほど恐怖におののいてさえいなければ、マイクだってあの場面を楽しめたはずだ。

ニコラスは試しに三歩歩いてみてうなずき、そのあとで気づいた。「あのくそったれ(ブラッディ・ブラット)にグロックを盗られた」

「予備の弾倉を貸して。さっき三発使ったの」

マイクは手渡された弾倉と交換した。「これでよし。さあ、行きましょう。ゆっくりね。足元がまだふらついてる」

血痕は廊下の先までくっきりと残り、その先で突然消えていた。傷口を縛ったのだろう。

ふたりは階段をおりて、暗くて狭い踊り場で立ちどまった。

血のにおいだ。男がぜいぜいと苦しそうに息をしている。男は肺を撃たれていながらまだ両脚で立ち、戦う覚悟で、一階の階段脇でふたりを待ち構えていた。おそらくペンダリーの部下が建物のすぐ外まで来ていることに気づいて、出ていけなくなったのだろう。それで、ふたりを倒す準備を整えて待っていたのだ。

マイクは姿勢を落とし、床を転がって階段の真上に来ると、両肘をついた。男が拳銃を構えた。マイクは男の体の中心を狙って四発撃った。男は驚いて彼女をじっと見たあと、拳銃を落とし、美しい内装の玄関ホールへと背中から静かにくずおれた。同時に、ペンダリーの部隊が正面玄関から突入してきた。

66

ニコラスは、ガレスが救急救命士の手で担架にのせられて道路脇へと運ばれていく様子を見守った。ガレスの顔色は悪く、痛みに耐えていた。ニコラスはすれ違いざまに彼の腕に触れた。「無事でよかった」

ガレスがかろうじてゆがんだ笑みを浮かべた。「ぼくに何年分も借りができましたね」

「自力で立てるようになったら、〈フェザーズ〉でビールをおごるよ」

「この先、十年はおごってもらいますからね」ガレスが叫ぶと同時に救急車のドアが閉まり、車は走り去った。

オリバー・レイランドの遺体はふたりの襲撃者とともに屋敷に残された。襲撃者のうちひとりは死に、もうひとりは意識を失って手錠をかけられている。ペンダリーとその部下たちに、マイクは邸内で起きたことを報告した。マイクの声は落ち着いていて、感情は表に出ていなかったが、本当は叫びたかった。

勝ったわ、わたしが勝った。ふたりともわたしが倒したのよ。

報告すべきことがなくなると、ペンダリーがマイクの肩を叩いた。「よくやったな。本当によくやった」

マイクは答えた。「やつらはどうやって通信を妨害したんでしょう？　ガレスもわたしも助けを呼ぼうとしたんです」

「銃声が聞こえたよ。あれで充分だった。三分もかからずにきみたちのもとへ駆けつけた」

マイクには信じられなかった。たった三分？　もっととんでもなく長い時間が流れた気がしていた。「ロッキーが口を利いてくれるといいですけど」うっかりそんなことを言ったために、マイクは理由を説明しなければならなくなった。

ペンダリーがまた肩を叩くと、マイクは笑った。ペンダリーがニコラスのほうを向いた。

「なかにいたのはレイランドだけか？　アダム・ピアースがいた形跡はなかったのか？」

「ええ、そうなんです。通りの監視カメラの映像を入手して、レイランドの家に誰がいつ来たか調べることはできますか？」

「今、手配しているところだ。おまえとケイン捜査官を襲ったふたりの男の身元も確認している」

「やつらはドイツ人に違いありません。ハフロックはこれまでも、その土地の者を使わずに、自分の部下を送りこんで汚れ仕事をさせています」

「わかった。それから、おまえたちが屋敷内にいるあいだに、セント・アサン空軍基地から連絡があった。ミサイルの性能がよすぎて、おまえたちを攻撃したジェット機の残骸は尾翼のかけらしか見つかっていない。けれども、ガルフストリームだった。プライベートジェットだ」

「十中八九、ハフロックのものでしょう。われわれが英国に来るのを邪魔しようとする者がほかにいますか?」

ペンダリーが言った。「まず財務大臣が殺され、今度はイングランド銀行の頭取だ。FBIのジェット機がレーザー攻撃を受け、アメリカ人がふたり、英国で心ならずも捕らえられている。どこを捜せばいいのか皆目見当がつかん。しかも、世界中のマスコミがアルフィー・スタンフォード死亡のニュースをすでに流している。オリバー・レイランドが殺されたことを嗅ぎつけたら、われわれは質問攻めに遭うだろう。いずれマスコミは事件の関連性に気づくはずだ。そうなったらひと騒動起こる。厄介なことだ」彼は自らを窮地に追いこんでいるように見えた。

「サー」マイクはペンダリーの腕に手を置いた。「わたしたちが問題の兵器を確保してハフロックを逮捕すれば、そして彼の正体や、ふたりの紳士の殺害を含めてあの男がしてきたことを公表すれば、世界中のマスコミはハフロックをつるしあげるでしょうね」

ペンダリーが奇妙な表情を浮かべてマイクを見た。「われわれが世界を大惨事から救ったと発表するのかね、ケイン捜査官?」

マイクはにっこりした。「それは両国の指導者次第でしょう。とりあえず、すべきことをしませんか？　この仕事を片付けてしまいましょう」

「ドラモンド、おまえも彼女の意見に賛成か？」

「ええ、賛成です」ニコラスは指先で首に触れた。注射針を刺された場所がドクドクと脈打っている。起きたことを正確に思いだせるといいのだが、記憶はいずれ戻ってくるだろう。マイクが来るのが遅れていたら、ぼくは死んでいただろうか？　そのとおり、人生が終わっていただろう。けれどもぼくはここで息をしていて、頭もまたようやく働きはじめている。

マイクの言うとおりだ。仕事を片付けよう。「アダム・ピアースがある時点でこの家にいたことはたしかです。彼のノートパソコンとバックパックがベッドルームのクローゼットの奥にしまいこまれているのを、あなたの部下が見つけています。アダムが捕らえられたこともわかっている。あなたの部下はアダム・ピアースの所持品を持って、今も屋敷にいるんですね？」

ペンダリーがうなずいた。

「よかった」マイクが言った。「役に立つ情報がないか、パソコンを調べてみましょう」

彼らは階段の手前の床や踊り場の血痕を踏まないよう注意した。至るところに鑑識官がいた。

マイクが先ほど撃ち殺した男のほうを見ないで通り過ぎたことに、ニコラスは気づいた。

マイクは背中をまっすぐに伸ばしている。ポニーテールの結び目は真ん中から少しずれ、シャツは破れているが、興奮していて、それが体からあふれだしているのが、ニコラスにもわかった。

「マイク？」

マイクが立ちどまった。「どうかした？」

ニコラスは彼女を長いあいだ見つめてから、首を横に振った。「アダム・ピアースのパソコンに何が入っているか、見てみよう」

67

ニコラスはアダムのノートパソコンにバグが仕込まれていないか、罠が仕掛けられていないか、超小型爆弾に接続されていないかを確かめたのち、電源を入れた。少し間を置いて、顔をほころばせた。

「ああ、これは間違いなくアダムのパソコンだ。ハッカーにとって夢のようなコンピュータだよ。見たこともない、完全にカスタマイズされた高度な基本ソフトを使っている。おまけに、徹底的に暗号化されているな」ニコラスはいくつかキーを叩いて、セキュリティを確かめた。「今までに見たなかで最強の暗号化に属する。しかも、これが十九歳の若者の仕事とは」

マイクがきいた。「感心してるのね？」

「かなりね。すばらしいよ」

「勝てそう？」

ニコラスは眉をあげた。「ああ、勝てる。ぼくは若くはないが、経験はある。アダムの新しい仕事が、ぼくの昔ながらのハッキング技術に対抗できるかどうか、見てみようじゃないか」

ニコラスは自作の暗号解読プログラムをアップロードし、起動させた。

ニコラスがアダムのコンピュータに侵入しようと取り組んでいるあいだに、マイクはバックパックを調べた。「下着に歯ブラシ。それと、これを見てよ、現金が約五千ドル。どこで手に入れたのかしら」マイクはさらに奥を探った。底のほうから英国政府が発行した赤紫色のパスポートが出てきた。氏名はトーマス・レンとなっている。「アダムはこれで入国したのね。偽造パスポートよ。よくできてるわ」

マイクがニコラスにパスポートを渡すと、彼はざっと目を通してから短い電話をかけた。五分後に彼のスマートフォンが鳴った。今朝未明にトーマス・レンが英国に入国したことが、ヒースロー空港の税関で確認された。到着便はブリティッシュ・エアウェイズ一七六便だ。

ニコラスが言った。「アダムはニューヨーク発の民間航空便のファーストクラスで飛んでいる。巧妙に変装したに違いない。次世代認識プログラム（NGI）のデータベースで拾いだせなかったのも無理はない」

マイクは昨日の朝、アリストンズで見かけたアダムの風貌を思いだして、首を振った。あれからあまりに多くのことが起きた。もう十年くらい経った気がする。マイクは土砂降りの雨を眺めた。近くの車道に停めてある車さえかすんでいる。この天候のなかを駆けまわる気になるなんて、この国のマスコミはずいぶん仕事熱心だ。一年じゅうこんな天気だとしたら、わたしは慣れることができるだろうか。

そのとき、ニコラスが言った。「これを見てくれ、マイク」

マイクは画面をのぞきこんだ。ファイルが次々に開いて、暗号化されたコードが並ぶウィンドウがいくつも表示された。ニコラスのプログラムにひとつずつ通していったファイルは、画面の反対側にテキスト形式で出力された。マイクには読めないコンピュータ専用のコードだが、ニコラスには読めるらしい。読めるだけでなく、意味も理解していた。

ニコラスはしばらくファイルのページをめくっていたが、やがて声をあげた。「そうか！」彼の顔つきが変わった。信じられないとばかりの表情で、首を振っている。

「なんなの？」マイクは、ニコラスの目に警戒の色が浮かぶのを見た。「何よ？　どうしたの？」

ニコラスが言葉を絞りだした。「どういう兵器かわかったぞ、マイク。ハフロックを止めなければ。今すぐ」

68

ニコラスは椅子から立ちあがると、ノートパソコンを勢いよく閉じた。「ただちにエリボール湖に向かわなければならない。きみも知ってのとおり、ハフロックはアダムから位置座標を聞きだすためにソフィーを利用した。座標の情報はすでにつかんでいるはずだ。ハフロックより先に、われわれが鍵を手に入れるしかない」

マイクはニコラスの腕をつかんだ。「どんな兵器なの、ニコラス？」

ニコラスはアダムのコンピュータをつかんで言った。「ペンダリーを捜そう。彼にも知らせる必要がある」

マイクはニコラスのあとについて駆け足で階段をおり、キッチンへ向かった。ペンダリーはそこで鑑識官のまわりをうろうろしていた。

「どうした？　何かわかったか？」

ニコラスは身振りで、ペンダリーとマイクを趣味のいいダイニングルームへと導いた。

「アダム・ピアースと自分はそれぞれに〈マンハイム・テクノロジーズ〉のファイルにアク

セスして、どちらもハフロックの研究に関する資料を手に入れました。自分はファイルを熟読する時間がありませんでしたが、アダムにはその時間がありました。アダムはその痕跡をはっきりと残してくれています。

サー、ハフロックの手下の頭部にインプラントが埋めこまれていたことはお話ししましたね。ハフロックは超小型核兵器を製造しており、その資料がすべてここにそろっています。兵器はごく小さなもので、どこかに運んで、遠隔操作で爆破させることができます。ハフロックはポロニウム２１０を集めていることがわかっています。それを使って、もっと大規模な兵器を製造しようとしているんです。すでに理論の段階を過ぎて、開発段階に入っています。今、ハフロックが欲しがっているのは、より威力のある爆弾です」

ペンダリーは顔をしかめてニコラスを見た。「なんの爆弾だ？　わかるように説明してくれ」

「ハフロックはポロニウム２１０より百倍は強力で、より破壊力のある、古い放射性同位元素を捜しているんです」

マイクがきいた。「より破壊力があるってどういうこと？　ポロニウム２１０が一粒あるだけでも、人ひとり殺すのに充分なのよ」

「ああ。だが、ただのポロニウムの話ではないんだ。ハフロックがこの超強力なポロニウムを手に入れて両者を合体させれば――つまり超小型核兵器とだが、人目につくような場所でもひそかに置くことができて、大勢の人を殺せる。とんでもない悪夢だ」

ペンダリーがニコラスの腕をつかんだ。「その超強力なポロニウムとやらについて説明してくれないか。誰が考えたんだ?」

「マリー・キュリーです」

マイクとペンダリーはニコラスを見つめた。マイクがゆっくりと言った。「マリー・キュリーが活躍したのは百年も前よ。それほど進んだ物質を発明できたはずがないわ。そのための設備も技術もなかったんだもの。これって……待って、彼女はラジウムの研究に取り組んでいて、放射能中毒で亡くなった……」

「ああ、それにポロニウムの研究もしていた。どうやらマリー・キュリーはポロニウムが不安定で、半減期がきわめて短いことに気づいていたようだ。ポロニウムはラジウムほど役に立たないと考えて、それでラジウムの研究に力を注いだんだろう。というより、われわれはそう思いこんでいた」

マイクがきいた。「どういうこと? そう思いこんでいたって?」

「歴史の資料を読めば、キュリーがラジウムの開発に時間を費やし、ポロニウムにはかかわらなかったことがわかる。ところが、そうではなかった。彼女はポロニウムの半減期を延ばして安定させ、五年でも百年でも威力を失わずに、利用できる状態を保つ方法を見つけていたんだ。アダムのファイルにいっさいを説明する資料があった。サー、急がなければなりません」

「わかった、ドラモンド。だがまずは、キュリーのその超強力なポロニウムがどこにあるのか教えてくれ。それが潜水艦内にあって、それでハフロックは血まなこになって潜水艦を捜しているのか？　百年も水中に沈んでいたものにまだ破壊力が残っていて、利用できるなどということがありうるのか？」

「潜水艦にあるのは超強力なポロニウムそのものではなく、キュリーがポロニウムを隠した場所に入るための鍵です。ハフロックはその鍵を捜しているんです。キュリーのノートを読めば、彼女がポロニウムをどこに隠して、改良されたポロニウムの特性をどうすれば利用できるかがわかるはずです。そして、ドアであれ、ロッカーであれ、金庫であれ、その鍵で解錠できるはずです。

　サー、今すぐエリボール湖に向かわなくてはなりません。ハフロックは今夜にも潜水艦を捜しに向かうはずです。座標はすでに手に入れたに違いありません。われわれより先にそこに到着しようとやっきになっていることでしょう」

「どうしてわかる？」

　ニコラスはノートパソコンを振りかざした。「ハフロックのファイルです。アダム・ピアースは〈マンハイム・テクノロジーズ〉のシステムに侵入して、ハフロックの私的なファイルをすべて引きだしました。ハフロックはグラビタニア号という船を所有しています。高性能のサルベージ船です。やつはその船をトレジャーハンターに貸しだしました。水中に潜って沈没船などで宝探しをする連中です。昨日、ハフロックはその船に、北海の所定の位置に移動するよう指示を出しました。すぐにでも潜水艦を見つけようとしています。われわれは先手を打たなければなりません」

「そうしないと、大勢の人間が死ぬというんだな。だが、ドラモンド、すでに伝えたように、早くて明朝にならないと、引き上げに着手するのは無理だ」

ニコラスは深いため息をつき、ペンダリーの肩に手を置いた。「これまでわたしを信じたことが一度もなくても、今度ばかりは信じてください。わが国の国民——全国民と、わが国の安全が脅かされているんです。何もせずにいられるわけがない。ハフロックに先に潜水艦を発見させるわけにはいかないんです。誰に電話を入れ、誰に協力を要請する必要があるかなんてどうでもいい。やるしかありません。今すぐ動く以外にないんです」

ペンダリーはニコラスを見つめてしばらく考えていたが、やがて携帯電話を取りだし、ボタンを押して耳に当てた。少しの間を置いて口を開く。「サー？　ペンダリーです。緊急事態が発生しました」

69

雨が激しく降るなか、三人はペンダリーのＢＭＷに乗りこみ、ニコラスが運転席に座った。

ペンダリーが携帯電話を切って、マイクに顔を向けた。マイクはアシストグリップにつかまっている。「これからノーソルトへ向かう。二時間足らずでスコットランドに着くだろう。首相にはからってもらい、ホーカーの戦闘機を借りることになった。少しでも早く向こうに行ってもらうには、きみたちをトーネードに乗せるしかない。今、飛行ルートを調整してもらっている。飛行時間はせいぜい一時間ほどだ。インバネスの北のテイン空軍基地に着陸して、そこからエリボール湖まではヘリコプターで運ぶ。きみたちが向かうのは、いわばスコットランドのしっぽの先だ。北の果ては日没が遅いから、余分に仕事ができるぞ」

マイクは長官のガルフストリームで死にかけたことを思い、息をのんだ。できれば車で行きたかった。列車でもいい。なんなら自転車でも。

ニコラスはバックミラーでマイクの顔を見ると、振り向いてにやりとした。「車ならほんの十一時間だ。うんざりするほど環状交差点がある」

「人の考えを読むのはやめて。ひそかに弱音を吐いてるときは特にね」

ペンダリーはふたりのやりとりを無視した。「グラビタニア号の動きを阻止するため、英国海軍の対潜艦23型フリゲート、ドーバー号の針路を変更したようだ」

「対潜艦？」マイクが尋ねた。「グラビタニア号は船だと思ってました」

「船だよ。水中に沈んだ財宝や沈没船の捜索に使われる船だ。船籍はバハマで、潜水艇〈ミール2〉を搭載している。深海の調査に適した三人乗りの小型潜水艇だ。ハフロックの準備は抜かりない。つまり、きみたちは潜って潜水艦に向かわないといけないということだな。ドーバー号はそのための装備を積んでいるはずだ。

諸君、今われわれの国は危機に直面している。常に報告を怠るな。あと数分でノーソルトだ。さあ、ドラモンド、隠さずに教えてくれ。まず、マンフレート・ハフロックについてだ。ああ、わたしの車を傷つけないでくれよ」ペンダリーが言うと、ニコラスは間一髪のところで黒の大型トラックをよけた。

車の流れが途切れると、ニコラスは口を開いた。「マンフレート・ハフロックはドイツ人の科学者で、手足を失った人々のための脳インプラント技術で、ナノバイオ・テクノロジーの分野に革命をもたらした人物です。ハフロックがニューヨークに送りこんでジョナサン・ピアースを殺させた男の脳にインプラントが埋めこまれているのを、ＦＢＩの検死官が見つけました。表向きの仕事とは違って、このインプラントはアメリカ国内で映像と音声の情報をリアルタイムで収集するのに使われていました。

まずいことに、ハフロックは複数の小型核兵器を開発したらしく、その兵器を情報収集用のこのインプラントと連動させています。インプラントが引き金として働くようです。インプラントがどの程度、配備されているのかはわかりませんが、どこにあってもおかしくありません」

「インプラントを埋めこまれた人間が、歩く引き金というわけか？」

「そうなんです。キュリーが開発した超強力なポロニウムがそこに加われば、大惨事が起こる」

ニコラスはA40号線にのった。ノーソルトは近い。

「首相官邸に知らせよう。オリバー・レイランドとアルフィー・スタンフォードは、ハフロックとどういう関係があるんだ？」

ニコラスは父から、〈オーダー〉のことは黙っているようにと釘を刺されたことを思いだした。「今はまだわかりません、サー。ハフロックの攻撃を阻止したら、次の仕事に移れます」

「沈没したその潜水艦の持ち主は誰なんだ？」

「ドイツ皇帝ヴィルヘルム二世のもので、沈んだのは一九一七年です」

「聞きたいことはまだあるが、着いたようだな」ニコラスはノーソルトのゲートで車を停めた。ペンダリーがＩＤカードを取りだし、守衛に渡した。そのとき、ペンダリーの携帯電話が鳴った。「ソフィー・ピアースが見つかったという知らせだといいが」しばらくしてペンダリーは携帯電話を閉じ、不思議そうにニコラスを見た。「おまえたちの乗る飛行機はあれだ。あそこまで車で行ってくれ」

「ソフィーは見つかりましたか？」

ペンダリーが首を横に振った。「電話の発信地はわかったそうだ。先におまえたちを機内に案内してから、続きを話そう」

70

ロンドン
午後五時

機内に入ると、ペンダリーが手を振って操縦士に席を外させた。ふたりを穴があくほど見つめている。ショックを受けているようだ。

「サー？　どうしたんです？　ソフィーはその場所にいたんですか？　殺されたんですか？」

「場所は部下が突きとめた。思ったとおり、オックスフォードの郊外だ。今、部下を現地に向かわせている。驚くなよ、ドラモンド。電話の発信地はウェスト・パークという個人の邸宅だった。エドワード・ウェストンが所有している広大な屋敷だ」

ニコラスは凍りついたように動きを止めた。続いて首を横に振りはじめた。「まさか。そんなはずはありません。ウェストンの屋敷のはずがない」

「ドラモンド、残念だが、電話は間違いなくウェストンの屋敷内からかけられていた」ペンダリーは手を伸ばし、ニコラスの肩に置いた。ふたりは立ったまま、しばし無言だった。

いったいどういうことなの？

ようやくマイクは口を開いた。「エドワード・ウェストンというのは誰なんですか？　何をそんなに驚いてるんです？　それにニコラスはなぜ、頭をぶん殴られたみたいな顔をしてるの？」

ニコラスが話したくないらしいことを、マイクはわかっていた。だけど、きかないわけにはいかない。マイクはニコラスの腕に手を置いた。「話して」

ニコラスがうなずいた。「ぼくがアフガニスタンで遭遇したちょっとした〝問題〟のことは知っているだろう？」

「どういう〝問題〟かは教えてもらってないけど、ええ、何か厄介ごとに巻きこまれたんでしょう？」

「厄介ごと？」ペンダリーが首を振った。「厄介ごとどころじゃない。彼女に話してやれ、ドラモンド。だが、手短にな。そろそろ出発しないと」

ニコラスは感情を交えずに話した。「最初に、エドワード・ウェストンは現在、英国のＭＩ５の副長官だということを断っておこう」

「冗談でしょう」マイクは信じられなかった。ＭＩ５ですって？「何があったのか教えて」

「ウェストンはアフガニスタンの首都カブール駐在の英国大使館職員だった。自分はチェスのキングで、ぼくたち若い職員のことは意のままに操れる駒（ポーン）と見なしていた。ウェストンは大使館の椅子にふんぞり返って、外で何が起きているか報告を受けて満足していた。そのあいだ、ぼくは土埃にまみれて駆けずりまわり、大量のチャイを飲み、アフガニスタンの兵士に煙草を配って、少しでも情報を引きだそうとした」

ニコラスはそのときの怒りや欲求不満を思いだして首を振った。「わが国の軍隊が訓練を受けさせた連中が寝返ることもある。その連中は実際にはタリバンのために働いていたんだ。われわれが提供する訓練と情報を利用して車列を襲ったり、自爆攻撃に出たり、車に仕掛けた爆弾を爆破したりした。われわれを傷つけるためなら、どんなことでもしたんだ」

マイクが言った。「アメリカ人も同じ目に遭ってるわ」

「そうだな。ぼくはタリバンがどこで情報を得ているかを探る任務を与えられた。造反者のひとりは上級職の役人だという噂を耳にした。ウェストンが雇い入れてスパイとして働かせていた男だ。名前をバーラムビン・ダストギールといった。

ダストギールは表面上、無実に見えた。多くの情報をもたらし、われわれが現場で作戦を進めるのを助けてくれた。彼が要注意人物かもしれないとは、誰も考えていなかった。信頼できる情報を提供してくれていたからだ。ダストギールはウェストンとチャイを飲みながら、タリバンも彼らに密告する者もカブールから、アフガニスタンから出ていってほしいという意見を表向きはとうとうとまくしたてた。

でも、ぼくは何かおかしいと感じ、ダストギールは敵のまわし者だと思うようになった。

それでダストギールの愛人を捜しだして、札束を渡して彼の正体を聞きだした。ぼくは手に入れた情報をウェストンに伝え、ダストギールを呼びだして尋問したいと申しでた。だが、ウェストンは聞き入れようとしなかった。ダストギールは友人だと言い張ったんだ」

マイクが口を挟んだ。「だけど、あなたが正しかったのね？」

「ああ。ダストギールのことでウェストンに注意を促してから二日後、われわれの戦闘指令所のすぐそばで簡易爆発物（IED）が爆発した。ダストギールも含め、全員が現場に向かった。間に合わせの特殊機動部隊だ。ダストギールは顔なじみだったから、部隊に加えられた」

ニコラスはそのときの光景を思い浮かべて、黙りこんだ。「ダストギールは人だかりのできた場所に入っていって、スイッチを押した。ボールベアリングや釘を詰めたベストを着ていたんだ。爆弾は機動部隊を全滅させただけでなく、ぼくがいたチーム全員と十人の市民の命を奪った。ダストギールは愛人に売られたことを知って、あまり時間がないことに気づいた。それで確実に殉教できる道を選び、なるべく多くの英国人を道連れにしようとして、成功した。あの日起きた二度の爆発で、五十人を超える人の命が失われた」

「ウェストンは？」

「ウェストンはデータを不正に改竄（かいざん）して、ダストギールを仲間に招き入れたのはぼくで、ダストギールの正体やその行動を見抜けなかったのはぼくの落ち度だったと見せかけた。ウェストンはダストギールについての懸念を口にしていたのに、まるでぼくが無視したかのように偽装した。ダストギールは言うまでもなく狂信的なタリバンの兵士で、われわれを皆殺しにしようとしていた――これがウェストンの言い分だった。ウェストンはぼくの上司で、影響力もあった。しかも、ぼくが父に訴えてまで状況を変えようとはしないことを知っていた。ぼくはそうすべきだったのに、そうしなかった。

実際、あれは失敗だった。進言が聞き入れられなかった段階で、すぐにウェストンの上司に相談するべきだったんだ。

それからほどなく、ぼくの現場での任務は終わった。ウェストンが高等弁務官としてパキスタンのラワルピンディに赴く前に、現地の人間にぼくの正体をばらしたからだ。ぼくは事務職に異動になり、きみたちアメリカ人の表現を借りるなら、従来の持ち場である現場を離れて一日じゅう〝デスクを支配する（ライディング・ア・デスク）〟はめになった。外務省は間もなく辞めた。勤めを続けても先がないことを、ウェストンに思い知らされたからだ。ずっとこんなところだ」

ペンダリーが腕時計を軽く叩いた。「ドラモンド、ウェストンが真相の究明よりも保身を選ぶような男なら、なぜマンフレート・ハフロックみたいな狂人と手を組んだんだ？」

「あいにく、つじつまは合うんです。ウェストンはハフロックと同じく、情緒不安定で行動が読めない。それにハフロックほど頭がどうかしているようには見えないかもしれませんが、中身はいい勝負ですよ。かつてのウェストンは嘘がうまくて、誰が殺されても平気でした。

今はどうでしょう？　ハフロックのような天才と自分が組めば、世界を支配できるとでも考えているに違いありません」

「部下をウェスト・パークの屋敷に突入させて、ソフィー・ピアースがどうなっているか、調べさせよう。ウェストンの行方も捜索させる」ペンダリーが首を振った。「その男はＭＩ５に勤めているんだったな」

ペンダリーはふたりと握手した。「ほかにどんな顔を持っていようと、ウェストンは愚か者ではない。警戒を怠るな。スコットランドに行って、狂人たちを阻止しろ。わたしはこの危機的状況に関する正確な情報と、ウェストンが首までどっぷり悪事に浸かっているという事実を首相に伝えよう」

ペンダリーが飛行機を降りると、操縦士がドアを閉じた。しばらくのちに機体は離陸し、右に旋回して、インバネスへと急いだ。

71

スコットランド、エリボール湖
グラビタニア号
午後六時

アダムはヘリコプターのローター回転音で目を覚ました。

ヘリコプターのローター？

今、どこにいるのだろう。アダムは狭い寝台に寝ていて、両手首を体の前で縛られていた。体が揺れている。船のなかだ。だけど、なぜ？　まるで頭に霧がかかっているみたいだ。アダムはじっと横たわったまま考えた。何かがひどくおかしいのに、どこがおかしいのかわからない。何もかもがぼやけている。だけどヘリコプターのローターが轟音を立てているのに、自分が船上にいるのがおかしいことはわかる。アダムは名付け親とともにロンドンにいるはずだった。

アダムの名付け親。

自分の体に目を向けた。男たちに見おろされていたときの記憶が一気によみがえった。

アダムは手首の結び目を急いでなんとかほどき、両腕を振って感覚を取り戻すと、狭くて殺風景な船室を見まわした。右側にバケツが置いてあり、左側にもうひとつ寝台がある。人が寝ていて、長い黒髪がもつれていた。

ソフィーだ。アダムのほうを向いて横になっている。目を閉じていて、動かなかった。

転げ落ちるようにして金属製の寝台をおりると、よろよろとソフィーに近づいた。父やオリバーのように死んでしまったのではないかと不安だった。手を触れるのが怖くて、じっと見おろしていたが、やがて顔を近づけて呼びかけた。「姉さん、目を覚ましてくれ」

ソフィーがうめき、寝返りを打ってアダムから離れようとした。シャツが裂けていて背中がのぞいた。生々しい傷跡にはまだ血がにじんでいる。「あいつに鞭で打たれたんだな」だがもちろん、アダムはすでに知っていた。電話越しに叫び声を聞かされたのだ。そのあいだ、メルツはアダムを見おろし、ずっと薄笑いを浮かべていた。あのあとアダムは潜水艦の位置座標を大声で告げて、あの狂人が姉を鞭打つのをやめさせた。そのとき、首に注射針を突き刺されたのを思いだした。メルツは液体を注入しながら、なおも笑っていた。

アダムは身を乗りだして、ソフィーの頬を叩いた。「しっかりしろ、姉さんならできる。目を覚ましてくれ」

ソフィーが目を開いた。彼はできる限りそっと姉の体を自分のほうに向かせた。

ソフィーが手を伸ばして弟の顔に触れた。「アダム？　あなたなの？　本当に？　ああ、よかった。あなたも殺されたんだと思っていたわ」彼女は体を動かそうとしたが、奥歯を噛みしめ、そのまま動かなくなった。

「背中が痛むんだろ。かわいそうに。だけど、おれにはどうすることもできない。だめだ、おれと一緒に行こう。ふたりでここから逃げなきゃ」

ソフィーは叫びたかったが、できなかった。これほど怯えている弟の前では。しっかりしなければ。「わたしたち、どこにいるの？」

「ハフロックの船だ。たぶんエリボール湖か、その近くにいるんだろう」

「座標を教えたのね」

「しかたがなかったんだ。姉さんが叫んでたから、やめさせるしかなかった」

ドアが開いた。アダムははじかれたように体を起こして身構えた。

船室にそっと入ってきたのはアダムとソフィーの知っている男だった。三年前から知っている。アレックス・グロスマンはアダムとソフィーの友人であり、父の友人でもあった。「アレックス、ここで何をしてるんだ？　おれたちを助けてくれるのか？」

ソフィーがアダムの手首をつかんだ。「違うわ、アレックスは助けに来たんじゃない。この男はハフロックの仲間なの。敵なのよ。それに名前はグロスマンじゃない。シェパードよ」

アレックスが背後で静かにドアを閉じた。「ぼくは敵じゃない。暴れないでくれ、アダム。

静かにしてほしいんだ、ふたりとも」ソフィーの背中を見おろした。「誓って知らなかったんだ。ウェストンはぼくのボスで、〈オーダー〉のメンバーで、しかもMI5に勤めてる。ぼくはこの三年、あいつを信用してた。だが、今は……」アレックスは首を振った。「ぼくは間違ってた。ハフロックがウェスト・パークに来てたなんて知らなかったし、何を企んでるのかも知らなかった。本当にすまない。あいつらはきみの手当てをさせてくれないんだ」

アダムは尋ねた。「エドワード・ウェストンがボスって、どういうことだ？ それに、MI5に勤めてるっていうのは？ きみもどこかのスパイなのか？」

「あきれたことに、ウェストンはMI5の副長官だ。だからぼくは信用したんだが、今やつはハフロックと組んでる。ことによると、前からそうだったのかもしれない。説明したいことはまだあるが、時間がない。

間もなく英国軍が大挙してここにやってくるはずだ。ウェストンの屋敷にメモを残してきたからな。ソフィー、当局はきみの居場所を割りだすだろう。これからきみたちをこの船から逃がして、安全な場所に移さなければならない。左舷のデッキに、小型の救命いかだが固定してある。あれを使おう。ハフロックは鍵を手に入れるために潜水艦へ向かった」

アレックスがソフィーの背中を見おろした。「救急箱を盗んできたんだ。じっとしていてくれ。少しでも楽になるようにするよ」ソフィーの隣に腰をおろし、手当てを始めた。背中をきれいにする水がないので、薬用クリームの大きなチューブの蓋を外し、クリームを傷口にそっと塗った。血でクリームが赤く染まる。薬がしみて痛いはずだ。アダムにもソフィーが痛がっているのがわかった。アダムは姉の手を取った。

「終わったよ」アレックスがようやく言って、立ちあがった。「痛かっただろう」

痛いどころではなかったが、ソフィーは最後まで声をあげなかった。アダムがソフィーの体を支えているあいだに、アレックスがガーゼの包帯をひと巻き使いきって傷を保護した。そのあと、アレックスはシャツを脱いでソフィーに着せた。

「Tシャツの下に防弾チョッキを着てたのか」アダムが言った。

「ああ、着ていて助かったよ。ウェスト・パークでハフロックに撃たれたんだ」アレックスはチョッキにあいた丸い穴を叩いた。「さあ、ソフィー、手を貸せば歩けるか?」

ソフィーは痛みがやわらぐまでじっとしていたかった。「もちろん歩けるわ」

アダムはアレックス・グロスマン——違う、シェパードだ——がソフィーに手を貸して、狭い船室のドアを出ていくのを見ていた。どうしたらいいんだ? 誰を信じればいい? 自分の頼りなさにうんざりしていた。部屋の隅にある油まみれの布からスパナが顔を出しているのを見て、アダムはそれを手に取った。

アダムの頭はまた高速で回転しはじめた。この船はハフロックが個人で所有している三隻の船のうちの一隻だということを思いだした。全長七十七メートルで、あらゆる最新技術を搭載している。甲板にあがると、ハフロックのヘリコプターがプラットフォームにつながれているのが見えたが、潜水艇のミール2はなくなっていた。あたりには誰もいない。

アダムはアレックスに追いついた。「この船は四十人乗りのはずだ。ほかの乗員はどこに行ったんだ？　誰が船を操縦してる？」

アレックスが小声で言った。「ハフロックはこの船で入り江に入る前に、乗員を別の船に移したんだ。あいつは誰のことも信用してない。この船は自動操縦で、ほかに乗ってるのはメルツとウェストンだけだ。やつらはブリッジにいる。ぼくはきみたちに水を持っていったことになってる。それを口実に出てきたんだ」

アダムは両手をこぶしに握った。「あの野郎、メルツめ。おれはあいつに薬を打たれて、ここに連れてこられたんだ。あいつがおれの名付け親を殺したあとで」

アレックスの動きが止まった。「今、なんと言った？　レイランドが死んだのか？」

ソフィーが首を横に振っている。「まさか、そんなはずがないわ。あのオリバーが」

アダムが一部始終を説明すると、アレックスはあまりの事の重大さに目を閉じた。「ぼくは大ばか者だ」

ソフィーが慰めた。「あなたは知らなかったんだもの。知りようがなかったのよ」

アレックスが答える。「三年前、ウェストンからきみたちの父親を守るよう命じられたときに、オリバー・レイランドに会った。ぼくを〈オーダー〉に参加させるべきだとウェストンに話してくれたのがレイランドだった。彼のことは尊敬していて、大仕事をなし遂げられる人物だと思ってた。誠実で、すばらしい男で、ぼくの師でもあった。その彼が死んでしまったとは。ハフロックのせいで」

　アダムは笑った。「だけど、笑える話だ。ウェストンは英国の安全を守らなければならない立場なのに」口を閉じて、感情をのみこんだ。

「ソフィー、アダム、ぼくたちはこの船を降りないといけない」

「そうはさせない、ミスター・シェパード」

　メルツだった。オリバー・レイランドの殺害に使った拳銃を三人に向けている。「顔つきを見た瞬間から、信用できないやつだとわかっていたよ。この役立たずの女のために、わたしたちを裏切る気か？　ミスター・ハフロックを出し抜けると思うのか？　わたしを騙せると思うのか？　無理だ。おまえは何もかも失うんだ。これから船室に戻る。三人一緒に閉じこめてやるよ。おまえたちをどうするかは、ミスター・ハフロックが決めてくれるだろう」

　アダムは、アレックスがわずかにうなずくのを見た。アレックスはソフィーの腕をつかみ、アダムのほうに押し戻して、自分は向きを変えた。アレックスの右足があがって、目にも留まらぬ速さで蹴りだされた。メルツの手から拳銃が吹っ飛び、甲板をすべっていく。

　メルツが悪態をついて手首をつかみ、アレックスに襲いかかった。目の前でふたりの男がもみあっていて、アダムは床の拳銃に近づけなかった。蹴りが容赦なく繰りだされ、ふたりともあえぎ、うめいている。アレックスはメルツの腎臓に蹴りを入れたあと、身をひるがえして足をメルツの首に食いこませた。しかしメルツは強く、動きも俊敏で、アレックスは股間を蹴られて倒れた。アレックスはすぐに跳ね起きたが、そのとき銃声がした。

ウェストンだった。弾はアレックスの肩に命中した。メルツはアレックスの首をつかむと、頭を手すりに叩きつけた。アレックスはぐったりとなった。

メルツがアレックスに冷めた視線を投げかけた。甲板に血が流れている。

アダムとソフィーを見て言った。「言われたとおりにしないとどうなるか、わかっただろう」彼はアレックスの体を持ちあげて、甲板から入り江の冷たい水のなかへ落とした。

「いや！」ソフィーが絶叫した。メルツがソフィーをつかもうとした瞬間、アダムは彼の喉に襲いかかった。

もう一発、銃声が響き、ウェストンが大声で言った。「もういい、アダム・ピアース。やめろ」

メルツが笑っていた。「おまえたちふたりとも、わたしについてこい」

ウェストンが叫んだ。「メルツ、終わったらブリッジに来てくれ」

72

インバネス近郊
午後六時

ニコラスとマイクは香ばしいフランスパンとやわらかなチーズとブドウを食べ、酸味の強いレモン風味の炭酸水（ペレグリノ）で飲みくだした。

マイクは皿に残ったチーズの小さいかけらを指先でぬぐった。「首相が専用機に食料をたっぷり用意してるなんて、すてきよね」

ニコラスはブドウの最後のひと粒をつまんだ。「今度乗るときは、チェダーチーズをもっと用意してほしいな」彼はトレイを片付け、アダム・ピアースのノートパソコンを開いた。「さてと、マイク、きみさえよければ、アダムが〈オーダー〉から入手したファイルに記載されている、マリー・キュリーと彼女のポロニウムについて読みあげようと思うんだが。そのほうが簡単なんだ」

「どうぞ、読みあげて。最後のブドウを取るなんて、ひどいわね」

「腹がすいていてね」ニコラスは画面をコツコツと叩いた。「アダムはぼくの名前が入ったふたつのファイルの内部に、暗号化したメモを残している。解読したところ、ぼくのサーバーにメッセージが送信された。アダムが書いたメモは完全ではないが、情報量は充分だ」

ドラモンド、あんたが読んでるこのメモは、これまでに起きたことに関するおれなりの考えを記したものだ。これはたしかだ。何もかもが悪い方向に進んでる。ハフロックはマリー・キュリーの兵器を手に入れようとしてる。

キュリー夫人は〈ハイエスト・オーダー〉のメンバーだった。〈オーダー〉は彼女の研究に莫大(ばくだい)な資金を提供した。英国で戦況の悪化が明らかになると、キュリーは、世界中の国々が戦争を思いとどまるほどの、きわめて恐ろしい結果をもたらす兵器を開発する仕事に取り組んだ。このときは、第一次世界大戦をただちに終わらせるのが狙いだった。キュリーはマンハッタン計画に参加した科学者たちと同じく、この兵器の価値を評価する仕事に当たってたんだろう——どちらの科学者も平和のために、とてつもない破壊力を持つ兵器を開発することに力を注いでた——おれの考えでは、この理由付けには不備がある。だけどキュリーの立場にいれば、この超強力な兵器は、実際に使用しなくても戦争を終わらせることができ、世界平和に役立てられると、本気で信じられたんだろう。どうやら彼女は人間を買いかぶりすぎてたようだ。

キュリー自身は平和に身を捧げ、昼となく夜となく研究に励んだ。そして放射性元素ポロニウム210とは異なる新種の元素を発見した（もちろん、この話は専門的すぎて、おれには完全に理解することはできない）。

キュリーはポロニウム210の短い半減期を延ばして、効力を持続させることに成功した。この物質は時間が経つにつれて力を増すと彼女は信じており、輸送方法さえ見つかれば、その脅威によって戦争を止められるだろうと喜んだ。ところが力を増強した新しいポロニウムは触れただけで死に至ることがわかり、またそれを制御する手段もなく、キュリーは自分が大きな過ちを犯したことにすぐに気づいたんだ。彼女はパンドラの箱を開けることなんか望まなかった。そしてイングランドだろうが、ほかのどの国だろうが、これほど強力な兵器を渡すわけにはいかないと悟った。そこで当時〈オーダー〉のリーダーを務めてた第七代チェンバーズ子爵ウィリアム・ピアースに会いに行って、開発した兵器は思うような効果をあげられず、活用方法もわからないと告げた。ピアースはキュリーが嘘をついてるのではないかと疑ったが、彼女の話は終始一貫してた。

キュリーは自分で製造した物質を嫌悪しながらも、畏怖の念を抱いてたに違いない。そうでなければ、その兵器を破壊せず、ノートを破棄せず、秘密の研究室を取り壊さずに残しておいたという事実をどう説明すればいい？　キュリーはそうしなかった。できなかったんだ。なぜか？　おそらく、生みだした怪物がすばらしすぎて、破棄してしまうのは耐えがたかったんだろう。キュリーは自分の発見に取りつかれ、驚嘆し、手放せなくなったんだと思う。ことによると放射能中毒ですでに体を壊していて、明晰な思考が失われてたのかもしれない。しかし理由はどうあれ、兵器は破壊されなかった。

キュリーは次善の策を取った。すべてを封印したんだ。兵器だけでなく、製造方法を記したノートもだ。遠い将来、研究室が見つかって、兵器がいいことに使われる可能性を信じたんだろう(人類の終わりのない暴力の歴史を見れば、あまり筋の通った推論とは言えない。ハフロックが兵器を見つけたら、おれたち人類は彼女の決断の結果、苦しむことになる)。

キュリーは〈オーダー〉から距離を置き、ラジウムの研究を続けた。戦争はまだ終わらなかった。

だけど、キュリーは裏切られた(彼女がこのことをどう思ったのかは、想像するしかない。自身の判断に疑問を持ち、後悔し、不安にさいなまれたんじゃないだろうか。なぜなら、彼女が最終決戦(ハルマゲドン)の原因を作ったことになるんだから)。キュリーの助手に若いドイツ支持者がいた。彼はキュリーのノートと秘密の研究室の鍵を盗んでドイツに向かった。鍵を皇帝ヴィルヘルム二世に渡し、妥当な報酬と引き換えにキュリーの秘密の研究室がある場所を教えると申してでた。そうすれば、兵器は皇帝のものになると持ちかけたんだ。

ピアースはベルリンにいたスパイを通じてこのことを知り、ただちにキュリーに知らせた。キュリーは助手の裏切りに気づいた。ヴィルヘルムに兵器を渡すわけにはいかない（知らない悪魔より、なじみのある悪魔のほうがましだと考えたんだろう）。そこでキュリーは製造した兵器についてピアースに正直に話し、なぜ嘘をついたのかを打ち明けた。その兵器は少数の命を奪うだけでなく、巻きこまれた人を皆殺しにする威力があることを伝えた。

秘密の研究室の鍵を失ったとしても、研究室を取り壊す方法はキュリーにもわかったはずだ。しかし彼女が行動を起こす前に、ピアースから、ヴィルヘルムの手に渡った鍵とノートを盗みだす手はずを整えたと連絡があったようだ。ところがそのあとピアースから、鍵とノートを運ぶ潜水艦が途中で沈み、行方がわからなくなったという報告を受けた。キュリーは安堵したに違いない。それで、研究室を取り壊す必要もなくなったわけだ。

ニコラスは顔をあげ、静かに言った。「以上だ。ここまで書いて時間切れになったんだろう」

マイクが言った。「新しい放射性元素を使った小型核兵器（ミニ・ニュークス）。わたしたちはスーツケースくらいの大きさの核兵器の心配をしてきた。だけどニコラス、もしハフロックがキュリー夫人の開発したスーパーポロニウムを手に入れて、破壊力の強い超小型核兵器を製造し、大量の放射性降下物が舞い散ったら、とんでもないことになるわ」

ニコラスはうなずいた。「機械で検知できる放射能汚染爆弾（ダーティ・ボム）と違って、この超小型核兵器は誰にも知られずに、どこにでも持ち運べる。キュリーの超強力なポロニウムの組成が判明していない以上、そこに搭載される爆発物の威力は未知数だ」彼はいったん口を閉じた。「スーパーポロニウム、超強力ポロニウム、強化型ポロニウム——どう呼べばいいんだろう。アダムと同じく、ぼくにもその仕組みはよくわからない。ただ、恐ろしい威力があることだけはわかる」

「〝死をもたらすポロニウム〟でいいわ。わかってるのはそれが悲惨な結果をもたらすということだけだもの」

ホーカーの操縦士がインターフォンで告げた。「五分後に着陸します。待機しているヘリコプターがエリボール湖までお送りします。現在、ドーバー号がグラビタニア号を捜索中です」

マイクがシートベルトを締めた。「鍵とキュリー夫人のノートを〈オーダー〉が手に入れ損ねたのだとしたら、途中で何かまずいことが起きたのね。そして今度はハフロックがそれを手に入れようとしてる」

「われわれが先にそこにたどり着く。それしかないんだ」

マイクが窓の外の荒涼とした丘陵地帯を見おろす。「キュリーの秘密の研究室はどこにあるの？」

「最後まで知りたければ、アダム・ピアースを無事に見つける以外にない」

73

十分後、ニコラスとマイクは軍のヘリコプター、通称〝マーリン〟の座席でシートベルトを締め、フリゲート艦の〈ドーバー号〉を目指した。操縦士二名は期待感でいっぱいだった。閉鎖された空軍基地へ向かうように指示されたうえ、民間人ふたりを乗せて北海まで送るなんて任務はそうたびたびあるものではない。

操縦士が言った。「覚悟してください。向こうは今、かなりの荒れ模様ですから、ベルトをしっかり締めて。三十分で湖の上空に達したら、ドーバー号に降ります。船はわれわれの到着を待っています。降りたら、船でただちに目標に向かいます。お捜しのグラビタニア号という船はすでに所定の位置に移動していて、今頃は湖にいるはずです」

ニコラスがきいた。「だったら、グラビタニア号におろしてもらえないか？」

「それはお勧めしません、サー。あれは敵の船で、誰が乗船していて、何が待ち受けているかわからないんです。そんなことをしたら、大佐にこっぴどく叱られます」

「きみたち、これは嘘でもなんでもなく、この任務には国家の安全がかかっている。国民の命が、われわれをあの船に送り届けてもらえるかどうかにかかっているんだ」

「それはできません、サー」

ニコラスはマイクに目を向け、眉をつりあげた。「船が近くなったら教えてくれ」

「了解。お電話が入っています。ペンダリー警視正からです。まわしましょうか？」

「ああ、頼む」

一瞬の雑音に続いて、ヘッドセットを通じてペンダリーの声がはっきりと聞こえた。

「ドラモンド、オックスフォードにあるウェストンの屋敷は血だらけだが、ソフィー・ピアースの形跡は見当たらない。屋敷内で、男がひとり死んでいた。頭を撃たれているが、誰なのかはわからん。アレックス・シェパードというＭＩ５のスパイもここにいたようだ。この男はわれわれにメモを残していて、やつらはスコットランドにいるグラビタニア号に向かったそうだ。

ハフロックとウェストンは一緒に行動しているようだな。ソフィー・ピアースもだ。メモには時刻が記してあった。やつらが屋敷を出たのは、われわれが到着する一時間前だ」

ニコラスは言った。「それでは現在、やつらはグラビタニア号にいるんですね。サー、もうひとつ頼みがあります。われわれをその船におろすように指示してください。いったんドーバー号に降りたうえで、さらに目標へ向かう時間のロスを省きたい。どのみちグラビタニア号を目指して進むんです。自分が先に着けば、徒労に終わる前にこの騒動を止められるかもしれません」

ペンダリーが黙っているので、ニコラスは先を続けた。「やつらを止めることを約束します。あの船におろしてもらえませんか?」

ペンダリーが大きくため息をついた。「死ぬんじゃないぞ、ドラモンド」

電話は唐突に切れた。マイクがヘッドセットに向かって叫んだ。「事がうまく運んでハフロックの船におろしてもらえるとして、計画はあるの?」

「ああ、もちろん。きみとぼくとでグラビタニア号に降り、悪いやつらを撃って倒して、船を英国海軍に引き渡すんだ。そのあとハフロックが潜水艦にたどり着いて鍵を盗む前に、やつを阻止する」

「わかった、すてきな計画ね。やりましょうよ。楽しそうだわ」

ニコラスがにやりとしたので、マイクはひそかに思った。

わたしもあなたたみたいに頭がどうかしてきたみたい。だけど、そんなのはどうでもいい。うまくやるしかない。危険すぎて、失敗することなんて考えられない。

ザッカリーに電話をかけて、状況を報告するべきだろうか? マイクはスマートフォンを見つめていたが、ポケットにしまった。ニコラスと目が合い、その目に浮かぶ無言のメッセージをはっきりと読みとった。〝それでいい〟

ヘリコプターは眼下の大地をかすめて飛んだ。針路を北に取っている。スコットランド北部の荒野が目の前に広がっていた。赤茶けた草地や黄色い野原にグリーンやブラウンやオレンジが溶けて、さまざまな色の模様を描いている。マイクが今までに見たことのない色合いだった。

寒々とした陰鬱な美しさだ。草原に白い綿毛のような羊が点在し、丘をのぼるにつれて、こんもりとした緑の森に姿を変える。今にも霧が出そうだ。地図を見ると、東はマリー湾で、遅くまで沈まない太陽が霧を押しとどめていた。

丘陵地帯が隆起して、いきなり山脈に変わった。人を寄せつけない先の尖った灰色の山々だ。ヘリコプターがもやにかすむ山頂を越え、比較的風が穏やかな斜面を気流にのって急降下すると、再び目の前にムーアが広がった。突然、目指す湖が姿を現した。細長い指の形に青い水をたたえている。下界で泥炭が燃えるにおいをマイクはたしかに嗅いだ。

マイクは言った。「これまでで最高に美しい十五分だったわ」

「きれいだろう？　だけど、とんでもなく寒いぞ」

操縦士が割りこんだ。「あなたはたいした大物をご存じのようですね。あなた方をグラビタニア号におろすようにとの指令がくだりました。船が小さすぎてヘリコプターを着けられないので、ファストロープ降下で甲板に降りていただきます」

ニコラスはこぶしを突きあげた。「すばらしい。ところで、借りられそうな武器はないかな？　まともな武器も持たずに、ならず者だらけの船に向かっていく気にはなれないんだ」

操縦士が笑った。「左にあるキャビネットを調べてみてください。C8が何挺かあるはずです。弾薬もあります。掩護（えんご）が必要でしょう。ここにいるハルパーン大尉を同行させて、船を急襲する際の見張りをさせましょう」

「言うことなしだ」ニコラスはキャビネットに手を伸ばしてストラップを外すと、C8カービンを二挺取りだし、少し考えて救命キットをつかんだ。

ニコラスは銃を一挺と、吸着力のある薄い手袋をマイクに渡した。「この銃は突撃銃（アサルト・ライフル）のM4に似ている。30ラウンドの弾倉を使う」彼は弾倉をふたつ取りだし、マイクにひとつ渡した。「これは予備だ。M4より少し重いから、反動が大きい。バースト射撃にセットしろ」

ニコラスはマイクに作戦を指示する態勢に入っている。彼のきびきびとした完璧な上流階級のイギリス英語が、アドレナリンに駆られた軍隊口調に変わった。

「ファストロープ降下の経験はあるか？」

「ええ、訓練で。ずいぶん前だけど」

「これはわれわれにとって唯一のまともな潜入方法だ。風が強いだろうから、急いで降りるように心がけろ。そのストラップは肩に押し当てろ。ライフルが背中にぴったりおさまる。船に着いたら、ライフルを体の前にまわして掩護（えんご）してくれ」

「了解」

それからニコラスはマイクに目をやり、じっと見つめた。マイクの顔はこわばり、青白かった。落ち着いた面持ちでいるものの、目の表情は興奮していて、血がわき返り、戦闘態勢に入っているのがわかる。彼女はC8をしっかりと握りしめていた。

ニコラスは言った。「すべて片がついたら、まともな食事をごちそうしよう」

「ハギス（羊などの臓物を使った煮込み）は遠慮しておくわ」マイクが応じる。

「運がいいな。今はハギスのシーズンじゃない。うまいシェパードパイ（挽き肉とタマネギなどをマッシュポテトで包んで焼いたもの）を食べさせてあげよう。体の芯からあたたまるぞ」

ニコラスは救命キットを開いた。ついている。英国海軍万歳だ。

そして瓶を振って錠剤を出した。「マイク、二錠のめ――ヨウ化カリウムだ。放射能の害から体を守ってくれる」

マイクは錠剤をのんだ。「救命キットも持っていくわ。船でどんな目に遭うかわからないもの」

ヘリコプターは今、湖の上を低空で旋回している。アカシカの群れが崖の縁から飛び跳ね、騒音から逃れていった。

マイクはキットをジャケットの内側に押しこんだ。アドレナリンが体じゅうを勢いよく流れはじめた。何度か深呼吸して興奮を抑え、手袋をはめた。素手で臨まずにすんだことに感謝した。

マイクは訓練で教わったとおり、銃をざっと点検した。武器に対する不安が消えると、銃を膝の上に水平に置き、心のなかを空っぽにして、これから取り組むひとつひとつの動作のことだけを考えた。革のジャケットの下に厚手のセーターを着てきてよかった。ヘリコプターの外に出れば、身を切るように寒いだろうと考えると、気持ちが萎えた。

操縦士が再び告げた。

「降下まで二分」

「了解」ニコラスが答え、外に出るドアを開けた。冷たい風が吹きこむ。

「降下まで一分」

マイクは大きく息を吸い、位置に着いた。ヘリコプターの床に、頑丈な黒いロープが取りつけてある。これを伝って降下するのだ。副操縦士がそばに来た。彼の武器もすぐ使える状態だ。副操縦士が大声で言った。「ライアン・ハルパーン大尉です。敵陣への潜入を掩護します。足がロープに触れないように気をつけてください。すぐあとに自分が続きます」

マイクは彼に向かって親指を立てた。真下にグラビタニア号の明かりが波間に揺れているのが見える。

操縦士が言った。「上空を二度旋回しましたが、船上の動きは確認できません。低い位置でおろします。怪しい奴らが隠れているとしたら、シラミのようにわいて出てくるでしょうから、すかさず応戦できるよう準備しておいてください。甲板までの距離は十メートル弱です。いいですね？」

ニコラスはマイクに笑顔を見せた。「マイク、準備はいいか?」

心臓が今にも喉から飛びだしそうだ。脳内を血液が流れる音が響く。マイクはほほえみ返し、太い撚りロープをつかんだ。両脚を支えるものは何もない。

操縦士がマイクの耳元で言った。「ファストロープ降下、位置に着いて……三、二、一、ジャンプ、ジャンプ、ジャンプ」

マイクたちはドアから外に出て、ロープを伝ってくねりながら降下し、ハフロックの船の甲板に降りた。

74

エリボール湖
グラビタニア号
午後七時

三人がグラビタニア号の甲板に降りたつと同時にヘリコプターは遠ざかり、騒音はしだいに消えて、あたりは静けさに包まれた。マイクがすかさずC8を両手でつかみ、ニコラスも同じ行動を取った。彼らはどこだろう？　どこかに隠れているに違いない。三人は声を出さず、ハンドサインで会話した。ニコラスが先頭に立ち、マイクが続き、ハルパーン大尉は最後尾を見張った。

船は静かな水面でかすかに揺れ、穏やかに左右に傾いた。湖の両側にそびえる山々は、無口な歩哨（ほしょう）のようにたたずんでいる。

ニコラスは、百メートルほど先でT字形にわずかな陸地が突きでていて、そこに色あせた木造の小屋が立ち、狭い砂浜に面して洞穴らしきものがあるのを見つけた。この船と同じく、その陸地にも小屋にも人の気配はない。

三人は足音を忍ばせて前進し、船内を見まわった。誰もいない。船はもぬけの殻だった。

「人はどこにいるの？」

「ハフロックは乗員を船からおろしたに違いない」ニコラスは言った。「理由か？　わからないな」

ハルパーン大尉が近づいてきた。「そうだとしたら、近くに別の船がいるのかもしれません。報告します」

ニコラスは左右に目を向けた。「大尉、報告が終わったら、もう一度、船内を見まわってくれ。マイク、ブリッジに行って、何があったのか調べてみよう」

ハルパーンが軽くうなずき、姿を消した。彼が小声で話すのが聞こえた。マイクはニコラスに従い、船の後部にある階段をのぼった。突きでた陸地は船の左舷側にある。ベル社の小型ヘリコプターにさえぎられて、船尾方向はほとんど見えない。マイクは小屋を眺めた。やはり人影はない。

船は錨をおろし、エンジンは止まっているが、電気系統は動いている。ブリッジには船の真下の水中を探るのに適した、高性能のマルチスキャン・ソナーが装備され、左舷側の水面にはサイドスキャンソナーのブイが浮いている。目の前の画面を見ると、後方二百度付近に小さい輝点が規則正しく点滅している。

ハフロックは潜水艦の正確な位置を突きとめようとしてこの付近を探り、ついに見つけたのだ。

ニコラスがソナーの表示画面に近づいた。画面を軽く叩いて、左側を指で示す。「あそこだ」

マイクは言った。「地下だということ?」

ニコラスがうなずく。「それで、今まで誰も気づかなかったんだ。通常のソナーだと、輝点が地上を示しているようにしか見えないが、違ったんだよ。岩棚の下だ」

マイクはニコラスを見た。「水深はどれくらい?」

「入り江と外海の境界付近で六十八メートル。その周囲の深さはおそらく二十から二十五メートルだろう。ドイツの潜水艦なら問題なく隠れていられる深さだ。第一世代の潜水艦なら全長約四十メートル、高さは四メートルに満たない。小型とは言えないが、充分小さい」

「そして、この狭い地面の下におさまって、一世紀ものあいだ隠れてたのね。驚きだわ」

「海に出る船が行き交っているにしては、人目につきにくい。ここはスコットランド北部の海岸にある唯一の入り江だ。文明社会からも離れていて、潜水艦が身を隠すにはまたとない場所だな」

「誰が決めたんだと思う? 潜水艦をここに隠すことを」

ニコラスが肩をすぼめた。「潜水艦の艦長かな。本体が損傷を受け、人に見つかりたくなかったんだ」

マイクはもう一度、木造の小屋を眺めた。「ドーバー号に搭載された潜水艇の到着を待ってる時間はないわね。ニコラス、知ってると思うけど、わたし、潜れないの」

ハルパーンがブリッジに来た。「わたしが潜りましょう、サー。それから、必要な潜水の装備はすべてそろっていました。ですが、先に見ていただきたいものがあります。乗員一名を見つけました」

ハルパーンが先に立って階段をおり、船尾に向かった。男が船の後部から半分はみだした状態で、小型の救命いかだを固定していたらしいネットに引っかかっていた。男の顔は青ざめ、暗くなってきた空の色とほとんど変わらない。しかも、ずぶぬれだ。Tシャツと防弾チョッキを着ている。手を船の甲板に伸ばし、腕には血のこすれた跡がある。

ふいに男が動いた。「死んでないわ！」マイクが叫んで駆け寄った。

「マイク、だめだ、さがれ！」

マイクは男のかたわらに膝をついた。「アレックス・シェパードだわ。銃弾を受けてる」

アレックスはかろうじて生きていた。

「ぼくならそのまま放っておく。カラスの餌食になればいいんだ」ニコラスは言った。

アレックスはマイクの手をつかんで、彼女の顔を見た。「助けてくれ」声が途切れ、マイクの手を放した。声はか細く、ほとんど聞きとれない。「お願いだ」そこで気を失った。

ニコラスが言った。「この船で何があったのか知る必要があるから、こいつの命を助けてやるしかないな」

「アレックスはわたしたちに行き先を告げるメモをウェストンの屋敷に残したのよ。今すぐドーバー号に連絡してヘリコプターに戻ってきてもらって、彼をここから運んでもらいましょう」

「きみが連絡してくれるか、マイク。チャンネル16を使え」

ニコラスとハルパーンは九十キロの巨漢をネットから外し、アレックスの体を引きあげた。そのあと、船尾から離れた狭い船室に運んだ。

マイクはアレックスのTシャツを引き裂いて、防弾チョッキのマジックテープを外した。防弾チョッキを脱がせると、胸に大きな痣があった。「胸のど真ん中を撃たれてる。痣の色から見て、かなり時間が経ってるわ」

ふたつ目の弾痕はあまり時間が経っていない。弾は防弾チョッキを外れ、肩の上部に小さな穴をあけている。傷口にまだ血がにじんでいるものの、弾はきれいに貫通していた。アレックスがうめいて急に体を起こそうとしたが、マイクが押し戻した。「大丈夫よ、静かに横になってて。傷の手当てをしてみるわ。もうすぐ助けが来るから」

ハルパーンが船室の外を見張るために戻っていった。

ニコラスはアレックスを見おろした。「全部話してもらおうか、アレックス。まず、ハフロックはすでに潜水艇に移ったのか？」

アレックスは目を閉じ、痛みに奥歯を噛みしめた。「ああ。だけど潜ってからどれくらい経つかはわからない」

「ソフィーとアダムはどこだ？」

「たぶんメルツと一緒だ。ハフロックの仲間で、危険な男だよ。ふたりの身が心配だ」

「ハフロックはひとりなのか？」

「わからない。ぼくは錨にしがみついて、水中にいたんだ。そのあいだにハフロックが水に浮かべた潜水艇に乗るのを、メルツとウェストンが助けるのが見えた。そのあとで、ウェストンがエリーゼを連れて別の船に移ったんだろう」

「エリーゼというのは誰だ？」

「ハフロックの女だ。ハフロックは苦痛を味わうのが好きでね。あいつの女王さまさ」

「おまえはなぜ撃たれたんだ？」

アレックスが目を開けた。その目は夏の日の空のように青く、苦痛に満ちていた。「ハフロックはアダムに口を割らせようとして、ソフィーを鞭で打った。ぼくがソフィーとアダムを船から逃がそうとしてたら、メルツに邪魔されたんだ。そのとき、ウェストンにやられたのさ。そのあとメルツに船から突き落とされた。死んだふりをして、あとでネットをよじのぼって船にしがみついてたときに、きみたちが見つけてくれたんだ」

ニコラスはきいた。「今回の事件で、おまえの役割はなんなんだ?」

「ぼくは〈オーダー〉に忠誠を誓っていて、スタンフォードの指示で動いていた。三年前にジョナサン・ピアースを担当してた護衛が辞めたときに、代わってその仕事を任された」

ニコラスは言った。「ウェストンが副長官だったために、MI5がその任務を問題視しなかったことは知っている」

アレックスがうめいた。マイクは水を入れたカップを彼の口に当てて飲ませた。アレックスはあえぎながら体をもとの位置に戻した。

マイクが言った。「気の毒に。痛むだろうけど、もう少し我慢して。傷口を包帯で巻いてあげるわ」

アレックスが痛みをこらえるように目を閉じ、小声で言った。「よく聞いてくれ。ウェストンは〈オーダー〉を裏切った。やつはハフロックの下で働いてる。ぼくはソフィーとアダムの役に立てず、ジョナサンの役にも立てなかった。ジョナサンはハフロックの殺し屋にやられたんだ」

アレックスの声が弱くなった。あとどれだけもつか、マイクにはわからなかった。寒さによる震えはほとんどなく、その点はよかったが、痛みと疲れで体力が奪われていた。マイクにはどうすることもできなかった。ドーバー号の衛生兵たちは何をしているのだろう?

だが、アレックスはあきらめるわけにいかなかった。まだ話すことがある。どうしても話さなければならないことが。「ジョナサン・ピアースが死んだのは手違いで、ハフロックはアダム・ピアースを捕まえたかっただけなんだ。とんでもない失敗だ。アダムがウォール・ストリートに現れたときに、ハフロックの手下は彼を捕まえるだけでよかったんだ。ハフロックはジョナサンを死なせるつもりはなかった。ジョナサンは秘密を知っていたし、メッセンジャーでもあったからな。一部始終を知る、〈オーダー〉で唯一の人物だった」

「一部始終とは、正確に言うとなんのことだ?」

アレックスの体力は急速に衰えていた。マイクとニコラスは彼のほうに身を乗りだした。

「一部始終とはなんなんだ?」ニコラスは繰り返した。

アレックスが蚊の鳴くような声で言った。「ヨーゼフとアンゾニア」

マイクはアレックスの手をそっと握った。

アンゾニア——ピアースのファイルにその名前があったことをニコラスは思いだした。

「その人たちは誰なんだ、アレックス?」

「鍵だ。彼らが鍵を盗んだ」

ニコラスはさらに体をかがめ、顔を近づけた。ということは、過去の人間か。アレックスの意識は薄れつつある。ニコラスは急いできいた。「ウェストンがエリーゼを連れて別の船に移ったと言ったな。もう一隻の船はどこにいる?」

かろうじて聞きとれるほどの声だった。「北だ」そう言うと、アレックスは気を失った。

マイクが言った。「アレックスは大量に失血してるわ、ニコラス。これで精いっぱいよ。ヘリコプターの音が聞こえるわね」

ハルパーンが船室のドアの外から言った。「衛生兵たちがアレックス・シェパードを迎えに来ました」

ニコラスが応じた。「よかった。時間切れだ。ライアン、これからきみと潜水艦の隠し場所まで潜らないといけない」

75

ニコラスは分厚いドライスーツ（潜水時に着る保護スーツで、内部に水が侵入しないもの）に身を包み、装備を確かめ、レギュレーターとタンクをテストした。

マイクが見ているのに気づいて、ニコラスは笑顔を見せた。「ハフロックの準備は周到だな。冷たい水に潜るのに必要な装備が全部そろっている。水中はとんでもなく（ブラッディ）冷たいだろうから、ドライスーツは欠かせない。きみは心配しなくていい。いいな？」

「それが万事順調だと人に言い聞かせるときの、あなたのやり方なのね？」

ニコラスはうなずいた。「そうだ。万事順調だ。やきもきするな」覚悟はできていた。彼はマイクにというより自分に言い聞かせた。「今、気がかりなのは、てのひらにおさまるほどの小さい鍵がどこを捜せば見つかるかだ」

「きっと見つかるわ。気をつけてね、ふたりとも」

ふたりの男はうなずいた。急がなければならない。空の色が移り変わり、あたたかみのある淡い黄灰色へと変化していた。太陽はもうすぐ西の山に沈む。

マイクはニコラスの腕を揺すった。「どうやって潜水艦のなかに入るの？」

「その仕事はすでにハフロックがやってくれているはずだ」ニコラスはマイクの両肩をつかんだ。「信じるんだ、マイク」

鍵が潜水艦にあるとすればニコラスが見つけてくれるはずだと、マイクは信じるしかなかった。

マイクはニコラスから離れ、彼がハルパーンのほうを向くのを見守った。「大尉、準備はいいか？」

「準備完了です」

ふたりは船尾に向かった。太陽はみるみる傾いていく。ニコラスとハルパーンが戻ってくる頃には真っ暗だろう。

ハルパーンがニコラスの装備を確かめると、今度はニコラスがハルパーンを手伝った。

「水中では状況がよくつかめないはずです、サー」

ニコラスはただうなずいた。沈没船の調査で何度か潜ったことはあるが、潜水艦は初めてだ。積もった細かい砂が舞い、視界が利かないことは知っていた。ニコラスは閉所恐怖症気味で、また水に潜ると考えただけで恐ろしさに縮みあがった。

「よし、一気に行くぞ」

ふたりはマスクをかぶり、船の縁から水面におりた。ニコラスは少しのあいだその場にとどまり、顔を冷気になじませた。水はかなり冷たいが、ドライスーツのおかげで寒くはない。しばらくしてマスクに入った水を抜いて、ハルパーンに合図した。そしてマイクに急いで手を振ると、祈りの言葉を口にしたのち降下を始めた。

ニコラスはマスクに装備されたライブカメラのスイッチを入れ、自分の見ている光景がマイクにも見えるようにした。彼らは推進装置を作動させて潜りはじめた。濁った水に光の筋が差した。

水面下はぼんやりとした奇妙な灰色の世界だった。大きな魚が泳ぎ去った。サケだ。ハフロックの潜水艇は見えなかった。ふたりはサイドスキャン・ソナーのブイの電波信号を頼りに泳いだ。五分で陸地が突きだしている場所に着き、そのあとさらに深く潜った。

潜水艦はそこにあった。

ビクトリア号が横に傾いて、花崗岩の岩棚の下に挟まれている。意外にも、保存状態はいい。攻撃を受けたのち、艦長はやっとのことで潜水艦を入り江まで進めたのだろう。艦長がわざと岩棚の下に移動させたのか、潮の流れと偶然が重なった結果なのかはわからない。

潜水艦の近くに泳いでいくと、船尾にムラサキイガイがびっしりと張りついていた。船体に沿って、船首のほうに進んでいく。あった。魚雷でできた小さい穴とは違う、縁がぎざぎざの大きい穴は、ハフロックが通り抜けるために、数分前に吹き飛ばしてあけたものだ。

ニコラスは推進装置を潜水艦の側面に向け、ハルパーンに穴の外にとどまるよう合図すると、穴を慎重に通り抜けた。懐中電灯の明かりは強力だった。そうでなければ困る。ハフロックが沈泥を大量に舞いあげていたからだ。ニコラスはかすかな光を頼りに真っ暗な内部に入った。顔のそばを魚が泳いでいく。

そこは細長い筒のような空間で、小部屋に分かれていた。ニコラスは方向感覚を失わないように集中した。最初のハッチは開いていて、舞いあがった沈泥の幕の向こうに昔の機器類が確認できた。潜水艦の壁や天井の隅から藻が漂い、幽霊の腕のように揺れている。

ニコラスは沈泥のもやのなかを、次の小部屋へとゆっくり泳いだ。人体の一部がいくつか見えた。暗い水のなかで細長い骨が何本か揺れ、頭蓋骨が三つ、ただよっている。ぽっかり開いた眼窩（がんか）が懐中電灯の光を通してニコラスを見あげていた。ここで何人の男が死んだのかを知るすべはない。厚く積もった塵芥（じんかい）や視界をさえぎる沈殿物が多くを隠していた。少なくとも三人はいたようだ。ニコラスは長いあいだここに葬られていた男たちのために、つかの間、動きを止めて祈った。そして男たちの死を悲しんで祈ったに違いない、彼らが愛した家族のためにも祈った。

潜水艦の乗員は皆、死を覚悟してこの部屋に閉じこもったのだ。最期のときをともに過ごすために。

ニコラスが懐中電灯をゆっくり動かして部屋のなかを照らすと、向かいの壁に何かが光った。そばまで泳いでいき、グローブをはめた手で光る場所をなでた。金の延べ棒だ。なおも沈泥を払った。金の延べ棒は一本だけでなく、床から天井まで壁一面に積み重なっていた。奥行きは延べ棒六本分はあるだろうか。懐中電灯の明かりに照らされてほのかに光っている。ニコラスは信じられない光景を見つめながら、水中に静かにとどまり、水が澄むのを待った。この潜水艦は大量の金塊を積んでいたのだ。もちろんハフロックも皇帝の金塊のことを知っていたのだろうが、鍵を見つけるのに夢中になりすぎて、気づきもしなかったらしい。

ニコラスはさらにいくつかの部屋を通って船首に向かった——小さなダイニングルームには錆びた鍋や、割れていない陶器の器や皿があり、ベッドルームにはワイヤーと鉄骨の枠だけが残っていて、錆びた金属のロッカーは戸が開いていた。

船首にある部屋のハッチはほかより小さく、腐食した分厚いゴムのパッキングのようなものが周囲に張りめぐらしてある。ハッチは閉じていた。

丸い取っ手をまわし、ゆっくりと引いてハッチを開けた。

ニコラスは小さい部屋を懐中電灯で照らした。奥行き二・五メートル、幅三メートルといったところだ。隅に寝台があり、毛布が浮いていて、その上にランタンがぶらさがり、小さいテーブルがあった。どれも無傷だ。

ニコラスは殴られたような衝撃を受けた。崩れかけた寝台のマットレスの数センチ上に、人の体が浮いている。さっき通ってきた部屋の、濁った水のなかに散乱していた骸骨よりも、はるかに状態はよかった。

76

ハフロックが先ほど無理やりハッチを開けるまで、この小部屋は完全に密閉されていて空気がもれず、百年ものあいだ乾いた状態で保たれていたのだと、ニコラスは気づいた。死体はミイラ化して、ほぼ完璧な状態だった。ドイツ海軍大尉の軍服を着ている。生地の混じりけのない深い黒は今も色あせていない。

しかし、たなびく長い髪は見間違えようがない。女性だ。潜水艦に女性が乗っているはずはない。ありえない。だとしたら、いったいどういうことだ？

ミイラ化した死体は、やがてほかの少数の乗員と同じように骨だけになるだろう。彼女は潜水艦の胎内に閉じこめられて、自分のためにも仲間のためにも助けを呼べず、溺死ではなく、餓死したのだ。

アレックス・シェパードが口にした名前――ヨーゼフとアンゾニア。

アレックスはアンゾニアの名前をピアースのファイルで知ったのだろうか？

そのときふいに、〈ハイエスト・オーダー〉のファイルの断片が意味をなしはじめた。

ニコラスは水に漂いながら、女性を見つめた。女性の体は徐々に浮きあがり、伸ばした手の高さに届きそうだった。見ると、左手がない。彼女は横たわって死を待ちながら、左手に鍵とキュリーのノートを握っていて、その手をハフロックがこの場で切断したのだろう。

コツコツと音がした。ハルパーンだ。ニコラスはダイビング用コンピュータを見おろした。ハルパーンが注意を促している。ニコラスは一時間分の空気を用意していて、潜水艦には十五分しか滞在しないつもりだったが、予定どおりにいかなかった。長居しすぎた。

ニコラスはゆっくりと用心して泳ぎ、視界をさえぎる沈泥をこれ以上舞いあげないように気をつけた。頭蓋骨のある部屋を通り、大きく広げられた魚雷の穴から外に出た。突然、地獄から解放されたような感覚を味わい、大きく息をつく。上を見てフィンと水泡を捜したが、ハルパーンの姿は見えない。代わりに、白く輝く金属のかたまりがおりてきた。四つのライトが目に差しこみ、そのまわりで水が渦巻いている。

ハフロックの潜水艇だった。SF映画から出てきた巨大な金属の虫のようで、大きな舷窓が三つ、底辺に沿って目のように並んでいる。

ニコラスは推進装置を持ちあげて、そこから離れようとしたが、ハフロックの潜水艇の速度には勝てなかった。

潜水艇が停止した。ハフロックはニコラスを倒すのに時間を使うのは無駄だと判断したのだろうか？

ハルパーンが無事にここから逃げだして、すでに水面へ向かい、マイクに知らせてくれているようニコラスは祈った。水中でハフロックと戦うのは無理だ。上に戻るしかない。そのとき突然、すぐそばを潜水艇が速度をあげて通過し、すれ違いざまに足にぶつかってきて、ニコラスはゆっくりと円を描いて倒れた。

ハフロックは考え直したらしい。潜水艇は方向転換してまた向かってきた。早く浮上しなければならないのに、動けない。潜水艇からネットが放たれて、両脚が絡まった。

ニコラスは腿の脇のさやからダイビングナイフを抜き、ネットのロープを切りはじめた。ニコラスがマスクの隅で何かが動くのを察知して見あげると、ナイフを手にしたダイバーが襲いかかってきた。

近づいてきた男の目から頰にかけて傷が走っているのがマスク越しに見えた。レギュレーターをくわえた口元をにやりとゆがめている。ハフロックではなかった。

この男がメルツに違いない。

潜水艇から出てきたのだろうか？　そうか、だからハフロックは潜水艇をいったん後退させたのだ。ニコラスはロープを切り離しながら、後ろにさがりつつ上昇した。

メルツはナイフで戦うつもりはなく、ニコラスの空気ホースを切断したいらしい。

潜水艇が後ろにさがり、周囲が暗くなった。ハルパーンがメルツに殺されていないことをニコラスは願った。

メルツが向かってきたため、ニコラスは推進装置を盾にさえぎり、脚に絡まったネットになおも切りつけた。ようやくネットを蹴って逃れると、またメルツが近づいてきた。ニコラスの背中のホースを切ろうとナイフを構えている。ニコラスは螺旋(らせん)状に泳いで、すれ違いざまにメルツの腿にナイフを突きたてようとした。

失敗だ。

メルツがニコラスのタンクをつかんで腕を首に巻きつけた。メルツがニコラスのレギュレーターにつながる空気ホースに切りつけ、大量の泡が勢いよく噴きだした。ニコラスが体をひねると、メルツがドライスーツの外から腕に切りかかってきた。続いてメルツの膝蹴りが手に命中し、ニコラスはナイフを手放した。

やっとの思いでメルツの体を振りほどくと、推進装置を振りまわして彼の顔を殴り、後ろに押し倒した。

突然、シュッという音がして、二メートルも離れていない場所を魚雷が通り過ぎていくのがたしかに見えた。

何が起きたのか考えている余裕はなかった。息ができない。肩に取りつけた予備のレギュレーターをつかんだが、ひと息吸う暇もなかった。メルツが鮮やかな宙返りですばやく位置を変え、ナイフを構えて目の前に現れた。ニコラスがメルツのマスクめがけてこぶしをお見舞いすると、マスクが半分外れた。ニコラスはマスクを完全にはぎとってメルツの顔を両手で挟みこみ、両手の親指を彼の目に当てて強く押しこもうとした。

そのとき、ドーンという大きな音がした。衝撃でふたりとも後ろ向きに倒れそうになり、体を支えようとして互いに相手にしがみついた。

金属がきしる音がしたが、ハフロックが潜水艦に向けて魚雷を発射したのでないことはわかった。そうだとしたら、爆発の衝撃でふたりともやられているはずだ。

ならば、誰が何を狙ったのか。

ニコラスは腕から血を流していた。めまいがしているが、ここで気を失えば死ぬだけだ。メルツの足をつかんで後ろに引っ張り、彼の体をひっくり返した。メルツが舞いあがる泥に視界をさえぎられながらもがく。ニコラスはまたしてもメルツの両目に親指を当て、力をこめて押した。一瞬ののち、抵抗がなくなった。

メルツの体は踊っているかのようにニコラスの両手のあいだで痙攣し、ふたりの顔のまわりで血が幾筋も渦を巻いた。ニコラスはメルツの口からレギュレーターを外すと、空気を吸いこんだ。そのあとメルツの体を両脚に挟み、骨が折れる音がするまで首をひねった。メルツの予備のレギュレーターをくわえて大きくひと息吸ったのち、彼の体を解放する。メルツはこちらを向いたまま、遠ざかっていった。両目に黒い穴があき、頭は斜めに傾いている。

メルツの体が水中でだらんとして、やがてゆっくり沈んでいくさまをニコラスは見届けた。

彼はタンクを調べた。空気は残り少ないが、浮上する途中で減圧停止できるだけの量が残っていることを願った。

慎重に空気を吸って吐きながら、時間をかけて浮上した。ふいにマイクの姿が頭に浮かんだ。腕組みして、いらいらと足を踏み鳴らしている。マイクは〝どんくさいわね〟と言っているのだろうか。ひと組のフィンが目に入った。ハルパーンだ。彼は生きていて、ニコラスを待っていてくれた。誰かに出会ってこれほどうれしかったことはない。

ダイビング用コンピュータのエアゲージが赤く点滅している。ニコラスは喉をかききるしぐさをしてみせた。ハルパーンは急いで自分のレギュレーターを渡し、ダイバーズウォッチを示して、三分と合図した。

ニコラスは自分の腕を指した。血が漂っている。ハルパーンに腕をつかまれた。ふたりはレギュレーターをやりとりし、三分間排気しながら、静かに水に漂っていた。

ふたりはオクトパス・ブリージング・アセント（ふたりが向きあい、レギュレーターを受け渡ししながら浮上する方法）で同時に浮上しはじめた。さらに三分、苦しみながらも、慎重に手際よく、一分ごとにゆっくりと浮上した。そして、ようやく水面に顔を出した。

ドーバー号は十五メートルも離れていない場所にいて、甲板にいる男たちが彼らに向かって叫んでいた。男たちが指し示している方向をニコラスが見ると、ハフロックのグラビタニア号が燃えていた。中央が炎に包まれ、船首は空を向いている。ニコラスは船が静かに外海に流されていくさまを見守った。

77

午後九時

マイクは甲板を行きつ戻りつしながら、ニコラスとハルパーンがあがってくるのを待っていた。メルツに襲われるまでは、ニコラスが見ている光景をもらさず見ることができた。ところが、最初の一撃でライブカメラが叩き落とされた。マイクはこれほど不安に苦しんだことはなかった。あのふたりが無事生還したら、ありとあらゆる善行に励むことを約束しますと祈った。メルツが勝ったとは絶対に信じなかった。

太陽は沈み、あたりは心地よい冷気に包まれている。船に装備されている大型の照明を頼りに、皆で水面を捜した。若い船員がやってきた。「船長がお呼びです。ソナーが何かを探知したようです。捜索中の潜水艇だと思われます」

ニコラスとメルツが対決していたのと同じ頃、ドーバー号が入り江に入った。そして、マイクとアレックスはグラビタニア号からドーバー号へと移った。アレックスは病室で治療を受けており、マイクは船長への報告を終えた。船長はすぐさまハフロックの潜水艇の捜索を始めた。そして、ついに発見したのだ。

キンズリー船長は画面上の一点をマイクに示した。「五分ほど前にあそこの細長い陸地付近から発信されています。この船を追い抜くほど動きが速くないので、一発で仕留められますよ」

「ドラモンドとハルパーンでないことはたしかなんですね？」

「人にしては大きすぎるし、大量の水を排出しながら約四ノットの速さで進んでいます。ダイバーではないでしょう」

それでも、近くにふたりがいる可能性はある。すぐそばかもしれない。マイクはその可能性に目をつむり、一瞬で判断をくだした。鍵はどうなってもいい。ハフロックがいなくなれば、超小型核兵器の脅威も消えるのだ。

「攻撃してください、船長。その潜水艇に乗っている男は、わが国とあなたの国、双方の敵です」

船長は笑みを浮かべて部下に合図した。「発射！」部下が魚雷を放った。魚雷はシューッという音とともに前進し、やがて衝撃が起こった。マイクは振動を感じた。

「命中です、サー。潜水艇を撃沈しました」

ハフロックは死んだ。やっと終わった。

二度目の爆発が水上で起こり、乗員全員が甲板の手すりにどっと集まってきた。グラビタニア号が燃えあがり、炎はまかれたガソリンを伝っているかのように船全体に広がった。

マイクは叫んだ。「船を攻撃したんですか？　潜水艇ではなく、船を魚雷で狙ったんですか？」

船長が首を横に振った。「魚雷はまったく別の方向に発射されました。あの爆発は外からの攻撃によるものではなく、船の内部で起きたものでしょう。それに、あの船には誰も乗っていないのですから、タイマーか何かを使ったに違いありません。船に爆弾が仕掛けられているのを見ませんでしたか？」

マイクは首を横に振った。両手が震えている。マイクたちはほんの二十二分前にグラビタニア号からドーバー号へ移ったばかりだ。

マイクを除く全員が、船が沈むのを見届けた。マイクは水面を見つめていた。潜っているふたりにあとどれだけ空気が残されているのかは知っている。そろそろ尽きる頃だ。現実に目を向けるしかない。ニコラスとハルパーンは間に合わなかったのだ。

水面に泡が立ちはじめた。水からニコラスの頭が現れるのを見て、マイクは言葉を失い、心から感謝して無言で立ちつくした。動悸が激しくなる。マイクは声に出さず何度も叫んでいた。〝やったわね、ジェームズ・ボンド、お見事よ〟

ニコラスとハルパーンは体の芯まで冷えきっていた。船の衛生兵たちがふたりの体を特殊な断熱シートでくるみ、ニコラスの腕の傷を縫い、痛み止めをのませた。

マイクはようやく面会を許されると、脇目も振らずにベッドへ向かい、ニコラスをきつく抱きしめてキスをした。唇は冷たく、歯はガチガチと音を立てていたが、彼はマイクを見てにやりとした。

マイクは言った。「あなたの命知らずな無謀さについて、わたしたちは話しあったはずよね？　死ぬほど怖かったわ」

ニコラスはマイクの髪をなで、うなじで手を止めた。「浮上してるとき、水中できみの姿をはっきりと見たんだ。ぼくに〝どんくさいわね〟って言っただろう？」

「今回は言ってない。あまりに怖くて。大丈夫よ、ニコラス、もう大丈夫」

「正直、もうだめだと思っていた。ライアンがいなければ助からなかっただろう」ニコラスは病室の反対側に話しかけた。「借りができたな、ライアン。きみは命の恩人だ。ところで、あの爆発はなんだったんだ？　水の上で何があったのか教えてくれないか？」

「魚雷で潜水艇を攻撃したの。ハフロックがまだなかにいるとしたら、死んでるわ」

「だったら、あれは錯覚ではなかったんだな？　魚雷がすっ飛んでいくのを見た気がしたんだ。ハフロックが死んだ？　それはどうかな。きみに話したいことが山ほどある」

ニコラスはまだマイクにしがみついていたことに気づいて、手を離した。マイクはしばらくじっとしていたが、やがてゆっくりと体を起こした。ニコラスは潜水艦にあった大量の金の延べ棒や、ひとりで墓に眠っていた女性の話をした。潜水艦の外に出たあとでメルツに襲われたことも手短に話した。ふたりがさんざん話しつくしたあとで、マイクはもう一度メルツのことを聞きだそうとした。ニコラスは簡単に答えた。「メルツにナイフで腕をやられたが、最後にはあいつの息の根を止めてやった。鍵とキュリーのノートはハフロックに取られたよ」

「その女性、アレックスが言ってたアンゾニアだと思う？」

「ああ、そうだろうな。アレックスの意識は戻ったのか？　もう少し話を聞きたいんだ」

「あなたが水中にいるあいだ、アレックスの意識は遠ざかったり戻ったりを繰り返してたわ。意識がひどく混濁していて、手術するしかなかった。幸い、船に小さいながらも手術室があったから、手術できたの」マイクが腕時計を見た。「手術室に入ったのが二十分前だったかしら。まともに話せるようになるまでしばらくかかるわ」

「アダムとソフィーのことは何かわかったか？」

マイクが首を横に振った。「ふたりはたぶんウェストンとハフロックの鞭打ち姫と一緒に、アレックスが話してた船に乗せられたんでしょう。だけど、その船は影も形も見えないの」

「ハフロックのなんだって？」

「わたしが作った言葉。ぴったりだと思わない？」

ニコラスが大声で笑いだして、衛生兵たちを驚かせた。衛生兵たちはそばに駆け寄ってきて、ニコラスが無事かどうか確かめた。「ぼくなら大丈夫だ。ケイン捜査官が笑わせるものだから」

船長が病室に入ってきた。「あの細長い陸地から遭難信号のようなものが発信されていて、誰かがこの船に向かって白旗を振っています。ボートを向かわせて、万が一に備えて、救援のためのヘリコプターも出動させます。何者かは不明ですが、間もなくこの船に移送することになります」

ローターの音がして、ヘリコプターが飛びたつのがわかった。ニコラスたちは待機した。

78

ドーバー号
午後九時三十分

船長がしぶしぶ許可したのを受けて、衛生兵はニコラスの点滴を外し、病室から解放した。ニコラスとマイクは甲板に出て、救助の様子を眺めた。

ヘリコプターの照明がエリボール湖の岸に沿って激しく揺れ、花崗岩の崖が照らされて白く光っている。小型の救助ボートが高速で走り、水面にさざ波が立った。ヘリコプターがホバリングしてごみや小石を舞いあげながら、小屋の横に着地した。

五分後に、ボートが引き返してきた。銃が発射されることはなく、トラブルもなかった。

船が近づくと、マイクは叫んだ。「ソフィー・ピアースだわ！」

ソフィーはひどい姿で現れた。泥まみれで、傷だらけで、疲れきっていた。アレックス・シェパードのシャツを着たままで、ガーゼの包帯が背中に巻かれている。それでもなんとかはしごをのぼって甲板に着いた。ニコラスもマイクもソフィーと話をしたかったが、衛生兵に止められた。「だめだめ、手当が先です」

ソフィーが自分を見おろしている衛生兵にほほえみかけた。「少しだけ待ってちょうだい」

衛生兵が何か言う前に、ソフィーはマイクの腕をつかんだ。「ハフロックを捕まえて。アダムが連れていかれたの」

マイクは言った。「まさかハフロックは潜水艇に乗せてアダムを連れていったんじゃないわよね？」

「いいえ、違う。アダムを無理やりヘリコプターに乗せたの」

マイクの血圧が正常に戻った。潜水艇に向けて魚雷を発射する指示を出したとき、ニコラスがそばにいるかもしれないとは思ったが、アダムのことは考えもしなかった。

「わかったわ。ということは、ハフロックは潜水艇を自動操縦に切り替えて送り返したのね。そのあとドーバー号が潜水艇を爆破したけど、あれはわたしたちの注意をそらすための作戦だったんだわ」

「ソフィー、ハフロックはアダムをどこへ連れていったんだ？」ニコラスがきいた。「ふたりはどこに向かった？」

「キュリー夫人の兵器を奪いに行ったの。ハフロックは鍵とノートを手に入れたから、解錠できる。彼を止めないと。お願い、アダムを助けて」

「ソフィー、何を開ける鍵だ？　ドアか？　ふたりはどこを目指しているんだ？」

ソフィーが固まった。「あなた、キュリーの兵器がどこにあるか知らないの？」

「ああ、きみは知っているのか?」

ソフィーが首を横に振った。「わたしがわかっているのは、パリのどこかだろうということだけよ」

79

パリ
アンジュー河岸通り
深夜

ハフロックは夜半前にアンジュー河岸通りの自宅に着いた。未開封の包みを持って、急いで家に入った。興奮して手が震えている。まだ信じられないが、ついに鍵とノートの両方を手に入れたのだ。

エリーゼはアダムの背中にベレッタを突きつけて二階に連れていき、部屋に閉じこめた。そのあと書斎にいるハフロックのそばに来て、ふたりでミイラ化した指を押し広げた。ハフロックは手のなかの包みを慎重に取りだした。

どうして女が潜水艦に乗っていたのか、なぜ水のもれない部屋に密閉された状態でいたのかはわからないが、そんなのはどうでもいい。わかっているのは、彼女が最高の贈り物を握りしめたまま死んだということだ。

包みは厚手の防水布で巻かれ、あの場で可能な限りの方法で保護されていた。布の端をそっとはがしたが、触れたとたんに内側の古い包装紙が崩れた。なかから長くて重い、茶色く錆びた鍵が出てきた。つまみの部分には四角いユリの花が連なった凝ったデザインが施されていて、軸は太くてねじれている。歯は両端にあり、複雑な刻み目が刻まれている。キュリーの時代に日常的に使われていた鍵とは違い、なかに保管したものを保護するだけでなく、それを狙う者を怖じ気づかせることも狙った鍵だ。

ハフロックは震える長い指で鍵をなで、手で重みを味わってから、ようやくデスクの上に静かに置いた。次に、別の防水袋に入ったノートに移った。黒い表紙の長細いノートで、端が丸くなっている。彼はやわらかい白手袋をはめた。ピアースのおかげで、古くなったページの扱い方は心得ている。

ハフロックは表紙の下に指をすべりこませて、優しく持ちあげた。内側のページは黄ばんでいて、書かれているのはフランス語だ。キュリーの手書きの文字は色あせているものの、判読はできた。

鼓動が激しくなった。キュリーのノートと大幅に強化された少量のポロニウム、時間が経つにつれて威力を増すように彼女が改良したポロニウムがあれば、準備は整う。そのポロニウムはキュリーの研究室で新しい原子に姿を変え、ハフロックの爆弾に使用されるのを待っている。これで世界を支配できる。いかなるものも、そして誰も、自分を止められないだろう。

ハフロックは考えた。新しい物質をなんと呼ぼう？　キュリーは愛する祖国ポーランドにちなんで、ポロニウムという名前を与えた。ハフロックは祖国にそれほどの愛着を持っていない。

ハフロキウム？

彼はクックッと笑った。だめだ、新しい物質の効果を見届けてから、ふさわしい名前を考えるとしよう。

ノートをそっとめくって最後のページを開いた。数字と文字が並んでいる。

19、G、13、R

あった。キュリーの研究室の所在地だ。もう一度、文字と数字を読んだ。これはなんだろう？　パリにこんな住所はないし、意味がわからない。しばらくして文字と数字の意味に気づき、ハフロックはにやりとした。なんと利口な女だ。

キュリーのおかげで、自分は世界一有名な男になれる。

ハフロックは狂人のような笑みを浮かべてエリーゼを振り返った。彼女を抱き寄せ、部屋じゅうを踊りまわって、輪を描いたり、姿勢を低くしたりしながら、くるくる回転した。部屋を横切ってデスクのそばに戻ってくると、しぶしぶエリーゼを放した。「キュリーの秘密の住所がこれほど巧妙だと、誰が想像しただろう？　ちゃんと考えられている――19、G、13、R。あの女は実に頭がいい」

エリーゼが首をかしげた。「19、G、13、R？　その数字と文字はどういう意味？」

「この街にキュリーの家があったのだから、秘密の研究室はここにあって当然だと常々思っていた。だが、エリーゼ、研究室はパリ市街ではなく、地下にあったのだ。研究室は地下のトンネルにある。さあ、そろそろ出かけなければ。おまえはここに残って、あの若者を見張るんだ。気に入らないことをしたら殺していいぞ。夜明け前には戻る」

エリーゼが見ると、ハフロックの目はぎらぎらと光り、瞳孔が開いていた。ひどく興奮している。エリーゼは彼に寄りかかってうなじにキスをし、深く歯を立てて血をなめた。「気をつけて」

ハフロックはエリーゼの口元を見つめ、唇につやを与えている自分の血を見つめた。いかん、浮かれるのはまだ早い。我慢しろ。

彼は短い電話をかけた。最初の呼び出し音で男は出た。

「もしもし（アロー）？」

ハフロックは早口のフランス語で話した。「鍵と製造方法を手に入れた。ランプと道具を持ってこい。ソルボンヌ大学で落ちあおう。それから六区に向かう」

「ああ、わかった（ウィダコール）。五分後に」

ハフロックは携帯電話を切り、ポケットにしまった。ヨウ化カリウムの錠剤をひとつかみ口に放り入れ、ノートと鍵を小さいバックパックにそっとしまい、懐中電灯とペットボトルの水も入れた。エリーゼが玄関まで見送り、もう一度キスをした。ハフロックは暗いパリの夜へと出ていった。

80

パリに向かう途中
ドーバー海峡上空
午後十一時

キンズリー船長はインバネスの北にあるテイン空軍基地に三人を運ぶべく、ヘリコプターを手配した。基地には首相のホーカーが待機していて、彼らをロンドンではなく、直接パリへ送り届けることになっている。

アレックスはあとに残してきたが、ソフィーは連れてきた。ソフィーにはニコラスたちに話したいことがまだたくさんあったし、ニコラスはソフィーを安全が脅かされるような状況に置いていくわけにはいかなかった。今はなおさらだ。

ヘリコプターでインバネスに向かう途中、マイクはザッカリーに電話をかけて、現在の状況と、これからどこに向かう予定なのかを説明した。ニコラスが殺されかけたことには触れなかった。

ザッカリーの承諾を得て、彼らは三十分後にパリに向けて飛びたった。

食べ物と飲み物を用意して座席に落ち着くと、ニコラスは身を乗りだしてソフィーの顔を探った。「気分はどうだい？」

「悪くないわ、本当に。とにかくアダムを見つけたいの」

ソフィーの言ったことはおそらく本当だろう——血管を流れる鎮痛剤のおかげで、ふたりとも不快感はほとんど感じていなかった。ニコラスは腕がひりひりしていたが、痛みは弱まっている。

ニコラスは言った。「グラビタニア号に着いたあと、何があったのか話してくれないか。アレックスと一緒だったんだろう？」

ソフィーはマイクから熱い紅茶のカップを受けとってひと口飲み、またひと口飲んだ。そして、ため息をついた。「アレックスのことを誤解していたわ。彼はいつだってわたしを守ろうとしてくれていたの。〈オーダー〉のために働いていて、アルフィー・スタンフォードの指示で動いていた。だけどスタンフォードが殺されて、ウェストンがあとを引き継いだ。アレックスはウェストンを信用していたの。ウェストンは〈オーダー〉の一員だし、MI5で高い地位に就いていたから。わたしたちがオックスフォード近郊にあるウェストンの屋敷を発つまで、ウェストンがハフロックと手を組んでいることをアレックスは知らなかった。悪気はそれでアダムが潜水艦の場所を突きとめたことを、ウェストンに話してしまったの。悪気はなかったのよ。

船に乗せられたあと、アレックスは船室に来て、わたしたちが逃げるのを手伝おうとしてくれたわ」ソフィーはそのときの乱闘の様子を話し、アレックスがウェストンに撃たれたあと、メルツに船から突き落とされ、ソフィーとアダムが陸地の小屋に連れていかれた経緯を説明した。そこでいったん言葉を切った。「アレックスを救ってくれてありがとう」

マイクは言った。「アレックスはあきらめなかったもの。きっとよくなるわ」そうなることを願っていた。

ソフィーがまた紅茶を飲んだ。「小屋のそばの、長細い土地の真下に鍾乳洞があるの。ハフロックは潜水艇をその入口まで進めた――あそこには深い湾があって、小さい桟橋があるのよ。真上まで行かないと見えないけど。

アダムとわたしは、ハフロックがウェストンに助けられて潜水艇から降りるのを見ていた。ハフロックはまるで狂気にとらわれた科学者みたいだった。両手で何か持っていたから、鍵とキュリーのノートを見つけたんだとわかったわ。ハフロックはウェストンとエリーゼに、メルツが殺されたことを告げた。ただ肩をすくめて、〝残念なことをした。メルツはよく働いてくれたからな〟と言っただけだった。そのあと、潜水艇を送り返したの。なんらかの遠隔操作のシステムを備えていたんでしょう。それから、爆発音が聞こえたわ。ハフロックは笑って、あいつらはばかだと言っていた。彼が金塊の話をするのは聞かなかったわ」

「きみも知っていたのか」ニコラスが言った。「ハフロックは金塊を見てもいないだろう。

鍵とノートを手に入れることしか眼中になかったんだ」

「金塊の山を見てびっくりしたでしょう？」

「ああ、金の延べ棒が何本もあった。どれだけあったかはわからない」

「そのあと、どうなったの？」マイクはきいた。

「ハフロックは急いでいたわ。あなたたちがあとを追ってくると知っていたから。ハフロックはウェストンとエリーゼとともに、アダムを連れていった。わたしは縛られたまま置いていかれたわ。あの小屋で死ぬんだろうなと思っていた。だけど部屋の隅にガラス瓶が落ちていて、それをうまく割ることができたの。それでガラスのかけらでロープを切って、あなたたちに合図した。話は以上よ」

ソフィーが口を閉じた。ニコラスがソフィーを見た。

「ハフロックがパリに向かったのは、そこに兵器があるからなの？」マイクはきいた。

ソフィーがうなずいた。「ハフロックがアダムを連れていったのは、アダムがまだ父の全部のファイルに侵入していないからよ。アレックスは、アダムの殺害は計画にはないと教えてくれた。少なくとも、ハフロックがすべての情報をアダムから聞きだすまでは」言葉を切って、ニコラスを見た。「アダムが協力しなければ、殺されるんじゃないかしら？」

「ぼくが生きているうちは、そんなことはさせない」

「ほかに話すことはない？」マイクは促した。

「そうね。知っていることはすべて話さないといけないのよね?」

「ああ、そうだ。第一次世界大戦時の〈ハイエスト・オーダー〉の話から先は全部」ニコラスが言った。

ソフィーはまたひと口紅茶を飲み、大きく息をついた。「すべての始まりはベルダンの戦いで、第七代チェンバーズ子爵ウィリアム・ピアースとヨーゼフ・カール・ロートシルトという名のドイツ人軍人、そしてヨーゼフの妻のアンゾニアがかかわっているの」

81

ソフィーは話を続けた。「これはヨーゼフの息子レオからその息子のロバートに、さらにわたしの父へ、そのあとアダムとわたしに伝えられた話なの。一部は歴史上の事実だけど、レオがそうだったのだろうと推測したこともたくさん含まれているわ。

アンゾニアはわたしの高祖母よ。一八九〇年にケーニヒスベルクで生まれた。家族がアンゾニアの語学の才能に気づくと、彼女は一九〇〇年にベルリンに住む裕福な祖母のもとへ送られて、そこで正式な学校教育を受けた。

アンゾニアは七カ国語を話せたので、一九〇九年に彼女の噂が皇帝の耳に届いた。皇帝はアンゾニアを通訳として雇い、彼女は宮廷の一員となったの。

そこで、わたしの高祖父と出会った。ヨーゼフ・ロートシルトという名のハンサムな若い大佐で、ふたりはその年の四月に結婚したわ。一九一〇年には息子のレオが生まれ、四年後に戦争が始まった。

アンゾニアは皇帝の正体に気づきはじめた。皇帝は女嫌いで聡明（そうめい）さに欠け、反対意見を出されるのを嫌っていて、反論する者はひどい目に遭った。戦争が始まると、アンゾニアは皇帝に逆らうような行動に出た。宮廷でアンゾニアがどのような活動をしていたか両親が話したことをレオは覚えていた。手紙を改竄したり、指示書を偽造したり、文書を正確に翻訳しなかったりしたこと――それと、ドイツ軍の計画を邪魔するために何をしたかといったことを。

自分たちに何が起こるかは、ウィリアム・ピアースから伝えられたわ。この頃、ヨーゼフはほとんど前線にいたからよ。彼は神経ガスや飢餓、疾病、暴力といった恐怖を目の当たりにした。〈ベルダンの戦いまでの数週間のうちに、ヨーゼフは妻の意見が正しいことを理解したの――戦争を止めなければならなかった。

〈ベルダンの戦いでウィリアム・ピアースはヨーゼフに命を助けられ、ヨーゼフがイングランドにとってかけがえのない友人であることをピアースは理解した。ピアースは〈ハイエスト・オーダー〉のリーダーで、従来のどの兵器とも違うきわめて強力な兵器を開発している、ある優秀な若い科学者を支援していた。でも、その科学者は裏切られ、兵器の製造方法を記したノートと秘密の研究室の鍵がなくなったの。言うまでもないことだけど、科学者というのはマリー・キュリーよ。

アンゾニアはどうやら、キュリーの研究室の助手と皇帝の会話を宮廷で立ち聞きして、ドイツ紙幣と小さい包みが取り交わされるのを目撃したらしいの。当時の名だたるドイツ人科学者が宮廷を訪ねてくるまで、アンゾニアは事の重大さを理解していなかった。科学者たちが想像を絶する破壊力を備えた兵器の話をするのを、彼女は小耳に挟んだの。

ヨーゼフは包みの中身を正確に知っていた。盗難事件があったことをピアースから聞いていたからよ。ヨーゼフとアンゾニアはその包みを宮廷からひそかに運びだそうと画策した。ヨーゼフが包みをイングランドに運んで、安全なウィリアム・ピアースの手にゆだねることにしたの。ピアースは命に代えても鍵とノートを守るという約束をした。

その計画を実行に移す一週間前になって、皇帝が精鋭の家臣をパリに送って、ベルリンの科学者たちのもとに兵器を持ち帰らせようとしているという情報が、アンゾニアの耳に入った。ヨーゼフがベルリンに来るのを待って包みを盗もうとしても間に合わないことに、アンゾニアは気づいた。

彼女は自分で盗みだすしかなかった。息子のレオを連れてブレーマーハーフェンに向かうので、そこで落ちあおうとヨーゼフに知らせたわ。そのあと、ヨーゼフがイングランドに赴いて、包みをピアースに渡すことになった。アンゾニアはレオと年を取った乳母とともにデンマークのエスビャウに向かい、そこから船でエディンバラに行き、現地でヨーゼフと合流する手はずを整えた。

レオは、連合国のスパイがすぐ近くで活動していたため、皇帝は私有財産である金の延べ棒を別の場所に移そうとしているという情報をアンゾニアがつかんだらしいと信じていた。

金の延べ棒は、皇帝の祖母であるビクトリア女王にちなんでビクトリア号と名付けられた潜水艦に積みこまれた。ブレーマーハーフェン近郊で、厳重に警備された人目につきにくい桟橋に潜水艦がひそかに停泊しているのを見つけたとヨーゼフがアンゾニアに話すのを、レオは聞いていたの。ヨーゼフは部下とともにまんまと潜水艦を盗むことに成功した。ヨーゼフの喜びはどれほどだったことかしら。キュリーの秘密の研究室の鍵と、兵器の製造方法を記したノート、そして皇帝の金塊がイングランドの手に渡ることになるのよ。ドイツにとっては大打撃だわ。

でも、それは失敗に終わった。皇帝の家臣が近くまで迫ってきていると、母親が乳母に話すのをレオは耳にした。危険が迫っていたため、乳母はアンゾニアと別れて、レオを連れてただちにエスビャウに向かうしかなかった。アンゾニアは息子にキスをして、すぐにまた会える、あなたはちょっとした冒険の旅に出るのよと言い聞かせた。レオが母親の顔を見たのはそれが最後だったわ。

一週間後、ヨーゼフはエディンバラの安宿でレオを見つけた。レオは年を取った乳母の隣で、床で眠っていた。乳母は息絶えていたわ。死因はおそらくインフルエンザよ。コッツウォルズに向かうつらい旅の途中、ヨーゼフは息子に母親が死んだと告げなければならなかった」

ソフィーの話が途切れた。目には涙が浮かんでいる。

「あとはご承知のとおりよ。スコットランド沖の北海でビクトリア号に魚雷を放ったのが英国軍かドイツ軍かは誰にもわからない。ただ、計画が失敗したことは明らかだった」

82

パリ近郊
午前一時

ソフィーが背中が痛まないようにそっと体を伸ばして、悲しそうにほほえんだ。「レオはコッツウォルズのコテージでの虐殺や、父親がどんなふうに拷問されたかを死ぬまで忘れなかった。ウィリアム・ピアースが見つけたとき、レオは父親を両腕に抱きかかえていたそうよ。ウィリアムが父親をはじめとする死者を土に埋葬するのを、レオは見届けた。ウィリアムが涙を流していたことや、敬愛する男たちのために六つの墓穴を掘りながら激しく憤っていたことを、レオは忘れなかった。

レオはウィリアム・ピアースに発見されてから一年近く言葉を話さなかったと、父から聞いたわ。再び話すようになっても、物静かで控えめだったそうよ。

鍵とノートと金の延べ棒のことだけど、アダムが人工衛星の画像を使って潜水艦の位置を特定するまでは所在がわかっていなかったの」

「ヨーゼフは潜水艦がエリボール湖で沈んだことを知っていたのか？」

ソフィーが首を横に振った。「知らなかったと思うわ」

ニコラスは静かに尋ねた。「レオかウィリアム・ピアースは、コッツウォルズで裏切り行為を働いた犯人を突きとめたんだろうか？」

「犯人はひとりも特定されなかったけど、そのあと〈オーダー〉が襲われることはなかった。裏切り者は戦争かインフルエンザの流行で死んだのだと、世間では思われているわ。明らかに皇帝に近い人物の仕業よ。だけど、ウィリアムとレオ・ロスチャイルド・ピアースは、コッツウォルズで〈オーダー〉のメンバーを殺した三人の男を見つけて殺害した」

ニコラスは身を乗りだし、両膝のあいだで手を組んだ。「その鍵を手に入れなければならない」

ソフィーが言った。「鍵も重要だけど、危険なのはノートのほうよ。兵器の製造方法に関するキュリーのメモが記されているの。それに、秘密の研究室の所在地も」

マイクが口を挟んだ。「アダムはキュリーの秘密の研究室に関するメモを送ってくれたのよ」

「きみは全容を知っているんだな」ニコラスは言った。

「かなりのことは知っているわ。戦争が終わると、〈オーダー〉は沈んだ潜水艦を見つけて鍵とノートを破棄しなければならないと考えた。キュリーの特殊なポロニウムが、敵対する政府の手に渡るような事態は避けたかったの。

アダムとわたしが〈オーダー〉にとってどれほど重要な存在かわかったでしょう。わたしたちは組織のことを知りつくしているだけじゃない。〈オーダー〉の過去、そしてヨーゼフとアンゾニアのロートシルト夫妻と血筋がつながっている最後の生き残りなのよ」

「そうだとしたら、キュリーが暮らし、研究をしていたパリが最も有力だな」ニコラスは言った。「だが、問題はパリのどこなのかだ」

「それはわからない。だけど、秘密の研究室の場所を見つける唯一の方法は、キュリーのノートを手に入れることよ」ソフィーがため息をついた。「ハフロックはノートを手に入れたわ」

83

アンジュー河岸通り
午前零時三十分

アダムは飛行機のなかで目隠しをされたが、パリに向かって飛んでいるのはわかっていた。パリでキュリーの研究室を捜すのだ。

ソフィーのような語学の達人ではないので、ハフロックがエリーゼになんの話をしているのかはわからなかった。アダムの専門はバイナリーコードと、意味不明に見える数字だ。ハフロックの早口のドイツ語は聞きとれない。

ハフロックがウェストンの名を何度か口にしたので、彼がどうなったのかと気になった。ハフロックとともに派手な真似をして警察に追われる身となっては、MI5には戻れないだろう。ウェストンはもはや役に立たないという理由で、ハフロックに殺されたのかもしれない。今では〈オーダー〉がハフロックを受け入れる気がないことに、当人も気づいているはずだ。

飛行機が着陸すると車に乗り換えて、少なくとも二十分は走った。車が停まり、水が壁に打ち寄せる音が聞こえた。首を傾けると、通りの名が見えた。アンジュー河岸通り。セーヌ川沿いだ。

アダムは目隠しを外され、体を押されて、精巧な造りの玄関に入った。高い天井、アンティークの調度品、広々としたタイル貼りの床が見える。そのあとエリーゼに背中に銃を突きつけられて階段をのぼり、暗い部屋に入れられた。鍵が耳障りな音を立てて閉まる。アダムはひとりで、さらに悪いことにまだ手首を拘束されていた。暗いなかをつまずきながら歩きまわり、ドアの横の壁に指をすべらせた。ようやく照明のスイッチを見つけて肩で押しあげると、やわらかな明かりがともった。

大事なことから取りかかろう。手を使えるように、手錠を体の前に移す必要がある。アダムは肩の力を抜いて片足立ちになり、もう一方の足を両手のあいだに入れて尻を通した。両脚で両手を挟む格好になり、さっきと反対の足で立って、もう一方の足を抜き、両手を体の前に移した。

ドアの横に、バックライトのついたキーパッドがある――部屋には警報装置が取りつけられていて、ハフロックと女に知られずに脱出できる見込みはなさそうだ。別の方法を探すしかない。

アダムは振り返り、海事博物館のような室内を見まわした。壁はあたたかみのある上質のクルミ材の羽目板張りで、その上は白く塗られている。昔の船を描いた立派な絵が隙間なく並び、それぞれの絵の上に設置されたライトの落ち着いた光に照らされている。

部屋は船に関する品々であふれていた。細長い部屋を歩きまわっているうちに気づいたのだが、古い船の装備は本物であるだけでなく、丁寧に修復され、ガラスの陳列ケースにおさめられて、博物館でよく見かけるタイプの照明で照らされていた。アダムは手紙や古い航海日誌、六分儀やアストロラーベ（昔の天体観測儀）を見てまわった。中心に丸い金の装飾が施された、風雨にさらされた本格的な木製の舵輪もある。

この部屋を父が見たら、さぞ喜んだだろう。だけど、ハフロックが？　あの男がこれほどのコレクションを集めるだけでなく、展示したり手入れしたりしている姿など想像できない。

もう一度、ゆっくりと部屋をまわった。今度は外との交信に使えそうなものがないか探した。警報装置に近づいて、よく調べてみた。小文字の筆記体で〝i〟と書かれた小さなボタンがある。個人の家にあるインターフォンとよく似ていた。

ボタンを押すと、ハフロックの声が聞こえた。英語で話している。得意げで、満足だ。ハフロックはエリーゼに話しかけていた。「キュリーの秘密の住所がこれほど巧妙だと、誰が想像しただろう？　ちゃんと考えられている——19、G、13、R。あの女は実に頭がいい」

「19、G、13、R？　その数字と文字はどういう意味？」

「この街にキュリーの家があったのだから、秘密の研究室はここにあって当然だと常々思っていた。だが、エリーゼ、研究室はパリ市街ではなく、地下にあったのだ。研究室は地下のトンネルにある。さあ、そろそろ出かけなければ。おまえはここに残って、あの若者を見張るんだ。気に入らないことをしたら殺していいぞ。夜明け前には戻る」

そして静かになった。そのあと、ハフロックが誰かとフランス語で話すのが聞こえた。電話で話しているのだろうか？

アダムはアドレナリンが体内を駆けめぐるのを感じた。ハフロックがエリーゼと話していた数字と文字は、パリの地下トンネルにあるキュリーの研究室の所在地を示しているに違いない。

キーパッドのライトがふたつ点灯した。そのあと小さいビープ音がして、ライトはふたつとも消えた。ハフロックが正面玄関から出ていった。アダムが急いで窓際に駆け寄ると、ハフロックが通りを急ぎ足で歩いていくのが見えた。キュリーの兵器を奪いに行くのだ。

急がなければ。コンピュータか電話が必要だ。なんだってかまわない。

アダムは室内をもう一巡し、ワイヤーを探してケースの下や壁を調べた。

部屋の反対側の陳列ケースのなかに、古いモールス電信機があった。新品同様だが、そんなことはどうでもよかった。信号を送信する機械がなければ使いものにならない。

そのとき、ある考えが頭に浮かんだ。この部屋には、ほかにどんな通信機器や船の航法装置があるだろう。

数分探しただけで、古い手まわし発電式の短波ラジオが見つかった。

両方の機械をケースから出して、ラジオの発電機をまわし、メッセージを送信しなければならない。誰かが受信してくれるだろう。ラジオなら誰かしらが常に聞いているものだ。陳列ケースのガラスを割らないといけないが、こぶしでは無理だ。アダムはスタンドに立ててある木の舵輪を持ちあげ、小声でわびると、取っ手をガラスに叩きつけた。

84

パリ近郊

操縦士がアナウンスした。「あと十分で着陸します。おふたりにお電話です。ザッカリー主任捜査官からです」

「ありがとう」ニコラスは言った。「つないでもらえるかな?」

「ハフロックが見つかったんだといいけど」マイクが言った。「それなら、わたしたちの仕事がずっとやりやすくなるわ」

ニコラスのシートの肘掛けが静かに一回震えた。ニコラスは電話に出た。「サー、電話をかけようと思っていたところです。われわれは――」

ザッカリーが話をさえぎった。「黙って聞いてくれ、ドラモンド。通常はアメリカの政府機関が使用していて、よそに知られてないはずの、安全が保証された非公開の周波数の短波を受信した。大統領専用機、麻薬取締局(DEA)の夕方の通信、CIAのムンバイ向けの無線に何者かが侵入したらしい。当然ながら、シークレットサービスはカンカンだし、CIAは長官室のドアを叩き壊さんばかりの勢いだ。DEAも機嫌を損ねてる。彼らは目下、作戦を展開中だったが、これのおかげで台なしだ」

ニコラスは思わず、間の抜けた笑みを浮かべた。アダムはごく短い時間で、主要な政府機関を混乱に陥れることに成功したのだ。

「きみなら受信したメッセージの意味を理解できるはずだ。送信者は通信文にきみの名前を何度も入れてる。ひょっとして、モールス信号はわかるか？」

「ええ、わかります。メッセージを再生してください」

「待ってくれ。グレイにアップロードしてもらおう」

ニコラスはマイクに言った。「アダムが見つかったぞ。ソフィー、きみの弟はたいしたやつだ」

しばらくのあいだは雑音しか聞こえなかった。そのあと、カチッという音がした。ニコラスは注意して耳を傾けた。カチッカチッという音が何度も繰り返された。そのあとに位置座標、〝パリ〟〝キュリー〟〝研究室〟という単語が続き、一見意味のなさそうな文字と数字の並び――19、G、13、R――と、続いてそれが何を意味するかの簡単な説明があった。そして、〝ハフロック〟の名前が三回。

ニコラスはもう一度再生するようグレイに頼み、さらに三度目の再生を頼んだ。ニコラスがようやく顔をあげると、マイクは興奮していた。

「わたしが想像してるとおりなの？」

ニコラスはうなずいた。ペンでソフィーの手を叩く。「きみの弟は生きていて、政府をうんざりさせているようだ。もう一回言おう、ソフィー、きみの弟はたいしたやつだ」

「どこにいるのかわかるの？」

ニコラスはまたしてもうなずいた。「アダムは自分の居場所とキュリー夫人の秘密の研究室の所在地を両方とも教えてくれたよ」

85

パリ
午前一時十五分

ニコラスはスイス連邦警察のピエール・メナールに電話をかけて、フランス当局との調整を手伝ってもらうことにした。

最初の呼び出し音でメナールが出た。

「もしもし、ニコラス。夜中に電話とは、何かよくないことが起きたな」

「今回はいい知らせですよ。でも、あなたの助けが必要なんです」

ニコラスは現在の状況をかいつまんで話した。「飛行機は十分後に着陸します。マンフレート・ハフロックの自宅の住所を入手しましたが、やつは今、そこにはいないでしょう。とてつもなく価値のあるものを追って、パリの地下にいるはずです。この男を見つけなければならないんです、今すぐに」

「前に話していた兵器のことか？」

「そうです。急ぐ必要があります。パリへのテロ攻撃が迫っているわけではありませんが、この事件に対処するには腕力でなく、頭を使わないと。協力していただけますか？」

「もちろんだ。何が必要なのか、詳しく教えてくれ。力を貸すよ」

「アンジュー河岸通りの住所に警察官を向かわせて、アダム・ピアースを救出してください。それから、ガイドが必要です、ピエール、それであなたのことを思いだしました。地下墓地で集まっては騒ぎを起こしている革命家たちの集団がいませんでしたか？」

「革命家と言えるかどうか。フランス警察は地下愛好家（カタフィル）と呼んでいる」

「それです、カタフィル。パリの地下にある石灰石の採石場を結ぶトンネルの地図を作製したカタフィルの集団の話を読んだことがあります。市が納骨堂に造り替えた石切り場ではなく。カタコンブ・ド・パリとは別のトンネルです。あまり知られていない区域で、六区の北寄りに当たります。彼らは自分たちのことを〝究極の地下組織〟と呼んでいるようですが？」

「ああ（ウィ）、その連中の話は聞いたことがあるな」

「トンネルに入るのは違法で、パリ警視庁はカタフィルの検挙に躍起になっているようですから、警察のファイルに名前があるんじゃないでしょうか？　組織のリーダーの名前が」

「ああ（ウィ）、たしかにベテランのガイドは必要だ。だが、連中はだめだな。報酬をはずんでも、協力してはくれないだろう。地下墓地を管轄する警察の精鋭部隊のスキルを活用するほうがいいと思うね。この部隊を指揮する管区長に連絡してみよう。どこから始めるつもりだね？」

「ソルボンヌ大学の近くです」

「そこに人を向かわせるよ」

「急いでください。ハフロックはかなり前に動きだしています」

「そうしよう。ところで、マンフレート・ハフロックがアンジュー河岸通りに家を所有しているという記録はない。もう少し調べる必要があるな」

「エリーゼという名前を当たってみてください――姓はわかりません。たぶん、その女の名義になっているはずです。アダム・ピアースを救出したら知らせていただけますか？」

「わかった。セキュリティ・チェックがすんだらソルボンヌ大学に向かい、エコール通りとサン＝ジャック通りの角で待っていてくれ。そこできみたちを出迎えさせる。あとはわたしに任せてくれ」

「恩に着ます、ピエール。借りができましたね」

「幸運を祈っているよ。地下墓地ではくれぐれも気をつけてくれ。相当に危険な場所だ」


一時間後、ニコラスたちがソルボンヌ大学の石灰石でできた建物群の前に立っていると、黒髪の美女が六人の警察官を従えて近づいてきた。彼女は愛らしい訛りのある英語で自己紹介した。「ベアトリクス・ダンドリット管区長よ。わたしがトンネルを案内するわ」

彼らは握手した。「ニコラス・ドラモンド捜査官だ。こちらはマイク・ケイン捜査官。そして、こちらはソフィー・ピアース」ニコラスはソフィーに目をやり、心を決めた。「ソフィーは……外部顧問だ。彼女も同行する」

「行き先はあなたたちが知っていると、ピエールから聞いているわ」

「地番のようなものはあるが、どうすればそこにたどり着けるのかわからないんだ」

「地番ですって？」ダンドリットは笑った。「おやまあ（モン・デュー）、あなたたちはすでにここの常識から外れているわね。地下にも街路名はあって、壁に刻まれているの。なかには一七八九年の革命の初期までさかのぼるものもあるのよ。今でも新しいトンネルを地図に書き加えるために、カタフィルらの手で通りの名前が刻まれているけど。地番とはどういうもの？」

ニコラスは数字を見せた。「どの方角に向かえばいいのかわからないが、壁にこう書かれているはずだ。それが見つかれば、目的地は近い。19、G。13、Rだ」

ダンドリットは文字を書きとめた。「それで、ソルボンヌ大学が最寄りのスタート地点だと考えているのね？」

「われわれが捜しているものを隠した人物は、一九一五年にここで働いていた。この人物が作った空間は、大学から歩いていける距離だったはずだ。捜しているのは部屋のような場所で、錠のついた木のドアで守られていて、一世紀以上そこにあったに違いない」

「木のドア？　トンネル内でそういうものを見た覚えはないけど、だからといってないとは言えないわね。カタフィルはなかを掘って、新しい出入口を作るの。石の壁を築いて、つながっているトンネルの流れを変えることもあるわ。そんなことをしたら複雑になるだけでなく、天井の強度が損なわれるから、警察が目を光らせていないといけないのよ」ダンドリットが肩をすくめた。「ともかく（アロール）、そのドアは見つかるかもしれないし、見つからないかもしれない」

マイクが言った。「ダンドリット管区長、人の生死にかかわる重大な問題なの」

ダンドリットはしばしマイクを見つめ、もう一度肩をすくめた。深い意味がありそうにも見え、とりたてて意味がなさそうにも見えるしぐさだ。「わかった（ダコー）わ。人の生死にかかわる重大な問題――いつものことね。オーケー、捜しましょう」

ダンドリットはシトロエンのボンネットに大きな紙を広げた。「数字のほかに、何か手がかりはある？」

「いや」

ダンドリットは数字と文字を付箋紙に書いて地図に貼り、それを指し示した。

「13R、これは簡単ね。フランス革命（Révolution）が終わってから十三年目という意味よ。一八一二年頃、壁に刻まれたのね。19G――Gはギレルモのサインだと思うわ。革命後にトンネルに住んでいた、ラットというグループのリーダーよ。19――これはわからないわ」

ソフィーがきいた。「ネズミ（ラット）がいるの？」

ダンドリットは、ひどく顔色が悪く、痛みを我慢しているらしいその若い女性を見た。外部顧問？　怪我をしているのなら、どうして連れてきたの？

「心配しないで。ネズミは年に二、三匹しか出ないから。違うわ、ラットというのは革命家のギャングのことよ。今でも、パリのギャングは地下のトンネルに集まるの。だけどここは……」ダンドリットが地図を指さした。「サン＝ジャック通りで地下におりないといけないわね。この数字の振り方は見覚えがある。どこから捜せばいいかわかると思うわ」彼女は地図をたたんだ。

ニコラスはきいた。「トンネルに入るのに正規の入口はあるのか？」

ダンドリット管区長が通りの先を示した。「いくつかのマンホールに、下におりるはしごがあるわ。そこからおりるのがいいでしょうね」

86

パリの地下
サン＝ジャック通りの下
午前二時

懐中電灯が暗闇をかろうじて照らした。空気は墓場のように古くてかび臭く、よどんでいる。毎日ここにおりてくることにマリー・キュリーがなぜ耐えられたのかと、マイクはいぶかしんだ。ソフィーの顔を見ると、血の気が引いてこわばっていた。

前に進むと、ごみや割れたガラスを踏みつけた。あちこちの壁から水が細く流れていて、その水がどこから来ているのか不思議だった。それに、なぜ水はトンネルの天井を突き破って流れないのだろう。マイクは地下の世界の異様さとおぞましさを考えないようにまっすぐ前を見据え、濁って悪臭を放つ水たまりをよけて進んだ。

彼らは木のはしごをいくつか使い、少なくとも十メートルほど下におりて、ダンドリットが示す方向に進んだ。頭の上の天井はところどころ低くなり、ニコラスは体をかがめないと歩けなかった。トンネルにいるのは四人だけだ。ダンドリットの部下の警察官はマンフレート・ハフロックの写真を持って地上で待機し、四人の帰りが遅れた場合に備えて、すでに判明している地下からの出口を見張っている。彼らは万が一のときのための人員だ。四人が一時間で戻らなければ、あとから追ってくることになっている。

ダンドリットが言ったとおりだ。通りの名前のようなものがある。石に刻まれた古いものもあれば、壁にスプレーで書いたかなり新しいものもある。彼らはどんどん奥に進んだ。ときどきのぼってはまたくだることもあるが、たいていは地上の現実の世界から離れてどんどん下におりていく。ダンドリットは自分が何をしていて、どこに向かっているのか、よくわかっているようだった。

赤と黒の落書きで覆われた壁が見えた。カタフィルが警察に向けて書いた侮辱の言葉だ。カタフィルはパーティを開いたり、仲間と酒を飲んだり、犯罪を行ったあとで警察から逃げたりするためにトンネルを利用しているとダンドリットが話すのが、マイクの耳に届いた。百年前にできた研究室の鍵がかかったドアの向こうに何があるかを知ったら、彼らはパーティをやめるだろうか。

マイクの後ろで、ソフィーの呼吸が荒くなるのが聞こえた。痛み止めをのんでいても背中がかなり痛むのだろうが、彼女は黙っている。たいした根性の持ち主だ。

ソフィーがつまずくと、マイクにぶつかる前にニコラスが支えて、体を起こした。

「大丈夫か?」

「ええ。この場所は——まるで死んでいるみたいなのに、まわりで呼吸しているような気がするの。おかしいでしょう？」

ニコラスはうなずき、ダンドリット管区長のことを考えた。彼女はなぜこの任務を選んだのだろう？　懐中電灯と絶えず書き換えられる地図だけを頼りに犯罪者をここまで追ってくるなど、ニコラスには想像できない。つまりハフロックは多少なりとも地下墓地の知識があるか、ニコラスたちと同様、ガイドに案内させているのだろう。そうだとしても、ハフロックはとんでもない危険を冒していることになる。

ダンドリットが立ちどまり、懐中電灯で壁を照らした。

「これを見て（ルガルデ・ブー）」

三人はダンドリットのまわりに集まった。ダンドリットは石壁に刻まれた文字に両手を這わせた。「ほら、ジャック通りよ。革命当時、〝聖人〟を意味する〝サン〟の入った街路名から〝サン〟を省いたの。ラットは地下の街路名を地上とそろえたのよ。それ以外の数字を見て。わたしたちはサン＝ジャック通りの二十五メートル下にいる。つまり八十フィート以上も下にいるわけ」彼女はマイクに向かって言った。

マイクがニコラスを見た。「入り江にあった潜水艦と同じ深さね。信じられない」

ソフィーがきいた。「もうすぐかしら？」

ダンドリットが懐中電灯をおろした。「ええ（ウィ）、もうすぐよ。ついてきて」さらに三十メートルほど歩いて立ちどまり、もう一度、壁を照らした。

「ああ、ここ（イスイ）。ここを見て」

マイクも壁を照らした。「19G13R。ここよ、見つけたわ。ドアはないわね。壁しかない――」

その壁が崩れはじめた。軽量コンクリートの基礎がガリガリという大きな音を立ててすべり落ち、壁が口を開いて、男がふたり飛びだしてきた。ヒューという奇妙な音がして、突然、ダンドリットが地面に倒れた。彼女の懐中電灯が転がり、トンネルの壁にぶつかった。ニコラスはマイクとソフィーの腕をつかんで引っ張り、ダンドリットの後ろの地面にしゃがませた。その瞬間、ハフロックがどうやって目的地にたどり着いたのかを、ニコラスは正確に理解した。ハフロックはラットのメンバーを雇って地下を案内させただけでなく、トンネルの入口を見張らせていたのだ。彼らは重そうなオーバーコートに大きなブーツを履き、無精ひげを生やした粗野な風貌だ。

マイクが気絶したダンドリットの体をつかんで、ふたりの男から守ろうとすると、ひとりが向かってきた。グロックを抜く前に、マイクは両のこぶしで背中をひどく殴られ、大きな手で首をつかまれた。隣でニコラスともうひとりの男が格闘している音が聞こえる。マイクは男を蹴り返し、身をよじって逃れようとしたが、男は首を強く絞めつけてきた。頭がふらつき、めまいがした。

一瞬の間を置いて、懐中電灯の明かりがひと筋、あちこち行き交った。ソフィーだ。ダンドリットの懐中電灯を見つけたのだ。突然光が差して男の注意がそれた隙に、マイクは大きく体を引いて自由になり、身をひるがえして男と向きあった。男の顔をのぞきこみながら思いきり腰を蹴り、壁面を二歩駆けあがると、体をひねって前方に回転し、男の背後に着地して後頭部に拳銃を振りおろした。男が倒れてマイクの脚の上に落ちてきたため、体の重みで足首がねじれた。

マイクは倒れながら、マイクも一緒に倒れるしかなかった。そうしないと、足首が折れてしまう。

マイクは倒れながら、ニコラスともうひとりの男を見た。その男はさらに大柄で、ふたりは殴りあい、体をひねり、蹴りあっていた。だが、この男はメルツとは違った。

ニコラスは男の顔面に膝蹴りを食らわして仰向けに倒した。そのあと男の体に馬乗りになって首を絞めた。長くはかからなかった。男の頭がだらりとなると、ニコラスはゆっくり立ちあがった。

「マイク?」

「ここよ、わたしは大丈夫。だけど、このばかが気を失って、脚が下敷きになってるの。ソフィーとダンドリット管区長はどこ?」マイクは名前を呼んだが、うつろに響くこだまが返ってくるばかりだった。

マイクはもう一度呼んだ。返事はない。ふたりともどこかに消えてしまった。

87

ニコラスは男をどけると、マイクの手を引っ張って立たせた。マイクは聞こえないように悪態をついたつもりだったが、ニコラスには聞こえてしまったらしい。マイクを支えるニコラスの手に力が入った。「足首をくじいたみたい。最高だわ」

ニコラスが言った。「その頑丈なブーツのおかげで、足首が折れなくてよかった。歩けるか?」

マイクは歯を食いしばって二歩進んだ。痛いものの、歩けないほどではない。「このふたりの男——ラット——はわたしたちを待ち伏せしていて、ダンドリット管区長とソフィーを連れていったのね?」

ニコラスはさっき通ってきたトンネルを照らしたのち、前方を照らした。「たぶんそうだろう。ハフロックはわれわれがあとを追ってくると知っていたんだ。どうして知ったのかはわからないが」

隣のトンネルにダンドリットがいた。小声でうめいている。ニコラスはかたわらに膝をつき、首の脈に触れた。脈は安定していた。「大丈夫か、管区長？」

「頭を強く打ったの」ダンドリットがか細い声で答えた。「きっと石をぶつけられたのね。さあ行って、ソフィーを見つけて。わたしは大丈夫だから」

ニコラスはきいた。「どちらの方向に行けばいいんだ？」

しかし、ダンドリットの目はすでに閉じられていた。

「ニコラス、見て！」マイクは先ほどふたりの男が出てきた壁の付近を照らした。壁がわざと壊されている。ということは、ふたりはマイクとニコラスを倒したあと、そこから逃げるつもりだったのだろう。「ここから別のトンネルにつながってる。ほら、地面が下り坂になっていて、深くおりていってるわ。ここよ」

ニコラスはもう一度、ダンドリットの脈に触れた。相変わらず安定している。ここにいても、ダンドリットのためにできることは何もない。ニコラスは立ちあがった。

「行こう」

ニコラスは壁でふさがれていたドアを強く押した。古いドアだ。十九世紀にラットが作ったのだろう。ドアを通り抜けると、懐中電灯で地面を照らした。「こっちだ」彼はしゃがみこんで、何かをずっと先まで引きずっていったと思われる、地面についたこすれた跡を見た。

「ラットは少なくとももうひとりいたらしい。その男がソフィーを捕まえて、ここを引きずっていったんだ。歩けるか、マイク？」

ええ、もちろん。必要とあれば、今は走ることだってできる。

ふたりはクモの巣を払いのけながら、さらに奥へと進んだ。腐敗臭と泥のにおいに負けそうだ。ニコラスの足元を何かがかすめていった。この狭いトンネルにはずいぶん長いあいだ誰も脚を踏み入れていなかったようだ——おそらく、百年前にキュリー夫人がここを歩いて以来だろう。

通路が狭くなった。ニコラスの両肩が湿った壁に触れた。一瞬、目を閉じて、鼻で呼吸する。潜水艦に潜ったときよりもひどい。

マイクが叫んだ。「ここからまた、通路の幅が広くなってるわ。どうやら部屋があるみたいね」

ニコラスは息をのんであとに続いた。マイクの言うとおりだ。トンネルが少しずつ広くなり、天井も高くなっていく。呼吸が楽になった。

マイクはトンネルの一方の長い壁を照らした。ふたりは肩を寄せあってたたずみ、四つ並んだ木のドアを見つめた。どのドアも茶色い化粧板がそり返っていて、黒い蝶番は錆びついている。ドアの厚みは十五センチほどだろう。どれにも大きな錠前がついていた。「まるで地下牢のドアね」マイクが言うと、その声が反響して返ってきた。

「ドアの上の彫刻を見てくれ。ガーゴイルのような謎の怪獣——グリフィンとドラゴンとキマイラだ」

マイクが小声で言った。「警告してるのね。この場所を偶然見つけた人を脅して追い払うためだわ。それにしても、なぜドアが四つも？　どのドアの向こうにも部屋があるの？　キュリーはすべての部屋を使ってたの？」肩越しに後ろを見て、ニコラスにほほえんだ。

「ドアが四つ――キュリーのいちばん大切な研究室だと思う部屋を選んで」

ニコラスはマイクの耳元でささやいた。「後ろにさがってくれ。明かりを消してみる。ラジウムは光ることがあるんだ。キュリーの新しいポロニウムも光るかもしれない。正しい部屋を選ぶ手がかりになるかどうか、やってみよう」

懐中電灯を消すと真っ暗になった。闇のなかで、三番目のドアが光っている。青っぽい光がドアの隙間からもれでているように見える。ドアは完全には閉じていなかったのだ。

「仮説を立てたよ」ニコラスは小声で言った。

「どんな仮説？」

ニコラスは大まじめだ。「悪いことをすると、悪いやつが来る」グロックを抜き、ドアを押し開けた。

ニコラスは闇の向こうからナイフが切りつけてくるのを察知した。

もうひとりの男だ。ほかのふたりよりさらに体が大きい。男はどこからともなく唐突に現れたように見えた。ナイフが振りおろされた瞬間、ニコラスは男の腕をつかみ、ナイフはふたりのあいだに消えた。

男がうめき、息を荒らげてフランス語でののしった。ふたりは暗闇でもみあった。ニコラスはケーバーナイフをじわじわとねじり、ついに男の背中をトンネルの壁に押しつけた。男の手を勢いよく持ちあげると、ナイフを内側にひねって男の喉に突きたてた。

88

パリの地下
キュリー夫人の秘密の研究室
午前三時

ハフロックは三番目のドアの鍵を開けたとき、ひどく失望した。研究室は古かった。だが、何を期待できるだろう。外の通りから三十メートルも地下に潜った場所にくり抜いた、空気がよどんだ湿っぽいこの部屋で、来る日も来る日も働かざるをえない状況など、とても想像できない。当時は放射性物質をまったく警戒していなかったのだ。ハフロックはキュリーが時間をかけてじわじわと死に近づいていったことを思った。

作業台にはビーカーが並んでいて、まだ液体が入っていた。部屋は空気がもれない造りになっている。当時としては最新式の顕微鏡が二台。一台はキュリーを裏切った助手が使っていたのだろうか？

棚にごく微量のスーパーポロニウムを見つけた。無防備に、栓をしたガラス瓶に入っている。瓶のなかで、青みを帯びた黄色の不気味な光を放っていた。美しい。色のスペクトルにはない色だ。これにも名前をつけるべきだろう。エリーゼ——彼女にちなんだ名前にしよう。

そのまま運ぶのは危険だが、かまうものか。彼は特製の手袋をはめてガラス瓶をつまみ、ソフィー・ピアースのそばに運んだ。

ソフィーを目にして、ハフロックの鼓動が速まった。彼女の背中にある鞭の跡が見たい。

ソフィーは怖がっている。キュリーの古い研究室のやわらかな明かりに照らされて、顔が青ざめていた。今、ドアの外で見張りをしているラットはキュリー夫人の研究室を見たとき、はたして今のソフィーほど怖がっていただろうか。ハフロックはあの男と彼の仲間ふたりを雇った。彼らはトンネルについて詳しいだけでなく、人の殺し方も知っているからだ。

ハフロックは古い研究室の閉ざされた空間で、妙にうつろな薄気味悪い声で言った。「気づいただろう、ミズ・ピアース、きみの目の前に、わたしという天才と、百年のときを経たきわめて強力な兵器がそろった。この兵器を本来意図されていた形で再現できるのはわたししかいない。ロートシルトの血縁の者が、この部屋でわたしと同席するのがふさわしいだろうと考えたのだ。兵器の製造を終えたら、きみを我が家に連れて帰り、哀れな弟とともに死んでもらう」そして、エリーゼと成功を祝うのだ。

ハフロックは歌を歌いたかった。わたしの勝ちだ、わたしの勝ちだ。雇ったラットたちがもうすぐ、ふたりのFBI捜査官を消して戻ってくるはずだ。

「怖いのだろう？　なのに、きみは気丈に振る舞おうとしている。そそられるな」

ソフィーは無言でハフロックをじっと見つめた。

鞭がないのが残念だ。ハフロックは青白くやつれたその口にキスをしたかったが、そうするにはぞんざいに噛ませた猿ぐつわを外さなければならない。猿ぐつわを外されれば、女は叫ぶだろう。それは困る。この喜びに満ちたひとときが台なしだ。

「美しいだろう？　命を懸けて手に入れる価値があると思わないか？」ハフロックは小瓶の中身を彼女の上に注ぐしぐさをした。ハフロックはソフィーが気を失うだろうと思ったが、彼女は声ひとつあげなかった。

ハフロックは笑ってテーブルに戻った。顕微鏡はまだ使えるが、状態はよくなかった。この部屋は作業するにはお粗末だが、使えなくはない。ハフロックは作業場を整えた。瓶の封印をはがし、栓を外すためのメス。先ほど動かしたためにあたたまり、彼と会えたことを喜んでいるかのように明るく光るポロニウム。

特製のピペットで瓶からごく少量をそっと取りだし、テーブルに置いた小箱に入っている起動装置に、慎重に慎重を重ねて移した。

みるみる反応が現れた。青みがかった黄色が深い紫色に変わった。沈みゆく夕日の色、あるいはできたての痣の色。原子が結合し、新しい元素ができた。成功だ！

ハフロックはうやうやしく蓋を閉じた。いつでも配備できる世界初の超小型核兵器（MNW）を製造したのだ。たった一度の小規模な爆発で何千人もの命を奪う威力のある兵器。自分だけのM

NWだ。

ハフロックが開発したほかの小型爆弾は、これと比べると見劣りがした。これは最高傑作だ。一度の爆発で街をひと区画破壊できる。放射能の雲が大気中に広がり、人々は呼吸することで放射性物質を吸いこむ。風に乗って死が運ばれる。そして、彼がすべてを操るのだ。特別にあつらえた金属製のブリーフケースにMNWをおさめ、ポロニウムを別の金属製容器に大切にしまい、両方をバックパックに入れた。ここを出る準備ができた。

ソフィーの腕に手を伸ばした。「さて、行こうか、お嬢さん」

背後から男の声がした。「ああ、行こう」

ハフロックはゆっくりと振り返った。ふたりのいまいましいFBI捜査官が、研究室の入口に立っている。ラットたちがしくじったのだ。

ハフロックはソフィーを脇に引き寄せて、メスの先端を首筋に押し当てた。「いや、きみたちはそこから動くな。ドラモンド捜査官、きみはメルツを殺した。正直なところ、驚いたよ。あのときまで、メルツは誰にも負けたことがなかった。とはいえ、もうたくさんだ。きみたちにはうんざりさせられた。そろそろ死に方を学んだほうがいい」

ニコラスが応じた。「さあ、どうかな。バックパックを床に置いて、ソフィーを放すんだ」

ハフロックは笑った。「わかっていないようだな。わたしを止めることはできない」

マイクが言った。「あなたを撃つことだってできるわ」

ハフロックはまた笑った。「そして哀れなソフィーの命を危険にさらすのか？」彼がメスをソフィーの首に押しつけると、血が一滴にじんだ。ソフィーは青ざめた顔で、黙ってニコラスたちをじっと見ている。

「それからきみ。きみのことは何もかも知っているぞ、マイケラ・ケイン。きみはそこにいるパートナーのニコラス・ドラモンドとは違う。この男は今いる場所で、わたしを撃ち殺すことを少しもためらわないだろう。前例がある。またやるに違いない。だが……」ハフロックがさらに強くソフィーの首にメスを押しつけると、血が滴った。「武器はおろしたほうがいい。さもないと、もっと深く食いこませて、いずれ頸動脈に穴があく。

このバックパックが見えるだろう？　もしわたしを撃とうとすれば、大切なこの荷物を床に落とす。すると爆発して、わたしたちも一緒に吹き飛ぶ。外の世界はどれだけ破壊されるだろうな？　試してみたいのか？」

ニコラスが言った。「何も起こらない」彼は部屋を見まわした。「この研究室でおまえの兵器は作れない。ここは廃墟(はいきょ)だ。ぼくはおまえのファイルを見て、おまえが何を必要としているか知っているが、それはここにはなかったんだ。今すぐメスをおろせ」

「わたしの会社をこそこそ嗅ぎまわったのか？　きみと若いアダムとで。わたしが何を手にしているか、わかっていないようだな。最新式の設備などいらない。キュリー夫人はわたしが必要としていた最後の材料を残していってくれたんだ。さあ、ふたりとも、さっさと拳銃を床に置いて、こちらに蹴りたまえ。そうしないと、かわいいこのお嬢さんの喉をかききるぞ。どれだけの血が飛び散るだろうな？」

ニコラスとマイクはゆっくりと体をかがめ、拳銃を木の床に置いた。

「蹴ってこっちによこせ！」

ふたりは言われたとおりにした。ニコラスたちは武器を失い、ハフロックが優位に立って力を手にした。彼は深く息をして、ソフィーの髪のストロベリーの香料と、部屋に漂う硫黄臭が混じったにおいを吸いこんだ。天国と地獄の絶妙な組み合わせだ。

「理由を聞かせてくれ、ハフロック」ニコラスがきいた。「なぜ自分の父親を殺し、友人や知人をことごとく裏切ってまで、この兵器を手に入れようとしたんだ？」

「殺し？　裏切り？　そういうことはいったい誰が判断するんだね、ドラモンド？　キュリー夫人でさえ、何年も前に選択を迫られた。彼女は〈オーダー〉の計画どおり、ポロニウムを彼らに渡すこともできた。なのにそうせず、その存在を胸の内にとどめ、ここに隠した。わたしがいなければ、発見されることはなかったはずだ。わたしはキュリー夫人の兵器を最大限に活用する方法を知っている。ふたりとも、よく聞きたまえ。わたしは戦争を止める。何世紀も続いた暴力を終わらせる。世界にすばらしい贈り物をするのだ。

わたしの超小型インプラントの技術があれば、現在進行中の光景をリアルタイムで監視できる。わたしは独力で情報収集の世界を変えたのだ。わたしならば本物の悪人、われわれの倒すのだ」

真の敵に狙いを定めることができる。そして、さらなる被害がもたらされる前に、やつらを

ニコラスがきいた。「新たな大量破壊兵器が世界を救うと、本気で信じているのか？」

「もちろんだとも。わたしが力を発揮し、またきみたちがわたしの力を理解して受け入れさえすれば、世界中のすべての国がわたしの言うことを聞くようになるだろう。ある国が別の国を支配することはなくなる。よその国を犠牲にして、どこかの国が栄えることもなくなる。いっさいの権力がわたしの手中にある、十センチ四方の箱に集まるのだ。わたしは世界に平和と希望を与え、よりよい生活を送ろうとする決意を与える」

「おまえが何もかも決めるのか？　人々の意思は、彼らの未来はどうなる？　おまえの前にすべての人をひざまずかせるのか？　至るところにおまえの巨大な銅像を建てさせて、その前にひれ伏して崇拝するように求めるのか？」

ハフロックはそれについて思案し、笑みを浮かべた。「屋内の壁にわたしの肖像画を飾らせ、常に人々を監視するとしよう。誰もわたしのことを忘れないように」

マイクが言った。「世界中の警察に追いまわされるわ。あなたの前に人々をひざまずかせるなんてできるはずがない。どうかしてるわ」

89

ハフロックはバックパックのほうを見て、ただうなずいた。「ああ、ケイン捜査官、きみは想像力が足りないようだな。考えてみたまえ、そのありがたい警察に命令をくだすのはわたしだ」

ハフロックの話が長くなればなるほど、管区長の部下が捜索に来る可能性が高くなることを、ニコラスは知っていた。ハフロックに話を続けさせよう。それが自分たちの頼みの綱だ。

ソフィーは体の前で両手を縛られていた。ハフロックのメスが首に食いこんでいる。体は動かせないが、目は動かせた。ソフィーがニコラスを見つめ、すばやくまばたきを繰り返した。視線はニコラスの顔から離れない。そのあと、ソフィーは頭を少し右に向けた。

ニコラスはそちらを見たが、何も見えなかった。ソフィーは何を言おうとしているのだろう？

そのとき、ニコラスは気づいた。黄色っぽい液体が入った小さいガラスのビーカーだ。ソフィーの手が届く位置にある。彼女がハフロックの腕から逃れることさえできたら。

ハフロックはなぜ警察を廃止しないのかについて、なおもしゃべり続けた。結局のところ、世界から犯罪者が根絶されることはないからだ。

ニコラスは体を折り、腹を押さえて咳をしはじめた。

ハフロックが叫んだ。「どうした？」一瞬、注意がそれた隙に、ソフィーが体を引いてビーカーをつかんだ。彼女はハフロックに刺される前に振り向き、ビーカーを彼の顔に叩きつけた。ガラスが砕け、ハフロックが叫びはじめた。

ニコラスは前方に飛びだしかけて、思いとどまった。ハフロックの顔が溶け、皮膚が骨からはがれていく。ビーカーに入っていた酸の正体がなんであれ、百年のあいだに熟成されていたようだ。

ハフロックは何度も叫び声をあげた。ハフロックが自分の顔をつかんで、なおも叫びながら床に倒れる寸前に、ニコラスはバックパックを奪った。

マイクは床の上のグロックを拾い、銃口をハフロックの頭に当てて引き金を引いた。

ハフロックの体は痙攣し、やがて動かなくなった。顔の骨のあいだから、眼球が研究室の天井をぼんやりと見つめていた。

「大丈夫か？」

ニコラスが声をかけると、マイクは力なくほほえんだ。「大丈夫よ」

ソフィーは猿ぐつわを外し、ハフロックを見おろした。「ハフロックは怪物で、しかも狂気にとらわれていたわ」大きく息を吸って、自分の手を見おろした。わずかな酸が皮膚に飛んで、真っ赤なやけどの痕ができていた。だけど、そんなことはどうでもいい。彼女は顔をあげた。「わたしの命を救ってくれて、ふたりともありがとう」

マイクはソフィーの手枷（てかせ）をほどき、その手を両手で包みこんだ。「急いであなたを地上に連れて戻らないと。あの酸性の液体がなんなのかわからないから」

「あれは塩精（エスプリ・ド・セル）よ。塩酸とも言うわ」ソフィーは言った。「ラベルに書いてあったから、どんなことになるかはわかっていたの」彼女は泣きながら笑った。「キュリー夫人はこの研究室を放棄しながら、なぜ塩酸を置いていったの？　実験で塩酸を使ったのかしら？」

「それは絶対にわからないわね」マイクが言った。「教えてくれる人はひとりも生き残ってないもの」

ニコラスは両手でソフィーの腕をつかんだ。「ぼくたちがきみを助けたんじゃない。きみがぼくたちを助けてくれたんだ。よくやった」

「アダムを助けに行かなければ」ソフィーが言うと、ニコラスは片手をあげて彼女を制した。トンネルの上のほうで、ダンドリットと彼女の部下が大声で叫んでいる。

ニコラスはハフロックの超小型核兵器を入れたバックパックをつかんだ。「この箱のなかに何が入っているかは黙っていてくれ。誰であれ、またどの国の政府であれ、どのテクノロジー企業であれ、この兵器を手に入れることがあってはならない。いいな？」

マイクとソフィーがうなずいた。マイクの見ている前で、ニコラスはバックパックを背負った。声が近づいてきて、ダンドリット管区長が何人かの警察官とともに、部屋に突入してきた。

管区長は室内の状況を見届け、視線をハフロックに移すと目を見開き、拳銃をホルスターに戻した。「終わったのね？（セ・フィニ・ノン）」

ニコラスはうなずいた。「ああ（ウィ）、終わった（セ・フィニ）」

90

パリ
午前六時

パリの夜明けは明るく、すがすがしかった。新しい一日が始まる。街の人々が目を覚まし、ひと晩のうちに地下で繰り広げられた戦いにまったく気づかないまま、一日を迎える準備を始めていた。

ソフィーは手当てを受け、アダムは助けだされて彼らと合流し、エリーゼは逮捕された。ニコラスとマイクはダンドリット管区長に手短に報告した。マイクのおなかが大きな音を立てると、管区長はにやりとし、彼らに何か食べてくるよう勧めて、自分は山のような書類の処理に取りかかった。

焼きたてのクロワッサンを食べ、熱いカフェ・オ・レを飲みながら、彼らは話をした。ハフロックだけでなくメルツも死んだことをニコラスがアダムに告げると、アダムは歓声をあげ、ニコラスとハイタッチした。

そのあとソフィーとアダムは、アンゾニアとヨーゼフ、そして彼らの息子レオの話をした。

ソフィーが言った。「わたしの語学好きもアンゾニアのおかげよ」

マイクはカップを持ちあげた。「ロートシルト家の直系の子孫に乾杯」

ソフィーもカップを持ちあげた。「これからはアダムとわたしがそれぞれの務めを果たして、次の百年で子孫はもっと増えるわ。アンゾニアとヨーゼフの存在が忘れられたりしませんように」

彼らはカップを触れあわせた。マイクは姉と弟を交互に見た。「すごい。何もかも本当にすごいわ」

アダムが口を開いた。「姉さんはたしかにすごい。だって、あのハフロックを倒して、〈オーダー〉を救ったんだ。世界を救ったことは言うまでもない」アダムはしばし口をつぐんだ。「あいつの最期を見たかった」

「見なくてよかったのよ、アダム。ホラー映画に出てくる怪物みたいだったわ」

アダムは肩越しに後ろを見たあと、テーブルに身を乗りだして小声できいた。「ところで、兵器は手に入れたのか？」

ソフィーは黙っていた。

ニコラスはしばらくスプーンをもてあそんでいたが、やがてその手を伸ばし、マイクの顎についていたカフェ・オ・レの泡をぬぐった。「兵器のことは心配しなくていい、アダム。もう片はついた。あれほど威力のある致命的な兵器は、誰にも、またどの国の政府にも触れさせてはならない。キュリーのノートとハフロックのファイルは破棄した」

マイクがあとを継いだ。「ハフロックの会社は閉鎖されてたわ。彼が発明した技術は……いいことに使われるように、まともな人が正しい方向に導く必要があるわね」

ソフィーが言った。「ハフロックみたいな頭がどうかした天才がまた現れて、同じことを繰り返さないように祈るしかないでしょうね」

キュリーの研究室でハフロックが何を手に入れようとしていたのかをダンドリットに知られずにすんで、マイクは天にいる神に感謝した。ダンドリットに超小型核兵器の存在がばれたら、大変な事態になっていただろう。フランス政府のいらだちの声が、頭のなかで響いた気がした。

ニコラスは言った。「ハフロックのファイルにあった、ミスター・Zというコード名の男の正体がわかった。スタンフォードの補佐官のトレバー・ウェザビーで、スタンフォードを殺した張本人だ。言うまでもなく、ウェストンの命を受けて働いていた。ゆうべ遅くに、スタンフォードの死が他殺だと検死で判明したという情報がもれた。想像のとおり、マスコミはこの件で大騒ぎだ。先が思いやられるな」

ソフィーが尋ねる。「アダムはどうなるの？」

ニコラスは椅子の背にもたれ、胸の前で両手の指先を合わせた。「それはアダム次第だ」

十九歳の若さで、この若者は技術力ではすでにニコラスを超えている。不思議な気分だが、認めるしかない。

「あんたが望むことならなんでもするよ、サー」

「本当に？　刑務所に入ってもいいのか？　きみが行くべき場所はそこなんだが」

アダムがうなだれた。マイクがテーブルの下でニコラスの足首を蹴った。「アダムをいじめるのはやめなさいよ。かわいそうじゃない」

ニコラスは言った。「よし。だったら、取り引きしよう。だが、しばらくは刑務所に入ることになる。それは避けられない。きみは国家機密を扱う複数の機関のシステムに侵入し、何人もの大物の足を踏みつけ、何人もの要人をあざ笑ったんだ。だが進んでぼくに協力し、これまでにしてきたことや、その手法をすべて白状するなら……刑期を短くできるかもしれない」

アダムが啞然とした。「FBIで働かないといけないのか？」

「たぶん、一生だな」ニコラスは答えた。ひどく年を取った気分だ。「そんなうんざりした顔をしなくてもいいだろう。慣れるんだな。われわれにはきみのような知性が必要だ。だから、きみさえ協力する気があるなら、軽犯罪扱いにしてもらうこともできる。そうすれば、一年もしないうちに出てこられる」

ニコラスが、アダムの肩越しに言う。

ああ、ダンドリット管区長がこちらに手を振っている。きみとソフィーにもっと詳しく話を聞きたいんだろう。それに、ぼくとマイクをまだ質問攻めにする気だ。そのあとで、われわれはニューヨークに戻る」

「そのあとは？　わかってる。刑期を終えたら、FBI勤めだ。いいよ、やるよ」アダムは大きな笑みを見せた。「もちろん、当然の報いだ」

ニコラスが朝食代を支払い、みんなはダンドリット管区長のいる場所に向かった。彼らはパリ警視庁のお偉方の前で話をする時間を決めた。マイクとニコラスは姉と弟が管区長についていくのを見守った。アダムは姉の肩にそっと腕をまわしている。〝ありがとう〟彼は振り返ると、ニコラスに向かって声に出さずに言い、親指を立てた。

ニコラスはマイクを見おろしてほほえんだ。「彼らはふたりとも、もう大丈夫だろう」

「わたし、おなかはいっぱいになったから、次は睡眠が必要だわ。警察に出向いてさんざんしゃべらされる前に」

「ぼくもだ」

「それが終わったら、ザッカリーに報告しなきゃ。それから、それから、それから――」

ニコラスはマイクの手を取った。「することはたくさんあるが、まずは眠ろう。どこに行こうか？」

「ちっぽけな安宿はどう？　うらぶれた場所にあって、お湯の出ない――」

ニコラスは笑った。「ホテル・リッツのみすぼらしい、ベッドルームがふたつだけのスイートルームで我慢してくれないか?」

マイクがゆっくりとうなずいた。「そうね、あなたがぜひにと言うなら。あの部屋はわりと気に入ってたの——特にあの肌触りのいいベッドが」

91

翌朝早く、ふたりが朝食をとりながら、アルフィー・スタンフォードとオリバー・レイランド殺人事件に関して、まだ続いているマスコミの熱狂ぶりをBBCで見ていると、マイクのスマートフォンが鳴った。

「ザッカリーだわ」

ニコラスがうめいた。「まだ質問し足りないのはわかっているが、何も今かけてこなくても。ニューヨークは深夜じゃないか。彼は寝ないのか？」

「たぶん、今日じゅうにニューヨークに戻ってこさせたいのよ。もしもし、サー。ニューヨークは今頃、上天気の真夜中を迎えてる頃ですね？」

「いや、雨だ。聞いてくれ、ふたりとも。きみたちも知ってのとおり、今回の事件に世界中の報道機関が殺気立ってる。だが、きみたちには関係ないことだから、誰にきかれても、話すことは何もないと答えればいい」

マイクはニコラスと視線を合わせた。「わかりました、サー。われわれは何も知りません」

「それでいい。ところで、エドワード・ウェストンの行方が今もってわからん。この世界から忽然と姿を消してしまった。アメリカ政府の諸機関は、ハフロックに殺されて、地中深くに埋められたのだと考えはじめてる。真相は誰にもわからない」

ニコラスはそうであってほしいと思ったが、信じはしなかった。「いいえ、ウェストンはきっとどこかで生きています。それに、ウェストンには金があります。どこから出た金かはわかりませんが、騒ぎがおさまるのをじっと待っているんでしょう」

「まあ、そうかもしれないな。目下、三カ国の政府がきみの手柄に大変満足してると知ったら、きみもさぞうれしいだろう。ただし、少しばかりいらだってる国がある」

「ドイツですか？」

「どうしてわかった？　ドイツは皇帝ヴィルヘルム二世の私有財産だった金塊の所有権を主張していて、取り戻そうとしてる。スコットランドで見つかった金塊は全部自分たちのものだと言って、潜水艦を引きあげる権利を要求してるんだ」

「ハフロックがグラビタニア号を爆破した際の汚染をきれいにするには、膨大な費用がかかるはずです」

「スコットランドがそう主張したという話はまだ聞かないな。どいつもこいつも、目の前に金の延べ棒がちらついてるらしい。いずれにしても、きみたちには関係ない話だ」

ニコラスは言った。「ところで、アダム・ピアースにはお会いになりましたか？」

「ああ。彼はわれわれの出した条件に応じた。〝すべておたくの世界は事もなし〟だ。ふたりとも、ご苦労だった。たいしたお手柄だ。きみもマイクもすぐに戻ってきてくれ。長官はジェット機に何があったのか知りたがってるぞ」

ニコラスは尋ねた。「ということは、銃撃事件調査チーム(SIRT)による調査はなしですか？」

ザッカリーが笑った。「ああ。きみたちへの取り調べはあるが、できるだけ簡単にすませる方法を探そう」彼はまた笑った。「世界を救う大仕事にはありがちなことだ」

「今日の午後には飛行機に乗ります。帰りも送っていただけるという話はありませんか？」

「長官のジェット機があんなことになったからな。エールフランスで帰ってこい。空の旅を楽しみたまえ」

電話が切れると、マイクが言った。「残念だったわね」

「ペンダリーに電話をかけてみよう。首相の専用機には傷をつけていないからな」

「何よ、民間機には乗れないくらいご立派になったの？」

ニコラスはにやりとした。「実のところ、何に乗るかはどうでもいい。ただ家(ホーム)に帰りたいだけだ」

マイクは思った。ニコラスにとってはもう、ニューヨークが故郷(ホーム)なのね。

立ちあがって背伸びした。「わたしのお粗末な非常持ち出しバッグにそろそろ荷物を詰めないと」

マイクがかがみこみ、ニコラスの頰にてのひらを置いた。ニコラスはそのしぐさにしだいに慣れてきて、かなり気に入ってもいた。「今回は抜糸の必要な縫合痕はないわね。よかった」

ニコラスの非常持ち出しバッグはスイートルームのドアの脇に置いてある。マイクの部屋のドアが閉じるのが聞こえた。ニコラスにはもうひとり、電話をかける相手がいた。

ニコラスの父は最初の呼び出し音で電話に出て、いきなりきいた。「大丈夫なのか？」

「ああ」

しばしの沈黙ののち、ハリーが言った。「何か困ったことでもあるのか、ニコラス？」

親というのはどうしていつも察しがいいのだろう？「父さん、〈ハイエスト・オーダー〉ではどんな役職に就いているんだい？」

「それは電話でするような話ではない」

「知る必要があるんだ。お願いだから、はぐらかさないで教えてほしい」

「いいだろう。アルフィーは後継者にわたしを指名していた。彼の遺書にそう書かれていたんだ。わたしと〈オーダー〉のほかのメンバーに宛てた、個人的な遺書だ。わたしは指名に応じた。多くのメンバーを失い、さらに多くのメンバーが堕落してしまった。彼らが逮捕されるように手配するつもりだ。〈オーダー〉の要職には、富や特権や社会によって与えられた権力を悪用しない、それぞれの出身国の最善を望む人々が就けるようにする」

「だとしたら、渡したいものがある。誰であろうと、またどの国の政府であろうと、そんな力を手にしてはならないという理由で、それが誰にも見つからないことを〈オーダー〉は望んでいるはずだ」

ハリーが息を吸いこんだ。「すぐに人を向かわせて、引きとらせよう。この世界で、その存在は誰にも知られることはないだろう。おまえがハフロックを倒してくれたから、〈オーダー〉は新たな目標を目指せる。世界にとって正しいことをしなさい。しかるべきときが来たら、おまえに同じ仕事を任せよう」

「ぼくに？」

「可能な限り、役職は世襲で受け継がれることになっている。アルフィーの在任期間が終われば、上の孫が加わる予定だ。わたしがこの組織を去るときが来たら、おまえが跡を継いでくれ」

ぼくが〈ハイエスト・オーダー〉の一員に？「でも、ぼくにはなんの影響力もない」

ハリーが笑った。「おまえには自分で気づいている以上の力があるんだ、ニコラス。自覚がないだけだよ」

エピローグ

二週間後
ニューヨーク

アレックス・シェパードの肩はまだ引きつり、痛んだ。一・五キロのウエイトを持ちあげられるようになるのに、あと二週間はかかるだろうと外科医に言われた。それでも、ニューヨークに戻ってきて、MI5を辞職し、今は望みの場所にいる。ソフィー・ピアースの家のリビングルームだ。今日はソフィーの父親の遺言書を読みあげる日で、彼女はアレックスの同席を希望した。

ソフィーが部屋の入口に姿を現し、背筋を伸ばした。背中の傷はほとんど治っていた。彼女はこのうえなく美しく、黒髪が顔のまわりをゆるやかに縁取っている。黒い喪服ではなく、淡い黄色の服を着ている。父親が好きだった色だ。

アレックスはソフィーに近づくと、両手でそっと腕をつかみ、その知らせを伝えた。「ぼくにきみのお父さんの跡を継いで、メッセンジャーの任務を引き受けてほしいという依頼が〈オーダー〉からあった。申し出を受けて、MI5は辞めた。仮の姿はこれまでと変わらない。フルタイムのグリル&バーの経営者だ。どう思う?」

ソフィーは首をかしげて考えた。「新しいシェフを雇ったほうがいいわ。この前あの店で食べたとき、パスタがあまりおいしくなかったの」背伸びをしてアレックスにキスをし、耳元でささやいた。「ええ、もちろんこれ以上望めないくらい、いい話だわ。父はとても喜んだはずよ」

ふたりはぎこちなく向きあっていた。アレックスはまだ痛むソフィーの背中に腕をまわすことをためらい、ソフィーは肩の傷を気遣ってアレックスを抱きしめることをためらっていた。アレックスはソフィーにキスをして、ため息をついた。「実を言うと、新しく〈オーダー〉のリーダーに就いたのがドラモンド捜査官のお父さんのハリーで、彼からきみのお父さんの跡を継ぐように頼まれたんだ。世間は狭いな」

「ニコラスのお父さまがまだ彼に話していないなら、今日、あなたから話して。ニコラスにもマイクにも来てもらうよう頼んだの。それが当然だと思ったから。だって——」

「ああ、あの人たちもぼくたちと一緒に大変な目に遭ったからな」

ふたりがソフィーの家のある建物を出て、六月のすばらしい一日へと歩きだしたとき、『ニューヨーク・ポスト』紙の四十二ポイントの活字を使った大見出しがソフィーの目に留まった——〝真相! トンネルの財宝〟

「またしても真相か」アレックスが言い、ふたりは首を振った。マスコミはこの先、何カ月も騒ぎ続けるだろう。地下墓地の何層にも重なったトンネルの話題は世界的なニュースとなり、墓荒らしや科学者や考古学者や社会学者が大挙してパリの地下を訪れ、四つの部屋（レ・カトル・シャンブル）の秘密を暴こうとした。実は、ほかの三つのドアに鍵はかかっておらず、どの部屋もがらんどうだった。ただ、部屋の隅にたまった埃のかたまりの下に、とても小さな年代物のルビーの指輪が見つかった。デザインから判断するに、十八世紀のものらしい。誰の持ち物かはわからなかった。

ソフィーはタクシーに乗ると言った。「アダムも来られたらよかったんだけど。刑務所からビデオ映像を流してもらうの」

アレックスは彼女の手を取った。「この前、ドラモンド捜査官と話したとき、検察は六カ月しか求刑しなかったと言ってたよ」ソフィーを見て、にっこりする。

ソフィーは声を立てて笑った。「そして刑務所を出たら、ＦＢＩで働くのね。刑期を終えても、アダムはまだ十九歳だわ」

タクシーは七十一丁目にあるエルコット・ビルに五分遅れで着いた。建物は古いが、配管と配線を新しくしていて、立地は申し分ない。十六階は近代的なビルのなかのオアシスで、高い天井は美しく、壁は淡いクリーム色に塗られている。ふたりは広い会議室に案内された。縦長のガラスのテーブルが中央に置かれ、革張りの黒い椅子が十二脚、ほどよい間隔で並んでいる。マホガニーのサイドボードには、コーヒーと紅茶のポットが用意してあった。

ソフィーはコーヒーのカップを受けとり、窓際に行ってセントラル・パークを見渡した。すばらしい眺めだ。緑と金色と青い空。六月初旬の見事に晴れ渡った一日だった。アレックスがそばに来た。ソフィーは言った。「父は遺灰をエリボール湖にまいてほしいと望んでいたの。アダムが自由の身になったら、一緒に行ってくれることになっているわ。ひとりだと心細いから」

アレックスが言った。「三人で行こう」

ふたりが振り向いたとき、ちょうどニコラス・ドラモンドとマイク・ケインが到着した。ふたりとも彼らの世界の責任を引き受け、生き生きとしている。すてきなカップルだ。いえ、カップルではない。ふたりはFBI捜査官として働くパートナーだ。アメリカに戻ったあと、彼らには会っていなかった。ふたりはイングランド首相のジェット機で帰ってきたとアレックスから聞いた。どうしてそんなことができたのだろう？

マイクが窓際にいるソフィーに近づいてきた。「もうしばらく、ハグするのはやめておくわね。元気にしてる？」

「ええ、元気よ」ソフィーはため息をついた。「つらい一日になりそう。だけどアレックスがいてくれるし、あなたたちも来てくれた。間もなくビデオでアダムにも会えるわ」

マイクがソフィーの肩に触れた。「ソフィー、もう六回は言ったはずだけど、あなたは大変な目に遭った。だけど、わたしたち全員をハフロックの魔の手から救ってくれたのよ」

「あの悪夢」ソフィーは外の景色から目を離さずに言った。「あの悪夢には背中の傷よりもさいなまれるわ」彼女は手をあげた。一滴の塩酸が肌に小さな傷を残していた。「塩酸に関して読んだことは本気で信じていなかったけど、本当だった。あの男の顔は骨から溶けて落ちたわ。夢にあの顔が現れて、叫び声が聞こえるの」

マイクはしばらく黙っていた。「ニコラスとわたしはひと晩しかパリに滞在しなかったの。目を覚ますと、隣の部屋からニコラスの叫び声が聞こえたわ。エリボール湖でメルッと戦ったときの夢を見たのね。何があったのか詳しくは教えてくれないけど、ひどいことがあったんだと思う。しかも、命が危なかったのよ」彼女はほほえんだ。「でも、悪夢はいつか終わるわ。大切なのは、あなたがわたしたちみんなの命を救ってくれたことよ。あなたはヒロインだわ。わたしはニコラスにも同じことを言ったの――あなたは勝ったんだって。ニコラスも勝った。わたしたちみんなが勝ったのよ」

ソフィーは大きく息をついた。マイクの言うとおり、事件は終わり、彼女たちが勝ったのだ。けれどもソフィーは、アレックス・シェパードが死んだと思いこんでいたときに見た、もうひとつの悪夢のことには触れなかった。そして父を思うたびに胸を刺す、ひりひりする痛みのことにも触れなかった。

アシスタントが現れて、ビデオ映像を流す準備を整えた。そのあと、ジョナサン・ピアースの長年の友人でもある弁護士のフランクリン・ジョーンズが会議室に入ってきた。

「あの子、元気そうだわ」アダムの映像が流れると、ソフィーは言った。

アダムは軽警備の刑務所で六カ月服役して、所内のコンピュータ・システムの修理をしている。刑務所長は全然悪い人ではないと、アダムはソフィーに言った。刑務所を出たら、大学を卒業するまでのあいだ、ＦＢＩで非常勤のコンサルタントとして働くとも言った。そのあとのことはまだわからない。

フランクリン・ジョーンズが咳払いをし、アダムを見てうなずいた。「ジョナサンの遺言は至って単刀直入です。全財産はふたりの子どもに等しく分配されます。つまり、あなたとアダムです。ソフィー、あなたが遺言執行人です。ジョナサンの広範囲にわたる金融資産の管理はあなたにゆだねられます。彼は常日頃、アリストンズの経営をあなたに任せたいと言っていました」そこでひと息入れ、ソフィーを見た。「そのおつもりはありますか？　店の経営を引き継ぎますか？」

「ええ」ソフィーは答えた。「店長を雇うつもりです。だけど、アレックスとわたしのふたりで店を続けます」

ジョーンズはうなずいた。「よかった。ジョナサンは喜ぶでしょう。さて、ジョナサンがあなたとアダムに宛てた手紙があります」彼は分厚い封筒をソフィーに渡した。「ジョナサンは昨年この手紙を書いて、遺言に添付しました。これよりかなり古い、紙を折りたたんだだけの手紙がもう一通あります。誰が書いたのか、どんな内容かは存じあげません。この二通の手紙を読みあげていただけますか？　ジョナサンの指示に従い、わたしはしばらく席を外します」

ジョーンズが会議室を出ていった。ソフィーはまず父の手紙を開いた。

親愛なるソフィーとアダムへ

おまえたちがこの手紙を読んでいるなら、わたしはもうこの世にいないということだ。おまえたちがお母さんの体に宿ったと感じた瞬間から、ふたりのことをどれだけ愛してきたか伝えることは、もう二度とできない。

ソフィーは一瞬口ごもり、涙をこらえて咳払いをした。

アダム、かつては〈オーダー〉のメッセンジャーというわたしの役割をおまえが引き継いでくれると信じていたが、何年か前に、おまえはそれとはまったく違う人生を歩むことになるだろうと気づいた。どんな仕事を選ぶとしても、全力を尽くし、常によい行いを心がけなさい。将来、メッセンジャーの任務を継いでくれるのはアレックスだろう。彼にはその技量と決断力があり、しかも本を愛している。

ソフィー、おまえも知ってのとおり、〈オーダー〉のメンバーの資格は世襲で受け継がれる。おまえにわたしの跡を継いでもらいたい。〝だけどお父さん、〈オーダー〉に女性はいないじゃない〟と言うかもしれないね。でも、それは違う。女性はいた。そのひとりがキュリー夫人で、もうひとりがアンゾニア・ロートシルトだ。なるほど、おまえは新たな千年紀に入って最初の女性メンバーとなるが、おまえが最後ではない。わたしから見れば、〈オーダー〉に参加する女性は真の英雄だ。われわれ男は一世紀のあいだ、椅子にふんぞり返って、無駄話を続けてきたのだ。

ソフィーは笑顔で弟を見た。アダムは囚人服を着て、こざっぱりしており、小さいテーブルの向こうの椅子に座っていた。背景の壁は窓も飾りもなく、どぎついグリーンに塗られている。彼はにやにやしていた。

「あなたはそれでいいの?」

「もちろん。父さんはいつでもおれたちのことをよくわかってくれてたよ」

ソフィーは尋ねた。「ニコラス、あなたも〈オーダー〉の一員なの?」

「いずれそうなりそうだ。アルフィー・スタンフォードが父を〈オーダー〉のリーダーに指名していたらしい。来週開かれる〈オーダー〉の会合でロンドンに行ったとき、きみも父に会うだろう。気に入ってもらえると思うよ。しかも、全面的に信頼できる人物だ」

ソフィーはうなずき、父の手紙の残りを読んだ。

輪廻(りんね)というものがあるとしたら、わたしはマーク・トウェインの初版本として生まれ変わりたい。ソフィー、もし偶然わたしを見つけたら、大事にしてくれよ。さようなら、子どもたち。

「お父さんはすてきな初版本になるわ」ソフィーは笑いと涙の入りまじった奇妙な感情をのみこんだ。もう一通の手紙を手に取った。古びて黄ばんでいる。紙をそっと開いて、日付を見た。ひげのある古風な筆記体、使われているのはドイツ語だ。翻訳するのは難しくない。

ソフィーは顔をあげ、満面に笑みを浮かべた。

「アダム、お父さんはアンゾニアがヨーゼフに宛てた最後の手紙を見せてくれたことがなかったけど、ようやく渡してくれたわ」

ソフィーは手紙を読んだ。

一九一七年八月二十六日

いとしいヨーゼフ

わたしにはあとわずかしか時間がありません。皇帝の家臣がすぐそこまで迫っています。この手紙をレオのポケットに入れて、わたしたちはここを出ます。レオは乳母に預けて、まずデンマークに行かせ、そのあとエディンバラに渡らせます。わたしがレオとともに旅をするのはあまりに危険だからです。ふたりが目指す先はおわかりでしょう。今はほかに方法がありません。わたしがキュリー夫人の鍵と製造方法を記したノートを、イングランドのウィリアム・ピアースのもとに届けなければなりません。

皇帝の金の延べ棒というすばらしい贈り物を携えていきます。

わたしはビクトリア号に乗ってただちに出航します。スコットランドでお会いしましょう。わたしたちが再会するとき、わたしはあなたの予備の軍服を着ているはずです。あなたもレオもそれを見て笑うでしょうね。そして、また一緒に暮らせます。わたしたちは皇帝を倒すのです。そのことをひそかに確信しています。わたしたちの行動がこの忌まわしい戦争を終わらせるのです。

ヨーゼフ、自分の命よりもあなたを愛しています。遠からず、無事に再会できるでしょう――。

アンゾニア

部屋にはソフィーがアンゾニアの手紙をゆっくりとたたむ、古い紙の立てる乾いた音だけが響いた。

アダムが沈黙を破った。「アンゾニアが英雄だということは知ってたけど、おれたちみんながこの世で生きてられるのは彼女のおかげだってことに、今まで気づかなかったよ」

ソフィーが言った。「アンゾニアが死んであの潜水艦に葬られることですべてを終わらせることができたなんて、悲しすぎるわ」

アレックスが言う。「きみのお父さんが潜水艦を見つけることにあれほど情熱を傾けてたのもうなずける。ジョナサンは勇敢で善良な男だった。常に世の中の不正を糺そうとしていた」彼はソフィーの手を取った。「代々受け継がれてきた資質だったんだな、ソフィー」

ニコラスが口を挟んだ。「こうして話しているあいだに、マーク・トウェインの初版本がアリストンズにやってきたとしても、ぼくは驚かないね」

下りのエレベーターに乗ると、マイクが言った。「今までに聞いたなかで最高に信じがたい話だったわ」

ニコラスはマイクを見てほほえんだ。「きみにとっては最高に信じがたい話だろうな――今のところはね」

「ドラモンド家のクローゼットには、美しすぎる謎の骸骨が何体か隠れてるんでしょう?」

「ああ、ケイン捜査官。きみにはわからないだろうな」

ふたりがビルを出ると、ニコラスのスマートフォンがローリング・ストーンズの〈悪魔を憐(あわ)れむ歌〉を大音量で鳴らした。

ニコラスは画面をちらりと見ると、マイクのほうを向いて眉をあげ、すぐさま電話に出た。

「ディロン？　万事順調ですか？」

サビッチの深みのある声がスピーカーから聞こえてきた。「いや、そうでもない。ザッカリーの許可は取った。きみとマイクに今すぐワシントンDCに来てもらいたい。大事件だ」

「わたしたちふたりとも？」マイクがきいた。

「ああ、きみたちふたりともだ」

著者あとがき

あなたは家庭生活と科学者としての仕事の折り合いをどうやってつけているのかと、よくきかれます。たしかに簡単ではありません。

マリー・キュリー

マリー・キュリーは人前に出ることを好まない優秀な女性で、一九〇三年と一九一一年の二回、ノーベル賞を授与されています（物理学賞と化学賞）。彼女はラジウムとポロニウムを発見し、放射線に関する理論を展開しました。共同研究者でもある夫のピエールも非凡な物理学者で、妻がその功績に見合う名声を得られるように、彼女を助けました。キュリーの子どもも、のちにノーベル賞を授与されています。

マリーは一八六七年、ポーランドのワルシャワに生まれ、パリで学び、わずかな生活費でかろうじて暮らしていました。そして独身主義の研究者と出会って結婚し、ふたりは世間を驚嘆させました。彼女は一九三四年、被曝（ひばく）による再生不良性貧血でこの世を去っています。

第一次世界大戦時には前線で働き、負傷者の治療にX線を役立てようと尽力しました。また、近代的な〝オープンソース〟型の科学者の先駆けで、発見した成果の特許を申請しませんでした。知識は共有すべきであるとの信念からです。さらに、ソルボンヌ大学の女性教授第一号でもありました。

キュリーの発見から生まれたポロニウム210は、政治家の暗殺によく使われることでその名が知られています。苦痛を伴い、確実に死をもたらします。ここで事実とフィクションが分かれます。キュリーが兵器として利用するためのポロニウムを製造した事実はありませんが、作中ではそうしたということになっています。彼女はその破壊力の大きさに気づくと、ただちに研究を中断して、誰にも見つからない場所にポロニウムを隠します。また、キュリーは〈ハイエスト・オーダー〉のメンバーだったこともありません。残念ながら、〈オーダー〉は実在しないのです。

実際のマリーははるかにすばらしい人です。とてつもない科学者であり、偉大な人物です。

マリー・キュリーはあらゆる著名人のなかで、名声が汚されることのなかった唯一の人物である。

アルバート・アインシュタイン

訳者あとがき

キャサリン・コールターとJ・T・エリソンによる新シリーズ、第二弾をお届けします。研修を終えて晴れてFBI捜査官となったニコラス・ドラモンドは、パートナーの女性捜査官マイク・ケインとともに、ニューヨークのウォール・ストリートで起きた殺人事件の捜査に駆りだされます。ところが、捜査は難航。被害者の古書店主はどうやらUボートにまつわる秘密を握っていたらしいのですが、被害者の娘は何も知らないの一点張り。犯人と思われる男の脳から精巧なインプラントが発見され、ニコラスとマイクはその製造元企業から真相に迫ろうとしますが……。

キャサリン・コールターは日本でも言わずと知れた大人気作家ですので、今回はJ・T・エリソンについて知っていただきたく、彼女の本作に関するインタビューを一部ご紹介したいと思います。

Q：キャサリン・コールターとの共作はいかがでしたか？

A：今まで経験したことがないほど実り多い経験でした。共同執筆自体が初めての経験でしたが、わたしはキャサリンの大ファンで、自分が作家になる前から、彼女の作品はいろいろ読ませてもらっていたんです。なので、共作の機会をいただけて非常に光栄でした。それに、執筆中にわたしが博士号を取得したり、キャサリンとのあいだで創作に関していろいろシンクロすることがあったりで、とても興奮しました。執筆は孤独な作業ですが、わたしはいつもまわりのクリエイティブな人たちに助けられています。編集者とか、出版前に批評してもらう知人とか。そこに、キャサリンも加わりました。

Q：本作はシリーズ二作目になりますが、リサーチはどのように行いましたか？　キャサリンと分担したのですか？

A：リサーチはわたしのほうがしたと思います。というのも、キャサリンはすでに、十九世紀初頭の歴史について非常に詳しいので、わたしがまずそれに追いつく必要がありました。ふたりの共同作業で最も時間を使ったのが、プロットを組みたてることですね。それが固まったら、わたしが実際に書き進めながら、必要なリサーチを行いました。今回はとても大変で、スコットランドへも調査旅行に行きました。

Q：すでにたくさん本を出されていますが、書くのは速いほうですか？

A：今ちょうど、十五冊目を上梓したところなのですが、もうそんなに書いたのかって、信じられない思いです。ええ、書くのは速いほうです。作家になって以来、年に最低でも二冊は書きあげています。でも、毎回進み具合は違いますね。順調なときもあるし、進まなくてイライラするときもあるし。

重要なのは書き続けること。目標を決めて書き進め、達成できたときは自分にご褒美をあげます。毎日デスクに座って書きはじめさえすれば、作品を仕上げることはできるんです。平均して一日に千ワードくらい書きますが、もっと多い日も、もっと少ない日も、まったく書かないで映画を見てしまう日もあります。とはいえ、週に五日は書くようにしています。本当に気分がのれば、一時間で千ワード書いてしまうこともあるんですよ。

Q：たくさんすばらしい作家たちがいるなかで、自信を失わずにベストセラー作家の地位を築いていることと思いますが、モチベーションを保つ秘訣はなんですか？　また、作家を目指している人たちにアドバイスをお願いします。

A：今でも、自分の作品は出版される価値があるのだろうかと不安になることがあります。とはいえ、もっと技術を磨いてからでないとデビューできないと思って、誰にも見せない習作に取り組んでいたら、作品が出版されるのが遅くなって、その遅れを取り戻そうと半狂乱になっていたかもしれません。だから、もがき苦しみながらも、どんどん作品を発表し続けてきてよかったと思います。執筆への情熱がなくなってしまうことがあっても、自分の大好きな作家の新作を読んだりすると、またたく間に復活するんですよね。

わたしからのアドバイスは、ほかの作家と比べて自分を卑下しないこと。自分自身、自分の作品を信じること。そのためには、ストーリーをおもしろくするために、あらゆる工夫をすること。頭をフル回転させて、毎日必死で物語を創作してください。それでも、どうしても夢をあきらめたくなるときもあるでしょう。わたしもいまだにそうです。だけどそんなときも、自分の創造力を信じて、もう一度デスクに向かってみるのです。

Q：あなたはホワイトハウスで働いていましたね！　何か印象に残っているエピソードはありますか？

A：わたしは本当にそそっかしいのですが、行政府ビルの階段を駆けおりていたところ、足をすべらせて、ちょうどボディガードと一緒にのぼってきた副大統領の腕のなかに倒れこんでしまったんです。一瞬あたりは騒然となったのですが、すぐに危険人物ではないことをわかってもらえて、事なきをえました。副大統領はわたしを自分のオフィスに連れていって、サイン入りの写真までくださったんですよ。本当に紳士ですよね。

J・T・エリソンの知的で情熱的、そしておちゃめな人柄が伝わってきますね。そんな彼女の愛情とこだわりがたくさん詰まった作品をどうぞお楽しみください。

二〇一五年三月

ザ・ミステリ・コレクション

げきじょう
激情

著者　キャサリン・コールター
　　　J・T・エリソン

みずかわ　れい
訳者　水川　玲

発行所　株式会社 二見書房
東京都千代田区三崎町2-18-11
電話 03(3515)2311［営業］
03(3515)2313［編集］
振替 00170-4-2639

印刷　株式会社 堀内印刷所
製本　株式会社 村上製本所

落丁・乱丁本はお取り替えいたします。
定価は、カバーに表示してあります。

ISBN978-4-576-15064-2
http://www.futami.co.jp/

略奪
キャサリン・コールター&J・T・エリソン
水川 玲［訳］

元スパイのロンドン警視庁警部とFBIの女性捜査官。謎の殺人事件と〝呪われた宝石〟がふたりの運命を結びつけて——夫婦捜査官S&Sも活躍する新シリーズ第一弾!

迷路
キャサリン・コールター
林 啓恵［訳］

未解決の猟奇連続殺人を追うFBI捜査官シャーロック。畳みかける謎、背筋をつたう戦慄…最後に明かされる衝撃の事実とは!? 全米ベストセラーの傑作ラブサスペンス

袋小路
キャサリン・コールター
林 啓恵［訳］

全米震撼の連続誘拐殺人を解決した直後、サビッチのもとに妹の自殺未遂の報せが入る…。『迷路』の名コンビが夫婦となって大活躍! 絶賛FBIシリーズ第二弾!!

土壇場
キャサリン・コールター
林 啓恵［訳］

深夜の教会で司祭が殺された。被害者は新任捜査官デーンの双子の兄。やがて事件があるTVドラマを模した連続殺人と判明し…!? 待望のFBIシリーズ第三弾!

死角
キャサリン・コールター
林 啓恵［訳］

あどけない少年に執拗に忍び寄る魔手! 事件の裏に隠された驚くべき真相とは? 謎めく誘拐事件に夫婦FBI捜査官S&Sコンビも真相究明に乗りだすが……

追憶
キャサリン・コールター
林 啓恵［訳］

首都ワシントンを震撼させた最高裁判所判事の殺害事件。殺人者の魔手はサビッチたちの身辺にも! 夫婦FBI捜査官サビッチ&シャーロックが難事件に挑む!

カリブより愛をこめて
キャサリン・コールター
林 啓恵［訳］

灼熱のカリブ海に浮かぶ特権階級のリゾート。美しき事件記者ラファエラは、ある復讐を胸に秘め、甘く危険な世界へと潜入する…！ラブサスペンスの最高峰！

エデンの彼方に
キャサリン・コールター
林 啓恵［訳］

過去の傷を抱えながら、NYでエデンという名で人気モデルになったリンジー。私立探偵のテイラーと恋に落ちるが素直になれない。そんなとき彼女の身に再び災難が…

ひびわれた心を抱いて
シェリー・コレール
藤井喜美枝［訳］

女性TVリポーターを狙った連続殺人事件が発生。連邦捜査官へイデンは唯一の生存者ケイトに接触するが…？若き才能が贈る衝撃のデビュー作〈使徒〉シリーズ降臨！

危険な夜の果てに
リサ・マリー・ライス
鈴木美朋［訳］

医師のキャサリンは、治療の鍵を握るのがマックという国からも追われる危険な男だと知る。ついに彼を見つけ、会ったとたん……。新シリーズ一作目！

その腕のなかで永遠に
スーザン・エリザベス・フィリップス
宮崎 槇［訳］

アニーは亡き母の遺産整理のため海辺の町を訪れ、初恋の相手と再会する。十代の頃に愛し合っていたが、二人の間には恐ろしい思い出が…。大人気作家の傑作超大作！

この恋が運命なら
ジェイン・アン・クレンツ
寺尾まち子［訳］

大好きだったおばが亡くなり、家を遺されたルーシーは少女時代の夏を過ごした町を十三年ぶりに訪れ、初恋の人メイソンと再会する。だが、それは、ある事件の始まりで…